谨以此书向中国共产党成立 100 周年献礼

林 海 著

飘旗

壹

沦陷

中国出版集团公司 | 全国百佳图书
中国民主法制出版社 | 出版单位

图书在版编目（CIP）数据

飙旗 . 1，沦陷 / 林海著 . —北京：中国民主法制
出版社，2020.9
　ISBN 978-7-5162-2127-3

　Ⅰ . ①飙…　Ⅱ . ①林…　Ⅲ . ①长篇小说—中国—当代
Ⅳ . ① I247.5

　中国版本图书馆 CIP 数据核字（2019）第 272661 号

图书出品人：刘海涛
图书策　划：谭　军
文案统　筹：高文鹏　崔　一
责任编　辑：翟琰萍　金　伟

书　名 / 飙旗 1：沦陷
作　者 / 林海 著

出　版·发　行 / 中国民主法制出版社
地　址 / 北京市丰台区右安门外玉林里 7 号（100069）
电　话 / 010–63055259（总编室）　010–63057714（营销中心）
传　真 / 010–63055259
http: //www.npcpub.com
E-mail: mzfz@ npcpub.com
经　销 / 新华书店
开　本 / 16 开　710mm × 1000mm
印　张 / 18　字数 / 274 千字
版　本 / 2020 年 9 月第 1 版　2020 年 9 月第 1 次印刷
印　刷 / 北京天宇万达印刷有限公司

书　号 / ISBN 978-7-5162-2127-3
定　价 / 42.00 元

目录

楔　子

数九寒天，天寒地冻，窝在家里猫冬都觉得不够暖和，更何况是在这没遮没拦的荒郊野地里。

滨城治安团的团总姚二杠，猫在战壕中段的简易掩体里，哧溜哧溜地吸着清凉的鼻涕，眼睛瞄着前方。身旁的二嘎子推了他一把，劝说道："师哥，别冻坏了，把师叔给咱的那件皮大氅穿上吧。"

姚二杠裹紧身上的棉衣，袖手不屑地瞥了二嘎子一眼，虎着脸说道："瞎扯，那大氅也是咱能穿的？师叔把它给了咱，是为了长咱治安团的志气，那可是咱治安团的战旗啊！"说罢，回头看了一眼挂在窝棚墙上的那件貂皮大衣，顿觉身上暖和了许多。

半个月前，治安团为了抗击即将来犯的日本人，从滨城开拔出征。滨城大掌柜、姚二杠的师叔林敬轩亲自设宴为治安团将士摆酒壮行。临出发时，林敬轩脱下自己身上的貂皮大衣，披在了姚二杠的身上。对于姚二杠来说，这哪里是貂皮大衣，分明是师叔和滨城父老乡亲的嘱托，更是治安团的荣耀。

二嘎子吸了吸鼻涕，低声问道："师哥，这都快过年了，你说……日本人还能来吗？"

姚二杠瞥了二嘎子一眼，从鼻子里蹿出一股冷气："这年是咱中国人的年，他小日本子过个啥年？再说了，这打仗的节骨眼儿上，谁还顾得上过年啊！"

"也是，"二嘎子点头附和，可眼珠子一转，又嬉笑道，"师哥，这天也怪冷的，要不……"见姚二杠冷眼瞅着自己，二嘎子挠着头，试探着商量道，"好歹也快过年了，要不……搬坛子酒过来，咱喝两口暖暖身子？"

姚二杠微微一怔，舔了舔嘴唇，又朝战壕外瞅了瞅，有些担心地问道："你说……不能有啥事吧？"

二嘎子咧开嘴，嚷嚷道，"师哥，你也太小心了吧！就算有事，前面还有国军两个王牌旅顶着呢，那小日本子就这么容易过来？"

"也是，"姚二杠点点头，一挥手应允道，"那行，喝点就喝点。"

"得嘞！"二嘎子一个纵身，跃出了战壕。

姚二杠在后面提醒道："哎，去把你二师哥也喊来。"

"知道了。"二嘎子应着，颠颠地跑远了。

姚二杠也没闲着，转身回了窝棚。他把几个子弹箱摞起来，好歹算有了酒桌，再摆上几只海碗，又从草褥子下掏出半包花生米，这就算齐备了。没多大工夫，二嘎子和姚长生抱着一坛酒回了窝棚。

姚长生一进门就打招呼："师哥。"

"嗯。"姚二杠应一声，指着个子弹箱示意姚长生落座，问道，"长生，前面咋样？"

"没问题，"姚长生一拍胸脯，"弟兄们都守着呢，子弹磨得锃亮，就等小日本子来了！"

二嘎子给三只碗里满上酒，兄弟三人落了座。姚二杠端起酒碗，乐呵呵地说道："来，先干一碗，暖暖身子。"

"这咋上来就喝呢？"姚长生提议道，"这怎么着也算是过年酒吧，你这当大哥的，好歹也来两句祝酒词嘛。"

姚二杠乐了："嗯嗯，要不……要不我就整两句儿？"

"整两句儿，整两句儿，"二嘎子怂恿道，"师哥，来两句给劲儿的。"

"好！"姚二杠倒也爽快，他端着海碗站起身，轻咳两声正准备致辞。

不料，一个身手矫健的小伙子从战壕外跳了进来，挥舞着手里的信封，嘴里喊道："团总团总，有信，有信！"

"信？"姚二杠的脸顿时皱成了核桃仁，笑骂道，"我他妈才认识几个大字，还会有人给我写信，这不扯淡嘛。"

二嘎子问道：石柱子，咋？谁来的信？"

那个叫石柱子的小伙子回道："三哥，是前面国军乔营长派人送来的信。"乔营长，名叫乔云峰，是前线国军独立旅特勤营的营长。

姚长生朝石柱子身后瞅了瞅，问道："人呢？"

"走了，"石柱子答道，"骑着马来的，放下信急火火地就走了。"

"你说你……"二嘎子苦着脸埋怨道，"这大过年的，好歹留人家喝碗酒嘛，咋就不知道留留人家呢？"

石柱子叫苦道："三哥，你当我没留啊，人家说军务紧急，连马都没下，放下信就……"

"好了好了，走就走了吧，喝酒的日子以后有的是。"姚二杠吩咐道，"长生，来，你给咱念念。"

姚长生从石柱子手里接过信封，掏出信纸美滋滋地展开。浏览着信件，姚长生脸上的笑意慢慢变僵，再看下去，他的脸已经冷得能掉下冰碴子了。

姚二杠紧张地催促道："咋了长生，你倒是念呀。"

二嘎子似乎觉察到了什么，问道："二师哥，是不是……日本人来了？"

姚长生两眼冒着火，脖梗子上的青筋都绷了出来，他紧攥着那几张信纸，奋力地一挥拳砸在桌面上。霎时，酒洒了，碗碎了，手指上的血喷溅了出来。

"你这是要干啥？"姚二杠惊愕之余，心疼地喊道，"嘎子，快给你师哥把手包上！"

二嘎子和石柱子手忙脚乱地找来绷带，给姚长生包扎着伤口。二嘎子咧着嘴问道："师哥，到底是咋了嘛，你给句话呀。"

姚长生牙关紧咬，铁青着脸一言不发。身边的石柱子捡起那几张带血的信纸，刚看几眼，就傻在了那里。

姚二杠催问道："石柱子，那里头都说了啥？"

石柱子一屁股坐在地上，扯着嗓子骂道："他妈的！这些畜生，孬种！"一转头，盯着姚二杠哭号道，"团总，咱们让人给耍了！那些吃了肉不看门的狗杂种，全他妈跑了！"

姚二杠一愣，吃惊地问道："你说谁跑了，乔云峰跑了？"

"全跑了！"石柱子号啕着，"两个旅的国军啊，全他妈跑了！"

姚二杠愣愣地走出掩体，抬头望着阴霾的天空惨然一笑，难怪送信人连马都不下，原来是赶着逃命去了。几天前，国军的独立旅把阵地交给了姚二杠，说什么他们要"战略迂回"，敢情早就憋着坏水准备逃了。姚二杠咬牙骂了一句："我日你八辈祖宗！"

二嘎子紧跟出来，惊慌地问道："师哥，咋办？他们还没跑远，要不……咱去把他们追回来？"

姚二杠冷笑一声，骂道："一群吃人饭不干人事的畜生，追回来干啥？让他们滚吧，留在这里别脏了咱滨城的地界！"

二嘎子六神无主地杵在原地。

姚二杠低吼一声："让弟兄们集合，咱们自己干！"

寒风中，治安团三百多弟兄很快集合完毕。姚二杠冲着队伍咆哮："弟兄们，国军那些王八蛋言而无信，丢下咱滨城全他妈跑了！好家伙，两个旅的畜生，蹿得比他妈屙稀都快呀！啊？哈哈……"

队伍里出现一阵骚动。

姚二杠指着身后，继续吼道："咱身后十几里，就是咱们的老家，滨城的父老乡亲可都在看着咱们呢。你们说，咋办？"

片刻的沉寂过后，人群里有人喊："狗日的国军跑了，咱们跟小日本子拼了！"

"对，大哥，咱弟兄们可没孬种，杀一个够本，杀两个咱还赚一个呢，跟日本人拼了！"

"干死他们！咱不能给滨城的父老乡亲丢脸，不能给大掌柜的丢脸！"

……

姚二杠眼含热泪，双手一抱拳："谢了弟兄们，我二杠子给大伙磕头了！"说着，他挥泪跪地，"嘭嘭嘭"就是三个响头。

众兄弟一拥而上，搀起姚二杠："大哥，你这是干啥呢！"

有人开玩笑："大哥，这大过年的，你还想哄俺的压岁钱是咋的？"人群里发出一片哄笑。

姚二杠一抹眼泪，大吼一声："上酒！"

十几坛上好的烈酒摆在了阵前。那是师叔林敬轩为治安团和国军将士们准备的庆功酒，可如今那些背信弃义的国军畜生，竟然全跑了。庆功看来是用不上了，既然注定是一场死战，那就用这些酒给弟兄们壮行吧。

"干！"

"干！"

"满上！"

一通暴饮，烈酒烧红了壮士们的眼，也点燃了壮士们的血。

……

到底要来多少日本兵？两个重装师团的精锐日军，应该不少吧？已经酩酊大醉的姚二杠却对此不屑一顾。

也难怪他如此轻蔑，"重装"是啥东西？又能"精锐"到哪里去？一个师团有多少日本兵？姚二杠对此一无所知，直到现在，他甚至都不知道日本人长啥样。可肚子里的烈酒让他浑身发热，血脉偾张，就像他那群醉倒的兄弟喊的一样："来吧，狗日的！爷爷等着你们呢，来多少老子宰多少！"

战壕、掩体和窝棚仿佛也被烈酒点燃起来，到处都能听到呼天喊地的谩骂和一声高过一声的胡言乱语。姚二杠摇晃着乱撞的身体，想回自己的那个小窝棚，可刚走两步，就一头栽倒在地……

也不知过了多久，姚二杠听到有人在扯着嗓子呼号："都起来！快起来！小日本子来啦！小日本子来啦！"

嗯？不像是做梦。姚二杠一激灵，顿时酒意全无。他翻身坐起，顺手抄起身边的一支步枪，发出一声满是酒气的暴喝："弟兄们，过年啦！抄家伙！"

……

第一章　暮色滨城

一九三八年，滨城。

黄历上说过了大年就是春，可温度还在延续着冬的严寒。天太冷了，冷得能冻掉鼻子。正月初五，街巷的雪地里还残留着鞭炮燃放后的碎屑，满地的残红昭示着喜庆，却并不代表太平。偌大的滨城街面上，行人寥寥，就是这少之又少的几个人，走路的样子也是战战兢兢、小心翼翼。

绝大多数人选择留在了家里。他们蜷缩在各自家中的热炕头上，小声说着话，尽管已经关严实了房门，可还是将声音压到了最低："咋？这说变天就变天，真的就换朝廷了？"

真的变天了，几乎就在一夜之间，滨城在无声无息中迎来了"改朝换代"。两天前的大清早，有人打开院门时，发现门口有大批的"黄军装"列队经过，各家各户的门前也都被人挂上了"膏药旗"。如今的滨城，已经是日本人的天下了。滨城百姓们唏嘘不已，心里虽带着点莫名的兴奋，更多的却是不安。这就改朝换代了？今后的日子会咋样呢？

别怪滨城百姓麻木不仁，也别说他们不爱国，因为那个"国"根本没给他们带来多少好处。其实把话说白了，哪朝哪代都一样，过得顺心的人盼着太平，过得不顺心的人盼着改朝换代。如今这年月，过得不顺心的人实在太多了，为数不多"过得顺心"的人整天在报纸上粉饰太平、鼓吹昌盛，厚颜无耻地代表着"民意"，教化着绝大多数"过得不顺心"的人，说些大局还是好的、生活还是不错的、明天会更好之类的假话空话。百姓们很无奈，也看不到希望，长久的压抑和无奈让他们只剩下一个盼头：快点改朝换代吧。

如今终于换了朝代，大家心里反而别扭起来，以后咱大中华就是小日本子的了？仔细想想，"大国子民"们又觉得心有不甘。

人们悄声谈论着。门外有大卡车慢悠悠地驶过，车上大喇叭播放着"安民告示"，说大日本皇军已经接管了滨城，皇军体恤百姓，希望大家不要惊慌，要维持现有的生活秩序。

维持现有秩序？大伙听了不免泄气，那就是还和从前一样呗！

临近中午，街巷上的行人渐渐多了起来。

所城里，是位于滨城轴心地段的一处建筑群，在此居住的俱是滨城的名门大户。往来的人们路过一扇紧闭的黑漆大门前，纷纷驻足。这处外观并不算扎眼的大宅子，便是滨城赫赫有名的"林府"。

此时林府门前的七级台阶下正聚拢着一群人。看衣着，这应该是一群"过得顺心"的人。他们一个个面色红润、肥头大耳，身上也尽是狐皮貂毛，只是脸上没有了以往的高傲和泰然自若，神色一片惶然，犹如惊弓之鸟。

为首那人举目环视四周，和大伙交流了一下目光后，像是自言自语地说道："行了，人来得也差不多了，敲门吧。"

有人提醒道："哎，郝记还没到呢，要不要再等等？"

为首那人掏出怀表瞅了一眼，有些恼怒："这都什么时候了！昨天第一个通知的就是他，不等他了，敲门吧。"

"嘭嘭嘭"，有人登上石阶叩响了那扇黑漆大门的门环。很快，一个中年男人打开了院门。大伙进门后没有寒暄，只是冲那中年男人拱了拱手，算是打过了招呼，之后便井然有序地拥进了院子。

林府正堂上，一个四十多岁的中年汉子端坐在太师椅上。他凤目微闭，手里正哗啦哗啦地把玩着一对硕大的钢球。此人正是这所大宅的主人，也是滨城里响当当的人物——商会会长林敬轩。

此时的林敬轩看似泰然，可偶尔抽动的嘴角却暴露了他内心的不安。

"老爷，有客人到访。"管家老阿福在门外禀报。

林敬轩微微睁开眼。此时，老阿福正站在正堂门外，身后毕恭毕敬地站着一群滨城的富贾豪绅。林敬轩不动声色地朝正堂两侧的椅子微微一抬手臂，富贾豪绅们便次第进了正堂，按座次一一落了座。

老阿福吩咐下人给众人上了茶，便垂首站到了东家林敬轩的身侧。

为首那人欠了欠身子，小心翼翼地说道："大掌柜的，外面变天了，日本人来了，您给大伙拿个主意吧。"

林敬轩没有说话，众人只能听到他手里的钢球已然加快了旋速，哗啦哗啦……

寂静的空气里弥漫着不安的气息。有人沉不住气了："大掌柜的，您瞧这外面，又是枪又是炮的，到处是日本兵，咱们这心里没底啊！大掌柜的，您给大伙拿个章程吧，我们都听您的。"

林敬轩的无动于衷让大伙更加不安，渐渐地开始有人交头接耳起来。

"大掌柜的也不发话，这买卖到底还开不开了？"

"大掌柜的今天是怎么了？"

"你说这是什么世道啊，这日本兵咋说来就来了？"

……

众人正窃窃私语间，只听林敬轩一声咳嗽，屋里顿时安静了下来。大伙知道，大掌柜这是要说话了。

林敬轩睁开眼，老阿福伸手接过他手里的钢球，顺手交给身旁的下人，然后双手端起茶盏递了上去。林敬轩接过茶盏轻啜一口，闭眼漱了漱口，一低头，将那口茶吐进了老阿福伸到面前的碗里。随后他清了清嗓子，环视一下眼前众人，这才开口："慌什么，在滨城的街面上，各位也算是有头有脸的人物，大风大浪几十年，到最后反倒被几个倭人吓成这个样子，也不怕传出去遭人耻笑。"

众人都难为情地笑了笑，气氛好像缓和了许多。为首那人再度起身，恭敬地说道："大掌柜教训得是，还是请您给大伙拿个主意吧。"

"哼！"林敬轩脸上浮起一丝轻蔑的笑，懒洋洋地说道，"饿了吃饭，病了吃药，热了穿绢，冷了换棉，这都是天经地义的事。莫说是几个日本人，就算是天王老子来了，也得容老百姓过日子吧。"

众人纷纷点头称是。

林敬轩朝众人一抱拳："我奉劝各位，安心回去，守好自己的买卖，做好自己的本分，以前怎么过的，现在还怎么过。这天只不过是变了，又不是塌了。"

听了这话，众人安心了不少，可仍有人似乎心有余悸："大掌柜的，您怎么说，我们就怎么做。不过……大掌柜的，日本人那边，咱们是不是也该找几个人过去，探一探口风啊？"

林敬轩板起了脸，冷冷瞄了那人一眼，讥讽道："日本人那边，咱们是吃着他的了，还是用着他的了？他们又不是我亲娘老子，我用得着去探他们的口风？恕林某直言，我还真不至于贱到那种地步。"

"就是就是，大掌柜这话说得好，你瞧你问的那都是什么话！"

"咱们做自己的买卖，犯得着跟日本人商量吗？"

"有大掌柜的在，咱们就按他说的办！"

……

众人齐声附和着，一起看向刚才问话的那人。那人红着脸喏喏道："我多嘴，我多嘴，我这担心就是多余。"

林敬轩微微一笑，朗声说道："阿福，吩咐一下厨房，中午多备些酒菜，今天我要留客人们吃饭。"

大伙心里明白，大掌柜的这是要送客了。

老阿福规规矩矩地应了声诺，刚要离开，就见客人们纷纷起身作揖："不敢劳烦大掌柜的，我们柜上都还有事，过来听了您的教诲，我们心里也就有底了。大掌柜的别麻烦，我们这就回去忙了。"

林敬轩也未多做挽留，伸手拿起了支在太师椅旁的手杖，作势要起身。众人见状纷纷上前敬劝："大掌柜请留步。"

眼看着客人们远去，林敬轩满面怒容，挥舞着手杖，咆哮着怒骂道："饭桶！怂货！草包……"手起杖落，势大力沉，离他最近那两张桌子上的茶杯茶壶，被尽数扫落在地，摔了个粉碎。几个下人吓得躲到了墙角，噤若寒蝉。

或许是听到了响声，三个女人急匆匆地进了正堂，她们是林敬轩的三房太太。为首的大太太惊愕地问道："怎么了这是？敬轩，怎么动了这么大的怒气？"

见到三位太太，林敬轩收起怒容，很恭敬地一颔首："哦，是大姐来了。敬轩无礼，惊动您了。"

就在这时，有个清脆的声音从正堂外传来："哟，这是哪个不长眼的惹了咱老爷子？这热闹我得瞧瞧。"随着话音，一个身着笔挺西装的帅小伙出现在正堂门前，小伙子抬手煞有介事地数了数地上的茶碗残渣，"一个，两个，三个……哟呵，这么多，这火上得不轻啊……得，我还是先避一避吧。"说完，脚底抹油就想溜。

"站住。"声音不大，但足够威严。

小伙子浑身打了个激灵，收住脚步，杵在原地。

"你这是要去哪儿？"林敬轩淡淡地问道。

小伙子回转了身，指了指头顶那片天，嬉皮笑脸地应道："瞧您这话问的，这时候我还能去哪儿？鲁香园呗，今天晌午约了几个朋友小聚一下。"

"不许去！"林敬轩威严地说道，又吩咐管家老阿福，"都给我听好了，从现在起，没有我的允许，谁也不许踏出林府半步。"

"啊，凭什么？"小伙子瞪大双眼，噘嘴道。

林敬轩头也不回地出了正堂，只冷冷留下一句话："凭我是你老子。"

小伙子傻站在原地，直愣愣地盯着林敬轩走远的背影，暗骂一声："军阀。"

老阿福窘迫地笑着，凑过去："少爷，你看这……"

"得得得，真败兴！"小伙子不耐烦地挥了挥手，嘴里嘟囔着，"不去就不去，有什么了不起的。"说完，悻悻地朝侧院走去。

这个桀骜不驯的小伙子，正是林府的小少爷、林敬轩的小儿子林逸飞。

林敬轩回到书房，依然怒气未消。他刚才那番怒骂，骂的不是那些到访的客人，而是这个糜烂的世道，是那个无能的政府，是那些贪生怕死的军队。可如果非要具体到某一个人的话，那就应该是二杠子。

二杠子本姓姚，在家排行老大，之所以称他"二杠子"，是因为他本来有一个哥哥，但幼年时患病夭折。二杠子时年三十多岁，是土生土长的滨城人，算是林敬轩的徒弟，也是维持一方平安的"滨城治安团"团长。

滨城是座三面环海一面环山的海滨小城，位于胶东地区东首，风景秀丽，气候宜人。说来也怪，千百年来兵荒马乱、朝纲更替，唯独这里风调雨顺，从未遭过大的天灾。什么地震海啸、水涝旱歉，跟这里一点都不沾边，纵使外面烽火连天，此地也照旧祥和太平。也许正是由于这些原因，这里成了洋人们在胶东最早开埠经商的港口。

滨城虽然民风淳朴，但尚武之风却很盛，尤其值得一提的，这里是威震海内外的"螳螂拳"的发祥地。鼎盛时期，各家各户都有个把"练家子"，随便走出一个其貌不扬的汉子，都有可能是绝技在身的高手。

滨城的习武之人经常聚在一起交流心得，互相切磋技艺，定期举办"比武会"。因为是以武会友，所以交手时大多点到为止，一方技差一招，切磋也随之宣告结束。输的人一拍身上的浮尘，抱拳说声"佩服佩服"，赢的人赶忙抱拳回礼"承让承让"，无论输赢，大伙都是一团和气，绝少有人为此伤筋动骨。因为是以"倒地"为胜负评判标准，所以滨城人管这种切磋方式叫"撂跤"。那座经常用于大伙习武切磋的操场，也就成了"跤场子"。

二杠子自幼跟随名师习练螳螂拳，他的师父就是滨城大掌柜林敬轩的同门师兄。所以，二杠子尊称林敬轩为师叔；而林敬轩本人也确实是一位实打实的螳螂拳高手。

前几年，二杠子的师父得了一场重病，不治身亡。打那时候开始，二杠子便和他的几个师弟一起转投到师叔门下，追随林敬轩学习武艺。二杠子自幼身子骨结实，生得虎背熊腰，天生就是块练武的好材料，而且人机灵，又肯吃苦，不多久就成了"跤场子"里小有名气的拳师。

早些年，滨城周边经常闹匪患，为了防匪，成立了护城保民的民团。二杠子因为武艺高强，又有声名显赫的师叔林敬轩保荐，年纪轻轻的就成了民团的"团总"。虽然只是个负责兵勇操练的拳师，好歹也算是吃上了官粮。再后来，世道越来越不太平，外面的军阀开始了混战，周边又是匪患横行，滨城的民团在几次扩编之后，队伍逐渐壮大了起来。目前已经有了三四百人的规模。民团也改名为"治安团"，二杠子由此从"团总"变成了"团长"。

军阀间的混战还没消停，这个满目疮痍的国家又出了大事：日本人炸死了东北的张大帅，把整个东四省（黑龙江、奉天、吉林、热河）给占了。听说东四省比"小日本子国"还要大，那可是不小的一块地盘儿啊。

就在一个月前，前方传来了坏消息，前线吃紧，国军节节败退，日本人的军队正步步逼近滨城。一时之间，滨城百姓人心惶惶。

国军的两个整编旅退守到了滨城，驻防在滨城城外，大挖工事壕沟，要在此"痛击倭寇，死守滨城，誓与滨城共存亡"。大家都知道，这将是一场破釜沉舟的血战。因为到了滨城，国军已经退无可退，前面是穷凶极恶的日本人，身后……全是大海啊！

二杠子的治安团也不含糊，保家卫国、匹夫有责，弟兄们一个个摩拳擦掌，铆足了劲要与国军弟兄们并肩作战，痛击日寇。从获知战事将起的那天开始，二杠子就加紧了对治安团操练，他甚至专门邀请师叔林敬轩来到"跤场子"，检阅了他的治安团。

检阅归来，林敬轩激动之余有些心酸。在他眼里，治安团的武器太寒碜了，全团四百多号人，却只有三十多条快枪，还有一部分鸟铳和土炮，绝大多数兵勇手里拿的竟然还是大刀、长矛和梭镖——这样的武器怎能上阵杀敌？

老话说"工欲善其事，必先利其器"，林敬轩当即以滨城商会的名义发起了一场募捐，他自己更是慷慨解囊，捐出了二十根足金的"黄条子"。

有钱好办事，在驻防国军弟兄的关照下，治安团鸟枪换炮，更新了装备。尽管手里的武器依旧不能与装备精良的国军弟兄相比，但算上原来的鸟铳和土炮，好歹也算人手一条枪了。装备一新的治安团将士精神抖擞，气势恢宏，迫不及待地要与来犯的倭寇决一死战。

可谁曾想到，面对倭兵压境，国军两个整编王牌旅再加上滨城的治安团，几千人的队伍竟一弹未放，连声枪响都没有听到，就把滨城拱手让给了日本人。

这让林敬轩如何咽得下这口恶气！

林府小少爷林逸飞悻悻地回到自己居住的侧院，一想起刚才的事情他就来气。昨天和几个狐朋狗友都已经约好了，今天中午先到鲁香园海吃一顿，下午再一起到茶园子听相声去。据说茶园子刚从天津卫来了两个说相声的，满口的荤段子听来煞是过瘾。林逸飞正欲前去一饱耳福，谁料到，也不知哪个丧门星惹到了老爷子，害得自己也受到了牵连，平白无故挨了一顿骂不说，还被禁了足。

林逸飞今年刚好二十岁，是府里的二少爷，他还有一个比他年长五岁同父异母的哥哥林逸鹏。林逸鹏是林府的长房大太太所生，而林逸飞的生母则是林敬轩的二姨太。

除了林逸鹏的母亲和林逸飞的母亲，林敬轩几年前又娶了一个品貌绝佳的三姨太。三姨太原本是个唱青衣的戏子，艺名小翠仙，在伶界也算小有名气，被看戏的林敬轩相中娶了回来。自从嫁入林府，小翠仙表现得甚是贤惠，对两个"姐姐"恭敬有加，三个女人相处起来算得上是一团和气。

林逸鹏、林逸飞自幼随父习武，两个小子天资聪慧，在武学方面也算学有所成。说起长子林逸鹏，林敬轩甚为满意，逸鹏人长得相貌堂堂，武功好，学问也好，参加乡试也名列前茅。到省城读了两年高级学府，他自己报名考上了军校，如今刚满二十五岁，便已经是国军韩大帅麾下的少校参谋了。滨城人谈及林敬轩的这个长子无不竖起大拇指：虎父无犬子，后生可畏，真是前途无量啊！

可提起林府小少爷林逸飞，周围熟悉他的人无不摇头叹息，恨得直磨后槽牙："那根本就不是个玩意儿，简直就是个转世的魔王！"林敬轩更是捶胸顿足，叹息此子"朽木不可雕也"。

林逸飞也确实太不让人省心了，唯一能说得过去的，就是这小子天生有悟性，武功练得不错。同样一套拳法，大哥林逸鹏认真揣摩两遍就能学会，对此，林敬轩已经很满意了；可林逸飞只在一旁心不在焉地瞅一遍，就能练得有模有样，这让林敬轩大为惊奇。

如果再要找点林逸飞的其他优点，那就是这小子长得比他哥哥还要帅，浑身透着机灵。可是很遗憾，他的机灵劲儿全用在不务正业上了，书读得一塌糊涂，偷鸡摸狗倒是样样精通。林敬轩屡屡痛下决心要对此子从严管教，却又力不从心，因为全家人都护着林逸飞，尤其是大太太。

大太太比林敬轩年长三岁，是父母在他十六岁时娶进门的。林敬轩对这位温婉贤良的大太太十分敬重，一直尊称她为"大姐"，不敢有丝毫冒犯。而大太太对林逸飞的疼爱甚至超过了自己的亲生儿子林逸鹏，简直到了溺爱的地步。

小时候，林逸飞每次闯了祸，先想到的不是去找他的生母，而是撒腿就往大太太房里跑。一进门就扎进大太太怀里，没命地哭喊："大妈快救救小飞啊，林敬轩要杀人了！"

每到这时，大太太都会忍着笑环抱住林逸飞，柔声柔气地安慰："小飞不怕，有大妈在呢，谁也别想动我们小飞一根指头。"

望着房内亲密的母子相依，林敬轩总在屋外气得跺脚："大姐，您总这么惯着他，迟早是要惯出毛病的！"

大太太却不管这些，总是不愠不火地回话："满家就数着他小，我不惯着他惯谁？敬轩你就放心吧，咱家小飞的心可善着呢，惯不坏。"

以前，林逸飞最听大哥林逸鹏的话，是典型的"大哥跟屁虫"，对大哥言听计从。有了大哥的管束，他的那些淘气行为有所收敛。可林逸飞十一岁那年，大哥到省城读书去了，这下子林逸飞没了缰绳，身后又有大太太护着，于是张牙舞爪到了有恃无恐的地步。

那一年，林逸飞也不知在哪里看到别人"斗虫"（斗蛐蛐），一下子着了迷，书也不读了，抱着个蛐蛐罐一瞅就是一整天。林敬轩实在忍无可忍，抢过林逸飞的蛐蛐罐摔了个粉碎，把他最心爱的"虎头大将军"当场摔断了腿。这下子把林逸飞心疼得一塌糊涂，哭得呼天喊地。当天夜里，林逸飞抹着眼泪去了林敬轩的书房，"大义凛然"地通知父亲："算了，人死不能复生，我的'大将军'也不用你赔了，回头你给大妈买个新簪子吧。"

簪子？簪子跟蛐蛐有什么关系？细问之下林敬轩才知道，原来那只被摔残的蛐蛐竟然是林逸飞骗了大太太的金簪子出去换的。怒火中烧的林敬轩当即反锁了房门，给了这个逆子一顿酣畅淋漓的暴揍。那天夜里，林逸飞杀猪般的哭嚎至今仍让林府上下记忆犹新。

后来长大一点了，林敬轩按照培养大儿子的路数，将林逸飞也送到了省城。可刚送去一年多，世道乱了，林敬轩几乎每天都能从报纸上看到省城学生"罢课""游行""示威""请愿"……他就纳闷了，这些学生不好好念书，这是要发疯还是咋的？为了小儿子的安全，林敬轩无奈之下，又把林逸飞召回了滨城。既然书读不成，那就跟着学做生意吧。

可谁能管得住林逸飞啊，稍不注意他就溜出去玩了。跟着账房学了半个月理账，捉回来一问，他连算盘珠子有几颗都不知道。看着吊儿郎当的小儿子，林敬轩气不打一处来："孽障！你如果能赶上你哥哥一半，我就是死也瞑目了！"

林逸飞却一脸的不服气："我怎么了，你干吗总是看我不顺眼！你这是偏见，懂吗？我也想学我大哥去当兵，你咋不让我去？"

林敬轩有自己的打算，大儿子成体统、稳重，走到哪里他都放心，可这个小儿子行吗？再说，已经有一个儿子为国效力了，他怎么再舍得让小儿子也离开自己？况且林府偌大的家业，总要留个儿子在身边帮着打理。

恨铁不成钢啊！林敬轩指着小儿子的鼻子骂道："你也想跟你大哥比？你也不掂量掂量自己的分量！你大哥到了军队那是将才，你行吗？你去了顶多算一堆炮灰！"

为了让这个顽劣的家伙收收心，林敬轩听从了大太太的建议，给林逸飞定了一门亲事，亲家是滨城凤霞县首屈一指的大户宋恩万。宋府与林家世代交好，宋恩万有个掌上明珠，名叫宋紫依。

说起宋紫依的名字，有点意思。宋恩万婚后多年膝下无子，大太太一直没有生养，后来他又娶了二太太，好不容易怀上胎，满心盼着是个儿子，谁承想却是个丫头。女儿出生后，二太太问他："老爷，给孩子取个名字吧。"

宋恩万气恼万分："一个丫头片子，还起什么名字！"

二太太委屈得直哭："丫头咋了，俺自己乐意。"

一句"自己乐意"就成了小丫头的名字：紫依。别看宋恩万当初对紫依一千个不稀罕，可几年后，眼见小丫头越长越水灵，这个闺女也就成了宋恩万的心头肉。

宋紫依那年芳龄十八，是凤霞县出了名的美女。她两年前开始在滨城读女中，半年前听说要打仗才休学回了家。林敬轩去凤霞县提亲的时候，三个太太也跟着一起去了，三个太太对准儿媳满意得不得了。因为彼此相熟，知根知底，两家约定好了，来年开春就给两个孩子办喜事。

林逸飞只在小时候见过宋紫依，好像是哪一年春节，宋恩万带着年幼的女儿到林府来拜年。宋紫依现在长成什么样子，他很好奇，于是偷偷地去向大妈和母亲打听。大妈是这样说的："臭小子，你可真有福气啊！你就安心回去等着成亲。你那个媳妇啊，比画上的还俊呢。"

尽管如此，林逸飞还是有些不放心，他甚至对大妈和母亲的审美产生了怀疑。比画上的还俊？难道能比小春喜还漂亮？

小春喜是林逸飞的贴身丫鬟，家在滨城郊外的小姚村，小时候因为家里穷，十岁时就被爹娘卖到了林府，如今已经有六个年头了。别看小春喜出身贫寒，长得可俊俏着呢，凤眼柳眉，一身的细皮嫩肉，轻轻一捏感觉能掐出一包水来。平日里虽然总是穿一身略显肥大的衣衫，让人瞧着有些弱不禁风，实则体态婀娜，该胖的地方一两不少，该瘦的地方盈盈而握。

就在四个月前，林逸飞刚回滨城不久的一天夜里，他在茶园子听了半宿荤段子，回到府中，那些荤段子撩得他心里痒痒，瞄着小春喜，就起了歹心。于是，他借口后背痒痒，将小春喜骗到了自己的被窝里，夺了她的身子。从那以后，尽管小春喜时时躲着这个"恶少"，但是防不胜防，还是屡屡被他占到便宜。

言归正传。林逸飞见出门无望，便垂头丧气地回到了林府侧院自己的房间，百无聊赖地翻弄着那几本闲书。恰在这时，小春喜袅袅婷婷地走了进来，一脸幸灾乐祸："哼，老爷训你了吧？不让出门了吧？该！"说完，拿起抹布轻快地走向柜子，仔细地擦拭了起来。

林逸飞将小春喜上下一打量，眼珠子一转，轻声唤道："小春喜，你来。"

小春喜觉得有些莫名其妙，问道："去哪儿啊？我不是在这里了吗？"一转头，发现少爷已经虚掩上房门，她暗叫一声不好，撒腿就想往门外跑。可是已经来不及了，少爷坏笑着挡在门口，她那慌张的一逃，反而更像是主动投怀送抱，竟一头扎进了少爷的怀里。

小春喜一边抵抗，一边低声哀求："少爷，这大白天的，求求您了！别……您松手……少爷您别……"

算了，挣扎是多余的，少爷的手已经顺着衣摆伸了进去，俯着身子揉摸着那两团嫩嫩的丰盈。小春喜咬着嘴唇，几乎瘫在了少爷的怀里。

"嘭嘭嘭"，敲门声救了小春喜，她惊醒一般地推开少爷，慌张地整理着自己的衣衫。林逸飞回头懊恼地喊道："谁啊？"

门口传来了管家老阿福的声音："少爷，老爷让我喊你吃饭呢。"

林逸飞没好气地嚷道："不吃不吃，没胃口！"

老阿福似乎没有听到他的话，语调柔和地继续说道："少爷，老爷和太太们都在等着你呢。"

林逸飞无奈，伸手打开房门，回头朝小春喜狡黠地一眨眼："等我啊，吃完饭我就回来。"

小春喜本能地用双手护住了胸前，气恼地一跺脚："快去吃饭吧，谁等你啊，讨厌。"

少爷走了，小春喜望着他的背影，却偷偷地笑了。在小春喜眼里，少爷可是真好。自从经历了四个月前的那个夜晚，她觉得自己已经是少爷的人了。其实，她觉得自己早就是少爷的人了，不过，自从少爷要了她的身子，她才觉得自己真正是少爷的人。

就在几天前，二太太来侧院找过小春喜，悄悄告诉她，其实她和少爷的事，根本就没瞒过太太们。二太太要小春喜好好照顾少爷，等来年开春少爷成亲以后，二太太会给她做主，把她也嫁给少爷，做二姨太。

说起来，小春喜似乎并不在意那些名分，她只是想能一直留在林府，能永远留在少爷的身边。不过，如果真有了那个名分的话……想到这些，小春喜的脸上泛起了一阵潮红。

去正院的路上，林逸飞想起一件事，扭头问管家："哎，福叔，你刚才跟我说什么？老爷和太太们在等我吃饭？"

老阿福紧跟两步："回少爷，是。"

林逸飞挠了挠头："啥意思？也就是说……我大妈和我妈今天都出来吃饭了？"

老阿福笑着回话："回少爷，是，老爷和三位太太都在等你呢。"

这就奇怪了，大太太多年前就开始吃斋礼佛了，后来林敬轩娶了三姨太，二太太也加入了修禅的行列，每天一早就去大太太房里，跟着大太太读佛经、学佛法。因为素食吃斋，她俩很少出来和大家一起吃饭。再后来，因为不愿意与父亲见面，林逸飞索性也改在自己的房间里用餐了。如此一来，留在正院饭堂用餐的，就只剩下老爷林敬轩和三姨太了。今天又不是啥大日子，两位太太怎么舍得移驾正堂，出来吃饭了？

歪着脑袋细细一琢磨，林逸飞明白了，一定是因为上午老爷子动了怒气，两位太太想出来陪他吃吃饭，顺便安抚一下。正想着呢，二人已经走到了正堂门侧的饭堂。林逸飞侧着脑袋往屋里一瞧，林敬轩和三位太太果然都在等着，满桌的美味佳肴，只不过大太太和二太太面前是几样素菜和斋饭。

林逸飞按规矩给众人请了安，落座，一瞅桌上那些菜，眼前一亮："哎呀，今天是啥好日子，都是我爱吃的菜。"

老阿福凑上前，俯首解释道："少爷，大太太听说你晌午要去鲁香园，老爷没准，她怕你受了委屈，特意嘱咐下人去鲁香园订了几道菜。你瞧瞧，还合你的胃口吧？"

林逸飞冲大太太一抱拳，作感激涕零状："还是大妈对我好！大妈，您就瞧好吧，以后我一定加倍孝敬您。"

众人都笑。

林敬轩也笑道："大姐，您总是这么宠着他，对逸鹏也从来没这么好过。"

大太太满面慈悲，和颜悦色地说道："这怎么能算宠呢，小飞正是长身体的时候。阿福，告诉家里的厨子，以后尽量多做些小飞爱吃的饭菜，合了胃口才能吃得多、长得壮。"

不待老阿福回话，三姨太小翠仙掩嘴轻笑道："大姐，咱家小飞可都二十了，还长身体呢！那我也是长身体的时候，我也要多吃。"

大太太揶揄道："哎哟，这是谁在说话呀，也不知道这话是说给谁听的。我就琢磨着，我和她二姐不争也不抢，潜心礼佛，连口荤腥都不沾，难不成老爷还是亏了她的嘴？"

众人皆掩嘴偷笑，唯有林敬轩和小翠仙红了脸。小翠仙嘟囔："明天我也礼佛去，敢情在那些佛经里，还能学到挤对人的本事。"

大太太紧张地说道："可不敢，你要是也进了我的佛堂，亏嘴的可就是咱家老爷了。"

小翠仙的脸更红了，用小拳头捶打着林敬轩，撒娇道："敬轩，你看呀，眼睁睁着大姐欺负人，你也不帮我。"

林敬轩偷瞄了一眼对面正偷着乐的林逸飞，红着脸低声叫苦："大姐欺负你，你打我干什么？"

大太太忍住笑，叹息道："唉，我这人心软，真见不得自己的男人受委屈。行了行了，这个恶人还是我来做吧。"说罢，她扭头吩咐，"阿福，去告诉厨子，以后烧饭，也要多顺着三太太的心思。"

老阿福憋得脸红，却愣是不敢笑出来。大太太又问道："咋了？给句话呀，这事儿我做不了主？"

老阿福赶紧回话："回大太太，记着呢，记着呢，管保错不了。"

大太太很欣慰："就是，喂美了她的嘴，你家老爷也少受欺负。"

大伙都忍着笑，林敬轩赶紧拿起筷子打圆场："这菜都凉了，快吃快吃。"可是他的筷子刚伸到菜盘的边缘，却又缩了回去，只见他眉头一蹙，问道，"阿福，鲁香园今天开门了？"

老阿福微微一颔首："回老爷，年初三就开门了，不过好像店里也没什么客人。"

"哦……"林敬轩的筷子再次伸向了菜盘，却再次收了回去，他"啪"的一声放下筷子，站在他身后的老阿福被吓得一哆嗦。

林敬轩板着脸问道："我上午跟你们是怎么交代的？我不是说了，没有我的允许，任何人不得踏出林府半步，你们……"

大太太笑着拍了拍林敬轩的腿，劝慰道："快吃吧快吃吧，别怪他们，是我让他们去的。"

"哦，对对，我竟然把这事儿给忘了。"林敬轩难为情地笑了笑，重新拿起了筷子。

自打年三十起，一家人就没坐在一起好好吃过饭，这顿饭吃得和和美美。饭后众人各自散去，大太太和二太太去了佛堂，林敬轩随三姨太去了她的卧房，林逸飞则独自回了自己居住的侧院。

林逸飞有午休的习惯，小春喜早早就给他收拾好了床铺。远远地看到少爷从院门处走过来，小春喜一溜小跑地躲进了隔壁自己的房间，转身就拴上了房门。

眼瞅着小春喜轻盈地溜走，林逸飞惋惜自己跑慢了一步。他拍着小春喜的房门，趴在门缝上低声唤道："小春喜，大白天的关什么门哪，快开开，我想跟你说会儿话。"

"我不开，"小春喜倚着房门，娇声道，"你快回去休息吧，我也要休息了。"

林逸飞隔着房门哀求道："刚吃完饭，哪能接着就休息啊，要不……你陪我过去看会儿书？就一会儿，求你了好春喜。"

门里的小春喜已经羞红了脸："那……那你得保证，好好看书，你……你不准欺负我。"

林逸飞满嘴答应着："行行行，我哪里敢欺负你啊。"

打开房门，小春喜又看到了那张带着邪笑的帅脸。

林逸飞贱兮兮地笑着，讨好道："我就知道，小春喜对我最好了。"

可是，小春喜的脚刚迈进少爷的房门，就被少爷从身后一把抱起。她在少爷的怀里，娇喘吁吁地哀求："别……少爷，你说过不欺负我的……你……坏蛋，求求你，等等……等等……"

还等什么啊！连小春喜自己都不想再等了，屋子里很快就传出了小春喜如泣如诉的呢喃……

第二章　强宾夺主

林敬轩躺在三姨太的床榻上，久久难以入眠，他的心里很乱，眼前的局势是山雨欲来风满楼啊！

小翠仙似乎读懂了老爷的心思，偎到林敬轩的怀里，细声问道："还在想那些事儿？"见林敬轩略显窘迫地笑了笑，又追问道，"是日本人的事儿？"

林敬轩微微点点头。

小翠仙轻抚着林敬轩的胸口，柔声劝慰道："以后别发那么大的火，上午可把我和两个姐姐给吓坏了。"

林敬轩苦笑着叹息一声，将小翠仙又搂紧了一些。就这么躺了半个多时辰，林敬轩觉得自己该醒了，不过，说实话，他根本就没有睡着。

林敬轩正欲起身，卧房门前传来了一阵细碎的脚步声，接着传来了管家老阿福的声音："老爷，日本人来了。"林敬轩蹙着眉头一怔，就听老阿福又补充道，"老爷，日本人到府上来了。"

林敬轩的脸色阴郁了起来，他起身后叹了口气，该来的，迟早要来。

待林敬轩来到正堂的前院，内院里已经有了些剑拔弩张的味道，院子里多了一队荷枪实弹的日本兵，枪上的刺刀寒光闪闪。林府的几个家丁也不示弱，拉开了枪栓，个个面色紧张，如临大敌。

喧宾夺主啊！不，应该是强宾夺主！

林敬轩步入正堂，几个腰挎指挥刀的日本军官已经在里面了，他们戴着白手套的手正在对博古架上的藏品指指点点，叽里呱啦地用日语在谈论着什么。听到身后的响动，几个军官回过头来，唰的一个立正，两只马靴"咔"的一声并拢，利落地一点头——想来这就算是鞠躬了。

为首的是个留着仁丹胡的日本军官，他用蹩脚的中国话问候道："林会长，冒昧到访，影响了您的休息，见谅，见谅。"

林敬轩一抱拳，不卑不亢地应道："不知有贵客到访，迎接来迟，海涵，海涵。"

"仁丹胡"的身侧，是个年轻的日本军官，他上前一步，恭敬地说道："林会长，可否让您的部下将枪收起来，如果不小心走火，那将是一件很遗憾的事情。我们不希望大日本皇军到滨城的第一枪是在朋友的府宅中打响的。"

林敬轩有些意外，他没想到这个日本军官的中国话会说得这么好，微微迟疑，林敬轩朝老阿福一点头。老阿福到正堂门前挥了挥手，家丁们纷纷收起了枪。

望着面前的几个日本军官，林敬轩又一抱拳，寒暄道："列位莅临寒舍，不知有何见教？"

年轻的日本军官微微一笑，恭敬地说道："林会长，久仰您的大名，今日得见，十分荣幸！请允许我们做一下自我介绍。"说着，他转头吩咐，"郝翻译官，拜托你了。"

一个身着西装、戴着日军战斗帽的中国人从日本军官的身后磨蹭着走了出来。他低着头，先介绍了为首的那个"仁丹胡"："林会长，您好，这位是大日本皇军在滨城驻军的最高司令长官，佐藤伊川大佐。"

林敬轩觉得这人的声音有几分耳熟，语调里透着怯懦，听着有些虚浮，好像很没有底气。

郝翻译官又恭敬地一指身边那位中国话流利的年轻军官："这位是佐藤太君的助手、滨城宪兵司令官小仓正雄少佐。"

小仓正雄随即挺直身板，朝着林敬轩又是一个立正。郝翻译官半转身，正准备介绍其他军官，不料被林敬轩一抬手打断了。他眯着眼仔细地端详起这位郝翻译官，而郝翻译官则低着头弯着脖子，竭力地躲避着林敬轩的目光。

林敬轩来到翻译官面前，矮下身子，侧歪着头看过去，这一看不要紧，林敬轩竟然笑了："哈哈，恕林某眼拙，这不是咱们的郝大少爷吗？你出息了，我是不是该给你道喜啊？"他的表情是那种见到故人后的惊喜，语调却充满了调侃和戏谑。

这个翻译官不是别人，正是滨城郝记商行掌柜郝丰年的公子郝玉文。算起来，郝玉文与林敬轩的长子林逸鹏同年，按说这小子原来挺有出息，前几年曾经留学日本，没想到他还真是"学有所成"，如今竟给日本人干上了翻译。

郝玉文的脸都快被林敬轩看出血了，他嗫嚅着："世伯，我……"

"别，哪里有什么世伯，"林敬轩大大咧咧地一抱拳，说道，"亡国之民林敬轩，给郝大翻译官请安了。"

屋里的气氛顿时尴尬了起来。小仓正雄冷笑一声："林会长，大日本皇军对您这种不友好的态度深表遗憾！"

"友好？"林敬轩也笑了，反问道，"咱们有交情吗？算得上'友'吗？如今你们成了这里的主子，林某一介草民寄人篱下，您这个朋友恕林某高攀不起啊。"

小仓正雄依旧不阴不阳地笑着，他看了看郝玉文，挥了挥手。

郝玉文恭敬地一点头，抬头窥视了林敬轩一眼，又慌忙将眼神避开，嗫嚅道："世伯，皇军……日本人想让您继续担任滨城商会的会长，还想任命您为滨城的首任大东亚维持会会长。"说完，他欠着身子退后了几步，不想让自己卑微的身躯过多地暴露在林敬轩的目光之下。

"并且，"小仓正雄补充道，"林会长，您还将成为皇军'鲁东道尹'的候选人之一。"

"哈哈……"林敬轩大笑一声，抱拳说道，"林某无意从政，恐怕要让几位军爷失望了。我在商界摸爬多年，现在已是年老体衰，不堪大用。军爷们的一番美意林某心领了，恕在下实难从命。"

小仓正雄冷冷地看着林敬轩，说道："林会长正直壮年，在滨城又有极高的威望，我们希望您能为皇军效力、为滨城父老多谋福祉。"

林敬轩笑着摆摆手："小仓少佐不必多言，林某自此闭门谢客，颐养天年，你还是另请高明吧。"

"哼！"小仓正雄的眼睛里闪过一丝寒光，威胁道，"林会长，我想您很有必要搞清楚一件事，皇军不是在和您商量，更不是在讨价还价，这是对您的任命。林会长，中国有句俗语，'识时务者为俊杰'，我们希望您再好好考虑一下。"说着，他一侧身，吩咐道，"姚司令，皇军希望你能多劝一劝你的这位师叔。"

姚司令？林敬轩顺着小仓正雄的目光望去，顿时火起，那只握着手杖的手因为用力过猛，骨节发出"咯咯"的爆响。他咬牙切齿地叫出了那个人的名字："二杠子！"

真的是二杠子！身材魁梧的他一直蜷缩着身子混在人群中，林敬轩竟然没有发现。此时的二杠子穿着一身蓝灰军装，头上还戴着一顶大檐帽。

看着二杠子这身军装，林敬轩明白了。他凄惨地一笑，抱拳说道："再恕草民眼拙，林某拜见姚团长。"

二杠子的脸憋得酱紫，眼泪已经在眼眶里打转："师叔，我……"

小仓正雄得意地笑了："林会长，他现在已经不是团长了，请允许我重新给您介绍一下。"说着，一指二杠子，"他现在已经是大日本皇军治下守备部队、滨城保安军的司令了。"

"姚司令，"林敬轩苦笑着摇摇头，淡淡地感慨道，"好啊，好，太好了，好一个识时务者为俊杰！姚司令，你可真是光宗耀祖啊！"

二杠子羞愧难当，他捂着脸，恨不能找个地缝钻进去："师叔，我……我对不起您！"

小仓正雄对着佐藤伊川耳语了几句，佐藤伊川冷眼将林敬轩上下打量了一番，然后快步朝正堂外走去。看来，这群日本人是要告辞了。

佐藤伊川走到门口时停了下来，他看了看院里那些林府的护院家丁，冷冷地操着他那掉牙漏口的中国话说道："林会长，以后的滨城，有大日本皇军的保护，太平大大地，你地，这些枪械地，统统地大可不必。"说完，他回头看了一眼姚二杠子，"姚司令，这件事情，就由你来处理。"说罢转身离去。

看着日本人离开，二杠子回到正堂，挪着步子来到林敬轩面前，怯懦地叫一声师叔。可话刚出口，林敬轩手里的手杖已经"咔嚓"一声落在了他的肩头，力道极大，手杖拦腰折断。

"师叔，您打死我吧！"二杠子跪倒在地，开始了哭嚎，"师叔，我对不起您，我没脸见您老人家啊！您现在就打死我吧，我早就不想活了！"

林敬轩手指着二杠子，气得手打哆嗦："孽障！你师父和滨城人的脸都让你丢尽了！想死，你给我滚出去死！我们林家虽算不上满门忠烈，可这里不想沾上汉奸的狗血！"话毕，指着门外一声咆哮，"滚！"

二杠子跪在地上继续号啕大哭。林敬轩气恼地将手里的半截手杖摔到了他的头上，锋利的手杖断面割伤了二杠子的额头，有血渗出来。老阿福见状慌忙让下人去取纱布和金创药，又跟林敬轩小声商量道："老爷，您看这……"

林敬轩闭上眼，无奈地点点头。得到了老爷的默许，老阿福给二杠子包扎起了伤口。

在太师椅上坐定，林敬轩沮丧极了，痛惜道："几千条汉子，一枪不放，拱手就把滨城让给了日本人，你们还有何面目留在这个世上！你又有何面目去见你九泉之下的师父？"

"师叔，咱……咱滨城让人家给卖了！"二杠子又是一声哭号，声泪俱下地讲起几天前发生的事情……

在日本重兵师团大兵压境时，国军高层将领经过一番思量，认为死守一座孤城拼掉两个整编旅没有意义，于是，驻防在滨城外的两个国军整编旅在战前突然接到了上峰的密电：保存实力，迅速撤离。

可彼时两个整编旅旅长却犯了难，就这么走了，说好的血战到底呢？说好的与滨城共存亡呢？临阵逃脱，他们怎么对得起身后几十万滨城父老？连日来，滨城百姓自发地前来慰问前线将士，滨城商会更是送来了大量慰问品……不战而退，这让他们情何以堪！更何况，面前就是如狼似虎的日本军队，那可是武装到了牙齿的几个整编日军主力师团，此时想要突围，恐怕为时已晚，可上峰的命令又不能违抗。

就在国军将领左右为难之际，日本人派来了劝降的谈判代表。经过协商，双方达成协议：大日本皇军给国军的两个旅留下一条逃生通道，保证他们全身而退；而国军要放弃一切抵抗，留下大型辎重，交出滨城。

与此同时，二杠子和他的治安团还被蒙在鼓里。

那天，两位国军旅长找到二杠子，谎称上峰有令，要他们转换阻击阵地。他们让二杠子的治安团负责镇守正面阵地，国军要做战术迂回，从侧面对来犯的日军发起攻击。

二杠子不明就里，很痛快地答应下来。就这样，国军的两个整编旅堂而皇之地撤出了阵地，从此不知去向。直到国军特勤营的乔云峰营长送来了那封信，二杠子才琢磨明白，滨城被国军抛弃了。

敌众我寡，怎么办？二杠子豁出去了，他动员自己手下的弟兄，和日本人拼了！可是二杠子打错了算盘，那场他期盼的血战没有到来，日本人根本没有从正面发起进攻，而是走了水路，从滨城的码头登陆了。

二杠子还忘了一件事，负责滨城港口岸防的国军也撤走了。一支由六百余名日军海军陆战队员组成的精锐部队，在十几艘大型炮舰的掩护下，由滨城码头成功登陆。二杠子和他的兄弟们还在阻击阵地上等着抛头颅洒热血，可他们身后的滨城，已经沦陷了。

日本人的谈判代表来了，他们提出的条件很简单：放下武器，马上投降，治安团任何反抗举动，必将遭到大日本皇军的残酷报复——屠城。

二杠子绝望了，为了滨城父老乡亲的安全，他们已经抱定了赴死的决心。

可如今滨城已经落到了日本人手里，反抗已经没有意义了。为了滨城，二杠子唯一能做的就是委曲求全，率队投降。

"我也是没有法子啊，师叔，我知道我该死，可如果我们不投降，滨城就要遭殃啊！"二杠子捶打着胸口，哭得肝肠寸断。

二杠子的哭诉让林敬轩一阵阵地心酸，他语气缓和下来："起来说话吧。"

老阿福抹着眼泪上前，扶起二杠子。

林敬轩似乎还有些不甘，问道："你们都……都投降了？"

"没有，"二杠子抹了一把泪，说道，"投降的前一天夜里，长生带着几十个人跑了，可能……可能上南山去了。"

二杠子、长生和二嘎子是师兄弟，原来都跟随林敬轩的师兄习武。数年前，林敬轩的师兄病逝，虽说林敬轩从未开门授徒，但还是将这兄弟三人收到了自己的门下。他们三人一直把林敬轩当做师父一样敬重。

林敬轩叹息道："就是去当土匪，也比留在这里当汉奸体面。"见二杠子杵在那里默默地擦眼泪，又问道，"二嘎子呢？他也跟着你到保安军了？"

二杠子双腿一软，扑通一声又跪在了林敬轩面前，眼泪喷涌而出："师叔，二嘎子他……死了。"

"什么？"林敬轩大惊失色。

原来，两天前，二杠子带着手下的弟兄们放下武器向日本人投降，日本人当场宣布，接受治安团的投降，保证治安团和滨城百姓的安全。但是，治安团必须接受大日本皇军的收编，为皇军效力。如果有人不想接受收编，可以自由退出。

此话一出，二嘎子便带着他手下的几十个弟兄走出了队列。日本人倒是很大度，仿佛兑现自己的诺言一样，称二嘎子他们这几十号人"来去自由，悉听尊便"。可是，二嘎子和那几十个弟兄还没走出多远，日本人藏在卡车里的机关枪就响了……

"几十个好兄弟，就那么没了！"二杠子揉着胸口痛哭失声。

林敬轩一闭眼，两行清泪滚落下来。老阿福和几个下人也在一旁抹起了眼泪。

片刻的静默之后，林敬轩缓缓地站起身，轻轻地挥了挥手："你走吧。"

二杠子苦着脸犹豫了一下，嗫嚅道："师叔，咱家的那些枪……"

林敬轩冷眼看了过去："怎么，你敢缴老子的枪？"

二杠子颓废地摇了摇头："师叔，日本人发话了，您好歹给我几支，让我回去交差吧。"

几百人的治安团都被人家收编了，整个滨城都成了日本人的，留下几支枪又有什么用？一念至此，林敬轩沮丧地挥了挥手："拿走吧，都拿走吧。"

林敬轩在正堂里呆坐了很久，他想起了小仓正雄眼中闪现的杀气……倾巢之下焉有完卵啊！略一思忖，他唤来了老阿福："阿福，我之前交代给你的那几件事，你办得怎么样了？"

老阿福恭敬地回答："回老爷，您放心，都安排好了。"

林敬轩点点头，吩咐道："那你就先带几个人过去吧。"

老阿福一愣，试探着商量道："老爷，那咱们是不是一起……"

林敬轩摇了摇头，安慰道："城里民心不稳，我还有很多事情要打理。你放心，他们目前还不会对我怎么样，你先过去，我会尽快安排好滨城的事情。"

当天夜里，老阿福就带着几个下人悄悄地离开了林府。

第二天一大早，林逸飞起床后去正院给父亲和三位太太请了安，正准备返回自己居住的侧院，却看到日本人又来了。今天来府上的几个日本军官，是奉了佐藤伊川大佐之命，前来"邀请"林敬轩会长去皇军司令部议事的。

林敬轩没想到，日本人会这么快又来找自己。他的心里有些不安，这次赴命，怕是凶多吉少啊！

几乎就在林敬轩离开林府的同时，一队荷枪实弹的日本兵冲进了林府，他们声称奉司令部之命，前来保护林府的安全。名为"保护"，可这些强盗进入林府后做的第一件事就是遣散了府上所有的护院家丁。

林府上下都明白，这哪里是什么保护，他们分明是被软禁起来了。

来林府的这队日本兵一共十二人，带队的是一个叫藤井的少尉。此人个子不高，但是身体却很粗壮，满脸络腮胡子，目光凶狠，浑身上下散发着一股暴戾之气。林府的下人们都很怕他。

林逸飞也被看押了起来，两个日本士兵就站在他的门前，无论他走到哪里，日本兵都跟在他的身后。出林府散心？想都别想，那是不可能的事。尽管知道那些日本兵不会对自己怎么样，可那种被人紧盯着的囚禁生活，让林逸飞感觉浑身不自在。

到了深夜仍不见林敬轩回来,林府上下的人都很担心。林逸飞也不例外,可是除了等待,别无他法。他躺在床上惦念着父亲的安危,辗转反侧难以入眠。虽然平日里经常顶撞父亲,可在他的心目中,父亲一直是他最敬畏的人。

父亲是这个家的顶梁柱,他不在府上,家里所有人都像是失去了主心骨。偏偏在这个时候,老阿福又不知去了何处。林逸飞心中清楚,父亲的耿直和无畏注定了他不会做汉奸,也断然不会接受日本人的委任。

既然如此,日本人会轻易放过父亲吗?

正躺在床上胡思乱想着,有人敲响了房门。林逸飞翻身起床,打开了房门。一个娇俏的身影闪了进来,是小春喜,此时她一脸凄楚:"少爷,我……我害怕。"

林逸飞捧着小春喜的俏脸笑了笑,小春喜顺势娇羞地偎到了他的怀里,央求道:"少爷,我害怕,今晚就让我在这里吧。外面有日本兵,我不敢一个人在屋里睡。"

求之不得!

第二天一大早,林逸飞照例去给太太们请了安。昨晚,母亲是在大太太房里睡的。请安后准备离开时,林逸飞犹豫了一下,低声问道:"大妈,有父亲的消息吗?"

大太太扭头看了看林逸飞的母亲,两个人都摇了摇头。

算了,没消息,也许就是好消息吧。

这样过了大概一星期,林逸飞在家里几乎要被憋疯了。他每天除了看看闲书,就是在自己的小院里练练拳脚、举举石锁,根本没有别的事情可做。

又一个夜晚来临,林逸飞照例去了前院,熄灯之前他要巡视府宅。这事之前一直是父亲每晚必做的,如今父亲和管家老阿福都不在府上,家里的护院家丁又被尽数遣散,作为这个家里唯一管事的男人,林逸飞必须承担起这份责任。

还好,一切正常。就在林逸飞准备离开前院回屋的时候,突然听到了一阵异样的响动。林逸飞收住脚步,警觉了起来,侧耳聆听,那声音好像是从三姨太的房里传出来的。

林逸飞走近了一些。夜里的林府很安静,屏住呼吸,那声音渐渐清晰了起来，是床板有节奏地撞击墙面的声音。再听仔细些，林逸飞听到了一个男人粗重的喘息声，中间还夹杂着女人畅快的呻吟。林逸飞的脑子嗡一声炸了，父亲不在家，难道小翠仙她……

侧转过头，林逸飞发现一直跟在自己身后的两个日本兵正在掩嘴偷笑。林逸飞觉得他们是在耻笑自己，他这辈子从来没有遭受过如此奇耻大辱！他真想上前一脚踹开房门，然后……可是他真不知道接下去该怎么做。

家丑啊！林逸飞快步离开三姨太的门前，可是又有些不甘，于是，他在远离那个房间的凉亭里坐了下来。

半小时后，三姨太的房门开了，衣衫不整的藤井少尉从屋里走了出来。出门时，他还不忘回头搂住小翠仙，在她潮红的脸上又啃咬了一番。

都说婊子无情、戏子无义，这话一点也不错。小翠仙以前就是个戏子，林逸飞没想到她竟然也是这种货色。父亲在家时，她装得秀外慧中，赢得父亲的疼爱；如今，父亲刚离家一个星期，这戏子就耐不住寂寞了，竟然和日本人上了床……

悲愤难抑中，林逸飞回了侧院。小春喜正在他的屋里酣睡，可林逸飞躺下后却怎么也睡不着，他索性起身下床，在书桌前坐下来。今夜小翠仙房里那一幕，在林逸飞的脑海中久久挥之不去。

夜深了，小春喜揉着睡眼坐了起来："少爷，你怎么还不睡啊？"

林逸飞挤出一个微笑，哄劝道："你先睡吧，我看会儿书，马上就睡。"

小春喜下床过来，从背后轻轻揽住了林逸飞，撒着娇："我不，你不睡我也不睡了。"

林逸飞回身，浅笑着抱起了小春喜，佯装无奈地笑道："好好好，那就让我来哄小春喜睡觉。"

这么多天，幸好有小春喜陪伴，林逸飞已经深深地爱上了这个俊俏的小丫头。他想等父亲回来后，央求父亲应允，让自己娶了小春喜。可是，父亲什么时候才能回来呢？

怀里的小春喜已经睡熟，可林逸飞睡不着，闭上眼，他的耳边就传来小翠仙和藤井的苟合之音。林逸飞仿佛看到小翠仙在日本少尉身下那副不知廉耻的妖媚，还有那两个日本兵幸灾乐祸的耻笑……

家门不幸，要不要告诉大妈和母亲？不能，她俩已经为父亲的事情担惊受怕了多日，不能给她们再添乱了。可难道就这样容忍下去？林逸飞真想去

28

宰了那对奸夫淫妇，可然后呢？不行不行，父亲不在，他还要照顾两位母亲，他必须学会隐忍。

第二天早上，林逸飞没有按照惯例去给小翠仙请安。他觉得已经没有必要了，小翠仙已经不是自己的"小妈"了，她不配。从昨晚开始，这个娼妇已经失去了做长辈的资格，她甚至已经失去了做"林家人"的资格。

但同住在一所大宅子里，不想见也要见。

那天上午，林逸飞有事从前院路过，却偏偏遇上了小翠仙出门。此时的小翠仙将自己打扮得花枝招展，出了房门后，亲昵地挽住早已等候在门前的藤井的胳膊，脸上露出妖媚的笑。就在这时，她也看到了林逸飞……三个人的目光相遇了。

藤井傲慢地挺了挺粗壮的身体，并对林逸飞轻蔑地一笑。林逸飞完全明白那笑容中的挑衅。

看到林逸飞，小翠仙惊慌地将头扭到了一边，却并没有松开挽住藤井的手，只是轻轻摇了摇藤井的手臂，像是在催促，之后便扭着腰肢和耀武扬威的藤井出了林府。

林逸飞紧追几步跟了过去，却在门口被两把带着刺刀的长枪拦住了去路。林逸飞望着小翠仙远去的背影，质问道："她为什么就可以出门？"

看守宅门的两个日本兵对视了一眼，随后撇嘴一笑。这种耻笑再一次提醒了林逸飞，现在的小翠仙已经是大日本皇军的女人了。

无可奈何的林逸飞回到院里，他希望小翠仙再也不要回来了，她的存在对于林府是一种极大的羞辱。

下午，小翠仙还是回来了。一回林府，便和藤井迫不及待地钻进了她的卧房……

第三章　林府血案

就这样忍辱负重地又过了几天，林逸飞度日如年。

一天上午，一个日本兵叫开了林逸飞的房门。这是个看起来很面生的日本兵，他用生硬的中国话说道："林少爷，请跟我们走，小仓少佐有请。"

林逸飞让小春喜反锁好房门，安心在家等自己，便跟随日本兵来到了前院。他本打算过去跟母亲通禀一下，可又害怕母亲为自己担心，一番思忖，还是作罢。

林逸飞的心情有些忐忑，不知道自己接下来会遭遇什么，但也心存了些侥幸，兴许此番前去，可以得到一点父亲的消息。

出了林府，林逸飞看到停在门前的一辆军用偏斗摩托车。很久没出大宅门了，门外的阳光似乎比院里的要暖和一些，林逸飞伸了个大大的懒腰。突然，他怔在了原地，门前停放轿车的位置，如今已空空如也。看来，日本人不仅仅是收缴了林府的枪械……

林逸飞坐上了摩托车，两个日本兵启动了引擎。车在路上横冲直撞，行人们纷纷惊恐地避让。一路绕了几个弯，摩托车将他带到了一栋大楼前。

林逸飞以前来过这里，最早的时候这栋大楼是法国人建的领事馆，后来法国人走了，这里就成了国民政府的一个什么办事机构。如今这里戒备森严，除了荷枪实弹的日本兵，还多了两座木制的碉堡，大门口处也架上了路障。门侧的大牌匾上书写着几个大字：滨城宪兵司令部。

在宪兵司令部二楼的一间办公室里，林逸飞见到了小仓正雄。

小仓正雄对林逸飞很客气，亲手给他倒了一杯茶，稍作寒暄便言归正传："林少爷，我们希望你深明大义，更希望你能帮助我们，好好劝一劝你的父亲。他目前的顽固不化和对皇军的敌视，对我们彼此都没有好处，你……明白？"

看来父亲是安全的！林逸飞略感心安。

林逸飞平静地问道："我父亲他……现在好吗？"

"很好。"小仓正雄看着窗外，不无炫耀地说道，"林少爷，我想你在来这里的路上已经看到了，在皇军的统治下，一切都很好，而且会更好。我们完全可以和平相处，让滨城的百姓安居乐业。当然，这个'我们'，也包括你和你的父亲。"

林逸飞笑了笑，试探着问道："小仓先生，我什么时候可以见到我父亲？"

小仓正雄没有直接回答这个问题，而是笑着一抬手，示意林逸飞喝茶。一个日本军官进了门，叽里呱啦地向小仓正雄说着什么。

别看林逸飞平日里游手好闲不肯读书，可这几句日语他倒是听明白了：佐藤伊川大佐求见。佐藤是滨城驻军的最高司令长官，他来干什么？林逸飞的心底升起一丝疑问。

小仓正雄犹豫了一下，朝林逸飞抱歉地一点头，便随那名军官出了房间。

林逸飞在省城读书时，他的国文老师姓程，是个进步青年，曾经留学日本，能说一口流利的日语。闲暇的时候，程老师就教学生们学日文。林逸飞第一次接触到母语之外的语言，出于好奇，学得很用心，虽然算不上精通，但这种简单的日常对话，他听懂还是没有问题的。

手里的那杯茶要凉透了，小仓正雄终于回到了房间，他郑重地一鞠躬，说道："对不起，林少爷，有些公务，让你久等了。"

林逸飞略显窘迫地一欠身："小仓先生，你太客气了。"

小仓正雄给林逸飞续了茶水，问道："我们刚才谈到哪里了？"

林逸飞笑了笑。小仓正雄似乎也想起了刚才未尽的话题，抱歉地笑道："哦，对对，真不好意思，你马上就可以见到你的父亲。我们希望你能在会面的时候说服他。并且，有一件事情你必须清楚，大日本皇军是友善的，但是，我们的忍耐也是有限度的。"

送林逸飞出门时，小仓正雄客气地道别："我还有一些公务，就不能陪你去见林会长了，请见谅。我会派人送你过去。林少爷，我们很期待林会长回心转意，我等你的好消息。"

林逸飞随两个日本兵下了楼，可刚走到宪兵司令部大门口，便有几个商贾打扮的人围了上来。

那是几个滨城商会的人，林逸飞对他们并不陌生。那几个人跟两个日本士兵打了招呼，便把林逸飞带到角落里。其中一人压低声音说道："二少爷，您可千万好好劝劝大掌柜的，这都什么时候了，干吗非要和日本人争一时长短？"

另一个人说道："是啊，留得青山在，不怕没柴烧。先答应着日本人，不就是几个官衔吗？咱们不替日本人做事不就行了。"

又有人附和："就是就是，这个时候和日本人硬碰硬，那是以卵击石。大掌柜的是什么人，咱滨城百姓哪个不清楚？他就是当了日本人的官，也没人会说他是汉奸啊。"

……

林逸飞看着眼前几个人焦虑的神情，心里五味杂陈。他抱拳致谢道："诸位叔叔伯伯，多谢了！你们的好意逸飞明白，我一定尽力而为。"

几个商人纷纷抱拳回礼："那就有劳少爷了。我们也正在想办法与日本人通融，争取能让大掌柜的早日出山。"

关押林敬轩的寓所离着宪兵司令部不远，是一座不小的宅院，门口戒备森严。两个为林逸飞引路的日本兵和门口守卫的士兵低声说了些什么，便带着林逸飞进了宅院。

院里很安静，几个荷枪实弹的日本兵正在四处巡逻。在一间并不宽敞的小屋里，林逸飞终于见到了日思夜想的父亲。父亲身上的衣服干净整洁，面容虽然有些憔悴，但是双目依然炯炯有神。胡子多日没有刮了，父亲已经蓄起了胡须。

见到林逸飞，林敬轩惊喜地迎上来："逸飞，你怎么来了？"

父亲对自己从来没有如此热情过，林逸飞迎着父亲扑了过去。闻着父亲身上熟悉的味道，多日来的委屈和思念顷刻间化成泪水一齐涌了上来，鼻子一酸："爸……"已是泣不成声。

"臭小子，哭什么！"林敬轩仔细端详了儿子一番，又朝他胸前轻轻地擂了一拳，夸赞道，"好小子，又结实了不少，好样的！"

林敬轩拉着林逸飞的手，父子二人在一只几案旁落座。有个声音从身后传来："少爷，您喝茶。"

是小翠仙。刚才一进门林逸飞就闻到了一股脂粉味，曾几何时，那味道让他觉得清新、亲切，可如今却令他作呕。林逸飞在心里暗骂：这个不知羞耻的女人，竟然还有脸来见父亲！

转头望去，林逸飞正迎上了小翠仙的目光。此时的小翠仙红着脸，眼里充满了恐慌和羞愧，仿佛正对林逸飞哀求："不要说，求求你，不要说。"

林逸飞本没打算接那杯茶水，但碍于父亲的情面，他还是伸手接了过来。

林逸飞很想在父亲面前亲手撕开这个女人伪善的面纱，抖出她那些丑事，让她无地自容。可是他不能，父亲已经身陷囹圄，不能再给父亲添堵了。林逸飞接过茶水，小翠仙朝他感激地笑了笑，便退了出去。

林敬轩看着儿子，笑问道："是日本人让你来的？"

林逸飞点点头。

林敬轩又问："他们是让你来劝我做顺民的，是吗？"

林逸飞如实回答："是的，爸。"接着，他将在宪兵司令部门口遇到了商会的人，还有商人们让他转达的那些劝说，统统告知了父亲。

林敬轩听后笑了笑，叹息道："我知道，他们也是出于好意。但我林敬轩是什么人？我是堂堂滨城大掌柜，如今做了亡国奴也就罢了，岂能再沦为汉奸之流，遭世人耻笑？"

林逸飞劝道："爸，我觉得那些叔叔的话有道理。咱们先答应着日本人，以后可以慢慢再想对策。咱们不为日本人做事，那就不能算是汉奸。"

林敬轩拍着林逸飞的肩头，感慨道："我的好儿子，你记住，咱们林家在滨城世代经商，几辈人没有出过一个孬种。滨城人叫咱们什么？叫咱'大掌柜'，那是人家对咱的敬重，那是因为咱林家的人明事理、最公正、最仗义！"林敬轩叹息一声，接着说道，"咱们活的还是自己吗？不是。多少人都看着咱们呢，我若是接了日本人的差事，外面就会有更多的人理直气壮地去给日本人做走狗，到那时候，咱滨城可就彻底完了。"

"爸，这些我都懂，可是……"林逸飞的眼泪再次流了出来，"可是面子有那么重要吗？"

"面子？"林敬轩握住林逸飞的手，笑着摇了摇头，"儿子，这怎么能是面子呢？这是骨气，这是流在咱们林家人骨子里的血性。咱们得活出个人样来，不能让人家看扁了咱林家！"

"可是……"林逸飞急了，叫苦道："爸，那您什么时候才能回家啊？"

林敬轩苦涩地笑了笑，长叹一声："回家？我要回哪个家？连国都破了，回了家又能怎么样？"

林逸飞茫然了。他明白，父亲是宁死也不会接受日本人的任命的，可如果不接受任命的话，日本人会放过父亲吗？也许只能寄希望于那些商人与日本人的通融了。

林敬轩看着儿子，欣慰地笑了笑："我都听你小妈说了，她说你长大了，

33

也知道照顾家了，我真替你高兴。想来也是我林敬轩有福气啊，能有两个这么好的儿子。"

听父亲说起大哥，林逸飞的眼前一亮，问道："爸，您说我大哥他们什么时候能打回来？"

"打回来？"父亲无奈地苦笑一声，"他们不走二杠子的老路，就算不错喽。"

"什么？"林逸飞惊讶地说道，"爸，不会吧，我知道我大哥，他是绝不会做汉奸的！"

父亲面带沮丧地嘲笑道："嗯，他是不会当汉奸，可是他的那个军队呢？一支不战而降的队伍，一个将国土拱手送人的政府，还能指望他们做什么？"

林逸飞一脸茫然："那……爸，咱们大民国就这么完了？以后就真的是日本人的天下了？"

显然，这是一个林敬轩也回答不了的问题。

房间里静默了下来。这时，小翠仙回来了，她给林敬轩带回了酒菜。小翠仙从餐盒里取出酒菜，窘迫地寒暄道："难得你们父子相见，我多买了一些菜，今天少爷就留在这里陪老爷吃顿饭吧。"

林逸飞何尝不想多陪父亲一会儿，可他没有时间了，那两个日本兵已经来到了门前。

林敬轩也看到了，他苦笑着摇了摇头。离别前，林敬轩再度拥抱了一下林逸飞，在他耳边低语道："儿子，好好照顾你的三位母亲。那个家，就托付给你了。"

林逸飞的眼泪再度决堤，他使劲地点着头："爸，我会的，您放心，家里有我呢。只是您，一定要多保重身体啊！"

林敬轩笑着安慰道："我这里一切都好，你小妈每天都会来陪我，你放心，日本人不敢对我怎么样。"说着，他回头对小翠仙说道，"好了，你也辛苦了一上午，跟逸飞一起回去吧。"

小翠仙慌张地说道："不，老爷，您别让我走，我想在这里再陪您一会儿。"说着，她竟抹起了眼泪。

望着小翠仙央求的眼神，林敬轩笑着走过去，亲昵地揽住了小翠仙，允诺道："好，那咱俩就再说说话，你先帮我把逸飞送出去。"小翠仙抹着眼泪，点点头。

小翠仙假情假意的眼泪让林逸飞觉得恶心，他仿佛又看到了小翠仙在藤井身下娇媚承欢的情形。戏子就是戏子，真他妈的会演。

就要分别了，林敬轩俯在林逸飞的耳边叮嘱道："如果再过几天我还没有回家，你就赶快想办法，带你母亲离开滨城，到咱家凤霞县的避暑别院去找阿福，明白吗？"

林逸飞警觉地朝房门瞥了一眼，点点头。

林敬轩叹息道："唉，早知道会这样，我应该带着你们提前离开的。"

两个日本兵果然没有让林敬轩出门，当小翠仙将林逸飞送出大门的时候，她给林逸飞作了个揖："少爷，谢谢您。"

林逸飞没有理她，径直走出了院门，走了几步又停了下来，然后朝地上狠狠地啐了一口。

回到家中，林逸飞迫不及待地去了佛堂，兴奋地告诉两位母亲："妈，大妈，我去见着我爸了，他在那里一切都好，让你们不要为他担心。"

大妈显得很激动，嘴里不断念叨着："阿弥陀佛，佛祖保佑，佛祖保佑……"

母亲急切地问道："老爷什么时候能回来，他说了吗？"

林逸飞撒了个谎："说了说了，他说可能用不了几天了，应该就快回来了。"这句谎言连他自己都有些相信了。

是啊，父亲也该回来了。

两天后。

林逸飞早起要去正院给两位母亲请安，开门时发现自己门前的岗哨不见了。他有些纳闷，在院子里转了一圈，正欲走出院门，不料却被两个日本兵拦住了去路。日本兵告诉林逸飞，今天刚接到新的命令，林府中人禁止随意走动，也就是说，林逸飞连自己的侧院也走不出去了。

多日来，林逸飞已习惯了这种逆来顺受的生活，之前也有过这样的情况，他懒得追问缘由，便悻悻地回了房间。

中午，两个日本兵给林逸飞和小春喜送来了午餐。

一下午无所事事，一直到傍晚也不见有人送晚餐过来。林逸飞又耐着性子等了一会儿，可是天已经黑透了，还是不见送餐的人过来，他有些坐不住了，决定出门去看个究竟。

林逸飞来到侧院门口，感觉有些奇怪。这里的岗哨竟然也不见了，整个前院里空无一人，大妈和母亲的房间都没有开灯，佛堂方向也是漆黑一片，只有三姨太小翠仙的房间里微微透出一些光亮。

前院的过分安静让林逸飞有些不安。他心生疑惑，站在原地犹豫了片刻，便朝着院里唯一的光亮走去。就在这时，小翠仙的房门突然"咣当"一声被人从里面用力拉开了。林逸飞被眼前突如其来的一幕吓得倒退两步，那个日军奸夫藤井少尉赤裸着粗壮的身体，身形趔趄地倚靠着房门，瞪着一双牛眼怒视着林逸飞。借着房里透出的光亮，可以看到藤井满身是血。

林逸飞一惊，出什么事了？

藤井少尉的双手死死地捂着自己的脖子，林逸飞壮着胆子凑上前一看，一把剪刀正插在藤井脖颈的正中，大股的鲜血正从伤口不停地向外喷涌。藤井似乎是想向林逸飞求救，可他张了张嘴没有发出声音，却吐出了一大口鲜血。

林逸飞向左右一看，没人。他快步走过去，一抬手，朝着那把剪刀的握柄就是凌厉的一掌。锋利的剪刀刺穿了藤井壮硕的脖颈，鲜血四溅，这家伙倒在地上挣扎了几下，便彻底断了气。

林逸飞从没杀过人，但此刻却异常镇定。他趴在门边，机警地朝屋里扫了两眼，看到地上有一排藤井留下的带血的足迹。屋子里弥漫着一股血腥味，顺着那些脚印望去，小翠仙正裸着满身是血的身子朝门口这边爬了过来……

林逸飞一怔，几步冲了过去，惊叫一声："小……"他本打算叫声"小妈"，但没有叫出口。

小翠仙看清了来人，竟然挤出一丝微笑："少爷……快……快跑。"

林逸飞慌忙蹲下身子，扶住了小翠仙，这时他才看到，一把日本指挥刀洞穿了小翠仙的小腹，在她光洁的后背露出了锋利的刀尖。林逸飞瞠目结舌地问道："这……这到底怎么了？"

垂死的小翠仙断断续续地告诉林逸飞：驻守林府的日本兵已经被她全部毒死了，现在藤井也死了，她让林逸飞赶快逃走，去栖霞山的避暑别院找老管家阿福。说完，小翠仙的脸上露出一丝笑容："少爷，我……我也算是为老爷报仇了。"

"你说什么？为谁报仇？"林逸飞的心头一紧，"我……我爸他怎么了？"

原来，头天下午，滨城商会会长、滨城大掌柜林敬轩已经被日本人以"破坏大东亚共荣"的罪名处决了。今天上午消息传到了林府，林府的两位太太悲痛欲绝，为表忠贞，她们当即在佛堂吞金自尽，为丈夫殉葬。

难怪日本兵今天禁止林府的人随意走动……

小翠仙忍住悲痛强颜欢笑，她串通林府的厨子，在给日本兵做的晚饭里下了毒。为防止日本兵中毒后察觉，她将大量的蒙汗药和断肠草同时加到了鸡汤里。

可是事不凑巧，鸡汤快炖好了，带队的藤井少尉却突然接了通知，让他今晚到宪兵队去聚餐。藤井吻别了小翠仙，便独自离开了林府。

眼看就到了吃晚饭的时间，小翠仙望着那一大盆冒着热气的鸡汤，左右为难。怎么办？为防夜长梦多，小翠仙还是让厨子给日本兵将饭菜端了上去。

十二个日本兵聚在门厅里大快朵颐，一盆鸡汤被他们吃喝了个精光。吃饱喝足，这些日本兵手里的筷子都没来得及放下，就尽数被麻翻在地。小翠仙吩咐几个厨子先将日本兵的尸体拖进柴房，然后便让厨子们分头通知府中的下人赶紧逃命。

一切安排妥当，就在小翠仙准备去侧院通知林逸飞的时候，正碰上藤井少尉醉醺醺地回来了。小翠仙担心藤井觉察事情败露，赶忙迎了上去，将藤井扶进了自己的卧房。

酒后的藤井望着怀里娇美的丽人，色心顿起，他近乎疯狂地扯去了小翠仙的衣衫，将她压在了身下……一番肆虐，兽性发泄之后，藤井离开小翠仙的身体，心满意足地倒在了一边。

小翠仙本打算用藤井的手枪结束这个畜生的性命，可是她担心枪声会惊动城里其他日本兵，于是眼神落到了针线筐里的那把剪刀上。小翠仙摸过剪刀，紧紧握住，对准藤井的脖子拼尽全力地一刺，接着便骑跨在藤井的身上，用力握住剪刀，想尽快置藤井于死地，但她低估了藤井，这畜生太壮实了。身负重伤的藤井就像一头发狂的蛮牛，柔弱的小翠仙根本不是他的对手，她被挣扎的藤井一把掀翻在地。

藤井捂着脖子逃下床，伸手扑向了桌上的手枪。小翠仙当然知道他想干什么，她疯了一样冲上去，赶在藤井之前将枪抢到了手，可与此同时，藤井手里的指挥刀却刺穿了她的身体……

林逸飞惊呆了，父亲没了？母亲没了？大妈也没了？怎么会这样！望着怀里奄奄一息的小翠仙，他几乎不敢相信，这个看似娇滴滴的弱女子，竟会做出如此石破天惊的大事情。

小翠仙望着林逸飞，艰难地咽下一口带血的唾液："少爷，十三个日本兵，咱……咱们够本了。"

林逸飞的眼泪喷涌而出，他咬着牙问道："小妈，你这是为什么呀？"

小翠仙依偎在林逸飞的怀里笑了："少爷，翠仙出身贫贱，本来就是个戏子，承蒙老爷疼爱，翠仙感激不尽。林家蒙了难，翠仙无以为报，唯有用这一身皮囊换取林府片刻的平安，可这群畜生还是对老爷下了毒手。少爷，我这副身子已经被那畜生污了，我对不起老爷，对不起你们林家……"

林逸飞明白了，小妈用美色诱惑藤井，都是为了这个家啊！她用身体买通了藤井，换来了这个家短暂的安宁，她利用藤井走出了大宅门，只是为了每天能去陪伴、照顾父亲，可自己竟然对她……

"不，不，"林逸飞号啕大哭，"小妈，你不要说话，我给你叫医生。"

小翠仙的身体一阵痉挛，她摇摇头，有气无力地说道："没用了少爷，我知道，我活不下去了。"

"不行，"林逸飞哭嚷着，"你得活，小妈，你得活啊！除了大哥，你现在是我唯一的亲人了，我不能让你死！"

"谢谢你少爷，你能叫我小妈，我真高兴……"小翠仙气若游丝地说道，"可是我真的不行了，少爷，我真的很疼，你能帮我……帮我把刀拔出来吗？"

林逸飞当然明白拔刀意味着什么："不行啊，那样你就……"

"求你了，少爷……真的好疼……我不想带着畜生用过的刀离开……"小翠仙艰难地说着。

林逸飞的眼泪哗哗地流着，他颤抖着将手伸向了刀柄。小翠仙这时猛地睁圆了眼睛，说道："少爷，记得去找老阿福，他在等你……我能……能再听你喊我一声小妈吗？"

"小妈……"林逸飞哭嚷一声，奋力将刀抽了出来。

小翠仙走了，能在小少爷的怀里咽气，她脸上挂着满足的笑容。

林逸飞抱着身体渐渐变凉的小妈，放声恸哭。哭过一阵儿，他将小妈放到床上，取出一套干净衣衫给她换上。小妈爱美，他要让小妈离开的时候体面一些。

跌跌撞撞的林逸飞来到佛堂门前，伸手推开虚掩的房门。

佛堂的地上，是两具盖着白床单的尸首，那是大妈和母亲。本来供奉在佛台上的观世音佛像，已经支离破碎，变成了满地散落的残渣。林逸飞知道，那一定是两位母亲在离开人世前砸毁的。她们每天吃斋礼佛，可佛祖和观音菩萨却没能保佑丈夫平安归来。

林逸飞清楚，自己的时间不多了，日本人随时都有可能察觉到林府发生的灾变，他已经没有时间去悲痛和缅怀。林逸飞擦干眼泪，拜别两位母亲，带着藤井的手枪跑回了侧院。

回了自己房间，林逸飞从枕头下取出自己那支勃朗宁小手枪，那是他去省城读书的时候，父亲送给他的礼物。

小春喜显然被吓坏了，她望着林逸飞身上的斑斑血迹，惊慌地问道："少爷，你……你这是怎么了？外面出什么事了？你……你身上怎么这么多……"

林逸飞没有时间解释，他担心把事情说出来会吓坏这个稚嫩的小丫头。小春喜给他找来一套干净的衣衫，他一边手忙脚乱地换着衣裳，一边叮嘱道："小春喜听话，从现在开始，你什么也不要问，什么也不要说，只要跟着我，我带你离开这里，听见了吗？"

小春喜紧张地点着头："嗯，我都听少爷的。"

林逸飞没敢带小春喜走林府的正门——他怕被人发现。这么晚了，城门肯定已经关闭，就算城门不关，他也不可能通过盘查，而且城里到处都有日本人的巡逻队。父亲的床底下有一条紧急逃生通道，是父亲在世时为防土匪挖的，小时候，父亲带着他走过两次。通道直接通往林府东墙外的柴院，出了柴院，可以顺着巷道直奔城东的海边。

林逸飞带着小春喜下了通道逃出林府，又朝海边奔去。

海边悬崖下有一条可以绕到城外的小路，不过，如果赶上涨潮的话，小路就会被潮水淹没。万幸，他们来到海边时刚好是退潮。礁石小路湿滑难走，林逸飞搀扶着小春喜，在礁石丛上艰难前行。小春喜的手被礁石割了几道血口子，可小丫头咬着牙，一声也没吭。

他们刚刚逃离了滨城，林逸飞就听到城中隐约传来了枪声。

小春喜很乖，两个人一路没有说话。绕出城又疾走了一个多小时，前面就是城郊的小姚村——那里是小春喜的老家。逃到这里，林逸飞总算松了一口气，起码，他将小春喜安全送回了家。

林逸飞认识小春喜的家，春节前，还陪她回来过。尽管小春喜和林府大部分下人一样，都是被府上买来的，按说不应该再与家里有任何关系，但林敬轩和太太们宅心仁厚，只要是家在附近的下人，逢年过节都会允许下人回去与家人短期团聚，甚至还给他们的家人赠送价值不菲的礼物。也正因如此，那些下人对林府感恩戴德，做起事情来也更尽心竭力。

进了村，林逸飞将小春喜拉到她家屋外的暗影处，小声叮嘱道："你先在家里住几天，等我安顿好了就来接你。"

小春喜一把抓住林逸飞的手，急切地问道："少爷，府里到底出了什么事？你现在能告诉我了吗？"

林逸飞的心里一阵绞痛，他犹豫了一下，还是决定暂时将实情隐瞒。他敷衍道："春喜，别问了，反正家里是出了大事，以后我会告诉你的。"说着，他从随身的包裹里取出两根"黄条子"，硬塞到了小春喜的手里，嘱咐道，"这个你先拿着，乖乖在家里等我，听到了吗？"

小春喜看着手里的金条大吃一惊："少爷，这是干啥？为啥给我这么多钱呀，你……你是不是不要我了？"小春喜死死地拽住少爷的手，生怕他突然飞走。

"傻丫头，我怎么会不要你呢。"林逸飞将小春喜揽到了怀里，劝慰道，"我要连夜赶去凤霞县找福叔，带着你在路上不方便。春喜听话，等我处理好了那边的事情，马上就来接你，好吗？"

小春喜紧紧抱住少爷，眼泪已经流了出来："那你快点儿来接我，不要让我等得太久。"

林逸飞的眼睛也湿润了，此时的小春喜，已经是他为数不多的亲人了。

"我会的，我会的。"林逸飞点头应着，眼泪抑制不住又掉了下来。

告别了小春喜，林逸飞借着夜幕匆匆上路。即便是在夜里，林逸飞也不敢在大路上行走，为了不招惹麻烦，他一路摸着黑走山路，争取能在天亮之前赶到凤霞县。

林逸飞已经盘算好了，就算到了凤霞县，距离自家在栖霞山上的避暑别院还有不短的一段路程，不过，他可以先去"老丈人"宋恩万处落落脚。如今，自己是家破人亡的落难之人，宋恩万还会不会认他这个女婿不得而知，但只是路过落落脚，想来他应该不会拒绝。好歹给口水喝，给口饭吃，总不至于将自己赶出来吧。

第四章　少爷落难

胆战心惊的林逸飞疾走了一夜，天亮时，终于赶到了凤霞县境内的宋村。

宋村，听名字是个村庄，实际是个不小的镇子。林逸飞敲开一户冒着炊烟的人家，想要打听一下宋恩万家的府邸。这一打听不要紧，他听到了另一个噩耗，宋恩万的府上也出了祸事。

就在四五天前的一个深夜，凤凰山上的匪首大喜子，率领手下的一众暴徒趁着夜色摸进了宋家大宅，一顿烧杀抢掠，宋恩万全家老小几十口人被尽数灭门。

大喜子这个人，林逸飞听说过，他是凤霞附近有名的恶匪。此人心狠手辣、无恶不作，只要是他作恶的地方，很少留下活口，百姓们给这个吃人不吐骨头的恶匪起了个绰号叫"活阎王"。

宋姓在宋村绝对是大户，林逸飞敲开门的这户人家也姓宋，论起来还算是宋恩万的本家远亲。主人见林逸飞虽然狼狈不堪，但身上的衣着却是大富之家的子弟，他探听的宋恩万又是当地首屈一指的富户，便把林逸飞让进了屋里，端上了早饭。

林逸飞饿坏了，昨天晚上就没有吃饭，连惊带吓地又赶了一晚上的夜路，把人家端上来的一大盘蒸红薯吃了个干干净净。他太累了，本来只是打算在人家的炕头上合一合眼，养养精神继续上路，没想到一合眼就睡过去了。

睁开眼的时候已经过了正午，林逸飞告别了那户人家，匆匆上路。为了表达谢意，临行前他给人家留下了两块大洋。这年头，两块大洋足够庄户人家过上一年了。

为了避开沿途的盘查，林逸飞又走了一下午的山路，终于在傍晚时分赶到了栖霞山。当远远地看到自家的避暑别院时，他已经累得气喘吁吁，几近虚脱。

别院居高临下，有人发现了林逸飞，有两个人朝他的方向跑了过来。

筋疲力尽的林逸飞索性不走了，一屁股坐到路边，长叹一声："总算是到家了。"

前来接应林逸飞的是两个小伙子，其中一个是管家老阿福的儿子——狗子。

狗子与林逸飞同龄，只比林逸飞小不到两个月，是打小伴着林逸飞一起长大的，两人的关系不像是主仆，倒更像是亲兄弟。几年前，林府选中了栖霞山这块宝地，在这里建起了这座避暑别院，老阿福便让儿子带着几个家丁到了这里，为大掌柜看家护院。

咬着草棍儿的狗子一路狂奔过来，见到林逸飞后大喜过望。他嬉皮笑脸地问道："少爷，你这是怎么了？落魄啦？"

林逸飞耷拉着脑袋，有气无力地摆了摆手。狗子愣了，平日里活蹦乱跳的少爷，怎么成了这副样子？并且，身边连个陪护的人都没有。他顿时警觉起来："少爷，就……就你自己？是不是出啥事儿了？"

两个人搀扶着林逸飞，刚走进别院，老阿福就迎了出来。看到少爷，老阿福一脸的惊疑："少爷，你怎么一个人来了？老爷和太太们呢？"

林逸飞强忍了一夜的眼泪再也绷不住了，见到了亲人，他哭嚎一声就扑进老阿福的怀里，哭诉起了满腹的委屈……

听林逸飞讲完林府的变故，老阿福已经哭得肝肠寸断，他跌跌撞撞地跑出院子，朝着滨城的方向"咚咚"地磕起了响头："老爷，太太，你们一路走好啊！小少爷交给我，你们就放心地去吧！"

捶胸顿足地一通哭喊，老阿福起身后怒视着苍天，声嘶力竭地指天发誓："小日本子，咱们不共戴天！老子跟你们没完！"

老阿福其实并不老，只不过因为在林府的时间太长，所以大家背后都这么叫他。除了林敬轩，其他人当面都叫他"福叔"，林逸鹏、林逸飞兄弟俩也这么称呼他，甚至连三姨太小翠仙也尊称他"福叔"。

老阿福今年五十岁，在林府也五十年了，他就是在林府出生的。老阿福的父亲、他父亲的父亲、他父亲的爷爷……世代在林府为奴，都是林府的管家。等有一天老阿福老了，他的儿子狗子就会接替他的职务，也会接替他的名号，成为林府的新管家——林阿福。

老阿福是结过婚的，他的老婆是林府大太太的陪嫁丫头，在他二十多岁的时候，老爷林敬轩将那个水灵的丫头许配给了他，并在城里给他买了一栋小宅子，老阿福两口子对老爷感恩不尽。在当年，一个卖身的奴才和一个陪侍丫头，能喜结连理并拥有属于自己的家，那简直就是天方夜谭。

老阿福和妻子恩恩爱爱，小日子也过得红红火火，很快，妻子就有了身孕。哪知天有不测风云，老阿福的妻子死于难产，在诞下狗子的当晚就离开了人世。

丧妻的老阿福悲痛欲绝，他觉得是这个儿子"克死"了自己心爱的妻子。他心疼妻子只见了儿子一面就撒手人寰，盛怒之下，老阿福要把这个孩子摔死，让孩子代自己去陪伴长眠的妻子。万幸的是，被林敬轩拦了下来。

一个丧妻的男人，带着一个呱呱落地的婴儿，谈何容易？于是，林敬轩当晚便将这个孩子带回了林府，交给了刚生下林逸飞不久的二太太。狗子和林逸飞是一起吃着二太太的奶水长大的。

老婆是大太太的丫鬟，儿子又是吃二太太的奶长大的，林府对老阿福一家可谓是恩重如山。老阿福当时就给儿子起了名字——狗子。一来，孩子的名贱好养活；二来，老阿福想让自己的儿子永远记住林府对自家的恩德，永远忠诚地看护好林府。

如今，老爷和太太们竟然都被日本人所害，老阿福与日本人的仇恨不共戴天。

少爷在炕上睡着了，老阿福抹着眼泪去了后院。他亲手给老爷和三位太太做了牌位，供奉到灵堂上，对着四个牌位长跪不起。

林逸飞是哭着醒来的，他做了个梦，梦见了父亲、母亲、大妈和小妈。梦里，林逸飞又回到了那天中午的餐桌，没想到，那竟成了他们一家人最后一次团聚。梦里，他还回到了羁押父亲的那个房间，没想到，那竟是他与父亲最后的告别。尽管林逸飞知道那是梦，可他还是不愿意醒来，他想和亲人们多待一会儿，可他哭得太厉害了，狗子推醒了他。

心，已经痛得麻木了。林逸飞失神地躺在那里，狗子守在一边，两个人都默默地流着眼泪。许久，狗子抹着眼泪问道："少爷，往后咋办？"

咋办？狗子的问话让林逸飞一激灵。

这段时间，逆来顺受的日子让林逸飞已经习惯了屈服，他甚至忘了自己是可以反抗的。此时，父亲曾经的那些教诲在他的耳边响起。

骨气，血性，父亲被日本人杀害了，母亲被日本人害死了，父母之仇，灭门之恨，此仇不报非君子！咋办？林逸飞将牙齿咬得"咯咯"作响，他从牙缝儿里挤出了两个字："报仇！"

"对，报仇！血债血偿！"狗子豁然起身，怒骂道，"他娘的，杀小日本子，给东家大爷报仇！"

林逸飞这时一下子又想起了宋村的事，扭头问道："狗子，你爹呢？"

狗子愣了一下，含糊地应道："我一直在这儿陪着你呢，我爹他应该还在后堂吧？"

"走，快带我去见他。"说着，林逸飞翻身下了土炕。

后堂里烛光摇曳，狗子试探着推开房门，见父亲正跪在地上面对着那些牌位。见到父亲和三位母亲的牌位，林逸飞的鼻子一酸，双腿一软，也跪倒在地。

林逸飞给故去的亲人磕过头，转身扶住了老阿福的胳膊，抽泣着劝慰道："福叔，快起来吧，人已经走了，您也要保重身子。"

老阿福被林逸飞扶到椅子上坐下，他捶打着自己的胸口哭道："是我该死，我这个老奴才昏了头啊！那天我劝老爷和我一起动身，可老爷说还有事要做。我……我要是当时再多劝几句，老爷能一起来，何至于出这样的祸事啊！"

林逸飞抹着眼泪劝道："福叔，您别这样说，我父亲的脾气您知道，他定下来的事情，您就是再劝，又有什么用？这怎么能怪您呢，要怪就怪那些该死的日本人。"

"这些天杀的小日本子，咱们是砸了他的锅，还是刨了他的坟，咱们没招他没惹他，他们怎么就下得了这个毒手！"话刚说完，老阿福突然抬手恶狠狠地指着狗子吼道，"你，你给老爷和太太跪下，对着他们的牌位发誓，给他们报仇！"

狗子在牌位前跪下，"咚咚咚"磕着响头，嘴里发誓道："老爷和三位太太的魂灵在上，狗子给你们磕头了。狗子发誓，不给你们报此深仇，狗子枉披这张人皮，天打五雷轰！"

老阿福扶起狗子，说道："快起来我的儿，好孩子，记着自己的誓言，杀小日本子！"

狗子狠狠抹了一把眼泪："放心吧爹，我和少爷都说好了，此仇不报枉为人！"

老阿福一怔，转身拉住林逸飞的手，对狗子斥责道："不行，报仇是咱们的事，少爷不能去。"

"啊？"林逸飞愣了，"福叔，我为什么不能去？"

老阿福握着林逸飞的手说道："少爷，你咋就不明白呢？大少爷半年多没给家里来信了，如今外面兵荒马乱的，你别怪老奴才我嘴臭，沙场上的事儿谁也说不准，那枪子儿可不长眼。大少爷生死未卜，如今林家可就剩下你这一根独苗儿了，你要是再有个好歹，我怎么对得起老爷、太太啊。"

"可是……"林逸飞争辩道，"日本人杀的可是我亲爹娘啊！再说了，狗子不也是您的独苗儿吗？"

"那可不一样，"老阿福倔强地说道，"你是少爷，狗子他是奴才，他能跟你比？他的命贱，我们一家的命都是老爷、太太给的。"

林逸飞明白老阿福想说什么，但是，他万万不能接受："福叔，我的命也是我爹我娘给的。"

"我说不行就不行！"老阿福发怒了，"我虽是个奴才，可老爷、太太不在了，你还小，现在我来当这个家，这个事儿我说了算。"

面对这个固执的老人，林逸飞明白自己暂时无法说服他。三个人沉默了一会儿，林逸飞突然想起要和老阿福说的事，问道："福叔，宋村也出事了，您听说了吗？"

"宋村？"福叔摇了摇头，反问道，"你是说宋家大宅子？"

"是。"林逸飞点头，然后将在宋村打听到的消息，一五一十地告诉了福叔。

老阿福听后大吃一惊，愕然道："不会吧？前段日子我从城里出来的时候，还顺路去过宋家大宅子，那时还好好的呢！这才几天啊，竟然出了这么大的事儿，会不会是搞错了？"

林逸飞摇头说道："听那户主人说的，不像是假的。"

老阿福痛心地骂道："这都是什么世道啊！'活阎王'这个有娘生没娘养的畜生，做了多少恶。这老天爷咋就不开开眼，一个惊雷活劈了他！"

虽说宋家与林府是世交，但林逸飞对宋家并不是很熟悉。听说自己那个还没过门儿的媳妇也遇了难，他的心里隐隐有些作痛，就像在他惨痛的伤口上又撒了一把盐。

回到自己的房间，林逸飞在炕上怎么也睡不着，满脑子里都是"报仇"

这两个字。可眼下他却只能在这里等着，那些窝在心里的憋闷和痛楚，让他觉得自己的身体就要爆裂了。

也不知躺了多久，林逸飞开始想念他的小春喜了。父母尸骨未寒，这个时候想些儿女情长着实不合时宜，但林逸飞真的很想她。他想抱一抱小春喜，或者让小春喜抱一抱自己，都行。他想在小春喜温暖的怀抱里静静地哭一会儿，诉一诉心里的委屈。

房间里太安静了，这种安静加重了林逸飞的忧伤，还有那种令人无法忍受的孤单。反正也睡不着了，他索性跳下大炕，带上手枪出了门。

山间夜里的风很凉，林逸飞出门后连打了几个冷战，总算适应了这山里的寒气。恰在这时，他的头顶传来了一丝声音："嘘……"

林逸飞一惊，抬头望去，借着月光，他看到了屋顶的小碉楼上探出了一个头。哦，应该是值夜的家丁。

那个家丁说话了，声音很小，但在寂静的夜里却听得很清楚："少爷，干吗呢？"

林逸飞听出来了，是昨天和狗子一起去接自己的家丁，名叫大壮。林逸飞低声问道："大壮，狗子呢？他在哪个屋？"

大壮指了指院门旁的一扇门，低声应道："门口，旁边第一个门就是。"

林逸飞朝大壮挥了挥手，踮着脚走了过去。

门是虚掩着的，林逸飞侧身进了房间。月光透过窗户洒在土炕上，月光下是一张还挂着泪痕的脸。听到有人进门，那张带着泪痕的脸龇牙一笑："少爷，我听见你在院子里说话了。"

林逸飞坐到了炕沿上，问道："怎么还不睡？干吗呢？"

狗子笑了一下，晃了晃手里的步枪："睡不着，擦枪呢。"

林逸飞看了看狗子的步枪，问道："哎，你的枪法咋样？"

狗子沮丧地摇了摇头，叹息道："不好，天天擦枪，可连个开枪的机会都没有。"

林逸飞说道："在这破山坳里，就是开枪也不会有人听到。哎，回头你找个僻静地方，咱俩去练练枪法，你看咋样？"

"嗯。"狗子兴奋地点头，可随即哭丧着脸，"可是……少爷，咱没子弹啊。"

林逸飞指了指散落在裤子上的几颗子弹："这不是吗？"

狗子叫苦道："就这些，我爹他可抠门了，咱们的枪倒都是好枪，可每个人就给了这五发子弹。"

林逸飞无奈地叹了口气，从怀里掏出自己的小勃朗宁和藤井的那支小撸子。他又何尝不是呢？只有弹夹里的那几颗子弹。林逸飞曾经向父亲讨过子弹，可父亲说那枪只是防身用的，那些子弹足够了。眼下想要练枪法，看来也只好去向福叔讨要子弹了。

默默地坐了一会儿，林逸飞问道："狗子，咱们别院这里一共几个人，有几条枪？"

狗子如实做了禀报：原来这里一共有七个人，算上狗子是五个护院的家丁和两个厨子。前阵子狗子爹老阿福回来了，又带回了两个车夫一个厨子和两个林府的老仆，如今这里有十三个人。有枪的只有狗子和四个家丁，老阿福的身边好像还有一支短枪。

听狗子介绍完，林逸飞问道："狗子，这个地方有日本人吗？"

"有啊，"狗子回应道，"听小风说，凤霞县城早就让日本人给占了，周围还盖了好多个炮楼，日本兵可多了。好像凤霞县这边日本兵来得比咱们滨城还早呢。"

林逸飞点点头。

狗子试探着问道："少爷，你……你真的要跟着我们去杀日本人？"

林逸飞瞪了狗子一眼，并给他做了纠正："什么叫我跟着你们？是你们跟着我。"

"哦。"狗子咧了咧嘴，又问道，"可是……可是我爹他能让你去吗？"

"哼，"林逸飞冷哼一声，"我爸已经不在了，我就是东家掌柜，这个家我说了算。我要给他们报仇，谁也别想拦着我。"

狗子琢磨了一会儿，点点头："那倒也是。"又不无担心地说道，"不过，少爷，我还是觉得……觉得我爹他不会让你去干这些冒险的事儿。"

林逸飞叹了口气，其实他也是这么认为的。他突然想到刚才狗子提到的小风，问道："哎，狗子，你刚才说起小风，他现在怎么样了？还在道观里吗？"

一提到小风，狗子咧着嘴说道："那小子，整天东窜西窜的，一时也不消停，不过这阵子倒是在观里。最近山下闹日本人，老道爷怕小风下山会招惹是非，就把他锁在道观里了。前些天他还来过，我跟他说你可能要过来住，那小子高兴得直蹦高儿。"

林逸飞苦笑一声。

狗子凑过来说道:"少爷,咱们拉小风一起干吧,那小子一身本事,肯定能帮上咱们的大忙。"

"我也是这么想的。"林逸飞拍了拍狗子的肩膀,催促道,"快把枪收拾好,别折腾了,早点儿睡,咱们明天找他去。"

林逸飞出门的时候,狗子带着哭腔哀求道:"少爷,你要去打日本人的事儿可千万瞒着我爹,要不然,他……他非宰了我不可。"

林逸飞回头笑了笑,出来时顺手带上了房门。

他们刚才说的"老道爷"是谁?"小风"又是谁?说起来,这可是两个奇人。"老道爷"是上清观的老道长长风道人,"小风"就是长风道人的孙子。

长风道人一辈子没有婚娶,小风是长风道人哥哥的孙子。话说起来,那是好多年前的事儿了。

那一年,长风道人已经是上清观的道长了,那段时间,山下的镇子上突然涌来了成群结队讨饭的乞丐。老道长很好奇,凑近一访听,却发现这些人的口音耳熟得很,细问之下才知道,那些乞丐竟全都是他的老乡。

原来,长风道长在中原的故乡连着两年遭了重灾,饿死之人不计其数。由于饿死的人太多,来不及掩埋,当地又暴发了大规模的传染性瘟疫。这让当地的灾情雪上加霜,一时间,病患无数、饿殍遍野,好多村子成了"无人村"。幸存的百姓为了活命,纷纷背离故土,以乞讨为生。

长风道长得知家乡遭灾心急如焚,回到道观后便带了两个徒弟,连夜直奔中原。

老道长一去就是两个月,回来的时候,他们背回了一个不到两岁的孩子。正如道长担心的那样,他老家的村子也遭了灾,他赶回去的时候,整个村子已经没剩下几口人了,哥哥嫂子已经撒手人寰,侄子和侄媳妇也已病入膏肓,但一息尚存。小两口在临终前,将这个孩子托付给了长风道人。

瘟疫还在蔓延,长风道人不敢久留,草草掩埋了亲人的尸骨,便准备带着孩子返回凤霞县。可就在这时,政府为了防止疫情扩散,竟然封锁了整个受灾地区,任由当地灾民自生自灭。没办法,长风道人和两个徒弟背上孩子,攀险山、登绝壁,避开了官兵的封锁,才辗转回到了凤霞县。

这个大难不死的孩子,成了长风道长家中唯一的血脉传承,也成了老道长和上清观所有人的掌中宝、心头肉。也正是由于大伙儿的娇纵,这个孩子顽劣成性，道观里的道士背后都叫他"鬼见愁"。

为了让这个小子强筋壮骨，老道长自幼便传授他武功。这小子虽顽皮，却是个出奇机灵的主儿，学起武功来悟性极高，小小年纪便得了爷爷的一身真传，才几年工夫，飞檐走壁蹿墙越梁全都不在话下。

有了这身功夫，老道长管教起他来就更难了。

这孩子的身架像极了老道人，身形瘦削，却绝非骨瘦如柴的"搓衣板"，衣裳一脱，一身精壮的肌肉羡煞众人。这孩子还有一奇，明明是个无法无天的混世魔王，却天生一张俊俏脸蛋，柳眉凤眼，唇红齿白，长相跟戏台子上的俊美小生都有一拼。

第一次见到这孩子，大多数人会被他的长相蒙骗，以为他会是个性格内向的腼腆主儿。但若细看，他那双滴溜乱转的眼睛就会将他彻底出卖。不知什么原因，长风道人一直没给这孩子取个名字。后来，经常来道观的人见那孩子总是穿着一身道袍，颇有几分长风道长的风采，于是都戏称他叫"小长风"，一来二去，这孩子就有了"小风"这个名字。

道观里只有小风一个孩子，有一年秋天，滨城大掌柜林敬轩到道观小住还带来了自己的两个儿子林逸鹏和林逸飞，这可把小风高兴坏了。

小风比大哥哥林逸鹏小七岁，却只比小哥哥林逸飞小两岁，所以他跟林逸飞更亲近。小风知道玩伴来之不易，于是每时每刻都跟在小哥哥林逸飞的身后，极尽阿谀奉承之能事，并且言听计从。小风突然变得如此乖巧，连长风道长都觉得奇怪。

几天的游玩结束，林逸飞要随父亲回滨城了。小风拽着林逸飞就不松开了，瘪着小脸央求："小哥哥，你别走，你在这陪我玩儿吧，你说什么我都听。"搞得林逸飞也眼泪汪汪的，其实，他也舍不得这个小弟弟。

眼看着林逸飞跟着大人们离开了，小风委屈地扑进爷爷的怀里，放声大哭："爷啊，我这么听话，小哥哥干啥就不要我了？"

长风道人一边摸着孙儿的小脑袋，一边心疼地哄劝："乖孙儿不哭，小哥哥还会回来的，只要你听话，他很快就回来了。"

从那以后，每年的春秋两季，林逸飞都会跟着父亲到上清观，来看望这个小弟弟。

第五章　别院密道

林逸飞躺在大炕上，半梦半醒，迷迷糊糊地终于熬到了天亮。有人敲响房门，他含糊地应了一声，打开房门一看，是福叔。

看样子福叔昨晚也没睡好，两只眼睛红肿着。见了林逸飞，他恭敬地作了个揖："少爷，早饭准备好了，过去用点儿饭吧。"

林逸飞跟着福叔出门，进了院子，看了一眼正冉冉升起的朝阳，心口又是一阵翻腾，若在平时这个时辰，他应该去给父亲和母亲们请安的。林逸飞转头看了看福叔，然后默默地朝后堂走去。

后堂正房的门敞开着，林逸飞走进去跪在了牌位前，话还未出口，眼泪已经扑簌簌地流了出来："爸吉祥，大妈吉祥，妈吉祥，小妈吉祥，儿子给你们请安来了。"

祭拜完父母，林逸飞随福叔到了饭堂，落座之后又触景生情。他叹了口气，转头对伺候在一旁的老阿福吩咐道："福叔，坐下一起吃吧。"

"这……"老阿福为难地应道，"少爷，这不合规矩啊。"

林逸飞苦笑着摇摇头："人都没了，哪儿还有那么多的规矩。去吧，去把狗子他们也叫来，人多了还热闹一些。"

"是。"老阿福一边答应，一边抹着眼泪出了饭堂。

一顿早餐草草吃完，狗子瞅了瞅门外，给林逸飞递过来一个眼神。不料却被老阿福看到了，他逼视着狗子问道："你要干什么？"

狗子涨红了脸，佯装无事地挠着头："我怎么了，我没干吗呀。"

老阿福还要继续发问，林逸飞帮狗子解了围："哦，福叔，昨晚我和狗子商量好了，想去道观看看长风老伯。"

老阿福思忖了一下，叹息道："也好，那就去吧。也该去一趟，家里出了这样的祸事，也别瞒着他老人家了。"

狗子和林逸飞告别老阿福，朝院门走去。老阿福却在后面喊住了他俩："回来回来，"待二人来到面前，才低声说道，"外面不太平，走后堂。"

后堂？后堂的身后就是后院墙，根本没有留门，从后堂怎么去上清观？

狗子一头雾水，林逸飞却恍然大悟。他曾听父亲提起过，在别院后堂有一条隐秘的逃生通道，难道福叔指的就是那条密道？

老阿福带着两人来到后堂，返身机警地朝门外望了两眼，然后将房门关紧。三人来到了侧室佛堂的角落，福叔揭起供桌上的盖布，在供桌下转动了一个机关，只听"哗啦"一声，地面上竟然出现了一个一米见方的洞口。

狗子惊问道："爹，我在这儿住了这么久，咋不知道还有这么个地方。"

林逸飞也好奇地问道："福叔，这条地道能通到哪儿？"

老阿福弯腰俯在洞口，回答道："下去后顺着路一直走，另一个出口就是上清观。"

"什么？"林逸飞和狗子都惊呆了。

林府的这座别院和上清观分别在栖霞山的两侧，这条通道竟然连接了别院和上清观。也就是说，它贯穿了整座山体——这怎么可能？

避暑山庄是林府在几年前修建的，地处栖霞山一个山坳的半山腰。整座山只有两栋大型建筑，山坳处是林府的山庄，背面便是上清观。上清观是方圆几百里最大的道观，也是香火最旺的道观。道观里的主事道长便是长风道人。

此处别院虽名为"避暑山庄"，但林府的人却从未在盛夏时节过来避暑，只在每年的春秋两季，林敬轩会带着家人到这里住上几日。春季踏青，秋季赏景，也算惬意自在。自家有别院，但林敬轩却几乎未在别院里住过，他别有住处，那便是上清观。他去那里和长风道人论道品茗，一住就是数天。当初选择在此地建这座别院，林敬轩的本意就是等自己年老的时候，能过来与长风道人为邻，把酒论道，颐养天年。

长风道人虽然年近古稀，却鹤发童颜，仙风道骨，若以身体的健康状况来论，他完全就是一个精壮的中年汉子。长风道人的本姓本名几乎没人知道，他的过去更是一片空白，但林逸飞偶尔从父亲和大妈的聊天中听到过一些秘密。

长风道人祖籍中原，曾经是江湖上颇有威名的江洋大盗，一身武功，尤其擅长轻功，飞檐走壁如履平地。又有一手暗器绝活儿，发招之快、力度之猛犹如千手观音。后来机缘巧合，他受了上清观老道长的感化，遂拜老道长为师，潜心悟道。老道长驾鹤西去后，长风道人便接过了师父的衣钵，成了上清观的道长。

林府世代都是上清观的恩主，定期给道观敬献大笔的香火钱，一来二去，林敬轩便和长风道人成了知己。后来，林府在这山坳里修筑了这座别院。建成之后，林敬轩似乎还不太满意。

林家有个老规矩，安全第一，所住的居所中必须建一条防匪患的救生通道。

于是按照林敬轩的吩咐，老阿福亲率几个亲信家丁，在后堂的佛堂下开始了挖掘。可是向地下只挖了不到三米，施工就遇到了阻碍，一块巨大的青石挡在了底下。老阿福吩咐家丁向左右各挖了一段距离，却一直没有避开那块大青石。

林敬轩闻讯赶过来，亲自下坑查看。他发现这块青石有些异样，石面太过平整，貌似有人工修凿过的痕迹，并且，间隔不到两米处还有一道缝隙。用锤子轻轻敲击青石，里面竟发出了"咚咚"的回声。他明白了，这青石的下面是空的。

深山之中，这种掩埋于地下的建筑能是什么？必是墓穴无疑。要不要继续挖掘，林敬轩犹豫不定。他差人请来了长风道人，请他来帮忙拿个主意。

长风道长会看风水，当初修建这栋别院的时候，就是按照他的建议选址。见到那块青石板，长风道人也大惑不解，此处与山另一侧的道观相对，按照《周易风水术》所讲，这样的格局适合"人"居住，并不适合给死人造墓。既然如此，谁会在这里下葬呢？看石板的厚度，这座墓室应该颇具规模。长风道人认为即使有墓，墓主也绝非善类，便命令林府家丁砸开青石板。

在得到大掌柜林敬轩的默许后，家丁们抡起大锤就是一顿狂砸。不一会儿，青石崩裂，一个巨大的黑洞呈现在众人面前。大家面面相觑，望而却步。

长风道长不信邪，他命人取来火把，率先跳下黑洞。前面有了会"捉鬼"的道长，大伙胆气壮了，纷纷跟着跳了下去。

进入古墓，大伙倍感惊奇，后堂的地下，竟然是一个空间宽绰的石室。整间石室全部由青石构建，室内摆有床、桌、凳等家具，上面落了厚厚一层浮尘。虽然没有发现其他生活用品，但明显可以看出，这里根本不是安葬死人的墓穴，分明是供活人居住的地方。

众人尾随着长风道人走出石室，石室的对面又是一道石壁。此时，众人手里火把上的火苗儿，开始偏向一方晃动，这里有风！大伙朝着那个方向望去，暗影中，出现了一条长长的青石走廊。众人跟在长风道人身后，摸索着前行，发现石廊的一侧几乎都是同等面积的石室，他们在石室中找到了大量的被褥等生活用品，但大多已经破败腐烂。在其中一个房间，他们还找到了几件满是灰尘的道袍。

不知道在黑暗中走了多远，一直走在前面的长风道人突然停了下来。大伙纷纷聚过去，原来他们已经到了走廊尽头，一条向上延伸的台阶出现在众人面前。长风道人踏上石阶，在头顶摸索了一会儿，找到了一个机关，随后他一发力，大伙听到了一阵低沉的"隆隆"之声，是上面的石板滑动的声响。长风道人头顶的上方，隐约出现了一线光亮。他伸手一顶，顶开了盖住洞口的一层毯布，一道刺目的强光立时射了进来，晃得大伙睁不开眼。

顺着石阶终于回到了地面，众人却不知道自己身处何地，周围全是一排排的书架子，上面整齐地摆满了各类书籍。大伙十分茫然，长风道人却如释重负地舒了一口气，他对周遭环境太熟悉了，这里竟然是上清观后殿的藏书阁。

想必那处密室是前世的道士们留下的地宫，当年或许是用来躲避战乱和匪患而修建，后来可能经历了一段长久的太平盛世，所以逐渐被荒置，以至于最后被废弃。没想到竟然被林敬轩挖地道的时候发现了。

大家都觉得地宫的设计太巧妙了。众人惊叹，当初那些道人是如何在外人不知情的情况下完成了如此鬼斧神工的杰作。每一个房间的顶部都有一个类似烟囱的通风道，一直向上延伸到山顶的地面；长廊一侧的石壁上还开凿了"灯碗"，倒上灯油马上就可以使用；在一个房间的角落里竟然还有一个小水池，里面汩汩地冒着泉水……有人粗略地估算了一下，这处地宫如果利用起来，再备上足够的粮食，供百余人避难没有问题。

就这样，林府的人几乎没有花费多大气力，竟然挖通了一条如此精妙的逃生密道。

狗子接过老阿福递过来的马灯，下了坑道在前面引路，林逸飞跟在后面，两人顺着台阶进了密道。稍作停留，他们便适应了密道里的光线，待他们看清了周围环境便彻底傻眼了，这哪是什么密道，分明是一座小地宫啊。

林逸飞和狗子沿着石廊一路走一路惊奇。也不知走了多久，他们来到了石廊尽头的台阶前，狗子登上石阶，在头顶摸索了一番，终于找到了他爹说的那个门闩。他用力一拉，头顶处豁然开朗。

两个人走出藏书阁，来到了道观的后院，可眼前的景象让他俩有些纳闷，平日里热闹的道观竟然萧条异常，只有两个道士在清扫院落。这里的道士都认识他们，便带二人来到正殿，在那里，林逸飞和狗子见到了长风道长。

老道长依然精神矍铄，二人上前施礼请安。

长风道长见到林逸飞十分高兴："无量天尊，早就听风儿说逸飞少爷要过来，可把那孩子急坏了，快去我房里说话。"

道长带着二人出了正殿，边走边回头问道："逸飞少爷怎么一个人来了，大掌柜没有一起过来？"

听道长问起了父亲，林逸飞红了眼圈，正欲开口作答，远处传来一声清脆的呼喊："小哥，你可算是来了！"

随着喊声，一个矫健的身影飞奔而来，十几级台阶如履平地。众人还未来得及看清身形，一个俊秀的小伙子已经携着一阵风来到了林逸飞面前，不用说，来人正是小风。

小风一脸兴奋地抓住林逸飞的胳膊，诉苦道："小哥，你咋这么久才来呢？都急死我了。"说罢，也不等林逸飞答话，朝着狗子就开始埋怨，"还有你，以后有事别提前那么早告诉我行不行？我坐不住，你又不是不知道。"

看着小风的样子，三个人都被他逗笑了。去长风道长居所的路上，小风又问道："小哥，你啥时候来的？"

林逸飞如实作答："昨天傍晚。"

"昨天？"小风苦着脸抱怨道，"昨天就来了，咋这时候才来找我？"

林逸飞解释道："昨天还有些要紧的事，等处理完已经很晚了。"

"啥事儿比见我还要紧？再说了，太晚了怕什么，你打发个人过来告诉我一声，我可以过去找你啊。"接着又嬉笑着问道，"小哥，这次能住多久啊？五天？七天？好久没来了，就多住些日子吧。"

林逸飞苦笑着点点头："可能会住很久吧。"

"真的？"小风没有觉察到林逸飞脸上的忧伤，自顾自地兴奋叫道，"太好了，咱们可以好好玩一段时间了。对了，咱们应该先庆祝一下……"

说话间，众人进了长风道长的房间。老道长请林逸飞和狗子落了座，又吩咐一个小道士去沏茶，便接着刚才的话题唠起了家常："逸飞少爷，这次大掌柜没有过来？"

林逸飞默默地站起身，垂首应道："老伯，我父亲他……他不会来了。"

说着，隐忍已久的眼泪又涌了出来。

"什么，少爷刚才说什么？"长风道长以为自己听错了。

狗子抹着眼泪，哭得稀里哗啦："长风爷，东家大爷他……他过世了。"

长风道长心下一惊，手中的拂尘落到地上："怎么……怎么会发生这样的事情？到底出了什么事？"

林逸飞对老道长叙说了父亲遇害的经过，长风道长听得老泪纵横。待林逸飞讲完，他愤恨地说道："这些畜生，如此肆意屠杀，野蛮残暴，他们是要遭天谴的！"

狗子发着狠，说道："长风爷，咱们就不指望老天爷了，我和少东家都商量好了，我们要自己杀日本人，给东家老爷报仇！"

老道长看着眼前的狗子和林逸飞，赞许地点点头："好，你们都是好样的，有志气！这些日本畜生，该杀！"他鼓励道，"杀该杀之人，就是替天行道。"

老道长的话音刚落，一直在旁边默默掉泪的小风呼地站了起来，叫喊道："小哥，算我一个，我也要杀日本畜生，我也要给大掌柜报仇。"

长风道长一惊："你……你不能去。"

"凭什么，"小风抹着眼泪，一脸的不服气，"小哥和狗子都能去，凭什么我就不能去？"

长风道人迟疑了一下，瞪着小风说道："你要去也行，只要你给老冯家留个后，续上了香火，你爱咋地咋地，我不管。"

"这扯得上吗？我们是去杀日本人，又不是去让人杀。"小风急了，扯着嗓子嚷道，"你……你就教训我有本事，你自己咋不给老冯家留个后？"

"孽障！"长风道人俯身捡起地上的拂尘，挥手就打了过去，嘴里还在叫骂，"我打你个不尊老的小孽畜。"

小风慌忙一闪身，躲到林逸飞的背后。林逸飞赶忙上前劝解："老伯，您放心，小风还小，我们不会带他去的。"

见林逸飞这么说，长风道人安心了不少。

几个人在房间里又说了会儿话，林逸飞望着外面的院子问道："道长，观里今天怎么这么冷清啊？"

长风道长叹了口气，说道："自从日本人占了凤霞县，一直宵禁，进出城门都盘查很严，所以近来鲜少有香客入观敬香。四天前，一群日本兵突然闯进了道观，据说一个什么'师团长官'要来道观观赏名胜古迹，陪同'师团长官'来的是一个中国话很流利的日本军官。那些日本军官围着上清观转了半天，临走的时候，那个中国话流利的日本军官吩咐，这里根本不需要这么多道士，留下几个人看守道观，其余的人必须下山去为皇军效力。"

长风道长也听说了，最近日本人正在山下四处修建炮楼、碉堡，抓了不少劳工去给他们干活。就这样，道观里只留下不到十个道士，其余的几十个道士都被日本人用绳子捆绑着，串成了一串，驱赶着下了山。

众人正聊着，有小道士来找道长，好像正殿有什么事。

待老道长一走，小风就凑到了林逸飞面前，低声商量道："小哥，你别听我爷瞎掰扯，算我一个。"

林逸飞笑了笑，其实他来这里正有此意。见得到了小哥的默许，小风又兴奋了起来，问道："小哥，就咱们仨？"

三个人，似乎是少了点儿，林逸飞叹着气点点头。小风眼珠子一转，商量道："小哥，要不咱拉大黄哥和黑子入伙吧，咱们一起干，咋样？"

大黄？黑子？自己怎么就没想到呢。林逸飞问道："大黄和黑子他们不是都在南山吗？离这里太远了，能找到他们？"

小风狡黠地一笑："小哥你就放心吧，这些小事就交给我了，走，跟我走。"说着，他转身朝屋外走去。

"哎，小风，咱们去哪儿？"狗子问道。

小风一挥手，不耐烦地应道："就你事儿多，到地方你就知道了。"

三个人刚走到道观的前院，身后突然传来一声威严的咳嗽，转身一看，老道长带着两个道士已经到了身后。

"你们这是要去哪儿？"老道长警觉地问道。

小风轻描淡写地应道："我们不走远，就到山下去转一转。"

见老道长依旧狐疑地看着自己，小风苦着脸解释道："哎呀爷爷，您看这都啥时候了，您就打算用观里的青菜豆腐招呼俺小哥啊？放心吧，我带着小哥和狗子去山下吃点儿饭，吃完饭就回来。"

一听这话，老道长脸上的表情缓和了下来："哦，那就早去早回，外面不太平，切莫生事。"

林逸飞恭敬地点头应诺，又问道："老伯，您这是要出去？"

老道长黯然神伤，叹息道："我到后山的院子去看一看，过去和阿福说说话。出了这样的祸事，想必他也难过得紧哪。"

告别了老道长，三个人便离开了道观。

栖霞山下是个小镇子，其实也算不上什么镇子，不过是附近几个村子的接合部，天然地形成了一个庄户人家易货的市场。

小风带着林逸飞和狗子走进一家门口悬挂着牛头骨的饭馆。饭馆里的陈设很简单，尽是些粗木的桌椅板凳，连个账台都没有。店里的伙计看来跟小风很熟，一见他就上前打招呼："哎哟，稀客稀客，小风爷，有日子没见了，您这是又去哪儿发财了？"

小风没好气地应道："发个屁财，给关在山上都憋出痱子了。少啰唆，有好肉吗？赶紧的赶紧的，有把日子没沾着荤腥儿了。"

"放心吧，昨晚刚宰了一头牛，现成的，都在大锅里滚着呢。您稍等"小伙计说完朝后门走去。

"哎，等等，"小风喊住了他，"你家掌柜的在家吗？"

见小伙计点头，小风脚底生风，直接朝后门蹿了过去。

没多会儿，小风回来了，那个店伙计也紧随其后，端来了一个热气腾腾的木制大托盘。

托盘上桌，狗子伸手挥散了雾气。林逸飞这才看清，好家伙，几个大盘子里全是肉，不是牛肉就是牛下水，全是牛身上的物件。肉香醇厚，香味直往鼻子里钻，热气烘得林逸飞食欲大振。

小风给三个人各满上一碗酒，端起酒碗凑到林逸飞的面前："小哥，可不兴反悔的，喝了这碗酒，我可就算是入伙了。"

林逸飞笑了笑，三个人将酒碗一碰，一饮而尽。

牛肉的味道相当不错。林逸飞吃着肉，问道："小风，你刚才进去干吗了？怎么还鬼鬼祟祟的？"

"嘘——"小风做了个噤声的手势，神秘兮兮地应道，"先塞饱了肚子，出去我再跟你们说。"

满桌子全是牛肉，连口素菜都没有，倒是果腹。一通胡吃海塞，几大碗烧酒下肚，三个人酒足饭饱。喝了两口茶，小风摸着肚子站起来。那个小伙计凑过来，一脸的谄笑："小风爷，您这是吃饱了？"

小风满意地点点头，然后一挥手："记我的账上。"

小伙计倒也爽快："好嘞，三位慢走，有空常来。"

第六章　滨城匪事

回山的路上，小风告诉林逸飞和狗子，那间牛肉店可不是一家普通饭馆，那是南山的"消息"。

"消息"指的是秘密联络点，那家牛肉店是南山联络点。南山是位于滨城南部的一座大山。滨城人一说"南山"都明白，指的是南山上的匪帮。那家牛肉店就负责给南山匪帮打探消息、搜罗情报。

滨城的周围有四伙悍匪：南山的黄旗、凤凰山的"活阎王"大喜子、栖霞岭的"蔡斧头"和常驻扁担岛的海匪"海蛎子"。

这其中，势力最弱的要数栖霞岭的"蔡斧头"了。按道理讲，这四伙悍匪中，地理位置最好的要数栖霞岭了，依山傍海，距离富庶的凤霞县城又最近，可为什么他的势力最弱呢？说起来，做土匪可不比经商，不是越热闹越好。离县城越近，受官府牵制和围剿的可能性就越大，况且，栖霞岭山势平缓，山上没有险要可守，官兵如果真想剿灭"蔡斧头"，难度并不算大。故此，"蔡斧头"这伙土匪平时基本不敢下山作恶，最多也就是劫个道儿糊口。

和栖霞岭比，凤凰山就大不一样了，凤凰山山势陡峭，山路九曲十八弯。"活阎王"大喜子虽然作恶多端，但他据守天险，官府一直拿他没办法，几次围剿也都落败而归，大喜子的气焰反而更嚣张。

"海蛎子"是一伙海匪。早先他们都是渔民，后来兵荒马乱的没了生计，便在海上拉杆子做起了海盗，打劫过往的船只，偶尔也会结队到陆上作案。

海匪和山匪，本来井水不犯河水，但不知从什么时候开始，也不知道是什么原因，凤凰山的山匪和扁担岛的海匪之间结了怨，两伙土匪打得不可开交。大喜子的爹就是死在了扁担岛海匪的手里，海蛎子的爹也被凤凰山的山匪所伤，回到扁担岛后不久就死了。自此两家便结了世仇。

栖霞岭的蔡斧头正好夹在这两股土匪的中间，日子就更难过了，他是哪家也得罪不起。两边的形势剑拔弩张时，蔡斧头一度吓得连山都不敢下了。

前些年，有人为了让凤凰山和扁担岛两家的世仇能够和解，找来了"响马祖宗"黄长庚做中间人，大喜子和海蛎子这才坐到了一起。他们不敢得罪黄长庚，一顿酒喝下来，两个人算是握手言和了。

黄长庚是何许人，竟能让吃人不吐骨头的"活阎王"大喜子俯首帖耳？

"响马祖宗"黄长庚是"南山黄旗匪帮"的大当家，黄家在滨城世代为匪，他们的标志是一面黄龙旗，所以大伙都管南山的匪帮叫黄旗。黄旗是滨城周边历史最久势力最强的匪帮，到底是哪一年拉起的杆子，恐怕都没人能说得清楚了。黄旗与其他匪帮不同，他们在滨城口碑上佳，因为这伙"响马"从来不为害乡里，打劫的都是外地的客商。他们的耳目"消息"众多，遍布整个半岛地区，只要有商队进入山东地面，他们马上就会得到消息。

黄旗的目的是求财，匪众们打劫时都遵循山规，能不伤人就不伤人。商人只要留下财物，他们不会伤人性命。若是财物丰厚，他们也通情达理，只劫一半。用黄旗大当家的话说，买卖家也不易，别把人往死路上逼。

江湖上有个流传已久的绿林故事。

大清朝那会儿，北方最著名的联号镖局当属天津卫的"虎威"。镖局东家姓邱，邱家是赫赫有名的武林世家。某年，镖局少东家初任"镖头"，押送一批货物自天津卫过海，前往山东某地。途中，这支北方最有名的"护镖"队伍遭遇了剽悍的响马——黄旗。双方甫一照面，便各自打出旗号，互不相让。镖头邱少爷初出江湖，血气方刚；南山黄旗兵强马壮，一场血战一触即发。

没想到，邱少爷提议：双方单挑，输了，虎威献镖；赢了，黄旗放行。

这事透着稀罕，南山响马懒得废话，就要掩杀过去，岂料黄旗少当家黄宝柱却应下了那场看似荒诞的较量。

双方队伍各自后撤，留出一块空地。两军对垒，摇旗呐喊声一片，两个年岁相仿的少年英雄报过名号，便徒手搏杀开来，闪转腾挪，拳来脚往，一场缠斗杀得天昏地暗。数个回合下来，终是黄宝柱技高一筹，邱少爷被击倒在地。虽然取胜，但黄宝柱对邱少爷的身手亦暗暗称奇，心说不愧是武林世家。英雄相惜，黄宝柱主动示好，伸手扶起了邱少爷。

邱少爷自叹技不如人，他命手下放弃货物，打道回府。吩咐之后，他掏出腰间匕首当时就要刺入胸间，却被眼疾手快的黄宝柱一把扯住。细问才知，离家时，邱少爷曾立下生死状，镖在人在，镖失人亡！如今他唯有一死，才能为镖局保全些名声。

黄宝柱暗叹邱少爷的血性忠义，转身一挥手，响马队伍闪出了一条通道——放行！

邱少爷感激涕零，却拽住黄宝柱不肯离去。原来，他素知黄旗有"逢劫必取财"的规矩，如今黄宝柱保全了他的名声，他又怎好让黄宝柱空手而归，坏了黄旗的规矩？

黄宝柱笑而不语，他来到镖车前，一把扯下镖旗，然后一声呼哨上马，率众绝尘而去。

数日后，邱少爷来到南山下，命人对着山坳高喊："天津卫虎威镖局，拜谢黄旗留镖之恩，奉上谢银三千，聊表心意，望好汉笑纳！"须臾，山谷里传来一声尖利的呼哨，一支黄色长箭带着笛音呼啸而来，稳稳扎进邱少爷身前一条树干。邱少爷命人取下长箭，展开来看，正是那面"被劫"的镖旗。

自此以后，黄旗在江湖上的名声如日中天，虎威镖局也在镖行中名声大震。很多外地客商效仿虎威镖局，途经山东地面，只要看到路边插有黄龙旗，无须响马露面，他们直接在旗下奉上财物，口中高声报号："某地商号某某，途经贵宝地，奉上孝银若干，万望好汉笑纳！"

说起来，黄旗的黄家和滨城林府还有一段交情，那是发生在三十多年前的一件奇事。

当时黄宝柱的儿子黄长庚还年轻，也就十八九岁（黄长庚，就是大黄的父亲）。一天，他带着几个随从下山，想去滨城看个热闹。原来，前两天山下的"消息"传来一件好玩儿的事，说有人正在滨城设擂比武。

如此热闹，黄长庚岂能错过？

摆擂台的是一个在滨城经商的法国人。这个法国富商身边有几个日本保镖，据说各个身怀绝技武艺高强。法国富商为了炫耀，便在滨城设下擂台，说是以武会友，实则是标榜武力。

话说洋人设下擂台的第一天，围观的人多，却没人登擂挑战，这让法国人大失所望。其实，滨城尚武，根本不缺武林高手，只是这里民风淳朴，习武之人大多腼腆，相互间的切磋也仅限于私下里去"踩场子"比画比画，如此大张旗鼓地到擂台上一较高下，大伙都有点儿不好意思。

设擂的第二天，还是没人登擂。法国富商急了，第三天干脆将"以武会友"的横幅换成了"拳打炎黄，脚踏螳螂"。

这样侮辱中国人、侮辱中国武术，一下子就激起了滨城人的血性，很多习武的后生摩拳擦掌跃跃欲试。可上了擂台没走几个回合，这些滨城汉子就都傻眼了，自己根本不是人家的对手啊！几招过后，不是受伤，就是被东洋武士打下擂台。是技不如人？也不全是。滨城的习武之人，互相之间的切磋都是点到为止，可这些日本武士完全不同，他们一个个如狼似虎，发招全都针对人体的要害，下手阴狠恶毒，招招致人死地，眼、喉、肋、裆都是他们攻击的部位。初登擂台的后生哪遇到过这么下死手的，这一下，可把滨城人给打蒙了。

黄长庚来到擂台下时，台上的日本武士刚把一个壮实汉子打倒在地，正耀武扬威地在擂台上叫嚣："来，来，还有谁？中国功夫，大大地不行……"

看日本武士嚣张跋扈的样子，黄长庚忍无可忍，一个凌空翻就跃上了擂台，一抱拳："在下愿意奉陪。"

擂台的司仪跑过来："来人报上姓名，方可比武。"

黄长庚抱拳一笑："滨城螳螂门下，黄祝宗。"他是官府通缉的响马，所以报了一个假名。

一个日本武士来到黄长庚的面前，装模作样地模仿着中华武林的礼节，一抱拳，用蹩脚的中国话说道："黄祝宗，承让了。"

黄长庚微微一笑，豪爽地一挥手："跟祖宗没必要这么客气。"

"哈哈……"擂台下发出一片哄笑之后，开始山呼般地叫好，把擂台上的几个日本武士都给整蒙了。

两人对视片刻，拉开了架势。黄长庚脚踏"麒麟步"，身形辗转腾挪，把螳螂拳的绝学勾、搂、采、挂、刁、缠、劈、扎，施展到了极致。几个回合下来，那个日本武士根本就没近着黄长庚的身，自己却已遍体鳞伤，尤其是那张脸，被黄长庚的"刁手"撕得青一块紫一块。

同样是螳螂拳，基本套路几乎没有差异，为什么黄长庚的螳螂拳竟会如此威猛？其实很容易解释：滨城人的拳术是在和平友爱的"切磋"中练就的；可黄长庚是什么人？他是土匪，是响马，他的功夫可都是在无数次的实战中磨炼出来的。要说到下狠手、下死手、无所不用其极地搏杀，那些东洋武士遇上黄长庚，还真可以说是小巫见了大巫。

擂台下面炸了锅，雷鸣般的叫好声和掌声铺天盖地地响起。接下来，黄长庚不负众望，在父老乡亲的助威声中又接连打翻了两个日本武士。

到底是年少气盛，黄长庚打得一时兴起，干脆扯掉上衣，露出了一身刚健的肌肉和那条苍龙刺青："别婆婆妈妈的，还有几个，你们干脆一起上，祖宗今天给你们来个一锅烩。"

日本武士输红了眼，也顾不得面子、规矩和风度，剩下的三个武士一起扑了上来。黄长庚犹如武神附体，招招阴狠，制敌要害，几个回合下来，三个东洋武士全躺在了地上。黄长庚不屑地看了看他们，朝擂台下得意地一抱拳："多谢父老乡亲们捧场助威，黄某这厢拜谢啦！"可台下的叫好声却寥寥无几，围观的人群纷纷四散着离去。

原来，黄长庚身上那条青面獠牙的盘龙出卖了他的身份。那条青龙自他的腰间盘旋而上，狰狞的龙头从背后盘至左前胸，那正是南山黄家世袭的刺青标志。

恍然大悟的黄长庚自觉不妙，赶忙套上了衣衫，在随从的簇拥下离开了擂台，试图混入人群逃出城。但还是晚了，快到城门时，大队官兵将他们团团围住，南山黄旗的少当家黄长庚被官府缉拿归案。

时任滨城府的道台大喜过望，当即派人给省城送去了捷报：擒获南山匪首黄宝柱之子黄长庚。

当天夜里，一个商人打扮的男子来到道台府，此人正是林敬轩的父亲、林逸飞的祖父，也是当年滨城商会的会长、滨城大掌柜——林兆松。

林兆松拜见过道台大人，稍作寒暄后，问道："大人，不知这个黄长庚接下来要如何处置？"

道台慢声应道："我已上报巡抚大人，相信不日就会收到牒文。这类匪首，估计死罪难逃。"

林兆松抱拳道："恭喜大人，贺喜大人，如此大功一件，不知大人可否能获得升迁啊？"

道台叹息道："不瞒林公，这次擒获匪首虽是功劳一件，但是想要升迁，却绝非易事。"

林兆松问道："这么说来，道台大人还会继续留任滨城？"

道台点点头。林兆松脸色一变，摇头叹息一声。

道台不明就里："林公，擒获匪首本是滨城的喜事一件，您为何愁眉不展？"

林兆松说道："道台大人，林某是在为大人的前途担忧啊。"见道台不解，林兆松继续说道，"大人，您想想看，南山'黄旗'虽是响马，但是从未祸乱滨城。如今匪首之子却被滨城官府所杀，这仇结得恐怕有些不明白吧？"

道台一怔，反问道："可是……可是上峰早有海捕文书，'黄旗'匪众皆在名册，在下身为滨城父母官，缉捕匪类也是本分。擒拿黄长庚本是功德一件，林公为何担忧起了下官的前程？"

"大人说的极是，只是……"林兆松的话锋一转，叹息道，"林某只是担心，从今往后，滨城恐怕与南山算是结下仇怨了！"见道台又是一怔，林兆松继续说道，"此事发生之前，南山'黄旗'不但与滨城无仇，反而对滨城有功啊。"

道台大吃一惊："这份功德从何说起？"

林兆松解释道："咱们滨城的商人出外做生意，商队均会打出滨城商会的旗号，如此一来，商队往来各州县，不但'黄旗'匪帮未曾侵扰，就连其他响马也因畏惧'黄旗'而纷纷避让。难道，这不算是'黄旗'对滨城的功劳吗？"

道台恍然大悟，点头称是。

林兆松又说道："大人，草民以为，杀黄长庚之时，便是滨城大难之日。'黄旗'悍匪人多势众，高手辈出，大人您身边护卫严密，可高枕无忧，但滨城的百姓、往来于滨城的商队只怕自此之后再无平安之时，滨城永无宁日啊！"

此时道台的额头已经渗出冷汗。

林兆松继续说道："咱们当地的商家还好说，只怕外地的货物以后再也难送进滨城。大人，您仔细想想，到时'黄旗'作乱滨城，滨城内外怨声载道，这些怨言若是传到了省城、京城，那时候府部再责难您一个'治匪不利'……大人，恕林某直言，您的几位前任在滨城政绩斐然，功德圆满，到了您的任上便匪患丛生，不是林某危言耸听，真若如此，大人的前程恐怕就……"

道台此时已是悔恨万分，忙抱拳作揖道："多谢林公提醒，下官险些酿成大祸。只是文书已经呈报了巡抚大人，此刻想要追回怕是来不及了，接下来该如何化解，还望林公指点一二。"

林兆松颔首一笑，抱拳道："道台大人且莫惊慌，您可再修书一封，呈报巡抚大人，只说有人冒名'黄旗'为害乡里，现已被您尽数擒获，连夜审讯方知是冒名之举。如此一来，大人既规避了'谎报''失察'之罪，剿匪的功德也板上钉钉。草民不才，与巡抚大人还算有些交情，林某愿意携带书信连夜前去省城，亲自面呈巡抚大人，道明原委。"

道台似乎还心有余悸："林公，那南山上……"

"大人莫急，"林兆松拱手道，"林某愿意以滨城商会的名义，将黄长庚送还南山，想来，那匪首黄宝柱必会感念道台的恩情。"

道台大人长出一口气，起身对林兆松拜道："那就有劳林公了，请受下官一拜。"

就这样，经过林兆松的斡旋，黄长庚重获自由，放归南山。黄宝柱对林兆松自是感恩戴德，两家从此后往来就更密切了。后来，黄长庚更是与林兆松的儿子林敬轩一见如故，自此，小十几岁的林敬轩便对黄长庚以兄长相称。

南山黄家世代笃信道教，林敬轩与上清观长风道长的熟识，便是得了黄长庚的引荐。林逸飞和小风说的"大黄"，便是黄长庚的儿子。大黄比林逸飞年长两岁，是黄长庚唯一的儿子。

黄长庚四十岁那年才有的这个儿子，中年得子，所以极为疼爱。不料，向来体格强健的大黄却在十岁那年染上了风寒，持续高烧让他数天昏迷不醒。南山请了好几位大夫上山，但都束手无策。爱子染病，慈父心焦。对儿子的病，黄长庚将罪责归咎于自己，他觉得是自己杀戮的罪业在儿子的身上得了报应。于是，黄长庚便在道祖像前发下了毒誓，如若道祖显灵救孩子一命，他愿意从此金盆洗手隐退江湖。

说来奇怪，就在黄长庚发下毒誓的第二天清晨，大黄的高烧渐渐退去，中午时分，他竟然能下床玩耍了。黄长庚觉得这一定是道祖显灵救了他的爱子，于是不顾山上众兄弟的苦苦哀求，选了个黄道吉日，真的金盆洗手了。

在"洗手"仪式上，黄长庚将黄旗和儿子交给了他的大徒弟罗百岁。其实，黄长庚舍不得这个儿子，本来想带大黄一起下山，但是，为匪经年必有仇家，他不敢冒险将儿子带在身边。安排好了山上的事情，黄长庚便带着夫人离开南山，去了一个隐秘之地，从此隐姓埋名，过起了隐居的田园生活。

由于两家世代交好，大黄和林逸飞的关系不言而喻。虽然见面的时候不多，但是只要聚在了一起，那是打骨子里的亲。

不管走到哪里，大黄的身后总有一个如影随形的人，这便是黑子。黑子的年龄和大黄差不多，要说具体多大岁数，连他自己都不知道。

黑子他爹也是南山黄旗的人，绰号"醉猫"。一听名字就知道，这人爱喝酒。醉猫每天酒瓶不离手，二十四小时都处于一种半迷糊的状态。别看他总是醉眼迷离，干起"活儿"来那可是一把好手。他枪法奇准，两只醉眼一眯，指哪儿打哪儿，百十米外挂在镖车上的镖旗，他一枪一个，从未失过手。南山的第一支快枪，黄长庚就奖给了醉猫使用。

醉猫除了酒还有一个爱好——吃鸡，各种做法的鸡都爱吃。对他来说，一杆好枪、一壶好酒、一只熏鸡，人生足矣。

那一年，醉猫随黄旗下山开工，在收工回山的路上，途经一个镇子。到了那里醉猫就走不动了，那刚出锅的熏鸡，味道实在太诱人了。醉猫寻着香味来到一家店铺的门前，迫不及待地买了两只。他包好一只塞进了怀里，来不及上马就抓起另一只啃了起来。醉猫吃鸡，从来不吃鸡屁股。他一口就咬掉鸡屁股，随手扔给了趴在路边的一条野狗。说时迟那时快，一道影子唰地从野狗的身前掠过，这下不仅醉猫傻了，连那条野狗都傻了——眼看着到口的鸡屁股没了。

醉猫定定神才看清楚，一个黑黑瘦瘦、衣衫褴褛的小男孩，一把将那个肥硕的鸡屁股塞进了嘴里，一边疯狂地咀嚼下咽，一边怯生生地朝醉猫看了过来。

醉猫那天也不知是咋了，心里突然一酸，觉得眼前这个小叫花子太可怜了，于是便将手里的熏鸡一撕两半，把其中一半朝那孩子抛了过去，嘴里念叨："吃吧，吃吧，咱俩一人一半，你比我多了个鸡屁股，那鸡头得归我。"说完，他翻身上马，扬长而去。

醉猫一路骑着马，一口酒一口鸡，相当滋润，惬意之余还哼起了小曲。可走着走着，突然觉得身后有些不对。他心下一惊，猛一转头，吓了一跳，那个黑瘦的小男孩竟然呼哧呼哧地喘着粗气，就跟在自己的马后。

此时马队已经离开那座镇子十多里地。马队是一路奔跑着过来的，那个赤脚的小男孩竟然跟着跑了一路，此时黑瘦的小脸上，还挂着熏鸡的残渣。

醉猫朝那孩子挥了挥手："回去回去，你跟着我干吗？"

那孩子停下脚步，气喘吁吁地傻站在那里。醉猫拍马继续赶路，可过了一会儿，不经意地一回头，那孩子竟然还跟在身后。这一回醉猫恼了："嘿，你他妈的还敢盯梢？信不信老子一枪崩了你……"说着，他虚张声势地拉开了枪栓。

那孩子又停了下来。

又走出很远，那孩子还在后面跟着。醉猫真没辙了，在自己身上拍了拍，喊道："没有鸡了，刚才咱俩不是一人一半吗？你的都吃完了，我的还能剩下？你还跟着我干啥！"

孩子固执地站在原地，眼中乌黑的眸子死死盯着醉猫，倔强的眼神里似乎夹杂着太多的委屈。醉猫眼珠子一转，问道："哎，你想不想以后天天吃鸡？"

那孩子怔了一下，随即使劲点点头。

醉猫得意地一笑："那你叫我一声爹。"

那孩子没有丝毫犹豫，脆生生地喊了一声："爹！"

醉猫起初不过是想戏弄一下这孩子，谁知孩子这一声"爹"竟把这个四十岁的老光棍半边身子都喊酥了，他打了个冷战："你……你再喊我一声？"

孩子铆足了劲儿喊："爹，爹，爹，爹……"

醉猫拍马上前，一猫腰，伸手就将孩子提到了马背上，然后紧紧地裹进了自己的棉衣里。

从那以后，南山上就多了一个小响马。大伙知道了事情的经过，都说醉猫捡了个大便宜，一个鸡屁股换回个儿子，醉猫这买卖赚大发了。每到这时，醉猫就红着脸辩解：啥一个鸡屁股，那可是大半只鸡呢。

那个被醉猫捡到山上的孩子就是黑子。当时南山上只有俩孩子，一个是少当家大黄，另一个就是黑子。两人成天粘在一起，黑子慢慢就成了大黄的影子。

如今的黑子可不再是当年那个瘦骨嶙峋黑不溜秋的小叫花子了，他生得人高马大虎背熊腰，尤其难得的是，他继承了醉猫百步穿杨的神技，枪法如神。偶尔有空闲，黑子就会拎着他的步枪去南山的后山，几声枪响，就能给他爹背上几只野鸡回来。南山上的人数着枪声，就能知道黑子当日的收成如何。

第七章　后山练枪

　　林逸飞、小风和狗子三人，一路说着话往山上走，再翻过一座小山包就能看到上清观了。可走着走着，小风却突然停下脚步，吸着鼻子好像在空气中寻找着什么："小哥，狗子，你们……你们闻到什么味没有？"

　　林逸飞仰起头使劲嗅了嗅，好像没什么味道，他摇了摇头。身边的狗子也一脸茫然地摇了摇头："小风，咋了？"

　　小风不好意思地挠了挠头："刚才还有呢，现在好像又没了。"

　　狗子不屑地一撇嘴："就你狗鼻子灵。"

　　小风虎着脸回呛了一句："你才是狗子呢。"

　　"我……"狗子吃了一瘪，竟无话反驳。没办法，谁让他就是狗子呢。

　　林逸飞取笑小风，给狗子解了围："没吃饱，又闻着肉味了？"

　　小风嘿嘿地讪笑着，三个人继续朝山上走去。一阵寒风吹过，小风又站住了："不对不对，还是有味儿。"他扭头问道，"风是从哪儿刮过来的？"

　　狗子一怔，朝北边指了指，小风寻着风向跑了过去。

　　狗子翕动着鼻子狠抽了几下，说道："少爷，味儿好像是有些不对，这是什么味啊？"

　　林逸飞警觉起来，他似乎也闻到了空气中若隐若现地漂着一股酸腐的血腥味。当他们跟着小风走去时，那味道变得不再模糊，而且渐渐清晰起来。

　　小风站在一条大沟边缘，正伸着头朝沟底张望。林逸飞和狗子来到小风身旁，也朝沟底望去。沟不深，沟底的情形一目了然。这条沟在阴处，不朝阳，地面上还有一层未化的积雪。不过奇怪的是，那些积雪上面竟然被撒上了一层黄土。林逸飞和狗子都有些纳闷，这大冷的天，谁闲着没事到这荒山野岭上来撩土。两个人正思忖着，身旁的小风已经纵身跳了下去。

　　小风捡起一根树枝，在那些盖着黄土的积雪上划拉两下，突然停了下来，并抬头朝林逸飞看过来。

　　林逸飞问道："小风，咋了？"

小风也不答话，用脚踢了踢眼前的小土堆，身形小小地停顿一下，猛地跪在地上，发疯一样开始了刨挖。林逸飞看到，随着小风的刨挖，一截灰色的布从积雪和浮土下露了出来。

小风拽住那块布用力一扯，天哪，是一条胳膊，那土堆里竟然埋着一个人。小风惊恐地瞪大了双眼，一屁股坐到了地上。林逸飞和狗子来不及多想，也纵身跳了下去。

没错，那是一个人，而且是个穿着粗布道袍的人！他一条胳膊被人用绳索捆缚，面色铁青，肢体僵硬，看来已经死去多日了。尸体的胸前有一个触目惊心的血窟窿，现在，那些污血早已凝成了黑红的颜色。

狗子壮着胆子将那人推到一边，他拽住那人身上被血浸透的绳子又是一扯，我的天，又一条胳膊从黄土下露了出来……

三个人没有再说话，默默地回到了上清观，在门房取了铁锹和锄头，又匆匆返回了那条山沟。

一共十七具尸体，全部是被利刃穿胸致死，那些伤口让林逸飞想到了日本兵长枪上明晃晃的刺刀。这里面有四个是年纪尚小的小道士，其余十三个是已经上了年纪的老道士。很显然，日本人带走了年轻力壮的道士，将这些老幼就地"处理"了。

三人含着眼泪挖了一个大深坑，将十七具尸体整齐地摆进去，正想歇口气，头顶上传来一声哀号。方才，林逸飞等人忍着悲痛埋头干活，却没有注意到长风道长尾随而来，早已在那里观望了许久……

老道长紧握双拳、浑身颤抖地仰天长啸："老君啊，您显圣看看吧，那些畜生都干了些什么呀！"

林逸飞抬头看着老泪纵横的老道长，竟不知该如何安慰，他暗暗地咬了咬牙，把手里的铁锹攥得更紧了。

翌日清晨，林逸飞和大伙正吃着饭，小风从后院跑了过来，看来这小子也知道了那条密道。福叔招呼小风过来一起吃饭，小风坐在门槛上把玩着林逸飞的小手枪，说他在道观已经吃过了。

就要吃完饭时，狗子瞄了林逸飞一眼，刻意清了一下嗓子。林逸飞会意，朝老阿福开了口："福叔，我……我想……您给我们一些子弹吧。"

老阿福顿时紧张起来："少爷，你们……你们要子弹干什么？"

林逸飞略一思忖，如实说道："福叔，我们想去后山练练枪法。"

老阿福瞪了狗子一眼，低垂着头应道："我……我没有子弹。"

林逸飞着急了："福叔，我知道您在担心什么，可是光担心有啥用？昨天道观的事情您也知道了，我们不报仇，不去招惹日本人，可日本人会放过我们吗？"说着朝门外一指，"福叔，如果现在，就是现在，有一队日本兵闯进来，接下来会发生什么，咱们心里都很清楚。难道您想让我们就这样把头伸过去任人宰割吗？那些枪拿在手里，又有什么用？"

老阿福沉默了。

林逸飞苦笑着，扭头吩咐道："狗子，把枪还给你爹，要是你还想活得久一点，就跟我走。"说完，朝屋外走去。

"少爷，回来，你这是要去哪儿啊？"老阿福跌跌撞撞地追出来。

林逸飞收住脚步，冷冷地应道："我找死去。找死，总比等死的滋味好受。"

老阿福跺着脚哽咽道："少爷，你……你这是要逼死老奴呀。"

老阿福无奈地妥协了。

林逸飞、狗子和小凤跟在老阿福的身后，又来到了那条密道。

老阿福用一条布捻儿在马灯里取了火，点燃了墙壁上的油灯，密道里豁然亮了起来。狗子帮爹提着马灯，老阿福从腰里取下一串钥匙打开了一个房间的门。

林逸飞刚走进去就兴奋了起来，整个房间里满满地堆砌着厚重的木箱。几个月前，他曾经在二杠子的兵营里见到过这样的箱子，是军火，一定是军火！

老阿福叹了一口气，无奈地说道："少爷，都在这里了，这间房就交给你们了。"他把钥匙郑重地交到林逸飞的手里，然后拖着沉重的脚步走了出去。看他的步履蹒跚的背影，好像刹那间苍老了许多。

三个人在这间军火库里欢呼雀跃着庆祝了一番，便开始清点。门口是一个已经打开的长条箱子，里面还有四条崭新的钢枪。长条箱子的下面还有一口相同的箱子，打开一看，竟然是空的。林逸飞又打开了靠近墙角的一口相对短些的箱子，很奇怪，这个箱子里竟然全是一些形状怪异的硬牛皮和木制的盒子，看样子应该是枪套。

有枪套就一定有枪。林逸飞让狗子和小凤赶快找枪，他自己又接连打开了几个箱子，全都是各种型号的子弹。就在这时，小风在角落里发出了一声颤抖的惊叹："小哥，咱们发财了！"

林逸飞和狗子凑过去一看，真是发财了，整整一箱子手枪，全是崭新的"盒子炮"。林逸飞曾经在二杠子的手里见过这种枪，他面前的这些，似乎比二杠子手里的那支更漂亮、更威风，它们安安静静地"躺"在箱子里，在油灯的照耀下散发着墨蓝色的幽光。三个人凑在油灯下仔细地研究了一下，枪体上有汉字：德国造；那条木箱的盖板上还有一个汉字的印章：德国毛瑟公司。

看来这些枪是洋货，都是清一色的德国造。

库房一侧靠墙的位置，整齐地码放着一些式样相同的箱子，林逸飞和小风开了两箱，里面全是子弹。就在这时，身后的狗子突然又发出一声走了调门的尖叫："天哪！少爷，你看我找到了什么？"

林逸飞扭头看去，只看到狗子身前的箱子里露出一些干枯的稻草。他有些纳闷，装军火的箱子里怎么会有稻草？难道狗子找到了粮食？他正想发问，却见狗子从箱子里抱出了一挺机关枪。

这是一挺捷克式轻机枪，那可是国军"正规军"才有的武器啊！

小风怪叫一声，扑上去就想抢枪，不料狗子早有防备，蛮横地将小风一把推开："去，这是我先找到的。"

小风猝不及防，被推了一个趔趄，倒退几步一屁股坐到了地上，连他身边竖在墙角的一捆棉被都撞倒了。林逸飞和狗子抱着那挺机枪爱不释手，身后的角落里传来了小风小人得志般的怪笑："哈哈，牛逼个啥？不就是机关枪吗？咱小风爷还缺那个！"两人回头一看，乖乖，小风怀里的那条棉被竟然裹着一挺一模一样的机枪。

将机枪放好，林逸飞让小风和狗子对库房的武器进行了盘点。盘点完毕，林逸飞让每人选了一支驳壳枪，又让狗子带上几包子弹。锁好军火库，三个人兴高采烈地钻出了密道。

出门后三人直接向山里进发，进山后又翻过了一座山头，来到了一处密林，在这里打枪外面应该不会听到了。三个人一商量，决定就在这里安营扎寨，开始操练枪法。

狗子选定了大约五十米开外的一棵大树作为目标，让林逸飞先来。尽管之前没有开枪的经历，但林逸飞似乎胸有成竹，他打开保险，气定神闲地举起枪，在短暂的瞄准之后，砰的就是一枪。发射枪弹产生的后坐力让林逸飞的手腕和虎口一阵酥麻，很舒爽的感觉。

虽然早有准备，但他们还是被枪声吓了一跳，三个人笑着对视了一眼。

林逸飞问道："看清了吗？打中了没有？"

狗子和小风都摇了摇头，含糊地应道："好像是没打中，刚才没看仔细，再来一枪。"

林逸飞也正有此意，他抬起枪果断地扣动了扳机，"砰"，这次看清了，没打中。

不仅林逸飞未能击中目标，接下来狗子和小风也都没有打中，乒乒乓乓，每个人打出了十多发子弹，只有小风偶然地击中了一次树干，还是打在旁边的一棵树上。

真恼火！林逸飞气恼之余向前走了几步，抬手又是一枪，"砰"，未中。再往前走几步，"砰"，未中。他越走离那棵树靶子越近，当他终于击中目标的时候，早已没有了丝毫的成就感，因为这时他距离那棵树已经近在咫尺，几乎伸手就可以摸到树干了。

三个人都蒙了，就这样的枪法还去杀日本人？日本人就算规规矩矩地站在那里让他们打也打不中啊。三个人垂头丧气地抱着枪窝在树下，大眼瞪小眼。

小风试探着问道："小哥，是不是咱这枪有问题啊？"

林逸飞也想给自己找回点面子，他点点头刚想答话，却被狗子的一句话噎在了那里："自己怂就是自己怂，别找这些狗屁理由。你这是屙不出屎来怨茅房，枪都是新枪，能有啥问题？"

小风不服气地嘟囔着："我也就是随口问问，你急什么？"

林逸飞的倔劲儿又上来了，端着枪站起来："我他妈的还真就不信了，接着来。"

三个人越打越沮丧，都说枪子儿不长眼，可这都一上午了，哪怕是有一颗不长眼的枪子儿能打中目标也好啊！正上火呢，好像听到远处有人在喊叫着什么，三个人举头远望，一个身影正从对面的山梁朝他们跑来。

狗子看清了："少爷，好像是大壮。"

林逸飞有些纳闷，大壮来这里干什么？看他急匆匆的样子，莫不是别院出事了？他心头一紧，带着两个人迎了上去。

真的是大壮，已经累得气喘吁吁了。四人碰面后，林逸飞让他别着急，有事慢慢说。大壮上气不接下气地禀报："少东家，福叔……福叔让我来喊你们快……快回去，南山来人了。"

三个人一听这个消息惊喜万分，不会吧，昨天中午才去了"消息"，今天南山的人就来了？

一路狂奔，跑到山梁上的时候，林逸飞远远地看到，别院的门口站着三个人，除了福叔，还有两个像塔一样壮实的汉子，分明就是大黄和黑子。小风也看到了，他大喊一声："呀，是大黄哥！"话音未落，就脚底生风地开始飞奔。

小风像一阵疾风一样蹿了出去，两只脚轻掠着地面，感觉他再扑棱两下胳膊就能飞起来。那些大大小小的沟沟坎坎在他的脚下如履平地，林逸飞铆足了劲狂追，也只能遗憾地看着他的背影越来越远。

狗子似乎比林逸飞还要上火，一边跑一边骂："可气死我了，这孙子是吃蚂蚱长大的吗？"

很久没有见面了，近日又遭遇了那么大的变故，林逸飞上前就与大黄和黑子拥抱在了一起。还是那个大黄，还是那个黑子，只是两人好像又结实了很多，身板像铁一样坚实。

老阿福让大伙别在门口傻站着，赶快回别院里说话。

众人进了正堂，小风的嘴就一直就没闲着："大黄哥，你们过来得可够快啊，什么时候接到了我的消息？"

大黄看了看黑子，疑惑地摇了摇头："消息，什么消息？我们没接到你的消息啊。怎么，你往山上送消息了？"

"是啊，"小风回答道，"昨天中午我去了山下的'消息'，让他们赶紧派人去告诉你，我小哥来栖霞山了。刚才我还在纳闷呢，你们怎么来得这么快啊。"

大黄笑了笑。

黑子开口说道："我们去了滨城，没有找到逸飞少爷。大黄说他有可能在这里，我们就没有回山，直接从滨城赶了过来，没想到，他还真在这儿。"

听说大黄和黑子是从滨城来的，林逸飞焦急地问道："滨城？大黄，滨城现在怎么样了？"

大黄扭头看了看黑子，又朝福叔看了两眼，福叔默默点点头。看来在林逸飞等人回来之前，大黄已经把滨城的事情跟福叔说过了。接着，大黄对众人说起滨城和南山最近发生的事情。

滨城大掌柜林敬轩刚被日本人囚禁，南山就收到了消息。大当家罗百岁不敢怠慢，当即就召集了各寨口的头目，在"聚义堂"商量对策。

一番商讨下来，罗百岁最终决定以不变应万变，先派了几个探子摸进滨城探听虚实，摸清日本人的底细。几个探子很快就送回了消息：日本人只是软禁了大掌柜，种种迹象表明，他们暂时还不会对大掌柜下手。

暂时没下手不代表以后也不下手，罗百岁在山上犯了难。日本人绝对不会轻易放过大掌柜，可什么时候动手救人，具体怎么救，罗百岁一时还拿不准主意。滨城有日本人的重兵把守，武器精良，易守难攻，如果前往搭救，恐怕只是白白赔上众多兄弟的性命。就在罗百岁左右为难的时候，山下突然传来了一个惊天的消息：大掌柜林敬轩被日本人杀害了！

罗百岁当场就蒙了，这怎么可能？他刚收到的消息还说日本人不会对大掌柜动手。罗百岁怀疑情报有误，差人赶紧去打探清楚了再来报。

来送消息的兄弟很肯定地回话："大当家的，不用探了，消息绝对可靠，是公开问斩。滨城好多人都去了法场，大掌柜的已经没了！"

罗百岁懊恼万分，大掌柜林敬轩有恩于山寨，是师父的至交好友，早知如今，当初就应该……罗百岁连连叹气，命人赶快找来"二当家的"议事。

南山二当家的就是大黄。其实早在几年前，看着大黄已经长大成人，罗百岁就有意要把山寨的头把交椅让给大黄。毕竟大黄是师父唯一的儿子，如今羽翼已丰，罗百岁认为自己大可放心地让位了。岂料大黄根本不稀罕这个"头把交椅"，他以自己还小尚不懂事为由推托，没办法，罗百岁只好给他安排了个"二当家的"位置，平时让他参与议事，学着掌管山寨事务。

喽啰去找"二当家的"，不料却没有找到人。细问才知，大黄也是刚得到了消息，心急如焚，等不及跟罗百岁打招呼就带着黑子和身边的几个弟兄下了山。

大黄等人混进了滨城，直接去了城里的悦来客栈。那里是南山在城里的"消息"，客栈从掌柜到跑堂，十几口人全是南山的探子。

客栈老板向大黄详细说着城里的情况，自日本人突然处斩了大掌柜，整个滨城就炸了锅，大家人心惶惶，不知所措。就在昨天夜里，林府又出事了，大掌柜的三位太太全部身亡，小少爷林逸飞下落不明，驻守林府的十三个日本兵也全都死了。城里的老百姓纷纷议论，谣传那些日本兵肯定是被南山的黄旗所杀，滨城商会的人也组织起来了，大家商议着准备去日本人那里要人，要把林敬轩的头颅要回来。

原来，日本人杀害了林敬轩之后，只向商会归还了林敬轩的尸身，却没有给尸首。这些日本畜生为了炫耀武力，将林敬轩的头颅装进一个篮子悬挂在城门处，以期达到杀一儆百的效果。

这些消息可把大黄气炸了，当天夜里就带着人摸上了城楼，取回了林敬轩的首级，偷偷送到了商会。说来也怪，第二天，日本人竟然没有追究林敬轩首级失窃的事情。更出人意料的是，日本人赶到了商会，要求必须厚葬林敬轩及其府中遇难的亲属，一切费用均由日军宪兵司令部承担。

就在那天上午，几个日本军官带着军医，在商会将林敬轩的头颅和身体做了缝合，并前往林府在城郊的祖坟，将林敬轩和他的三位夫人安葬。驻扎滨城的日军最高司令长官佐藤伊川出席了葬礼，那个小仓正雄还在葬礼上致辞，声称林敬轩是大日本皇军最值得信任的朋友，他的离世完全是一场误会。

葬礼上林逸飞始终没有出现。大黄猜测，此时林逸飞应该已经不在城内了，如果不出意外，他很有可能已经到了栖霞山。大黄让其他几个弟兄先回山报平安，他自己带着黑子来了栖霞山。

得知父母已经下葬，林逸飞安心了不少。

大黄讲完，朝黑子递了个眼神。黑子从怀里掏出了一张纸，递到了林逸飞的面前。林逸飞接过来一看，是一张寻人告示，日本人正在四处查找自己，知情者可得赏金八十块现大洋——为了找自己，日本人还真够大方。

这时，有人来叫大家用饭。众人去后堂拜祭了林敬轩和三位夫人，便回到了正院的饭堂。大伙吃着饭，林逸飞向大黄问起了山上的情况。大黄告诉林逸飞，山上一切都好，半个月之前，姚长生还带着几十个弟兄上南山入了伙，南山一下子又多了几十条快枪。

这件事林逸飞倒是听父亲说起过，现在看来，二师哥去南山的这条路算是走对了。吃过饭之后，老阿福吩咐下人上了茶水，让他们哥几个在这里聊着。

老阿福一走，大伙都放松了许多。

小风凑到了大黄的面前："大黄哥，你啥时候走啊？"

大黄寻思了一下，应道："晚上吧，今天晚上我就和黑子往回赶。"

"什么？"小风大失所望，苦着脸商量道："今晚就走？好容易来一趟，多住些日子呗。"

大黄苦笑着应道："山上有山上的规矩，我这次带黑子和兄弟们下山，走的时候就没跟大当家的打招呼。如今逸飞少爷也找到了，我也该回山了。"

小风唉声叹气地坐了回去，狗子却蹦了起来："大黄，你教我们打枪吧！我们练了一上午了，可瞄得眼都直了，根本就没个准头儿啊。"

小风在一旁苦着脸，跟着说道："就是就是，我都怀疑是不是枪有问题。"

大黄笑着说道："等你们的时候我已经看过了，没问题，枪都是好枪，正宗的德国毛瑟，那可都是难得一见的快枪啊。"

林逸飞一怔，问道："你去过密道了？"

大黄反问道："密道？什么密道？"

林逸飞问道："那你们是在哪儿看到枪的？"

大黄一指门外，说道："院子里那几个人都背着呀。"

"不是那些长枪，是我们的这个。"小风一边说，一边从后腰上掏出了自己的手枪，递到了大黄的面前。

平时话不多的黑子发出一声惊叹，上前一把就抢过了小风手里的枪。

摸着手枪，左看右看，黑子艳羡地夸道："怎么又是毛瑟？这是正宗的德国'快慢机'啊，你们是从哪儿弄来的？快枪是德国货，手枪也是德国货，啧啧……"

林逸飞上前问道："黑子，这枪怎么样，算是好枪吧？"

黑子满眼的惊艳，咧着嘴赞叹道："好枪，这他妈就是最好的枪了！俺们山上大当家的手里就有一把，金贵着呢。"

林逸飞点点头，从身后掏出了自己的那支枪，感慨道："唉，既然枪没有问题，那就只能是咱的枪法太怂了。"

大黄也不淡定了，他盯着林逸飞手里的枪，腾地站起来："这还有没有天理了，你们每人都有一把？"

大黄的举动吓了林逸飞一跳，他将自己的枪递过去，说道："我们还有几把呢。你要是喜欢就送你一把。哎，这比你用的咋样？"

大黄撩开衣襟，露出了别在腰上的一支短枪："你们的家伙比我们的要好得多啊。"果然，两支枪一比较就看出来了，大黄和黑子的两支枪跟"毛瑟"

一比，虽然模样差不多，但做工明显要粗糙很多。

小风说道："大黄哥，我觉得差不多啊，也就是我们的看着体面一点儿。"

"差不多？差大发了。"黑子掂着两支枪说道，"喏，你们瞧见没有，我们的枪是国货'汉阳造'，就是照着你们这枪仿造的。在外头，我们这就算是好枪了，可跟你们的没法儿比，从做工到性能，都不是一个档次上的货。"

别看平时黑子话不多，可一说起枪来，竟然头头是道："先说上子弹，我们的枪弹仓是固定的，要从上面一发一发往下压子弹。你们用的是弹夹，弹夹里装满子弹，打完之后换弹夹就行了。再说击发，我们的是单枪击发，你们的这个，瞧见这个保险没有？这就是'快慢机'，喏，往上再提一下，就成连发啦。"

狗子听得眼都直了："黑子，连发是什么意思？那是不是……就成机关枪了？"

黑子点头，夸赞道："算你小子聪明。"

大伙都振奋了起来，他们只知道自己有支好枪，却不知道竟然是这么好的宝贝。小风上前哀求道："大黄哥，可我们不会使啊，打了一上午也没个准头儿，你教我们打枪吧。"

听了小风的话，林逸飞和狗子在一旁都红了脸。大黄豪爽地一挥手："走，哥带你们去练练。"

林逸飞劝阻道："算了算了，要不以后吧。你们都累了一天了，晚上还要赶路，下午在家好好休息一下。"

"哈哈，"黑子笑了，嚷道，"见了这么好的家伙，不让我们过过瘾，谁还睡得着啊。"

狗子去了密道，又取来一些子弹，几个人说笑着出了门，朝山上走去。

路上，大黄问："逸飞，你们练枪法干吗？"

林逸飞含蓄地笑了笑，说道："世道不太平，练练枪法，防身。"

他本不想说出来报仇的事，可一边的小风却说道："练好了枪法，杀狗日的日本人，给掌柜大伯报仇。"

大黄看了看林逸飞，叹着气点点头。狗子这时凑了过来："大黄，我们三个都商量好了，等练好了枪法，我们就出去杀日本人，你和黑子入伙不？"

林逸飞打了狗子一拳："别瞎起哄，大黄山上还有那么多大事儿呢。"

大黄瞄了黑子一眼，怪笑一声："屁大事，啥叫大事儿？能杀小日本子就是大事儿。你们等着，过个十天八天我就过来，带着黑子来入你们的伙。"

林逸飞惊喜地问道："大黄，说话算数？"

大黄没有回话，转头朝黑子问道："哎，给句话呀！"

黑子腼腆地一笑，应道："还问我干啥？反正你到哪儿我就跟到哪儿。"

小风一拍大腿："得得得，话头儿到这儿赶紧打住，就这么定了！"

几个人一路说笑着翻过了山梁，朝着林逸飞他们上午练枪的树林走去。大黄跟林逸飞说着一些山上的事情和自己的打算，山上有罗百岁当家，一切都打理得很好，如今姚长生又带着人上山入了伙，大黄打算把"二当家"的交椅让给姚长生，自己带着黑子出来闯荡闯荡。本来大黄还没想好去处，眼下既然林逸飞拉起了杆子，这倒成了他最好的选择。

不知不觉到了树林，黑子让他们三个人各自开了几枪。和上午一样，尽管林逸飞已经尽量瞄准了，但子弹还是离目标甚远。

大黄让黑子给大伙做一下示范。黑子接过小风手里的枪，抬手就是稳稳的一枪，这一枪让林逸飞的心里平衡了许多，因为号称"神枪"的黑子也没有击中目标。狗子和小风在一旁顿足惊叹："咋了咋了，咋了这是？"

黑子却不慌不忙地问他们："看清刚才的弹着点了吗？"

三个人都发着愣摇摇头。

小风问道："黑子哥，你刚才问了个啥？什么点？"

黑子解释道："弹着点，就是子弹落在什么地方。"

狗子大咧咧地说道："反正没打准，看那个有屁用。"

黑子耐心地讲解道："你们记住，这枪和人一样，都有自己的脾气，你得摸清了枪的脾气，它才能顺你的心意。枪的脾气，主要是你们开枪后，枪身由于后坐力会产生弹跳，每种枪械的后坐力不同，所以脾气也大不一样。你们想想，这枪管都跳起来了，还能击中你们瞄准的目标吗？"

林逸飞恍然大悟。

黑子又举起了枪："刚才的弹着点在那棵树的右侧，现在咱们顺着枪的脾气，调整一下。"话音刚落，又是一枪，目标树干一侧的树皮应声被撕开了一道口子。

小风发出一阵欢呼："中了，中了！打中了！"

黑子保持着刚才射击的姿势："还是有些偏。"说着，"砰砰砰"又连发三枪，每一枪都命中树干的中央。

林逸飞惊呆了，甚至都忘了叫好。

接下来的时间，黑子让他们不要浪费子弹，手把手地教给他们正确的瞄准姿势。他给小风矫正动作的时候，突然笑着发出一声惊叹："呀嗬，咱家小风打枪用的是左手。"

练了一上午，林逸飞和狗子竟然没有注意这个。想来也是，小风是左撇子，吃饭都是用左手拿筷子。不过，这倒让林逸飞产生了一个大胆的想法："黑子，你说咱们这枪法要是练好了，一手一支枪，那会是啥感觉？"

"对呀，"黑子觉得这个想法不错："我怎么没想到，说不定还真行。"

大黄也凑过来："左右开弓？这事我看行，既然枪够用，我觉得很有必要练练。"

这一下午，黑子和大黄教他们正确持枪和瞄准的姿势，让他们多做练习，延长举枪的时间，锻炼好腕力，这样才能更加自如地举枪射击。傍晚的时候，虽然林逸飞等人的枪法依旧不精准，但偶尔也能击中一次树干，这让他们兴奋不已。

回到别院吃过晚饭，天色逐渐变暗，下人从后院将大黄和黑子的马牵了过来，两个人就要上路了。林逸飞、小风和狗子将大黄和黑子送到了山下，几个人约好，最多半个月，大黄就带着黑子来入伙。大黄上马前把小风喊到了一边，悄悄地说了一会儿话，好像是要小风帮他做什么事。

大黄上了马，和众人抱拳道别后，便带着黑子策马而去。

回山的路上，林逸飞问小风："刚才你大黄哥跟你说啥了？"

小风挠了挠头，也是一脸茫然："他让我有时间多探听一下凤凰山的消息。"

"凤凰山？"林逸飞纳闷了，"他探听大喜子的消息干吗？"

"不知道啊。"小风摇了摇头，"我问他了，他让我别管那么多，只管多打听消息就是了。"

林逸飞思忖了一下，又问道："不对呀，到处都有南山的'消息'，他干吗让你去打探啊？"

小风答道："他说这事不想让南山上的兄弟知道。"

林逸飞暗自思量，难道大黄要对大喜子动手？可为什么不想让南山的人知道呢？他百思不得其解，也只有等大黄来的时候再问清楚了。

小风回了上清观，林逸飞和狗子回了别院。

刚回房间，林逸飞就倒在炕上，一连几天没有睡好，今天又练了一天枪法，还来回翻了几座山，他真的累了。

一觉到了天明。醒来后，林逸飞觉得身体有些不得劲，右小臂肿胀，手腕酸麻，尤其是右手的虎口处，已经有些发木，连拳头都握不起来了。难怪昨天黑子让他们多练习举枪瞄准、增加腕力和手臂的力量。

吃早饭时，林逸飞发现，自己连筷子都无法正常使用了，勉强拿起筷子，可是右手却不听话地抖着，一点劲都用不上。林逸飞朝狗子看去，狗子正捂着嘴偷笑。再一看狗子的手，林逸飞也忍不住笑，狗子拿勺子的手也在颤抖着。

吃完早饭刚放下碗筷，小风就颠颠地冲进了别院，一进门就凑到林逸飞的面前："小哥，咱们今天还练枪不？"

一旁的狗子扑哧一声笑了出来："手都举不起来了，还咋练？"

小风一脸痛心疾首："啊，你们的手也举不起来了？我还以为只有我呢，那咋办？咱……休息一天？"

林逸飞干脆地回答："练，今天接着练。"

狗子惊愕地问道："少爷，不会吧？本来就打不准，这手又哆嗦得厉害，还练什么呀，光浪费子弹了。"

林逸飞倒是很坚定："越是这样，咱们就越要坚持。右手不行，咱们还有左手。狗子，进去再取三支枪来，今天咱们不开枪，只练瞄准。"

狗子去密道又取了三支枪，三个人急匆匆地出了门，一路小跑来到练枪的小树林。每人两支"盒子炮"，互相一打量，都觉得威风无比。冲着昨天的那棵目标大树，三个人举着枪练起了瞄准。慢慢地，林逸飞还真对自己的枪有了感觉，他觉得手里的枪真的成了自己"不会说话的朋友"。

临近晌午，在回别院的路上，小风发问："小哥，下午还练吗？"

林逸飞的回答斩钉截铁："练！吃完饭回来接着练！"

小风挠着头提出了疑问："咱只练瞄准，又不开枪，有必要翻山越岭地出来练吗？"

好像也是，三个人都笑了。

当天下午，不光手腕和手臂更加不适，连肩膀也酸胀了起来。三个人强忍着，只是在训练的间隙，互相帮忙揉起了肩膀。

就这样咬牙坚持练了三天，那种不适的感觉开始有所缓解了。这天上午，三个人又来到那片小树林，林逸飞屏住呼吸，对着那棵大树瞄准之后扣动了扳机，"砰"的一枪，树干上应声溅起了木屑。

皇天不负有心人！几天的"修炼"颇有成效。三个人士气大振，越打越准，尤其是小风，到那天傍晚，几乎能枪枪命中树干的中央。那棵老树的树干中部已经快被子弹凿透了，他们不得不重新选定了另一个目标。

又坚持练了两天，他们觉得自己已经大有进步。

想到大黄给小风安排的任务，林逸飞给小风放了一天假，让他下山帮大黄打探一下凤凰山的消息。

第八章　接亲噩耗

这天早上，林逸飞吃罢早饭，吞吞吐吐地对老阿福说出了自己的心事，他想去一趟小姚村，把小春喜接过来。

老阿福沉思良久，说道："也该把那丫头接回来了。"

接着，老阿福又说道："少爷，其实你和春喜的事儿，二太太早就知道了。二太太曾经跟我说过，她也喜欢那丫头，可是没办法，门不当户不对啊。二太太本打算开春后让你和宋家小姐先成亲，随后就把你和春喜的喜事也办了，可谁能想到，咱们家遭了这么大的难，宋家也遇到了那样的祸事。如今这年月，兵荒马乱的不太平，咱们也别讲究门当户对了，你要是真心喜欢春喜，就先把她接回来。等给老爷、太太守完孝，你们就成亲，你看行不？"

林逸飞黯然点着头，乖巧地答道："爹妈都不在了，这些事情就全凭福叔您做主吧。"

老阿福好像还有些不放心，商量道："少爷，眼下日本人正在四处找你，我看这次就让狗子去接春喜吧？"

林逸飞思忖了一下，说道："福叔，我还是想自己去。日本人虽说在找我，可那告示我看了，是个'寻人告示'，又不是'缉捕告示'，就算他们找到了我，按理说也不会把我怎么样。再说了，小春喜的家我认识，去那里轻车熟路，您要是不放心，就让狗子和我一起去。"

"好吧。"老阿福无奈，应允道，"那也行，不过，多一事不如少一事，你们还是等天黑了再下山吧。"

吃过午饭，林逸飞回到了卧房，因为要赶夜路，他想好好睡上一觉。想到晚上就能见到小春喜了，竟然兴奋得难以入眠。

天刚擦黑，有人来叫醒了林逸飞，告诉他福叔已经在饭堂准备好了晚饭，正等着他呢。林逸飞走进饭堂时，发现小风竟然也在这里，忙问道："你小子是不是又闯祸了？"

小风一愣，反问道："我啥时候闯过祸啊？"

林逸飞落座后，调侃道："没闯祸？那你爷爷怎么不给你饭吃，跑到我们家蹭饭来了。"

小风咧着嘴笑了："得了吧小哥，你还想瞒着我？门儿都没有。狗子都告诉我了，晚上你们要去接小嫂子，是吧？这事得带上我，我这是堵门来了。"

小嫂子？林逸飞很喜欢这个称呼。想到如果小风当面这么喊小春喜，她指不定害羞成什么样子呢。既然小风已经来了，那就一起过去吧，有这个活宝在身边，路上就不寂寞了。

吃罢晚饭，天色完全黑了下来。福叔将三个人送到门口，一再叮嘱："少爷，一定早去早回，本打算让你们骑马去的，可这路上不太平，还是走山路吧。"

三个人应承着出了院门，福叔又追了出来："少爷，少奶奶身子骨弱，实在不行，回来的时候就给她雇辆马车，千万注意安全。"又嘱咐狗子，"照顾好少爷和少奶奶，少一根汗毛，我饶不了你。"

小嫂子、少奶奶，林逸飞觉得好笑，这还没娶进门呢，小春喜就得了这么多的名号。

三个人走山路绕开了凤霞县城，一路说笑着，脚底下却丝毫没有放慢速度。夜半时分，他们已经赶到了小姚村。

林逸飞轻车熟路地找到了小春喜家，轻轻敲响了房门。

夜半的小姚村一片沉寂，为防止惊动四邻，林逸飞不敢用力，可敲了很久也没人应声。林逸飞有些焦急，趴在门缝儿上想看个究竟，院门却在这时候打开了。让林逸飞哭笑不得的是，开门的人居然是小风！原来，刚才这家伙沉不住气，见没人开门，他趁林逸飞不注意，翻过院墙到了人家的院子里。

进了宅院，林逸飞靠近窗户敲了敲，这次终于有了回音，一个惊恐的声音颤声问道："是……是……谁？"听声音应该是小春喜她爹。

林逸飞赶忙应道："大叔，别害怕。是我，林家少爷，您给我开开门。"

屋里有了些光亮，一个瘦弱的老汉掌着油灯，一瘸一拐地过来给他们开了房门。乍一见林逸飞，瘸腿老汉隔着门槛就往地上跪："啊，是少爷来了，俺给少爷行礼了。"

林逸飞一把扶起了春喜爹："大叔，我是晚辈，您这是干吗呀。"说来也是，此时老汉恐怕还不知道，他即将成为眼前这位少爷的岳丈大人。

三个人随老汉进了屋。

春喜娘也下了炕，寒暄道："少爷，您怎么大半夜的过来了？俺家那丫头可天天惦记着您哪。"

春喜爹在一旁嗔怪道："瞧你这话问的，少爷想来，啥时候来不行？你还愣着干啥，快去给少爷整点儿吃的。"

林逸飞慌忙拦住了春喜娘："婶子，不用忙，我们都吃过饭了。"

春喜娘偷眼瞄着林逸飞，坐在炕边抹起了眼泪——看来，林府发生的事情他们已经知道了。

林逸飞朝屋外望了望，问道："大叔，小春喜呢？"

春喜爹回答道："哦，那丫头上工去了。"

上工？林逸飞吃了一惊，小春喜是林府的丫鬟，难道她被日本人抓回了林府？他赶忙问道："她……她上什么工？"

屋里也没椅子，春喜爹让三个人坐上了炕头，说起了原委。

原来，日本人在小姚村附近修了座大炮楼，完工后又要修防御工事，强制要求附近的这些村子每家每户都要派壮丁去上工。这些挖沟壕、砸石头的活都是重活。春喜爹年轻时干活伤了腿，后来又落下了老寒腿的毛病，这些力气活儿他根本干不了。就在春喜爹为难的时候，村里的保长来了，说可以让小春喜去顶工，女孩子家的活儿轻，去给劳工们做做饭，就能顶个工。于是，小春喜就和村里的另外四个姑娘一起去了。

说完这些，春喜爹感慨道："俺家丫头回来的第二天，街面上就开始传少爷家的事。春喜那丫头心里惦记着您，在家里也坐不住，天天在门口转悠，就盼着您能来接她。她说了，要是等她上工回来您还不来，就要到栖霞山找您去呢。"

林逸飞有些担心，问道："大叔，小春喜去了几天了？"

春喜爹掰着手指头算了算："一个工是六天，她们去了……有三天了吧？还有两天。嗯，两天，就该回来了。"

林逸飞点点头，又问道："大叔，不会有什么事儿吧？"

春喜爹笑着摆摆手："不会不会，每家每户都出丁，去了好些个人呢，不会有事。"

春喜娘给大家端上了一笸箩烤花生，让他们边吃边聊。林逸飞和狗子、小风一合计，此地离滨城太近，留在这里实有不妥，于是他们决定当夜就离开，两天后再回来。

见三个人去意已决，春喜的爹娘也没有多做挽留。出门的时候，林逸飞嘱咐春喜爹："大叔，小春喜回来后让她哪儿也不要去，就在家好好等我，我过两天就来接她。"

春喜爹满口应承着，三个人趁着夜色踏上了返回栖霞山的路。

此时的林逸飞完全没有了来时的兴致，他满以为今晚能接上小春喜一起回去，可偏偏她去上什么工。林逸飞的沮丧传染给了身边的两个家伙，三个人蔫头耷脑地出了小姚村。三人依旧没有走大道，沿着一条小路上了山。这里有一条盘山路，翻过山头就离凤霞县不远了，要说起来也算是一条近路。

走着走着，一直走在前面的小风突然一抬手收住了身子，林逸飞和狗子见势也赶忙收住了脚步——有情况！他们屏住呼吸侧耳细听，果然，前方暗影中的山路上隐约传来一阵细碎凌乱的脚步声。三个人迅速闪进了山路旁的树丛，躲到了树后，林逸飞摸出了枪，轻轻打开了保险。

月色很好，林逸飞等人刚躲进树丛，一个瘦弱的身影便出现在他们的视线里，看头发应该是一个女人。

那女人慌张地大口喘息着，时不时回头张望，脚步踉跄得有些夸张，仿佛随时都可能摔倒。尽管她不停地挥舞着手臂维持着平衡，可就在跌跌撞撞地奔到林逸飞等人面前的时候，突然脚下一绊彻底失去了重心，发出了一声惊叫，仆倒在地。

都这么晚了，一个女人怎么会出现在偏僻的山路上？林逸飞有些好奇，他探头看去，却见那女人吃力地挣扎了两下，竟趴在地上不动了。

三个人对望了一眼，似乎都没有了主意，可总不能见死不救吧？又等了一会儿，那女人还不见有一点动静，狗子和小风都朝林逸飞看过来。林逸飞把心一横，一挥手，三个人小心翼翼地钻出树丛，凑了过去。

那女人一动不动地面朝下趴在山路上，好像是睡着了。刚靠近那女人身边，林逸飞就闻到一股熏鼻的恶臭。狗子机警地蹲在女人的身边，轻声唤着："哎，醒醒，醒醒。"

那女人竟然没有一点反应。林逸飞壮着胆子推了那女人一把，可手掌刚触碰到那个人的衣裳，他就愣住了，女人的棉衣生硬冰凉，明显是被水浸湿过，又被夜里冰寒的天气给冻住了。林逸飞此时已顾不得女人一身的恶臭，一把将她翻了个身，用手轻拍着她的脸，低呼道："喂，喂，醒醒，醒醒。"

被林逸飞拍打了几巴掌，那女人醒了过来，看样子还是个小姑娘。

林逸飞赶忙问道："你是谁？出了什么事？大半夜的，你到这荒郊野岭来干吗？你要去哪儿？"

姑娘摇了摇头，有气无力地说道："小……小姚……"话没说完，她又晕厥了过去。

小姚？难道她是小姚村的人？或者她要到小姚村去？

管不了那么多了，救人要紧。林逸飞起身就要脱自己的棉衣，却被狗子一把拦住："少爷，别费劲了，没用。她身上的衣裳都给冻住了，套上你的衣裳也没用，还是赶紧给她找个暖和地方，把衣裳换了取暖吧。"

眼下已经没别的地方可去，林逸飞一指山下的小姚村："走，回去。"

狗子背起了那个姑娘，三个人又赶回了小姚村。

林逸飞再次敲响了小春喜家的门，好在春喜爹还没睡下，很快就来开了院门。一见门口的几个人，春喜爹愣了："少爷，咋了？你们咋又回来了？"

林逸飞指着狗子后背上的姑娘，紧张地询问道："大叔，您快看看。我们刚才在山路上遇到了这个女的，昏倒在路边了，她说要到小姚村，您看看，认识不？"

春喜爹满面狐疑地将煤油灯凑了过去，这一看，大惊失色："呀，这不是俺们村的桂枝吗？她……你们是在哪儿遇见她的？"

眼下救人要紧，林逸飞来不及解释："是你们村的人就好，赶紧先救人，这姑娘已经冻僵了。"

春喜爹这才回过神来，一溜小跑地回了屋，慌张地招呼道："孩儿他娘，快起来快起来，桂枝回来了，看样子给冻得不轻。"

狗子将桂枝姑娘背进里屋就退了出来。春喜娘在里面给姑娘脱衣裳，然后吩咐春喜爹先端进去一大盆凉水，又让他找找家里有没有生姜，嘱咐他再烧上一大锅水。

春喜爹在灶膛里点着了火。此时，外面的天色已经开始泛白，林逸飞等人凑到了春喜爹身边，在灶膛边烤着火，问道："大叔，这姑娘是什么人？怎么大半夜的跑到山上去了？"

春喜爹满面愁容，应道："谁说不是呢，这丫头叫桂枝，是俺们村的，和俺家还是本家呢。她比春喜只大一岁，可她们家辈分大，春喜得叫她姑。按说今天她不应该回来啊，咋就半夜让你们在山上遇见了呢？"

林逸飞心里开始有了隐隐的不安，总感觉有什么大事要发生。

春喜爹往灶膛里又添了些柴，摇着头自言自语地嘟囔："这丫头前几天和春喜一道去炮楼上工，这还没到日子呢，她咋就自己跑回来了？"

林逸飞的心猛地被揪紧了，他刚想再问几句，里屋的门开了，春喜娘捧着一条棉裤呆呆地出现在门口，梦呓一样地说道："她爹，怕是不好了。"

春喜爹吃惊地问道："咋？桂枝不行了？"

春喜娘摇着头抹了一把眼泪："她就是冻坏了，倒也没啥大碍，只是这……"说着，她将那条棉裤递了过来。

借着油灯的微亮，几个人都看清了，那是一条结着霜的棉裤，已经破烂不堪，而且散发着一股浓重的恶臭。当春喜爹将棉裤翻开的时候，在场的几个人全都惊呆了，血！黑红的血！那条棉裤已经被污血完全浸透了。

春喜娘去隔壁房间喊醒了一个小男孩，是小春喜的弟弟，春喜娘让他赶快去叫五爷爷来。五爷爷是桂枝的爹。小男孩跑出家门，春喜娘端着一大碗姜汤又回了里屋。

没多久，春喜的弟弟就带着一对中年夫妇跑进了家门。那女人进门就扑到桂枝身上哭号了起来，可桂枝在被子里依旧沉睡着，丝毫没有要醒来的迹象。

所有的人都到了里屋，默默地守候着桂枝。天亮的时候，春喜娘看了一下桂枝的情形，扭头对大伙说道："桂枝好像是要醒了。"

果不其然，热炕上的桂枝身体突然发出一阵抽搐，脸上也渐渐显出痛苦的表情，在一声呻吟之后，她艰难地活动着身子，试图翻个身。可她的身体刚侧转了一半，却突然僵住了，接着，她猛一下坐直了身子，瞪着一双惊恐的眼睛向周围看去。当她看清了眼前的人是自己的爹娘，又默默地躺了回去，泪水汩汩地淌了出来。

"闺女啊，你这是咋啦？你大半夜的咋会到山上啊？"桂枝娘哭着问道。

春喜娘也挤到桂枝的身边："她姑，你好些了吗？你这是咋了嘛，俺家春妮子呢？"

一直默默流泪的桂枝看了看眼前的亲人，在一声尖利的嘶喊之后，号啕大哭起来……林逸飞最担心的事情，还是发生了。

三天前的那个上午，桂枝和春喜五个年岁相仿的小姐妹，随着小姚村的劳工队伍去了日本人的炮楼，那里距离小姚村大约五六公里。炮楼外，几个日本兵将劳工们直接带去了工地，小姚村的保长姚喜奎则带着五个姑娘进了炮楼的大门，原来姑娘们此次前来是"慰劳太君"的，给炮楼里的日本兵做饭。

炮楼就像一座封闭的小城堡，外面是高高的围墙，炮楼就在高墙内院子的中央。院子里有一圈依着围墙修建的平房，其中的几间屋就是姑娘们工作的伙房。

姚喜奎带着姑娘们进了大门，把她们送进伙房，然后他自己进了炮楼。不多时，姚喜奎就离开了，走的时候兴高采烈，还过来和姑娘们打了招呼，嘱咐姑娘们好好干活，干得好"太君"还会给赏钱，五天后她们就可以和劳工一起回家了。

姑娘们很快就熟悉了伙房的环境。伙房里有三个厨师，一个年轻的，两个年老一些的，年轻厨子是个哑巴。整整一上午，两个老厨师只蹲在伙房的门口抽着旱烟，基本上没说话，那哑巴当然就更无话可说了。

姑娘们刚来时还显得有些拘谨，聚到一个角落里说着悄悄话，偶尔发出一些怯怯的笑声。后来，一辆大卡车开进了炮楼，几个日本兵从车上下来，将几筐蔬菜和肉类送到了伙房的门口。两个老厨师将姑娘们喊了过去，让她们择菜、切肉。没想到炮楼里的工作会这么轻松，五个姑娘此时没有了刚来时的拘谨，聚在一起有说有笑地干起活来。

中午的时候，饭菜都做好了，又有大卡车开进了炮楼，日本兵将一部分饭菜装到卡车上，扬长而去。一个老厨子告诉姑娘们，那是给工地上的日本兵送去了。几个姑娘都有些诧异，那自己村的那些汉子们吃啥？她们还没来得及问出口，就有日本兵过来，示意姑娘们将饭菜送进炮楼。

炮楼一层的一间大屋里，很多日本兵军容整齐地端坐在一长排桌子的两侧，一个个腰板挺直，表情十分严肃。桂枝她们觉得有些好笑，但是不敢笑出来。将饭菜放到桌子上，桂枝和春喜还要负责给他们盛饭，桂枝粗略地数了数，有三十多个日本兵。

从炮楼出来，姑娘们就在伙房里吃了饭，她们的饭菜居然跟那些日本兵是一样的。日本人的伙食很好，春喜在林府每天都能吃到鱼、肉，倒没觉得有什么稀奇，其他姑娘恐怕已经很久没有吃过白米饭和荤菜了。如今才干了那么点活，就吃人家那么好的饭菜，姑娘们自己都觉得有些不好意思。

刚吃完饭，有日本兵来喊姑娘们过去收拾碗筷和剩饭，五个姑娘就又进了炮楼。她们来到刚才日本兵用餐的那个房间门前，可带路的日本兵却指了指不远处的另一个房间。姑娘们不明就里，就跟着走了进去。

刚进那道门，姑娘们就愣住了，那屋子里竟然全都是床铺，刚才用餐的那些日本兵差不多全在这里。他们中的很多人已经脱去了军服，正光着膀子色眯眯地围过来。姑娘们顿时慌了手脚，尖叫着转身想逃走，可是身后那道厚重的房门却已经被死死地锁住了，那些兽性大发的日本兵呼号着就扑了上来……

姑娘们的呼救声被那道厚重的房门锁住了，她们就像五只柔弱的小绵羊被抛进了狼群，所有的反抗都只是更加激发了眼前那些禽兽更加亢奋的兽欲！求饶，咒骂，挣扎……一切都变成了徒劳。渐渐的，姑娘们的咒骂和尖叫变成了一声声痛楚的悲鸣，三十多个正值盛年的畜生轮番上阵，整个房间充斥着野兽们肆无忌惮的狂笑。

蹂躏在一直持续着，桂枝被折磨得昏死过去数次，每次醒来她都发现，压在身上的日本兵又换了一副新面孔。整整一下午，她觉得自己的身子已经被撕裂成了碎片，除了那些无法忍受的痛苦和羞辱，她失去了所有的一切。周围安静了许多，只有那些兽性的撞击声或者一两声凄惨而微弱的喊叫，才让桂枝知道，姐妹们也和她一样，除了痛苦和耻辱之外，她们一无所有。

傍晚时，门外响起了一声尖利的哨音，那些畜生慌张地套上了军服，匆匆离开了房间。就在桂枝以为噩梦终于结束的时候，又一大队日本兵拥了进来……后来桂枝才知道，这群畜生是白天在公路上执勤的巡逻队。

那是一场没有尽头的噩梦。半夜的时候，又是一阵哨音，巡逻队的禽兽们闻声退去，那些在工地监工的日本兵又来了。这时的桂枝和小姐妹们，已经没有了声息，桂枝自己也在又一轮的蹂躏中，彻底昏死了过去。

当桂枝睁开眼的时候，发现自己躺在一个陌生的房间里，身下的床板上铺满了稻草。浑身都是撕裂般的痛，她挣扎着半坐起身，发现自己赤裸的下身在不断地流血。转头一看，其他四个姐妹都躺在离她不远的地方，她们好像是睡熟了，没有一丝声音。

桂枝先看到了离她最近的春喜，那丫头竟然没有盖被子，就么赤条条地躺在床板上。桂枝担心她会着凉，便吃力地爬过去，想给小春喜盖上被子。当桂枝凑到小春喜的身边时，她被吓傻了，小春喜圆睁着双眼，早已没有了气息，她身下的床板和地上，是一大片已经凝住的血浆。

桂枝俯在小春喜已经冰冷的身体上号啕大哭："喜儿，春妮子，你快醒醒啊！你睁睁眼哪！"她的哭喊惊醒了其他两个姐妹，她们也拖着疲惫的身子挪到了春喜的身边。看着春喜的样子，一个姐妹痛哭失声，另一个姐妹却神情漠然，抹着眼泪哀叹一声："死了也好，不用遭罪了。"

身处炼狱，死，是一种解脱。

桂枝哭哑了嗓子，也流干了眼泪。这时候，一个姐妹在墙角处又呜呜地哭了起来。桂枝想去安慰她一下，可她爬过去一看，墙角的那张木板上，今年刚满十四岁的小丫头已经面色惨白地停止了呼吸，她的身下和春喜一样，都有大片的污血。因为她挣扎得太厉害，两条胳膊已经被那些畜生硬生生地拧断了。

第二天黎明时分，几个日本兵将小春喜和那个小丫头的尸体抬了出去。万幸的是，那天日本兵没有再来侵犯剩下的三个姑娘，中午还给她们送来了饭菜。到了第三天的上午，又有日本兵过来，吩咐姑娘们去伙房帮工。桂枝知道，她们的噩梦又要继续了。她暗下决心，逃，一定要逃出去！在桂枝心里，死已经不再可怕了，这样生不如死地留在炮楼才更可怕。

三个姑娘拖着已经散了架的身子，被带进了伙房，押送她们的日本兵在离开的时候，还狞笑着瞄了桂枝两眼，那猥亵的眼神儿让桂枝不寒而栗，也更坚定了她逃跑的决心。

可是想逃走，谈何容易。炮楼的大门紧闭，高墙的四角都设有瞭望台，到处都有持枪巡逻的日本兵，别说大门了，整座院子的每一个角落都在日本人的枪口之下。就在桂枝感到绝望的时候，那个哑巴厨子提着一个大桶走到了伙房的角落里，将桶里的污水和烂菜叶都倒了下去。桂枝偷偷凑过去一看，原来在那墙角的地面上有一个洞口，洞口里依稀能看到一些光亮，也正是那些光亮给了桂枝逃生的希望。天无绝人之路，那是炮楼伙房的排污口，从那里可以很方便地将伙房的污水和垃圾倒出去。

这个炮楼建在高地上，与高墙外的地面落差很大，要想从这里逃出去很难。可桂枝已经豁出去了，她想试一下，就算被日本兵抓住，大不了也就是一死。桂枝观察着周围的情况，趁着没有人注意，她一头扎进了那个散发着恶臭的洞口。

太高了。在漫长下坠的过程中，桂枝觉得自己必死无疑。但她很幸运，那滩深深的污水和漂浮在水面上厚厚的垃圾救了她一命。砰然落池，与污水坑相邻的就是一条小河道，桂枝淌着刺骨的河水，顺着小河向下游逃去，可是她刚逃出不远，身后炮楼的方向就响起了枪声和狼狗的吠叫声。

桂枝不敢上岸，淌着齐腰深的河水，她躲进了浅滩上茂盛的芦苇丛。日本兵牵着狼狗从桂枝藏身的芦苇旁经过了数次，却始终未能发现她，转了几圈，就收队回了碉楼。

一身下厨的污水救了桂枝一命，那身恶臭让她躲过了狼犬灵敏的嗅觉。

桂枝一直在刺骨的河水中躲到了深夜，她早就被冻僵了。在确定了外面不再有搜寻的日本兵，她才蹒跚着走出了芦苇丛，然后沿着山路，朝着家的方向跟跄奔去……

满屋子都是女人的哭声和男人的咒骂声。

林逸飞呆呆地坐在那里，脑子里只有一个念头：春喜呢？小春喜死了，小春喜真的死了，小春喜怎么会死呢？

恍惚间，林逸飞觉得眼前的一切都是幻觉，眼前的所有人都是那么模糊，他好像听见有人在叫他，是小春喜在叫他吗？他不知道，因为耳鸣太厉害，他听不清楚。林逸飞傻坐着，他看起来是那么平静，忘了哭，甚至也忘了悲伤。

小风一直在林逸飞的身边陪伴着。

也不知过了多久，狗子阴沉着脸走进来："少爷，春喜回来了，去……去看她一眼吧。"说完，他捂着脸背转了身，耸动着肩膀，隐忍了哭声。

拖着两条灌满了铅似的腿，林逸飞木然走出屋子。小院的门口停着一辆平板车，春喜娘已经在车旁哭晕了过去，几个女人正要将她搀回屋里。车子周围的几个汉子抱着头，颓丧地蹲在地上。有人在怒骂："这他妈是什么世道！好好的姑娘家，就这么让日本人给糟蹋死了，连个说理的地方都没有！"

埋怨如果有用，还要男人干什么。

林逸飞来到车旁，车上的草席里是他的小春喜，她铁青的脸上已经没有一丝血色，紧闭着眼睛，紧咬着牙关。林逸飞一闭眼，两行热热的眼泪滚落下来。泪眼模糊中，他的眼前又现出了小春喜娇羞的笑脸，那是她嘟着小嘴儿在自己的怀里撒娇的样子，她满面霞红害羞的样子……可如今她却冰冷地躺在那里，一动也不动，就这么舍他而去了。

林逸飞俯身抱起了小春喜，朝院子里走去，一个哭红了眼的汉子却堵在了他身前："你这是干啥？春妮子一个没过门的姑娘家，又是屈死在外头的，她怨气太重，按规矩不能'进门'！"

规矩，规矩是什么，又是谁定的规矩！抱着小春喜的林逸飞向旁挪了两步，不料那汉子竟固执地随着他挪步，依旧挡在他身前。林逸飞一歪头，刀子般的眼神逼视着拦路的汉子。

小风早就按捺不住了，上前就将那人推了个趔趄："你给我滚一边去！"

林逸飞抱着小春喜进了厢房的小屋，小心翼翼地将她平放在温热的土炕上。然后，去灶间盛了满满一盆热水，又回到了小屋。林逸飞关上了房门，屋子里只剩下他和他的小春喜了，刹那间，林逸飞情绪失控，趴在小春喜的身上号啕大哭。

哭过之后，林逸飞开始给小春喜整理后事。春喜的身上除了被撕扯得露出棉絮的棉衣棉裤，再没有别的衣物。脱下棉衣，小春喜曾经雪白细嫩的身子已是乌青一片，身上遍布着撕咬、抓扯留下的伤痕；两条白嫩的小臂泛着青紫，手腕处的皮肤已经整片脱落；下身一直到脚踝，全是结了痂的污血……

林逸飞的心被撕扯成了碎渣，他闭着眼，仰起头撕心裂肺地咆哮："小日本子，我操你八辈祖宗！"

洗吧，小春喜是个爱干净的丫头，每次林逸飞乱丢的袜子都会惹来她的嗔怪，她怎会愿意带着一身污秽离开这个世界。

林逸飞一点一点给小春喜洗净了身子。小风进屋送来了衣服，他告诉林逸飞，衣服是狗子从镇子上买的，让自己先送回来，狗子还买了一口棺木，正在回来的路上。

狗子最懂少爷的心思，给小春喜置办的新衣是一身粉红锦缎的长衫，衣服很漂亮，只是宽松了些。换上新衣的小春喜就像一个新娘子——她本来就要当新娘子了。

门外传来了阵阵马蹄声，狗子牵着一挂马车来到了院门前，林逸飞知道，是和小春喜道别的时候了。他向春喜娘要来一把剪刀，剪下了小春喜的一缕头发，仔细地装进了自己贴身的衣兜里。

第九章 小姚村血案

小姚村后山的荒地上，林逸飞和乡亲们安葬了小春喜。今天来给她出殡的人不多，除了她的爹娘、弟弟妹妹，只有几个来帮忙的乡亲。

忙完后事，林逸飞与小春喜的家人道别："叔，婶子，我们也该走了，过段时间我再来看你们。这两天我先让人给你们送点钱来，你们千万要保重身体。"

春喜娘已经哭得浑身瘫软，若不是有两个孩子搀扶，她根本站不起来。她哽咽着对林逸飞说道："林少爷，让您费心了，您也多保重。家里不缺钱，前几天春妮子回来的时候，给了俺们两根金条，说是您给的。她让俺帮她保管着，不让俺花，说要攒着，等出嫁的时候做嫁妆……"

林逸飞的心碎了，他想起那个村民说过的话，这个世道真是连个说理的地方都没有，既然没有地方说理，那就干脆不说理了。

第二天上午，一则消息在小姚村里炸了锅，乡亲们都在惊恐万分地议论着一件事，凤凰山的大喜子昨晚摸进了村，小姚村保长姚喜奎两口子，全让土匪给宰了。村民们发现，这两口子被土匪吊死在了后山的小树林里。土匪还算仁义，给姚喜奎的老婆留了个全尸，可姚喜奎就惨了，不仅血肉模糊、开膛破肚，还被割去了眼睛和舌头。

这天底下能干出如此残暴事体的，除了"活阎王"大喜子，恐怕没有旁人了。人们议论纷纷，却难猜究竟，不知道姚喜奎到底哪里得罪了这个"活阎王"。当然，村民们不知道，干这件事的另有其人。

前一天下午，林逸飞在离开小姚村之前，听春喜爹说，当天小姚村的乡亲们去炮楼要人，结果却拉回来了三具尸体。除了小春喜和那个最小的丫头，留在炮楼里的另两个姑娘，又有一个被那群畜生活活糟蹋死了。

去炮楼的时候是好端端的五个俊俏丫头，不到四天时间，除了侥幸逃回来的桂枝，其余四个丫头死了三个，剩下的那个生死未卜，就算能侥幸回来，恐怕也只剩下半条命了。五户人家遭了难，林逸飞想到了小姚村的那个保长。

春喜爹告诉林逸飞，小姚村的保长名叫姚喜奎，就住在村东头的那栋大宅子里。姚喜奎是村里的大富户，也是个心黑的家伙，平时就在村里欺男霸女无恶不作。他有个儿子叫姚桂田，平时住在滨城，更是个游手好闲的混混，依仗着他老子有几个臭钱，在滨城结交了一群狐朋狗友，整日里不干好事。后来日本人占了滨城，那小子竟然巴结上了日本人，给日本人当了什么队长。他老子姚喜奎也摇身一变，成了小姚村的保长和维持会长。

让人没想到的是，自从姚喜奎当上这个保长，他竟一改往日的嚣张跋扈，跟村里人说话的态度和蔼了许多。这次他到春喜家，让小春喜替工，春喜爹还以为是姚喜奎发善心，为了照顾自己的残腿。事后想想，姚喜奎这个畜生，这是憋着坏水把丫头们往火坑里推啊！

摸清了姚喜奎的情况，林逸飞带着狗子和小风离开了小姚村，但他们并没有走远，而是在附近的山上窝了半天。天黑的时候，借着夜幕的掩护，他们又转回了小姚村后山的那片小树林。他要先收拾了那个叫姚喜奎的畜生。在他看来，汉奸助纣为虐，帮着日本人残害自己的乡亲，他们的罪孽比日本人还要深重。

夜深人静，三个黑影摸进了小姚村。

来到村子东头，林逸飞打量着眼前的这所大宅，这宅子虽然算不上深宅大院，但跟周围那些低矮的草房相比，已经算得上是村里的豪宅了。应该就是这里，不会有错。林逸飞朝小风一点头，只见小风往后退了几步，一个助跑纵身跃起，轻松地上了高墙。

潜入院落的小风给林逸飞和狗子开启了大门，虽然他已经很小心，可是大门实在太沉了，开门的时候门轴还是发出了两下低沉的声响。听到门响，两条大狼狗狂吠着出现在院子里。林逸飞慌了，如此寂静的深夜，这两条大嗓门的恶犬，别说是这院子里的人了，全村的人都会听到啊。

两条大狼狗喉咙里发出阵阵低吼，那伏下的身子，随时都会一跃而起发动攻击。怎么办？林逸飞和狗子情急之下拔出手枪。说时迟那时快，只见小风朝着两条狗一挥手……说来也怪，那两条恶犬就像是被小风施了法术，竟停止了吠叫，一声不吭地伏到了地上。

眼前这两条狗不叫了，可全村的狗都叫了起来。宅子正屋里这时也亮起了灯，一个男人披着衣裳提着马灯走了出来。那人在门口站了一会儿，见没什么动静，朝着厢房恶狠狠地骂了句："一群懒货，听见狗叫连个出门看看的都没有，白吃饭的猪！"

这个从正屋里出来的人，想必就是姚喜奎了，他嘴里骂的应该是住在东西厢房里的伙计。林逸飞之前从春喜爹的嘴里了解过，姚喜奎家里除了他和他老婆，还有四个长工和两个下人，分别住在东西两侧的厢房里。

姚喜奎骂完，提着马灯回到屋里，掩上了房门。

这时，村里的狗叫声也渐渐平息了。林逸飞从角落暗影里走出来，猫腰朝那间正屋摸了过去。路过院子的时候林逸飞才搞明白，小风哪儿有什么魔法呀，那两条狗的脑门上各插着一柄飞刀呢！

小风来到两条死狗身边，伸手拔出柳叶刀，随手在狗身上擦去血迹，然后蹑手蹑脚来到正屋门前，将一柄飞刀插进门缝，轻轻挑开了门闩。

姚喜奎回到卧室，褪去衣衫上了炕，他老婆翻身问："咋了？狗咋叫得那么欢实。"

姚喜奎没好气地回道："吃饱了撑的呗。"说完，探头想要吹灭马灯。他鼓着腮帮子，那口气没有吹出去，反而一口给咽进了肚子。他趴伏在炕上，伸长脖子，有冰凉的枪口顶到了他的脑袋上。

"妈……"姚喜奎老婆一句"妈呀"还没喊完，就被狗子挥手一枪托砸昏了过去。

姚喜奎倒是乖巧，僵着身子，斜眼瞄着顶在自己脑门儿上的枪，低声求饶道："好汉饶命，好汉饶命！有什么难处各位尽管开口，只要好汉饶了我的性命，让我干什么都行。"

狗子和小风手脚利索地给姚喜奎蒙上眼，五花大绑。姚喜奎还以为自己遇到了山匪，不停地哀求："别别别，不用绑我，'赎票'的钱家里就有，你们给我松开，我这就给你们拿。"

小风嫌姚喜奎的话太多，顺手抓起炕沿上一双布袜子，直接塞到了他嘴里。

狗子将被捆成粽子的姚喜奎塞进麻袋扛在肩上，小风也将姚喜奎那人事不省的老婆"打包"完毕，一行人在夜色的掩护下，匆匆离开了。

几人一路疾行，来到一处偏僻之地停了下来。

小风将姚喜奎绑到树上，给他揭下蒙眼布，把他嘴里的袜子取下，顺手又塞到了他老婆的嘴里。姚喜奎的身上只套了一件单衣，此时早就在凛冽的寒风中瑟瑟发抖了。借着月光，姚喜奎看到不远处那座新坟，他一下子明白了，眼前这三个人绝不是一般的绑票土匪，而是来寻仇索命的。

姚喜奎哭丧着脸，翻动着两片已被冻得发紫的嘴唇，开始讨饶："三位好汉想来也是行侠仗义之人，落在好汉手里，我没话说，可咱总要把理说清楚啊。冤有头债有主，这些丫头可是让日本人给祸害死的，我和她们乡里乡亲的，我心里也不好受啊！三位好汉不去找日本人寻仇，把我绑到这里算怎么回事啊。"

"哼，"林逸飞冷哼一声，"好一张尖牙利嘴！日本人的账，我们迟早会去清算，今天先把你的账结清了再说！"

姚喜奎叫苦道："好汉，这跟我有什么关系啊？"

"呸！"狗子咬牙切齿地说道，"跟你有什么关系？就凭你把这些姑娘送进炮楼去给日本人糟蹋，就足够你死上一百回了！"

"冤枉啊！"姚喜奎声泪俱下地辩解道，"送她们去的时候我可都说清楚了呀，说好了去伺候日本人，完事以后还有赏钱。是她们自己贪图钱财，身子骨又吃不消，这与我何干啊！"

林逸飞被这个无耻的恶畜气炸了，姚喜奎的一番解释彻底激怒了他。他无法容忍这个畜生继续侮辱他的小春喜，此时，他真切地感受到血管里的血液在燃烧，眼里都要冒出火来了。

小风从怀里掏出一把尖刀，恶狠狠地说道："小哥，别跟这孙子啰唆了，夜长梦多，直接碎了他完事儿。"

林逸飞早就按捺不住了，他抢过小风手里的尖刀，一把撕开了姚喜奎的衣服前襟，然后将刀高高举了起来。

"慢着！"姚喜奎也豁出去了，大喊一声，陡然换上一副无赖嘴脸，冷冷问道，"哼，杀我，就凭你们？你们知道我是谁吗？"

林逸飞放下举刀的手，他倒真想听听这个垂死的老畜生还有什么花招。

姚喜奎奸笑着说道："我可是小姚村的保长、维持会会长，官不算大，但我好歹也是大日本皇军的人。我儿子是滨城的侦缉队大队长，现在他可是日本人眼前的红人。在滨城，日本人是老大，他就是老二，得罪了他就是得罪了日本人。你们敢杀我？日本人的手段你们是知道的，如今这滨城可是日本人的天下，你们也不想给自己找麻烦吧？"

见三个人不说话，姚喜奎面露得意之色："识时务者为俊杰，三位好汉也是聪明人，为了几个死在炕头上的蠢丫头，去招惹日本人，值得吗？我奉劝各位，今天还是乖乖放我回去。今晚的事，我姚某人既往不咎，咱们还可以交个朋友。我看三位好汉的身手不错，只要你们愿意，我可以让我儿子在侦缉队里给各位谋个美差，管保各位日后飞黄腾达……"

噗！姚喜奎的吐沫星子还没喷完，却从嘴里喷出一口污血。原来，林逸飞手里的尖刀已经狠狠地扎进了姚喜奎的胸口……如果不算在林府给藤井补的那一剪刀，这是林逸飞平生第一次杀人，他很紧张，但那股血腥味却让他一下子兴奋起来，多日来隐忍的悲恸在这一刻得到了释放。

"啊！"姚喜奎刚发出一声鬼嚎，却戛然而止。原来小风扯住了他的舌头，挥手就是一刀！刀锋上扬，齐着双目一划；刀锋一转，顺势剖进了姚喜奎敞开的胸腔……

林逸飞和狗子都被小风的举动震住了，这小子简直就是天生的杀手。他不仅眼疾手快，而且从容不迫，脸上甚至带着一种近乎肆虐的浅笑。

片刻之后，姚喜奎彻底地没了声息。

小风瞅了瞅倒在地上的姚喜奎的老婆，又朝林逸飞看了过来。此时那婆娘已经醒过来，眼前的景象将她吓得屁滚尿流，虽然有袜子堵着嘴，但还是能听到她呜呜的哭声。

林逸飞有点心软，毕竟，那是个女人。可怎么处理这个女人让林逸飞有些为难，今晚在动手之前他完全没有考虑过这个问题，可眼前，这个问题是他必须要面对的。

对小风和狗子来说，这根本就不是问题。小风捡起地上的一根绳子，熟练地打了个绳扣，一扬手，绳子精准地绕过了一根粗树枝又落了下来，接着，他将绳扣套在了那婆娘的脖子上。

林逸飞面露难色："这女的……有必要吗？"

小风回头看了看林逸飞，然后指了指自己的脸："这肯定也不是什么好鸟，况且，她认识咱们。"

"可是……"林逸飞犹豫了片刻，无奈地点点头。

那女人似乎知道自己命不久矣，呜呜大叫着，不停地扭动着身体。狗子奋力一拽绳子，女人直接从地上升到了半空中，两条腿胡乱地踩蹬了几下，就绷直了身子。

有了这两条狗命，总算可以暂时告慰一下小春喜尚未远去的冤魂了。再一次祭拜了小春喜，三个身影消失在了夜幕中……

第十章　悲催伏击

　　林逸飞等人回到栖霞山时，天色微亮，小风直接回了道观，林逸飞和狗子则返回了别院。

　　身心疲惫的林逸飞进了自己的卧房，反锁了房门，扑倒在大炕上。他从怀里掏出小春喜的那缕头发，仿佛又闻到了小春喜身上的味道。此时，他满脑子里只有一个念头——杀日本人。

　　一直到近中午，林逸飞才出了房间。老阿福红肿着双眼迎了过来："少爷，饭堂里给你温着饭菜，过去吃一点吧。"

　　林逸飞朝老阿福挤出一点笑容，直接去了后堂。他早上回来的时候太匆忙，还没给父亲和三位母亲请安。后堂的供桌上，在父母的牌位下方又多了一个小牌位，是小春喜的。看来，狗子已经将小春喜遇难的消息告诉了福叔。

　　林逸飞在饭堂吃着饭，狗子和小风走进来坐到他身边。林逸飞朝外面张望了两眼，见没有其他人，便低声问道："小风，栖霞山这边有日本人吗？"

　　小风轻轻点点头，又将食指放到唇边："嘘……"

　　回到卧房，小风告诉林逸飞和狗子，最近日本人在凤霞县城周围修筑了很多炮楼，那些炮楼都有重兵把守，去那里袭击日本兵不现实。不过，距离凤霞县城最远的一座炮楼却离栖霞山最近，只有七八里的路程，如果翻山过去就更近了。那座炮楼把守的是凤霞县去往滨城的公路，每天都会有一个日本兵小队二十四小时不间断地在公路上巡逻。

　　巡逻队？林逸飞眼睛一亮："他们有几个人？"

　　小风挠着头回忆："大概有七八个吧，反正不超过十个人，我琢磨着对付起来应该不成问题。"

　　"啪！"林逸飞一拍大腿，果断地说道："就是他们了。"说着，他掏出手枪，掩饰不住地兴奋。

　　"行啊，说干就干。"小风也亢奋起来。

　　可狗子这时却表现得有些犹豫："就……就咱们三个，能行吗？咱们是不是再等等，等大黄和黑子来了，咱们再合计合计？"

小风鄙夷地瞅了狗子一眼，晃了晃手里的枪："还等什么！咱们都练了那么长时间的枪法了，现在也不比别人差吧。咱手里的家伙怎么样，够不够狠，非要等大黄哥来？咱们先把这一票干了，回头在大黄哥和黑子的面前也能神气神气。"

"就是。"林逸飞对小风表示赞同，"到了晚上，咱们在暗处，日本人在明处，咱怕什么？再说，就七八个日本兵，别说咱手里还有枪，就是没有枪咱跟他们玩刀子，恐怕他们也不是咱们的对手。"

狗子一拍自己壮实的胸口，说道："那倒是，我自己就能撂倒他四五个。"狗子这话可没吹牛，他也是一身的硬功夫，四五个壮汉还真不是他的对手。

小风抓住了狗子的话柄，一脸的不屑："那你还怕什么，瞧你刚才那个怂样儿。"

"谁怂了？"狗子涨红着脸辩解道，"我……我就是有点儿担心，心里没底，我觉得等大黄和黑子回来了再动手，兴许……兴许还能更稳妥一些。"

林逸飞朝狗子笑了笑，戏谑道："怎么，现在心里有底了？"

狗子一龇牙，笑得有些难为情："让你刚才那么一说，我觉得也没什么好怕的了。"

三个人一商量，吃过晚饭就出发。为了防止老阿福察觉加以阻挠，林逸飞让狗子提前将三匹快马牵到院外。

午饭后，小风回了道观，没多久又回到了别院，然后直接溜进了林逸飞的卧房："小哥，我那边绝对没问题，我跟老爷子说了，这两天我睡你这里。"

不多的时候，狗子也回来了："放心吧少爷，马都喂饱了，趁我爹打盹儿，我让大壮把马都牵到小树林了。"

万事俱备，只等天黑了。本打算在屋里睡会儿养养精神，可林逸飞翻来覆去总也睡不着，看着窗外，觉得今天的太阳落得格外慢。

好不容易挨到了晚饭的时间。

众人去饭堂吃过饭，林逸飞向老阿福说道："福叔，晚上我和狗子、小风去上清观，如果玩得太晚就住在那边。您就别等我们了。"

老阿福丝毫没有起疑心，应道："哦，那晚上你们早点休息，这兵荒马乱的，可别到处跑。"

林逸飞一边应着，一边带着狗子和小风朝门外走去。

老阿福在后面招呼了一声："少爷，外面不太平，走后堂吧。"

走密道去上清观，再从上清观走山路绕去小树林，这样太远了。小风机灵，回道："福叔，这都啥时候了，山上连个兔子都没有。我们刚吃饱了饭，正好走山路消消食。"

福叔招了招手，叮嘱道："那你们路上慢点走，黑灯瞎火的好好看着路。"

三个人出了大院，溜着墙根儿去了小树林，牵着三匹马就进了山。

为了不让福叔听到马蹄声，他们牵马而行，走出很远才上马，然后顺着盘山小道一路飞奔。

绕过了两座山梁，三个人勒住了缰绳。小风指着远处的一条小路："小哥，看见那条路了吗？顺着那条路走到头，就是去滨城的大路了。"

林逸飞催促道："那还等什么，走啊。"

小风笑了："小哥，你怎么比我还着急啊？这里不行，这里离小日本的炮楼太近，如果听到枪声他们来增援，咱们跑都没法儿跑。"

林逸飞点头称是，问道："那咱们要去哪儿？"

小风告诉林逸飞，从这里继续往前再跨过两座山，有座雷公山，山上有座雷公庙，今天伏击的地点，就在雷公山的脚下。小风已经打探好了，经常在附近出没的日本巡逻队中，这支巡逻队是巡逻路程最长的一支。过了雷公山脚下的那段路有个三岔路口，再往前走，就属于滨城日本守军巡逻的范围了。他们在那里打伏击，两边的日军炮楼都不会听到枪声。

林逸飞赞道："行啊小风，平时也没见你怎么出门，你怎么会探听得这么清楚？"

小风得意地一笑："这就是我的本事了，走着走着。"话没说完，他一拍马屁股，就冲向了岔路旁的一条小河道。

三个人骑马蹚水行进不久，就离开河道上了另一条山路。小风对林逸飞做了解释："其实吧，咱们也没必要走河道，这么做完全是为了防止日本人顺着马蹄印找到咱们，河道里不会留下马蹄印。"

林逸飞听后暗暗称奇，赞叹小风的心思缜密。

果真像小风说的那样，他们又翻过了两座山，小风勒住缰绳下了马。林逸飞看到那座山的山顶上隐约有座建筑，看来应该就是雷公庙了。

在一处隐秘的林子里，狗子拴好了马，小风给他俩说了自己的想法。小风说，顺着山路绕过这座山，就到了预定的伏击位置。今晚的事儿要争取速战速决，得手之后按原路返回。即便未能得手，也不要恋战，要迅速撤离，只要能回到这里骑上马，他们就安全了。就算日本人进山来追，两只脚板子也跑不过马。

小风在前引路，三个人摸着黑转过了雷公山，在半山腰，他们看到了那条公路。月光下，公路像一条灰白的布带子，在山脚下的平川蜿蜒。

在公路一侧，林逸飞选中了一个在他看来还不错的伏击位置，那里距离公路六十米左右的距离，他们与公路之间还隔着一条大沟。那条沟是一道极好的屏障，让林逸飞安心了不少。就算偷袭不成，日本兵反扑和追击也要先翻越眼前的大沟，这将给他们留出足够的撤离时间。

林逸飞一边检查枪械，一边叮嘱身边的两人："一会儿动手的时候，我瞄准第一个，狗子瞄中间的，小风瞄排在队后的。我不动手你们谁都不准开枪，听明白了吗？"

狗子和小风点头答应着，各自将枪械检查完毕，趴在地上隐蔽好，就等着猎物出现了。他们既紧张又兴奋，可是趴了很久，连个人影也没有见到，林逸飞有些急躁。现在是初春时节，半夜深山里依旧冷得刺骨。隔着棉衣贴在冰冷的地面上，肚子冻得冰凉，肠胃也开始不舒服了。一直握枪的手有些麻木，因为紧张手心里还出了一层汗，那种湿滑的冰冷让人直想骂娘。

林逸飞终于趴不住了，他放下枪，蹲在原地将两只手插进了怀里："小风，这能对吗？都什么时候了，日本人呢？咱们是不是搞错地方了？"

狗子也爬起来，吐掉了嘴里的草梗，揉着肚子抱怨道："肯定是搞错了，咱们都窝在这里这么长时间了，别说小日本子，就连条过路的狗都没有。好家伙，这么大一片地方，会喘气儿的就咱们仨。小风，你弄清楚了吗？"

让两个人这么一问，小风对自己也产生了怀疑，他含糊地应道："应该不会有错吧，以前他们都是走这里的，难道他们改巡逻路线了？按理说不能啊。"

狗子急了："什么？按理说，你和谁按理说呢？你到底搞清楚了没有？这大半夜的……"

"嘘……"小风突然警觉起来，"别吵别吵，你们听——"

林逸飞和狗子顿时紧张了起来，他们竖起耳朵屏住呼吸往公路上看过去。"唰啦唰啦唰啦"……没错，是日本兵笨重的翻皮鞋敲击地面的声响，中间还夹杂着金属碰撞的声音。三人赶忙卧倒在地，重新拿起了枪。小日本子真的来了，月光下，是一排泛着光的钢盔，一队日本兵正沿着公路走了过来，队伍里好像还有一条狼狗。

大战在即，先前的兴奋完全被紧张取代了。林逸飞紧握着手里的枪，瞄向走在队伍最前列的那个日本兵。他真的太紧张了，紧张得甚至忘记了呼吸，喉咙也开始发紧，他大口地吞咽着唾液来舒缓喉部的刺痛。大颗的汗珠从额头上滚落下来，流进了他的眼睛里，他又不敢去擦，这严重影响了他的视线。他握紧枪，手掌心里湿漉漉的，心里突然空空的，不知道自己该怎么干了。

眼瞅着，这队日本兵步伐整齐地从林逸飞他们的枪口下渐渐走远……

这时的林逸飞，浑身都被汗水浸透了，他沮丧地放下枪，长长地舒了一口气。狗子疑惑地盯着他，又扭头看了看已经渐渐远去的日本巡逻队，问道："少爷，咋了？"

还能咋了？林逸飞给自己找了一百个没有开枪的理由，但归根结底，还是因为紧张——因为紧张所以出汗，因为出汗所以更紧张。林逸飞在瞄准的时候，手里的枪在不停地颤抖，他知道，今天这枪没法打了。可能光线也是一个原因，虽然有月光，但那些日本兵的影子实在太模糊了。林逸飞在瞄准的瞬间有些恍惚，他竟然不知道自己该瞄准那个人的什么部位。瞄身体？如果打不死怎么办？瞄头？可那些日本兵都戴着钢盔……就在他纠结的那一会儿，他们错过了最佳的开枪时机。

距离也是一个问题，林逸飞第一次发现，原来四十米和六十米的差距竟然这么大。平时他们练枪的距离在四十米左右，而眼前的公路离他们得有六十米。开枪能击中目标吗？林逸飞给了自己一个否定的答案。

瞄准的姿势也不对，平时他们练习打靶都是采用站姿或者蹲姿，如今趴在地上，他不得不伸长手臂，尽可能地仰起头进行瞄准。这姿势太别扭了，刚瞄了一会儿他的脖子就开始发僵，手也抖得更厉害了。

目标的改变也让他不适应，平时练枪的靶子是树，都是固定目标，今天的目标突然变成了一个个活生生的人。他们是活动的，林逸飞的枪口不得不随着他们的移动而移动，根本找不到机会开枪……

林逸飞知道，这么多理由归根结底还是因为自己无能，他对自己的胆怯感到羞愧。

小风这时凑过来，安慰道："小哥，没事，刚才我也有些紧张，不过现在就好多了。没关系，咱们还有机会，一会儿这群孙子还要回来呢。"

林逸飞难为情地朝小风挤出一个笑脸，小风这番安抚确实很有效，他觉得自己好像也不是那么紧张了。

重新匍匐下来等待战机。果然，没过多久，那队日本兵又回来了。可林逸飞发现，那些日本人离自己的距离更远了。刚才日本兵从他们面前经过的时候，走的是靠近林逸飞这一侧，现在走的是公路的另一侧，这给射击又带来了一些距离上的难度。

别紧张，林逸飞劝解着自己。他屏住呼吸，手指慢慢地扣上了扳机。就在这时，砰的一声枪响，巨大的枪声划破了寂静的夜空。

谁开了枪？林逸飞被吓傻了。他知道，刚才开枪的绝不是自己。他扭头一看，狗子的枪口正冒出一缕青烟。完了，肯定是这家伙一紧张走了火。

公路上的日本兵好像也蒙了，他们怔怔地在原地站了几秒钟，突然明白过来，巡逻队遭遇了袭击。

战机稍纵即逝，那几秒钟本该是林逸飞他们袭击的最佳时机，日本兵傻站在那里活像一个个靶子，但林逸飞他们却大眼瞪小眼地面面相觑。当他们反应过来继续射击的时候，巡逻队的日本兵早已卧倒在路边，展开战斗队形与他们形成了对峙。

一时间枪声大作。此时的林逸飞已经感觉不到紧张，但仓皇中他失去了目标，只能胡乱地扣动着扳机，与其说是射击，还不如说是在凑热闹。

从日本兵开始还击的那一刹那，林逸飞他们就陷入了完全被动的局面，他们被对方的火力完全压制住了。林逸飞后悔万分，他犯了一个致命的错误。为了让视野不受限制，伏击位置选在了一片开阔地。真正交火之后他们才发现，自己完全暴露在敌人的火力之下。而遮挡着他们用以掩人耳目的枯草，根本无法抵御子弹。

渐渐地，林逸飞等人被敌方压制得连抬头的机会都没有，对方射来的子弹不停地在头顶飞过，他们能做的就是死死地紧贴地面，根本没有了还手能力。唯一令林逸飞庆幸的就是他们身前的那条大沟，虽然他们无法还击，可那些日本兵也不敢贸然进入深沟发起冲锋，双方形成了"隔岸观火"的对峙态势。

可是没多久，林逸飞从密集的枪声中似乎听到了汽车马达的声音，他还听到有日本人在喊叫："停车！停止前进！有伏击！"

林逸飞壮着胆子抬头朝公路瞄了一眼，公路上不知什么时候开过来一队卡车，大概有十几辆，为首的一辆竟然还是披挂着装甲的炮车。在滨城的时候，他曾经见过这种炮车，车体有一层厚厚的钢板做装甲，车顶的塔楼还装备了一门炮和机关枪。看到这车，林逸飞暗叫一声："不好！"

"哒哒哒"……炮车上的机关枪响了。林逸飞暗暗叫苦，日本人的增援来得也太快了，小风不是说炮楼距离这里很远，他们根本听不到枪声吗？

机关枪还在疯狂地吼叫，林逸飞蜷缩在地上，身边的黄土飞溅着，不停地砸到他的身上。有日本兵叽里呱啦地喊了起来："进攻！进攻！"

不好，有了机关枪做掩护，看来日本人就要杀上来了。林逸飞探起头又瞄了一眼，天啊，那辆炮车顶部的两盏探照灯正居高临下地照了过来，两道刺眼的白光柱把自己所在的位置照得雪亮一片。此时，林逸飞和狗子、小风犹如摆在秃头上的三只虱子，完全暴露在日军的强光之下。

大队的日本兵已经跨过了公路，进入了林逸飞身前的那道深沟，炮车上的炮塔开始缓缓旋转了起来，炮筒子朝着他们藏身的位置已经瞄准到位。这一炮要是挨上，连挖坟都省了。

林逸飞也顾不得在头顶乱窜的子弹了，高叫一声："快跑！"

这两个字是带着哭腔喊出来的，声音凄惨无比，林逸飞自己都觉得臊得慌！狼狈不堪的三个人手脚并用、连滚带爬地刚离开，轰的一声巨响，刚才三个人趴伏的地面上，就出现了一个冒着烟的大坑。

日本人的子弹就像长了眼睛，一路擦着屁股尾随，万幸的是，从枪林弹雨中逃出来的三个人，竟然毫发无伤。可还不是庆幸的时候，因为身后的枪声和犬吠正在迫近，日本人追上来了。

逃命要紧！小风在前，林逸飞居中，狗子断后，三个人撒开脚丫子就朝拴马的山谷狂奔。跑着跑着，小风突然停住了脚步，紧随其后的林逸飞险些撞到他身上。

"咋了？快跑啊，日本人追上来了！"林逸飞焦急地催促道。

此时的小风却格外镇定，他没有理会林逸飞，而是回身一指狗子："狗子，你带着小哥快走。"

林逸飞愣了："那你呢？你要干吗？"

小风一边换着弹匣，一边催促道："咱们不能一起走了，日本人有狗，他们会寻着马的气味找到栖霞山。我得去把他们引开，你们先走。"

林逸飞一把扯住小风的胳膊："不行，要走一起走，要死一块死！"

小风猛地挣开林逸飞的手，瞪着一双血红的大眼低吼道："小哥，我没时间和你叨叨，你要是不想害死更多的人，就听我的，快走！"说罢，他朝着另一个方向的山谷就蹿了出去。

小风一边跑一边向日本人追来的方向射击，高声叫骂道："小日本子，来啊！爷爷我在这儿呢，不怕死的就跟爷爷我来啊！"

这一切发生得太突然了，林逸飞愣在原地不知所措，狗子喊他他都没听到。无奈之下，狗子上前狠狠地撞了林逸飞一膀子，然后扯起他的胳膊继续狂奔。

直到骑上马，林逸飞的脑子里还是混沌一片。这时候，雷公山方向突然枪声大作，林逸飞在马上伸长脖子焦急地回望，他想要回去救小风，可是狗子却在他的马屁股上狠狠来了一巴掌："快走！"

天色微亮，栖霞山的山梁上蹲着两个灰头土脸的人，身旁不远处，三匹马正啃着荒草。林逸飞和狗子失魂落魄地看着远处的山路，望眼欲穿。他们已经在这里蹲了几个小时了，可山路上连个人影都没有。

林逸飞在心里反复地骂着自己，觉得无颜再活在这个世上，也没脸去见林家的列祖列宗。狗子啃着半截草梗，凑到林逸飞身边，安慰道："少爷，你别着急，小风不会有事的，那小子机灵着呢，小日本子哪能抓得住他！"

林逸飞叹口气，转头商量道："狗子，咱们……要不还是回去看看吧？"

"不行。"狗子吐掉了嘴里的草梗，望着远处的山路说道，"现在还不能回去，再等等，小风他不会有事的。"

又坐了一会儿，林逸飞又沉不住气了，他懊恼地一伸腿，踹在狗子的屁股上："啃、啃、啃，你就知道啃那些草，你是驴啊！"

狗子扭头很委屈地看着林逸飞，赶紧吐掉了嘴里的草梗，可是出于习惯，他竟将手里的半截草梗又塞进了嘴里。

林逸飞抬腿又是两脚："还啃，还啃！说，咱得等到什么时候？"

狗子赌气站起身，气恼地拍了拍屁股上的浮尘："不等就不等！那你先回家，我去接应小风。"

"凭什么！"林逸飞急得蹦了起来，"要回去就一起回去。"他掰着手指头说道，"一共就他妈三个人，折进去仨和折进去俩有区别吗？你是不是觉得咱仨我最怂啊。我真后悔，昨晚就该跟着小风一起回去，杀一个够本，杀俩咱还赚一个呢。现在可好，窝窝囊囊地蹲在这里，还不如死了好！啥也别说了，我说了算，你先回家，我去接小风。"

见林逸飞有点急眼，狗子妥协了："好好好，那咱俩一起回去，彼此还有个照应。不过，咱可说好了，你在我后面，如果情况不妙就赶紧往回跑。"

林逸飞不耐烦地挥挥手："行了行了，快走吧。"

清晨时分，林逸飞和狗子回到了拴马的那个小树林，又将马拴到了原来的位置。雷公山的山谷里很安静，阳光透过一层层薄如蝉翼的晨雾，如梦似幻，周围的一切都像仙境般缥缈。头顶偶尔传来一两声悦耳的鸟鸣，越发显得此处安逸幽静。昨晚的那一场激战，好像根本就不曾发生过。

很快，他们就找到了昨晚和小风分手的那条岔路，顺着盘山小路前行，没多一会儿，脚下的路变得越发坎坷起来。再往前走，小路就到了尽头，周围全都是枯枝乱杈，两个人撩开那些枝杈继续朝山上搜寻。搜了半天，并没见到小风的影子。他俩疲惫不堪，在半山腰的小树林里，林逸飞蹲倚在一棵树下，打算喘口气，休息一会儿。

好像有一滴露水落在林逸飞的脸上，随手一抹，黏黏的，他下意识地朝手上一看，大吃一惊，手上竟然是血。林逸飞起身向树上看去，在离地大约两人高的树杈上，他发现了大片血迹。仔细地查看一下树周围，又在树下发现了血迹。这肯定是小风的血，别人不可能爬那么高。林逸飞和狗子警觉起来，拔出枪向四周观察，但周围依然安静。

顺着地上的血迹前行，林逸飞和狗子来到一处山谷，两个人被眼前的情形惊呆了：山谷的土坡上有大片凝固的血迹，一棵小树被子弹拦腰打断，地上、周围的树干上，到处都可以看到被枪弹击中的痕迹……这里到底发生了什么？

那些血迹不可能是小风一个人的，就算几个小风也不会有那么多的血，可奇怪的是，这里却连一具尸体也没有。林逸飞可以肯定，小风负伤了，他带着伤逃到了这里，然后……他不敢继续往下想。

狗子盯着周围的血迹也傻了眼，呆呆地杵了半天，才嗫嚅着问道："少爷，你说……小风他……他会不会已经回家了？"

林逸飞打了一个激灵，顿时清醒了许多。是啊，自己干吗总想些不吉利的结果呢，也许小风真的已经回家了。尽管希望有些渺茫，但也绝不是没有可能。小风是个神奇的小子，任何奇迹都有可能发生在他的身上。

林逸飞和狗子马不停蹄地赶回了栖霞山，但奇迹没有出现，小风没有回来。

老阿福见二人牵着三匹马回来，浑身上下都是尘土，而且裤腿已经被露水完全打湿，大为诧异："你们……你们这是去哪儿了？"

林逸飞的脑子一片凌乱，他不想说谎，可他必须说谎，他不想说话，可他必须回答："哦，福叔，我们……我们早上去山里转了一圈……没事，我有些累了。"说完，他也不管福叔相不相信，拖着疲惫的双腿就回了自己的卧房。

林逸飞迷迷糊糊的，六神无主，倒在大炕上竟然睡了过去。他做了个梦，梦里全是小风：他梦见小风浑身是血，被几个面目狰狞的日本兵抬出了山林；又梦见身负重伤的小风倒在一个山洞里，无助地望着洞口，血不停地流，已经奄奄一息……

林逸飞从噩梦中惊醒的时候，狗子正好来了，手里还端着一个大托盘，他是来给林逸飞送饭的。林逸飞拿起筷子，掂了掂却又放了回去，饭菜很丰盛，可他确实没有胃口。他看看同样无精打采的狗子，问道："小风他……他会不会回了上清观？"

狗子沮丧地摇了摇头："我让人去问过了，他没回道观。"

林逸飞又试探着问道："你……那……长风老伯他……"

狗子两手捂着脸，叹道："我根本没敢见他，见了咋说啊。"

不行，不能就这么傻等，林逸飞提了提精神，说道："狗子，咱们再回去找找吧。"

狗子叹了口气，说道："少爷，别折腾了，去哪儿找啊？再等一个晚上吧，今晚他要是还没有回来，明天咱就实话告诉我爹，让我爹带着人去把雷公山翻一遍，生要见人……"狗子没有再说下去。

昏沉沉地又到了半夜，很困，但林逸飞却不敢睡了，一闭上眼，他就看到血淋淋的小风。林逸飞掏出怀表，打开盖子，看到自己和父亲、哥哥的合影。如果父亲和哥哥在这里该多好啊，他们总是那么有办法，什么事情都难不住他们。

这时，林逸飞突然隐约听到院墙外响起一声呼哨，可当他竖起耳朵仔细聆听时，却没有了声响。难道是自己听错了？林逸飞刚准备重新躺下，一声清脆的呼哨又从外面传来。

是小风！林逸飞跳下炕，连鞋都来不及穿，赤着脚就冲出了房门。

狗子也从他的房间里冲了出来，看来他也听到了。此时，负责值夜的家丁已经打开了院门，林逸飞扑到了门前。

林逸飞很振奋，但也很失望，门外，是牵着马的大黄和黑子。

大黄嬉皮笑脸地张开双臂，兴奋地叫道："林大庄主别来无恙啊，我带着黑子投奔你来了！"

林逸飞扑上去紧紧地抱住大黄，话没说出口，眼泪却掉了下来。大黄看到了，哈哈地笑道："哎，不至于吧，一条大汉子，哭什么？这才几天没看见啊。"

黑子也在一旁戏谑道："就是就是，这咋还抹上泪了呢。"

狗子让家丁将马牵到后院，嘱咐他们给喂上草料，几个人便去了林逸飞的房间。一进门，林逸飞就拉住大黄的胳膊："大黄，小风不见了！"

大黄不以为然地咧嘴一笑："我还以为出啥大事了呢！没事没事，那小子，整天东跑西颠的，几天见不着他是常事，指不定又在哪儿遇上好玩儿的事了。"

林逸飞哭丧着脸："大黄，这次是真出事了……"他和狗子将昨晚伏击偷袭日本人的经过原原本本说了一遍，听得大黄和黑子满脸铁青。

待林逸飞和狗子说完，大黄拍着大腿责怪道："你说你们……你们的胆子也太大了，怎么就不能等我们回来再动手呢。"

谁说不是呢！此时林逸飞的肠子都悔青了，可天底下哪有卖后悔药的？林逸飞抓着自己的头发蹲在地上，恨不得找个地缝钻进去。

黑子碰了碰大黄，低声提醒道："哎，算了算了，事儿已经出了，你现在怪逸飞少爷有什么用？咱们还是另想想办法吧。"

外屋的门"吱呀"响了一声，老阿福笑吟吟地走了进来："是大黄和黑子来了。"

众人赶忙起身打了招呼，林逸飞偷偷朝大黄摇了摇头，大黄会意后默默地点点头。福叔朝众人摆摆手，寒暄道："都坐着，都坐着，我已经让人给你们收拾了房间，时候也不早了，少说两句早歇下，有话明天再说。"

林逸飞起身应道："福叔，我们一会儿就睡，您先回去歇着吧。"

送走了福叔，大黄低声问道："咋？福叔还不知道这事？"

林逸飞一脸的沮丧，点头应道："我和狗子谁也没告诉。"

大黄皱着眉头思忖了一会儿，忽地站起身："这事等不得了，我得赶紧下山一趟。"

林逸飞也站了起来："大黄，都这么晚了，你还下山干什么？"

大黄说："去趟牛肉馆，通知黄旗各处的'消息'，打探小风的下落。只要那小子还活着，不管他在哪儿，咱们都要把他捞回来。"

对，黄旗还有那么多的"消息"呢！林逸飞精神一振："那我跟你一起去。"

狗子也蹦起来自告奋勇："我也去。"

大黄苦笑着轻叹一声："只是下趟山，去那么多人干啥？我骑着马去，一会儿就回来了，你们在这里等我。"

狗子和林逸飞对视一眼，无奈地点点头。

黑子紧跟在大黄的身后，来到门前，大黄回头看了他一眼。黑子不耐烦地说道："你看什么看，赶紧走吧，我肯定得去啊。"这次，该大黄无奈了——他无法拒绝一个影子。

黎明时分，东方刚刚泛起鱼肚白，大黄和黑子回来了，几人稍作寒暄，便各自回屋睡下。

因为睡得晚，临近晌午大伙才陆续起来。几个人在林逸飞的房间刚聚头，老阿福便打发下人来招呼他们去吃饭。林逸飞真有些饿了，自从出事之后他水米未进，现在大黄和黑子来了，他的心里多少有了些安慰，也感觉多了些依靠。

大伙闷头刚吃了一会儿，有下人进来通禀："少爷，门口有客来访，说是要找大黄少爷。"

找大黄？谁会知道大黄在这里？难道小风有消息了？

几个人扔下碗筷就冲出了家门。那位来别院的访客就在院门外，林逸飞上前一打量，认识，是山下镇子那家牛肉馆的店小二。看来，小风真的有消息了。几个人匆忙将店小二带进了林逸飞的卧房。

据小二说，前天夜里，日本人的巡逻队和运输车队在雷公山附近遭到了伏击，虽然运输的军用物资没有受损，但是有十多个日本兵在那场激战中被打死了。直到现在，日本人也不清楚到底是什么人干的。这件事让日本人很紧张，自打占了凤霞县城，日本人还从未吃过这样的大亏，现在，日本人对进出凤霞县城的人盘查得很严。

十多个日本兵？小风竟然打死了十多个日本兵！林逸飞和狗子几乎不敢相信。难怪他们在那个山沟里发现了那么多血迹。小风这小子，真是好样儿的。

大黄显得很冷静，他蹙着眉头问道："这么说，小日本子没有抓到人？"

店小二很肯定地答道："回二当家的，没有，绝对没有。我们打探得很明白，当天晚上日本人搜遍了整个雷公山，可什么也没搜到。"

小风没有被抓到，这又是一个天大的喜讯，林逸飞心里悬着的石头总算是落了地。大黄吩咐店小二先回去，有了小风的消息马上来禀报。

店小二临走时留下一只包袱："二当家的，这是俺们掌柜让我给您送过来的。昨晚上杀的牛，我来的时候刚炖好，给您和林家少爷尝尝鲜。"

大黄拱手道："回去代我谢过你们掌柜。"

送走了店小二，大伙又回到林逸飞的房间。大黄问道："小风还有没有其他可以藏身的地方？"

林逸飞摇摇头，然后扭头看向狗子，狗子也摇了摇头。对林逸飞来说，这里除了别院和上清观，再没有他熟悉的地方了。日本人已经搜查了整座山也没有抓到小风，看来他是逃脱了，可他到底去哪儿了呢？

几个人正皱着眉头大眼瞪小眼，老阿福进了门，嗔怪道："你们几个小子，饭刚吃一半儿，出来嘚瑟啥？"

经老阿福这一提醒，大伙才想起来，饭还没吃完呢。老阿福好像从众人的脸上觉察到了什么，狐疑地问道："你们咋了这是？刚才来的是什么人？是不是出什么事了？"

"能有啥事，那人是到山上给咱送牛肉的。"大黄起身指了指那个包袱，讪笑着圆谎，"福叔，这是山下刚出锅的牛肉。走走走，咱们一起尝尝。"

老阿福凑过来闻了闻，点头赞叹道："嗯，真香。"

大伙回到饭堂继续吃饭，正吃着，老阿福突然想起一个人来。他起身取了一块上好的牛肉，包好，嘴里念叨着："小风那小子，没事就往咱这儿跑，今天有了好吃的他却没了影，真是没有口福。这些咱给他留着，要是下午他还不来，你们就给他送过去，他最爱吃牛肉了。"

几个人默默地对视了一眼，又低头吃饭，谁也没再言语。

整个下午，几个人都聚在林逸飞的房间里等待。这是一件既痛苦又无奈的事情，更何况，他们等的是一个生死未卜的亲兄弟。

纸到底包不住火。傍晚，老阿福带着一个小道士敲开了林逸飞的房门，一进门就急急地问道："小风呢？他到底去哪儿了？"

几个人互相看了看，沮丧地垂下了头。

老阿福一怔，环视着面前的几个人，最后，阴冷的眼神盯住了狗子。站在老阿福身旁的小道士开口问道："几位少爷，小风没和你们在一起啊，他都好几天没回观里了，老道长着急，让我过来瞧瞧，他……他去哪儿了？"

人家登门"要人"，看来瞒是瞒不过去了，林逸飞垂头丧气地道出了实情。

老阿福听完后捶胸顿足道："你们咋就那么混呢！出了这样的事，回来咋也不说一声，这……这让我怎么向老道爷交代啊！"

狗子怯懦地清了清嗓子，苦着脸说道："爹，您别着急，刚才少爷不是说了嘛，小日本子没抓到小风，他现在……"

啪！狗子的话还没说完，老阿福劈头就是一巴掌，重重地扇到了狗子脸上。老阿福咬着牙怒骂："你个小畜生，这都是你干的好事！小风要是有个三长两短，我让你给他抵命。"说着，抬手又要打。

林逸飞上前一把拉住了老阿福的胳膊，哀求道："福叔，您别打狗子了，怪我，都怪我，都是我的主意。狗子当时劝过我的，可我那时候昏了头，没听他的。这回真不关他的事。"

老阿福嘴里念叨着："不行不行，不能告诉老道爷，他们家就小风这一根独苗，他哪儿受得了啊。"

小道士咧着嘴杵在一旁，到现在才回过神来，怯怯地叫苦："是，这事真不能让他老人家知道，可……可我回去该怎么回话呀。"

福叔拉着小道士的手，嘱咐道："你在这里等我，我马上就回来。"说完，老阿福急匆匆地出了房间。

老阿福回来的时候，手里多了个小包袱，他把包袱交到小道士的手中，叮嘱道："这样，你回去后告诉老道爷，就说小风还在我们这里，南山的大黄和黑子来了，他想在这里陪他们多玩两天。这是大黄带来的干笋，小风让你给老道爷带回去一些，让他老人家也尝尝。"

送走了小道士，老阿福哀叹一声："作孽呀！"说罢，垂头丧气地离开了。

第十一章　海岛重逢

时间又在等待中过去了一天。

这天下午，有下人来禀报，门外有小道士带着一位客人来访，那位客人是来"求见狗子先生"的。众人都有些纳闷，还有人求见狗子？连狗子自己都纳闷："还有人求见我？"

下人将客人领进正屋，林逸飞上下打量着来人。此人三十左右的年纪，面色白净，五官清秀，一双眼睛很有神采。他穿一身粗布衣裳，头上戴着一顶斗笠，一双深色的圆口布鞋上落满了灰尘，一看就是远道而来。

陌生人进门后恭敬地一抱拳："各位，在下有礼了，请问哪位是狗子先生？"

"狗子先生？"林逸飞觉得这称谓着实有些可笑。狗子上前答话："我就是，这位先生，我看着您挺面生，咱们好像没见过吧？"

来人又是一抱拳，腼腆地笑笑："是，咱们确实没见过，我是受一位朋友所托，冒昧登门有要事相告。"

大黄凑了过去，警觉地问道："朋友？敢问您的那位朋友是……"

来人迟疑了一下，向前两步靠近了狗子，拱手道："不知狗子先生可否借一步说话？"

狗子扭头看看林逸飞，林逸飞点点头，狗子和陌生人来到正堂的角落。陌生人俯在狗子的耳边窃窃私语了几句，狗子默默地听着，突然身形一震，脱口而出："啥？小长风？他在哪儿？"

是小风！林逸飞顿时紧张了起来，机警的黑子也关紧了房门。大黄几步靠了过去，冷眼盯着眼前的"斗笠客"："你到底是什么人，你怎么会认识小长风？"

那人看了看大黄，对狗子问道："请问这位是……"

此时，狗子已是满脸的急躁："哎呀先生，这里没有外人，现在这屋里的都是我的哥哥。您就快说吧，小风他在哪儿？他伤着没有？"

来人说自己名叫王瑞卿，是滨城凤霞县当地人，年少时读过两年私塾，后来去外地做了学徒。学徒期满后回到家乡，在凤霞县城开了个铺面，做点儿小生意。

前几天深夜，王瑞卿外出收账返回凤霞县的途中，在雷公山附近的山路上遇到一个受伤昏迷的年轻人，他将那人救下，并带回家中救治。那名伤者苏醒后告诉他，自己名叫小长风，是栖霞山上清观的人。他委托王瑞卿到道观后面的林府别院找一个名叫狗子的朋友，狗子会带他去见"小哥"。

王瑞卿来到栖霞山，却没找到林府别院。他只好去了上清观，向道士们探听"狗子先生"，小道士便将他带到了这里。

林逸飞对此人的讲述充满了疑惑，学徒？学什么营生竟要跑到外地去，然后再回凤霞县城，还是做小生意？当日，他们和小风分开的时候已经是后半夜，王瑞卿一个生意人，深更半夜路过雷公山干什么？既然是收账归来，那他身上一定带有货款，他为什么放着大道不走，却偏偏要摸黑去走偏僻的山路？再说了，如果真如牛肉店小二所讲，那天晚上漫山都是搜捕的日本兵，这个王瑞卿难道没有听到枪声，也没遇到日本兵？这倒真是稀奇了。

这个王瑞卿到底是什么人？林逸飞心里犯起了嘀咕，要么，他是个路见不平拔刀相助的侠义之士；要么，他就只能是汉奸了。但现在不是怀疑的时候，毕竟眼前这个人带来了小风的消息。

听到小风已经脱离了危险，并且伤势没有大碍，大伙纷纷对王瑞卿道谢。

大黄抱拳道："多谢恩公仗义施救，不知小风，啊就是小长风他现在何处？如果方便的话，我们想见一见他，把他接回来，可以吗？"

"这位先生言重了，只是……"王瑞卿略一思忖，说道，"本来小长风也是想回来的，只是他身负枪伤行动不便，又害怕朋友们担心，所以才委托我先来给大家报个信。诸位若不怕路途劳苦，现在就可以随我前去见他。"

听王瑞卿这话的意思，想必他家离栖霞山挺远，从他风尘仆仆的样子也可以看出一二。大黄把林逸飞等人叫到一个角落，低声说道："别管这人说的是真是假，既然有了小风的消息，那就是好事，就算是龙潭虎穴，咱也要闯一闯。一会儿我和黑子跟这个人去见小风，你们在家里等消息。"

林逸飞急了："不行，我也要去，这几天都快憋死我了，这事是因我而起，我必须去！"

大黄正犹豫着，狗子也蹦起来："凭什么不让我去？小风可是让这个人来找我的，我肯定得去！"

大黄摇摇头，妥协了："行行行，那咱们一起去。你们都带好各自的家伙，路上多长个心眼，这人是个什么货色咱们还不清楚，一切都要见机行事。"

林逸飞告诉老阿福，已经有了小风的消息，他们晚上去见小风。如果这几天老道长过来寻人，请福叔千万帮忙再遮掩一下，就说他们一起到山下游玩去了。老阿福点头应允，叮嘱他们路上注意安全，尽快把小风带回来。

狗子在出发前又去了后堂的密道，回来时给大黄和黑子带来了两支崭新的德国造驳壳枪。狗子还将几个压满子弹的弹匣分给他们，四个人藏好了枪械，一切就绪，只等出发了。

傍晚，下人们从后院牵过来五匹马，却被王瑞卿拒绝了："我看咱们还是不要骑马，这一路上小鬼子盘查得很严，沿途还有不少二鬼子的巡逻队，咱们骑着马容易引起敌人的注意。"

小鬼子？二鬼子？这倒是两个稀罕词，大伙儿都一头雾水。

狗子问："啥意思？"

王瑞卿笑着解释说，小鬼子就是日本兵；二鬼子，就是为日本人卖命的汉奸伪军。

众人恍然大悟。王瑞卿的谨慎也让林逸飞放心了不少，最起码，他觉得这个王瑞卿应该不是小鬼子的人。

离开别院，几个人沿着山路绕开凤霞县城，一路向北朝海边进发。夜里十一点多，他们来到一处布满礁石的海滩。王瑞卿让众人在这里稍作休息，他独自一人急匆匆地离开了。大黄担心王瑞卿要诈，朝黑子使了个眼色，黑子跟了上去。

天气本来就冷，夜里的海风又格外凉，冷飕飕地直往脖子里灌。海边倒是有不少可以避风的大礁石，可林逸飞等人不敢去，礁石后可以避风，可是视线受阻，如果遇到突发情况，他们没办法在第一时间做出反应。林逸飞、狗子和大黄就那么冒着寒风站在海滩上，他们的手都插在怀里，握着枪柄机警地环视着周围……

没过多久，不远处的黑暗里响起了一声呼哨，那是黑子发来让他们过去的信号。几个人快步跑过去，却发现除了黑子和王瑞卿，还多了几个渔民打扮的人。

王瑞卿向几个渔民询问："什么时候可以动身？"

一个渔民回答道："队长，恐怕还得再等会儿，小鬼子的巡逻艇马上就过去了。"

队长？林逸飞瞅了瞅大黄。大黄也听到了，他朝林逸飞眨了一下眼，那意思是不要声张，静观其变。

果然，没过一会儿，海面上传来了突突突的马达声，一艘小炮艇顶着几个大探照灯开了过来。想来，那就是刚才渔民们所说的"小鬼子的巡逻艇"。待到那艘巡逻艇走远，渔民们一挥手，众人朝着一处大礁石跑了过去。原来，那丛礁石后竟藏着一艘带帆的大渔船。

上船的时候，林逸飞看到大黄明显迟疑了一下，他凑过去低声问："咋了？是不是有什么不对劲？"

大黄盯着他看了两眼，欲言又止，又摆摆手："算了算了，上船吧。"

众人登船，随着渔船离岸起航。一向沉稳的大黄似乎显得很紧张，他来到林逸飞的面前，小声叮嘱道："都拿好了家伙，把这几个人盯紧了。"

林逸飞有些诧异："大黄，你是不是发现什么了？"

大黄红着脸叹了一口气，说道："我和黑子是旱鸭子，不会游水，要是这些家伙在海上动了歪心思，我俩恐怕应付不来。"

原来如此，林逸飞轻轻舒了一口气。

海风在耳边嗖嗖刮过，星光下，可见海面上岛屿的轮廓。渔船在海上顺风顺水地跑了一个多小时，王瑞卿指着远处的一座岛屿对大伙说道："前面就是庙岛，咱们马上就到了。"

林逸飞从来没去过庙岛，但他曾经听父亲说起过，那是一座距离凤霞县城不算很远的海岛。天气晴朗能见度好的时候，在凤霞县城的海边就可以看到。那里原来不叫庙岛，很多年前，为了祈福保佑海上过往船只的安全，海商和渔民们集资在岛子上建了一座妈祖庙，岛子也由此而得名。庙岛上居住的大多是当地的渔民，他们常年靠打鱼为生，因为与陆地之间有大海相隔，所以那里很少被战乱祸及，就像一座世外桃源。

帆船靠岸时已经过了夜半，王瑞卿带着众人下船，进了附近的一个渔村。

众人默默地跟在王瑞卿的身后，警惕地观察着沿途的情况。正走在一条黑暗的巷道里，王瑞卿突然兴奋地唤了一声："大黄。"

"咋啦？"大黄警觉地应道。

众人一激灵，却见一条大黄狗从巷道的暗影里冲了出来，亲昵地扑到王瑞卿的怀里。众人都忍不住笑，把大黄搞了个大红脸。

"小哥！"远处的黑暗中传来一声喊，是小风的声音。林逸飞猛地收住脚步，他怔在了那里，眼泪不自觉地流了出来。几个人循着声音飞奔过去，真的是小风，此时他正站在一栋房子的院门口。他们扑了过去，兄弟五个紧紧地拥抱在了一起。

"臭小子，让我好好看看你。"林逸飞打量着小风。他的小风弟弟，依旧神采飞扬，只是脸色有些苍白，一条胳膊还被绷带吊在了脖子上。

林逸飞的鼻子一酸，一把抱住小风："臭小子，我以为再也见不到你了！"

"小长风，外面冷，别着了凉，还是让客人们来家里坐吧。"一个脆脆的声音从小风的身后传来，清脆里还带着些许的羞涩。

大伙这才注意到，小风的身后还站着一个俊俏的女孩子。王瑞卿也上前招呼大家，众人便寒暄着进了渔家小院。

屋子里很暖和，大土炕烧得很热，一对中年夫妇热情地让大伙去炕上坐，然后将一个矮桌放到了炕上，随后端来了饭菜。奔波了大半夜，众人还真有些饿了。中年女人告诉王瑞卿，知道他们会在后半夜回来，所以提前给他们做好了饭，一直在锅里热着呢。

小风此时俨然成了这里的半个主人，亲热地向兄弟们介绍着这家主人。中年男子姓苟，大家可以叫他苟叔，那中年妇女自然就是苟婶了。

苟家还有两个女儿，大女儿叫苟海凤，小女儿就是大伙刚才在院门口见到的那个女孩儿，叫苟海灵，最近就是她一直在照顾小风。渔家人朴实，一般都只唤乳名，大姐苟海凤就被人喊作大凤儿，妹妹苟海灵被人喊作小灵儿。现在大家才知道，王瑞卿是苟叔的姑爷，是苟家大姐苟海凤的丈夫，苟海凤最近一直在凤霞县城照顾生意，所以今天没在家。

大伙给苟叔苟婶道了谢，感谢他们多日来对小风的救助和照顾。林逸飞有些后悔，早知道是这样，来的时候该准备些礼物。

饭菜很简单，却非常美味，地道的渔家炖鱼，满满一大钵子，主食是金灿灿的玉米片片。见众人只是说话没有动筷子，苟叔两口子知道大家还有些拘谨，便让大家快吃饭，吃完饭早些休息，然后便带着小女儿离开了房间。

小灵儿离开的时候似乎很不情愿，临出门时还回头看了小风一眼，嘱咐道："好好休息，早点睡觉，听见了没？"

小风点头应承着："知道了知道了，放心，我一会儿就睡。"

众人看着小风那听话的样子都忍不住笑，没想到向来桀骜不驯的小风，也有如此俯首帖耳的时候。

荀叔他们一走，大伙轻松了许多，纷纷询问小风："快，给我们看看，伤着胳膊了？"

小风满不在乎地说道："没事，一点小伤而已。"他抬起胳膊，扯着挂在脖子上的绷带抱怨道，"其实根本用不着这个，可小灵儿非要我捆着，可别扭死我了。"

王瑞卿在旁边嗔怪道："什么小伤，小鬼子的枪口要是再低一点，你的小命就没了。"接着，王瑞卿告诉大伙，那天晚上小风身上中了两枪，一枪在左肩胛处，一枪在腰部，两处中枪的部位都离重要的器官不远，稍有偏差就一命呜呼了。幸好都是被流弹远距离击中，才没有形成贯穿伤，否则就是不死也只能剩下半条命。他还说，小长风可真是牙口硬，给他取子弹的时候，他愣是一声没吭，真是条汉子。

大伙都对小风竖起了大拇指。小风咧着嘴叫苦道："谁不想吭声？可也忒他妈疼了，我是直接疼昏过去了。"惹得众人忍俊不禁，哈哈大笑。

林逸飞问道："小风，那天晚上到底发生了什么？你是怎么遇见王……王队长的？"林逸飞觉得这样称呼王瑞卿更恰当一些。

"咳，孩子没娘，说来话长，我……"话说了一半，小风突然抓起一把筷子岔开了话题，"小哥，你们先吃饭呀！我已经吃过了，你们吃着，我讲给你们听。"

小风给大伙分了筷子，嘴里不住地称赞："跟你们说，荀婶做饭可好吃了，你们尝尝这鱼，闻着就香，我琢磨着，吃起来肯定更香。"说着，他咽着口水舔了舔嘴唇，一脸的馋相。

狗子戏谑道："别在这些人面前装那可怜，你还琢磨个啥？在岛上住着享清福，恐怕你早就吃够了吧。"

小风一撇嘴，诉苦道："我干吗还装可怜啊，我是真可怜啊！跟你们说句实话，享清福是不假，可这鱼，我也只有闻味的份儿啊。"

"啥？"众人一愣。

小风一脸的委屈，解释道："荀婶和小灵儿说了，我身上有伤，所以不能沾鱼腥。"说完，叹了一口气。

原来如此，众人忍不住又笑了一阵。大伙刚准备开吃，小灵儿却又回来了。她端着一碗汤走得小心翼翼，来到炕边，将碗递到小风的面前，说道："快喝了，不许剩下。"

小风接过来，顺从地喝了一口，抬头苦着脸商量道："灵儿，太烫了，先放一会儿行吗？"见小灵儿没吱声，赶忙又说道，"你放心，我保证全部喝完。"

小灵儿笑着点点头。借着油灯微弱的光，林逸飞发现小灵儿真是个漂亮的姑娘，一条泛着光亮的大麻花辫垂落到腰际，柳叶眉，一双水汪汪的大眼睛含着带娇，小鼻子、小嘴显得秀气，脸上显现出一种粉嫩的铜色，给她增添了几许健康的娇媚。

"小长风，你喝完了就睡觉，别熬夜，行吗？"小灵儿说这话的语气，像是在央求，又像是在哄劝，其间还夹杂着些许撒娇的成分。林逸飞从中品出了很多味道，他扭头看了看大伙，看来大伙和他的感觉差不多，每个人的脸上都是似笑非笑的样子。

小风满口应承："行行行，我和哥哥们说会儿话，你放心，等他们吃完了就睡。"

小灵儿似乎还有些不放心，扯着王瑞卿的衣袖央求道："姐夫，你们快点吃，小长风的身体还没好利索呢，别让他睡得太晚了。"

王瑞卿点头："嗯，你放心，我们吃完饭就让他睡。"

见姐夫答应了，小灵儿这才甩着手走出了房间。王瑞卿瞅了瞅小灵儿的背影，咧着嘴嘿嘿一笑："我这个小姨子，厉害着呢。"

狗子的注意力被那碗汤吸引住了，他探着脑袋瞥了一眼，满脸的求知欲："那是啥？"

小风做痛苦状："还能是啥？鸽子汤呗，天天喝，天天喝，再喝两天我都会飞了。"

众人被小风逗得哈哈大笑。

林逸飞忍住笑说道："你小子本来就会飞，喝了这汤，能让你飞得更高。"

狗子在一旁阴阳怪气地赞叹："啧啧……鸽子汤，我说小风，这……挺贴心啊。"

小风一脸得意，炫耀道："小灵儿对我那绝对是……"小风突然觉察到狗子的语气不对味，红着脸嚷道，"狗子，你啥意思？王队长说了，最近这段时间我归小灵儿管。她得认真负责，我这是服从管理。"

林逸飞也凑起了热闹，戏谑道："小风，要我说啊，你就干脆留在庙岛得了，以后你就彻底归小灵儿管了，行不？"

大伙都掩着嘴笑。

小风的脸已经红到了脖子根："小哥，你怎么也跟着瞎起哄啊。"他扭头瞅了瞅桌子上的饭菜，岔开了话题，"你们还吃不吃了？鱼都凉了。"

众人吃着饭，小风说起了那天晚上的遭遇……

那天夜里与林逸飞和狗子分开后，小风一路喊着跑进了山里。他一边往山上撤，一边时不时地回头放两枪。为了将更多的鬼子吸引过来，便于林逸飞和狗子脱身，小风一路上跑跑停停，吊着后面的小鬼子。

林逸飞和狗子在那棵大树上发现的血迹，还真是小风的。不过，那可不是他自己心甘情愿上树的，是鬼子的大狼狗追了上来，情急之下小风才蹿上了树。小风开枪打死了围在树下狂吠的两条大狼狗，他刚准备跳下树继续跑，却突然感觉左肩受到了一记重击。小风一阵晕眩，从几米高的树上直接栽了下来，幸运的是，他摔到了一条死狗的身上。

小风咬着牙爬起来，跟跄着继续逃命，可刚跑出几步，就觉得一阵胸闷，喘不上气来。他坚持着跑到了一条山沟前，正准备往下跳，随着几声枪响，他的腰上又挨了一枪。那拦腰重锤般的撞击让小风眼前一黑，一头栽到了深沟里，然后就什么都不知道了。

等小风醒过来的时候，他已经在庙岛荀叔家的炕头上了，他睁开眼看到的第一个人，就是小灵儿。

小风讲完，大伙也吃饱了饭。王瑞卿将饭桌直接搬下了炕，几个人耐不住好奇，追问道："王队长，那天到底是怎么回事？您快给我们说说。"

王瑞卿笑了笑，刚想开口，有人"嘭嘭"地敲了敲窗户，一个声音在窗外嗔怪道："你咋还不睡呢？"是小灵儿。

小风紧张地回话："就睡了，刚要睡呢。"说完，他朝众人挥挥手，大家都收住了声音。王瑞卿凑过去吹灭了油灯。

小风对着窗户说道，"睡了睡了，灵儿，明儿见。"

大伙摸黑聚到了炕上，王瑞卿就打开了话匣子……

原来，王瑞卿是中共党员，也是凤霞县抗日武工队队长，这就是大伙叫他王队长的原因。

几天前，王瑞卿接到了滨城上级军分区传来的可靠消息：有一支鬼子的运输大队要经过凤霞县，去给滨城的鬼子据点送一大宗重要的军用物资。王瑞卿和其他几个同志一商量，决定半路设伏，拦劫这批物资。即使劫不了，也不能让这批军用物资顺利到达滨城，实在不行，就全部炸掉。

王瑞卿带着武工队的三十几个人，联合凤霞县和滨城的其他两支武工队，一共一百多人，在鬼子运输队的必经之路雷公山设下埋伏。那里有个三岔路口，鬼子的运输车经过那里时要拐弯，必然会减速，他们的伏击就在那里展开。

武工队选择在那里打伏击，也是考虑到这段路在两个鬼子炮楼的中间位置，是防御的薄弱环节。实施攻击后，即使两个炮楼的鬼子前来增援，也不会那么快到达。只要攻击得力，王瑞卿完全有把握做到速战速决，在鬼子的增援部队到达之前，率领武工队全身而退。

那天夜里，三支武工队按照预先制订的作战计划进入了伏击阵地，万事俱备，只等鬼子的运输车队进入埋伏圈。可到了半夜时，前方突然传来了密集的枪声。王瑞卿百思不得其解，难道还有其他队伍参与了这次袭击行动？这周围的抗日力量他是最清楚的，有组织、有能力的队伍全都在这里，到底出了什么状况？

王瑞卿和其他两个队长一合计，情况有变，伏击任务取消，各武工队火速撤离伏击阵地。撤离的时候，王瑞卿带着他的武工队沿着山路绕行雷公山。可刚进山他就觉得不对劲，雷公山的山坳里竟然又响起了密集的枪声。

此地不宜久留，看来雷公山也成了是非之地。王瑞卿让队员们加快了行军速度，可老天爷像是故意与武工队作对，无论他们如何躲避、绕行，那些枪声却离他们越来越近了，不多时，队员们甚至已经可以听到鬼子巡逻队的狗叫声。

王瑞卿根据枪声和狗叫声判断，他们和鬼子之间只隔着一道山坳了。王瑞卿有些担心，敌我距离太近，队伍随时都有可能被鬼子发现，假如继续按原计划撤退，遭遇了鬼子怎么办？就地隐蔽？可枪声正在迫近……就在王瑞卿犹豫不决的时候，一个踉跄的身影突然出现在了山坳对面的土坡上，随着一阵枪声响起，那个人一头栽进了深深的沟底。

看来，一场恶战不可避免了。王瑞卿让队员们迅速做好战斗准备，他带着一名队员跳下山沟，打算前去一探究竟。可就这么巧，武工队队员们刚展开战斗队形，一大队鬼子就突然出现在了他们的枪口前。战机稍纵即逝，王瑞卿一声令下，长枪短炮一齐开火，鬼子猝不及防，完全被打蒙了，丢下几具尸体后仓皇后撤。

王瑞卿心里清楚，鬼子绝不会就此善罢甘休，马上就会组织反击。于是，他们迅速救起那个落在沟底的人，趁着鬼子慌乱之际，撤离了雷公山。

被他们救起的那个人，就是小风。

小风连夜被送上了庙岛，待他苏醒之后，王瑞卿向他询问了一些情况。当从小风口中得知，那晚袭击鬼子巡逻队和运输车队的只有他们三个人时，王瑞卿哭笑不得。林逸飞、小风和狗子没袭击到鬼子的巡逻队，却阴差阳错地破坏了武工队的伏击计划。

王瑞卿说完了来龙去脉，又说道："我都听小长风说了，你们也是铁了心要打小鬼子。怎么样，有没有兴趣加入我们的队伍，咱们一起干？"

大伙都沉默了。

黑暗中，林逸飞感觉到身边的大黄碰了碰自己的腿。

林逸飞客气地婉拒道："反正都是打鬼子，有机会的话咱们可以合作。这入伙的事儿，以后再说吧。"

林逸飞的想法很简单，他不想依附于任何组织，国军、武工队还有土匪，他都不想加入，他只想随心所欲地打鬼子。入了人家的伙就要守人家的规矩，他可不想受那份束缚。

"就是就是，"狗子附和道，"你们打你们的，我们打我们的，反正都是对付小日本子，不见得非要掺合在一起嘛。"

见自己的提议被谢绝，王瑞卿笑了笑："也行，人各有志，不能强求。我们武工队团结一切抗日力量，既然都是打鬼子，那咱们就是战友、是兄弟。"

"对，"小风咬牙切齿地说道，"该死的小鬼子，走着瞧吧，老子早晚有一天给他杀个干净，让他们断子绝孙灭了种！"

王瑞卿笑着说道："小长风，其实也没必要这么极端，咱们要消灭的只是侵华的日军，也就是咱们说的小鬼子，并不是所有的日本人都该杀。"

"咋？"狗子不服气地嚷道，"照你这么说，这鬼子里还分好鬼子和坏鬼子？我觉得是鬼子就该千刀万剐。"

王瑞卿笑着解释道："这日本人里也有好人，有很多善良的日本老百姓，他们也不喜欢战争。日本军国主义在咱们的国土上烧杀抢掠无恶不作，广大的日本劳动人民也同样生活在水深火热之中，他们痛恨战争，反对侵略。这么跟你们说吧，在国际社会倡导下的'反战同盟'里，就有不少来自日本的同志呢。"

王瑞卿嘴里的这些名词，对于炕上的几个人来说过于新鲜了。一直没吭声的黑子很诧异地问道："你的意思是说，还有鬼子在打鬼子？"

"话不能这么说，这鬼子和日本人……"说到这里，王瑞卿停顿了一下，可能他实在不知道如何能解释得透，"算了，差不多就是这个意思吧。"

那天晚上，他们聊了很久，聊着聊着大伙就睡着了。尽管土炕挺大，但是睡下六条汉子，还是显得有些拥挤。

第十二章　庙岛见闻

第二天上午，灶间传来的声响惊醒了林逸飞。

林逸飞伸着懒腰坐起身，发现身边几个人还在呼呼大睡，唯独小风已经不见了踪影。他穿上外套，下炕后来到了灶间。

苟叔夫妇正在忙活着做饭，苟叔热情地问道："咋不再睡一会儿？"

林逸飞有些腼腆地应道："睡够了。"见老两口忙碌，他寒暄着，"苟叔，有什么活儿要我干吗？"其实他就是客气一下，那些灶台上的活计，这位少爷压根就不会。

苟叔听了直摆手："不用不用，你快去歇着。"

院子里的小风听到了林逸飞的声音，招呼道："小哥，你起来了？"

林逸飞走到院子一看，小风坐在院里一条凳子上，正晒着太阳，对面是低着头的小灵儿。

小灵儿抬起头，羞怯地打了招呼："小哥。"

林逸飞笑着问："哟，都起这么早，你们在说什么呢？"

小风讪笑着应道："我觉得我好得差不多了，你们这也过来了，我正和小灵儿商量，想跟你们一起回去呢。"

小灵儿低着头，好像在生气："不行，你说好了就好了？伤筋动骨还一百天呢，俺得等你好利索了才准你走。"

小风苦着脸说道："一百天，那还不得憋死我啊！"说罢，他晃了晃自己的胳膊，"灵儿，你看，我真没事了。再说了，小哥他们也都来了，他们……"

小灵儿急了，愤愤地打断了小风："俺咋着你了，咋就憋着你了？你还有没有良心？和俺在一起就委屈你了是不？那你走就好了，还问俺干什么！"

小风赶忙求饶："小灵儿你别生气呀，我也没说我委屈啊，我这不是正和你商量嘛，我……"

小灵儿气鼓鼓地站起身："随便你，腿长在你身上，你想走就走，还商量个啥？谁稀罕你在这里。"说完，红着眼圈跑进了屋子。

小风朝林逸飞难为情地笑笑，几步追到房门前，对着小灵儿的背影喊道："灵儿，刚才的话就当我没说，我陪小哥去海边转转，行不？"

小灵儿没有搭理他，倒是苟叔笑着朝小风眨了眨眼："去吧去吧，一会儿饭就好了，早些回家吃饭。"

庙岛的海边很美，暖暖的阳光晒着，通体舒服。伴着舒缓的海浪声，几个渔家女正在小码头边修补渔网，一切都是那样安静祥和。

林逸飞和小风在一处海边大坝石阶上坐下来，林逸飞笑着说道："这个小灵儿对你不错啊，人又长得漂亮，干脆你留着算了。"

小风懒洋洋地应道："小哥，你就别拿我寻开心了，长得漂亮的姑娘多了，我留得过来嘛。"

林逸飞扭头瞥了小风一眼，正色道："我可不是拿你寻开心，我跟你说正经的，小灵儿姑娘真的不错，人家又对你这么好，你就没动心思？"

小风盯着林逸飞看了一会儿，发现他真的不是在开玩笑，望着远处的海面，叹了一口气："小哥，我不瞒你，也不怕你笑话，打从我见小灵儿的第一眼开始，我就喜欢她，后来，越来越喜欢，可光喜欢有什么用啊。"

小风的坦诚让林逸飞有些意外，他疑惑道："什么叫光喜欢有什么用？傻子都能看出来那丫头喜欢你，你也喜欢她，这不挺好的吗？"

小风苦笑着摇摇头，反问道："小哥，咱还打小鬼子不？"

"当然打了，"林逸飞明白小风话里的意思，劝解道，"可这跟你和小灵儿有什么关系？打小鬼子也不能耽误了娶媳妇啊。"

小风笑了笑，平静地说道："小哥，打小鬼子就得死人，那可是把脑袋别在裤腰带上的事，说句不好听的，指不定哪天人就没了。小灵儿是个好丫头，咱不能害了人家。小哥，跟你说实话，我也不舍得走，可我害怕，害怕再这样守几天，我就真的离不开她了。"

小风说得有道理，林逸飞没想到一向天马行空的小风竟会想这么多。小风接着说道："咱身边被小鬼子祸害的人还少吗？不把小鬼子赶出去，谁也别想过上安生日子。我要是能活到赶走小鬼子的那一天，我要做的第一件事就是回庙岛，来娶小灵儿！"

两个人并肩坐在石阶上，林逸飞扶着小风的肩头，刚想开口说点什么，"噗通"，一颗石子落在了他们眼前的海里，溅起一片水花。二人回头一看，狗子正嚼着草梗，傻笑着跑了过来。

三个人一起在海边聊着天。林逸飞突然想起一件事："哎，小风，我那天听你爷爷跟你说话，你们家原来姓冯啊？"

"是，但不是你们说的那个'冯'，我们家姓的是'丰'，就是三个横一个竖那个'丰'，丰收的丰。"小风笑着解释道，"可不是我想瞒着你们，我爷爷也是去年才告诉我的。"

"丰？"林逸飞惊讶地问道，"这个姓可是真少见啊。"

小风得意地说道："少见吧？我爷爷说了，咱们滨城这边几乎没有，但是在我们老家那里就多了去了，有好几个村子的人都姓丰呢。听我爷爷说，天底下姓丰的是一家，只要是姓丰的，那可都是亲戚。"

这个姓氏确实少见，林逸飞不禁想起了一个传说中"如雷贯耳"的大人物。他笑着问道："哎，小风，小时候我经常跟我爸去茶馆听书，那里有个说书的，他总说一个人的段子，说的是京城的一个大盗，叫'鬼影圣手丰穗子'，这个人该不会也是你们家的亲戚吧？"

"对，"狗子也兴奋地嚷道，"老爷经常带我和少爷去听书，我也记得呢，那人可是个绝顶厉害的侠盗啊！"

小风抿嘴笑着，没有答话。

小风的神情让林逸飞一愣，他冷不丁想起当年自己曾偷听到父亲和大妈之间的一段对话，难道……林逸飞拧着眉头问道："不会吧？那……那说的该不会就是你爷爷吧？"

狗子也惊呆了："什么？鬼影圣手丰穗子是……是你爷爷？小风，你可别蒙我！"

"是，"小风笑着应道，笑容里除了得意还多了几分腼腆，"不过我爷爷可没有书里说得那么神乎。我爷爷告诉我，他年轻的时候是干了些大事，可真的没有他们传得那么玄乎。那些说书的都是捕风捉影，屁大的事到了他们嘴里也能变成醒世惊雷。"

"俺的个娘哎，"狗子瞠目结舌地咋呼道，"咱身边竟然还藏着一个劫富济贫的大英雄呢！这次回去，说什么我也得给他老人家磕几个响头！"

林逸飞恍然大悟，难怪老道长隐姓埋名，对自己本来的姓氏讳而不言，原来是这个原因。如此说来，那小风应该叫"小丰"才对啊。

三个人正说得热闹，一个悦耳的声音从身后传来："小哥，回家吃饭了。"回头一看，是小灵儿。

三个人起身朝小灵儿走去，却见小灵儿怒气冲冲地瞪着小风，抬着小手指了过来："你，小长风。"

小风一愣，脸上瞬间换上了一副委屈的表情："我又咋啦？"

小灵儿依旧保持着那副怒容。小风低头一打量自己，坏了，刚才为了舒服，他将手臂从吊带上取了下来，却忘了放回去。小风手忙脚乱地将左胳膊套进了吊带里，一脸讨好地笑道："嘿嘿……刚才不小心，它自己秃噜下来的，不是故意的。"

小灵儿狠狠白了小风一眼，一转身，气鼓鼓地走了。

小风颠颠地追了上去。

这顿饭是在荀家正屋的大饭桌上吃的，满桌都是海鲜。饭前，小灵儿又给小风端来了一碗鸽子汤。荀叔夫妇一如既往地热情，但是林逸飞吃得却有些别扭。俗话说无功不受禄，小风被人家救了，人家就是恩人，可眼下这么几条大汉子，在恩人的家里白吃白喝，换了谁这脸面上也挂不住。

咋办？给钱？林逸飞倒是让狗子带了钱过来，可在这时候给人家钱，既俗，也伤感情；另外，昨晚林逸飞还驳了王瑞卿的面子，当面拒绝了人家邀请他们入伙，这些事着实让林逸飞有些为难。

饭后众人帮忙收拾好餐桌，林逸飞和大黄便叫上其他三个人聚在院子里，他们想商量一下接下来该怎么办。

小灵儿的担心不是没有道理，小风身上的伤还没有好，虽然能动，但坐在船上颠簸一个多小时，又要在山路上跋涉几个小时，身体肯定会吃不消。可是不走也不现实，不说几个大汉子都在人家这里白吃白喝，就说目前这里的情况家里人还不知道，福叔肯定还在担着心呢，而且也不知道长风道长会不会去别院找孙子。于情于理，都该赶紧给家里报个信了。

小风说出自己的意见："我觉得这都不是事，大伙安心住下，没问题。荀叔、荀婶根本没拿咱们当外人，倒是应该给家里报个平安，实在不行就让王队长派个人去，怎么样？"

林逸飞摇了摇头："不行，咱们出门的时候福叔就不放心，出了这么大的事，咱们不回去，让个陌生人回去报平安，他肯定更着急了。"

"就是，"狗子看着小风，说道，"再说了，人家荀叔荀婶是不拿你当外人，可我们还是外人啊。"说着，他朝另几个人坏笑着一眨眼，"是吧？"

众人都憋着笑。小风又臊红了脸："什么乱七八糟的，我听不懂。"

大黄试探着提了个建议："要不，狗子先回去一趟？"

狗子把眼一瞪："什么？我回去，你是怕我不死是吧？自从出了这事，我躲着我爹还来不及呢，你们这是让我回去送死啊。少爷不在身边，我爹他非把我的腿打折了不可，你这不是把我往火坑里推吗？"

大黄苦笑着点点头，又看向黑子。黑子把脸一冷："看我干什么？你在哪儿我就在哪儿，让我回去也成，那你也得回去。"

大伙一时都没了主意。

小风挥了挥手："算了算了，干脆咱们一起走，我这伤也没什么大碍，能跑能跳的，我的腿脚利索着呢。"

王瑞卿这时候乐呵呵地走了过来："都在这儿呢，在开会？"

几个人难为情地笑了笑，都看向林逸飞。林逸飞吞吞吐吐地说道："王队长，我们……我们正商量着什么时候回去呢，这么多人在这里住着，挺麻烦你们的。"

"这有什么麻烦的，"王瑞卿说道，"你们就安心在这里住下，过两天我们的医生就来给小长风换药，到时候看看伤口的恢复情况再做决定也不迟。"

荀婶这时也走了出来，嗔怪道："你们这些孩子啊，我们不拿你们当客，你们咋还把自己当外人了呢。你们在外面帮老百姓打小鬼子，连命都豁出去了，吃婶儿几顿饭那还不是应该的？"她一指隔壁的院子，"不光你们，瑞卿他们武工队的人回来，都是在各家里吃饭呢。"

荀婶的一番话，让大伙更难为情了，尤其是林逸飞，他觉得自己压根就没想过"帮老百姓打小鬼子"，他杀小鬼子，只是想为自己的亲人报仇。不过既然荀婶发了话，自己如果再客套下去，未免显得太矫情了。

王瑞卿劝大家安心留下来，并说当天晚上有几个队员要回陆地，他可以让队员们顺路去栖霞山给福叔报个信。如果还有什么不放心的，林逸飞可以写封信，让队员们给带过去。

大伙聚在一起说话，小灵儿一直躲在门后偷听，当她听说小风还会留下来的时候，松了一口气。这时，小风正好向她看过来，两人的眼神碰在一起。小风嬉笑着朝小灵儿眨了眨眼，小灵儿没好气地白了他一眼，闪身回屋。一回到屋里，小灵儿就绷不住抿着嘴害羞地笑了，带着一丝甜意。

既来之则安之，既然这样，那就留下来吧。可也不能老是闲着，几个人一商量，干脆找个僻静处，练枪去。

整座庙岛其实就是一处凸出海面的陆地，一丛高耸的礁石占了庙岛一半的面积，那座妈祖庙就建在礁石的上面。礁石后的断崖下是一处海滩，由于远离码头，平时渔民们绝少去那里。那里是庙岛上唯一一块相对僻静的区域。

几个人一路朝山后走去，林逸飞在路上不停地向黑子请教关于射击的问题。上次和小鬼子交手，他有太多的感触，自己本事还是太差啊。大伙一路说笑，却没发现身后远远地跟着一个娇俏的身影，小风不经意一回头，看见小灵儿在后面。灵儿见自己被人发现，立马收住了脚步，低着头红着脸，偷眼瞄了瞄小风，娇羞而倔强。

小风笑了，朝小灵儿喊道："你总跟着我们干吗？"

小灵儿红着脸辩解道："谁跟着你们了？这路又不是你们家的。"

真是个嘴硬的小丫头！小风无奈地笑了笑，朝小灵儿一招手："想一起去，就快跑两步。"

小灵儿咬着嘴唇得意地笑了，她小跑几步来到小风的身边，趾高气扬地哼了一声。

来到海滩，黑子自然成了射击教官，大家围在他身边，听他一点一点讲授他的射击经验。黑子着重讲了瞄准和打移动目标，然后手把手地纠正大家的动作。大家按黑子的指导苦练瞄准，尽可能朝着黑子说的"人枪合一"的境界努力，尽量做到眼到枪到，拔枪、瞄准、射击一气呵成。

打移动目标就更难了，这里面大有学问。射击者要根据目标物的移动速度和轨迹设好"提前量"。比如上次林逸飞他们伏击小鬼子的巡逻队，用枪追着小鬼子瞄准，永远也不会击中目标。正确的做法应该是瞄准鬼子的前方，当鬼子进入"准星儿"的前端时果断开枪。这里面也有个天分，对眼神和反应速度要求极高。就拿黑子打山鸡来说，百发百中。原因很简单，熟能生巧，黑子已经摸清了山鸡的习性，能准确无误地预判出山鸡的行走、疾跑和飞起来的全过程，在什么时候瞄什么位置，他熟门熟路。

在黑子的指点下，三个人慢慢有了心得体会，开始迈进了门槛，枪法进步神速。尤其是小风，他左肩有伤，干脆就练起了右手，没多久，他右手的枪法也很精准了。

黑子又突发奇想，让人找来了一条小舢板，他让林逸飞他们几个试着射击小船桅杆上的三角旗。那天的风浪很大，小船在海面上飘摇不定，射击的难度可想而知。

枪声吸引来不少渔民，有几个在岛上的武工队队员也跑过来围观。大伙聚在他们身后啧啧称奇，满眼的艳羡。坐在一边的小灵儿别提有多得意了，她觉得别人夸小长风就是夸她，甚至比夸她自己还得意。

又练了一会儿，几个人坐在海滩上休息，那群渔民和武工队队员也围了上来，他们拘谨地摸着林逸飞等人的驳壳枪，爱不释手。也难怪他们眼馋，林逸飞他们用的可都是正宗的德国毛瑟枪。那些队员手里的武器可就差远了，有的是改装过的鸟铳，有的是老旧的单发步枪，与林逸飞这几个人的家伙一比，哪方面都不在一个层次上。林逸飞看着心里不禁有些疑虑，就凭这些破玩意儿也能打死小鬼子？

林逸飞心里慢慢有了一些傲气，他看着那几位带着枪的武工队队员，热情地邀请道："怎么样？你们也来几枪，让我们几个也开开眼。"话语很诚恳，但还是能听出几分挑衅的味道。

一个黑壮的小伙子红着脸应道："俺们的枪不行，打不了那么远。"

林逸飞看了看小伙子手里的步枪，又看了看还在海里飘摇的小舢板，他觉得有些纳闷。林逸飞虽然不太懂枪，可步枪的射程比手枪要远，这一点他还是知道的，那小伙子竟说他的步枪打不了这么远。此时，那条小舢板距离他们也不过五十米左右。

狗子戏谑道："是枪不行，还是枪法不行？"

小伙子羞涩地笑着，解释道："是枪不行，太远了，就打不准了。"

还有这种事？林逸飞等人都看向黑子。黑子扭头看了看那小伙子手里的枪，问道："你那是杆'老套筒'吧？"

"嗯。"小伙子腼腆地点点头。

林逸飞好奇地问道："黑子，'老套筒'是啥意思？"

黑子解释道："老套筒就是咱们汉阳兵工厂在大清朝那会儿仿造德国'八八式步枪'生产的第一代快枪。由于这种步枪的枪管材质不佳，经常在射击时出现炸膛的现象，兵工厂在后期改造的过程中，在原枪管外又套加了一层钢管，所以叫做老套筒。"

众人啧啧称奇。

狗子惊叹道："乖乖，大清朝？那……那这枪的岁数比我爹都大。"

黑子点头说道："还真让你给说对了，若论辈分，你用过的那支毛瑟步枪，还真得管这枪叫爹。"

大黄一拍黑子的肩膀，笑着说道："你不能这么算啊！"说着，他一指不远处一名武工队队员背上的鸟铳说道，"瞧见那杆老火铳没有？大明朝那会儿就有了，算老祖宗不？你还得让狗子过去磕头啊。"

众人哈哈大笑。

黑子说道："老套筒子，老是老了点儿，不过这枪我用过，要论射程和准度，没什么大问题。如果打不准，那可能是枪没调校好。"说着，他朝那个小伙子一招手，商量道，"兄弟，能把你的枪给我看看吗？"

黑壮小伙子一愣，周围几个武工队队员怂恿道："铁蛋，难得遇见个明白人，让人家帮着给看看。"

铁蛋那黑黑壮壮的身材，长得跟他的名字一样结实。铁蛋把枪交给黑子。黑子端着枪打量了一番，又瞄向了天空，嘴里念叨着："还不错，标尺和准星都没有问题。"说着，他用枪瞄准了小舢板上的旗子，一勾扳机，就打出一枪。

枪响之后，黑子傻眼了，怎么可能？竟然没打中！黑子还杵在那里发愣，铁蛋发疯一样冲了过去，一把抢回了自己的枪，高声叫道："你干啥呢？你干啥呀你？你混哪，你干啥打俺的子弹！"

黑子一头雾水，窘迫地解释道："我就是想试一下，我想……"

铁蛋不依不饶地吼道："你想啥啊，你试一下就得打俺的子弹啊！"

大黄哪儿能容得自己的兄弟吃亏，他冲上去挡在黑子的身前，一伸手推了铁蛋一个趔趄，厉声说道："什么毛病！我警告你，有话好好说。"

事发突然，林逸飞等人这才反应过来，于是赶紧上前劝架，几个武工队队员也把铁蛋拉到了一边。小灵儿和小风也跑了过来。小灵儿红着脸数落："铁蛋，他们都是俺姐夫的客人，你咋好这样呢？"

铁蛋一跺脚，眼泪都出来了："客人咋了，客人就许打俺的子弹啊？俺就这三发子弹，俺还要留着打小鬼子呢。"说完，他委屈地抹着眼泪，一屁股坐在了沙滩上。

直到这时黑子才明白，自己算是闯下大祸了！刚才他的手指头就那么轻轻一勾，就消耗掉了武工队队员铁蛋三分之一的弹药储备。

可子弹已经打出去了，怎么办？狗子赶紧从自己的弹匣里抠出五颗子弹，他上前一搂铁蛋的脖子，将子弹拍到了铁蛋的手里："行了兄弟，拿着。"

铁蛋还在抹眼泪，望着手里的子弹一愣，仔细地数了一遍，然后在衣裳上把每一颗子弹都蹭得干干净净，装进了衣兜。他爬起来拍了拍屁股上的沙子，一扭头，用他那张还带着泪的脸朝狗子一笑："大哥，谢谢了。"

狗子搂住铁蛋，戏谑道："就给三发子弹？你们队长对你可是够抠门儿的。"

旁边的几个武工队队员七嘴八舌地说道："拉倒吧，俺们队长就对他偏心眼儿，自打从雷公山回来，俺们都没有子弹了，就这小子还有子弹。"

铁蛋急了，红着脸嚷道："有一发是俺自己攒的，剩下的两发，是俺跟队长磨了两天他才给俺的。"

一个武工队队员质问道："队长就是偏心眼儿，大伙都没子弹了，他凭啥就给你子弹？"

铁蛋得意地辩解道："凭啥就不能给俺？俺在雷公山还打死两个小鬼子呢！"

又有人说话："俺也打死小鬼子了，队长咋不给俺子弹？再说，黑灯瞎火的，你咋肯定就是你打死的？"

铁蛋涨红着脸正要辩解，狗子摆手打断了这场争论："停，停，"他疑惑道，"你们连子弹都没有，那平时你们不练枪法呀？"

"练呀，我们天天练。"几个武工队队员异口同声地说，"我们只练瞄准，喏，用这个。"说话间，几个人从腰间掏出了各自的物件，递到了狗子的面前。

林逸飞凑过去一看，那些人的手里竟然是弹弓。他不由得一阵心酸，扭头看了看大黄，大黄此时也蹙起了眉头。这些可爱又可敬的人啊，他们的军用物资实在是太匮乏了。

说起来也是，武工队获取军火的途径只有两个：一个是靠缴获，打小鬼子的伏击，抢夺小鬼子的武器弹药。这样做风险很大，每次伏击几乎都有队员受伤甚至牺牲。再一个是靠买，用钱财或者物品，跟凤霞县的伪军们换子弹。但是这种方式很少使用，因为武工队囊中羞涩，没什么值钱的财物；另外，小鬼子对治安军的军火控制也很严。

队员们还告诉林逸飞，武工队每次选择什么时机打鬼子，完全取决于他们手里有多少子弹。很多时候，明明可以打一场漂亮的伏击战，却因为手里的子弹不充裕而无法实施。还有几次，眼看着就要得手了，就因为打光了子弹而不得不草草撤出战场。

就以几天前在雷公山救了小风的那次战斗为例：因为预想是一场打劫鬼子军火车队的大伏击，王瑞卿很期待能"大丰收"，所以他让队员们带上了武工队所有家底。未曾想阴差阳错，一场伏击战变成了遭遇战，虽然武工队打死了几个小鬼子，但却打光了几乎所有子弹，而没有丝毫斩获。所以队员们认为那场战斗是不完美的，是很亏本的。

有个队员感叹道："什么时候俺们也能有这么多子弹，那俺们就天天堵着鬼子的炮楼打。"

旁边一个人附和道："就是，有天晚上俺做了一个梦，梦见咱们又要出去打伏击，队长给咱们每个人发了十好几发子弹。那仗打起来，嘿，别提有多带劲了。"

这些话让林逸飞等人感到震惊，他们知道武工队不富裕，却没想到竟然穷到这种地步。对这些抗日战士来说，子弹太宝贵了，难怪铁蛋会为了一颗在林逸飞眼里无足轻重的子弹要跟黑子顶牛。

众人都沉默了。黑子却想起另一件事，说道："铁蛋，你这把枪不对呀，肯定有问题，能再给我看看吗？"

"还看啊，"铁蛋苦着脸商量道，"给你看看也行，可你……你别再开枪了行不？"

黑子苦笑着点点头，铁蛋这才把枪递了过去。

黑子拉开枪栓看了看，摇了摇头。他又把枪竖起来，对着阳光看了看枪口，然后一声叹息，把枪还给了铁蛋。

大黄问道："咋了？"

黑子苦笑一声："膛线都没了，全磨光了。"

大黄若有所思地点点头。小风好奇地问道："啥没了？咋回事？"

黑子告诉大伙："子弹击发后的命中率高低完全依靠枪管内的膛线。那些螺纹状的膛线就是子弹的跑道。如果一支枪的膛线出现了残缺或磨损，那子弹击发后就势必会出现弹道的偏离。也就是说，即使你瞄得再准，子弹能否击中目标，那也要完全靠运气。铁蛋使用的这支步枪，枪管里的膛线早就磨光了，根本看不到。"众人恍然大悟，难怪连黑子都打不中目标，原来是那把枪有问题。

黑子问道："铁蛋，你就是用这把枪干掉了两个小鬼子？"

铁蛋脖子一梗，神气地应道："那当然！"

黑子扭头看了看大黄，大黄摇着头叹息道："拿着这种家什干活，跟玩儿命没什么区别。"

"你说什么呢？"铁蛋自豪地说道，"俺们才不会跟小鬼子硬拼呢，俺们可以打伏击，先埋伏好，等小鬼子走近了，再狠狠地揍他们。"

黑子问道："你说的这个'走近'，距离大概有多少，五十米？"见铁蛋摇头，黑子又问，"四十米？"铁蛋又摇头，黑子眉头一蹙，"不会是三十米吧？"

蹲在旁边的一个武工队队员应道："差不多，看情况吧，有时候更近，一般也就是二三十米的距离。"

二三十米的伏击，那跟拼刺刀有什么区别？林逸飞等人互相看了一眼，面面相觑。黑子又问道："如果在你们的伏击距离之外，被小鬼子发现了，怎么办？"

铁蛋挠着头，难为情地笑了："跑呗，小鬼子的枪好，能打着俺们，可俺们打不着人家呀！除了跑，还能咋办？总不能傻在那里等死吧。"

周围的几个武工队队员也都笑了起来。望着眼前这群小伙子，林逸飞一阵心酸，又一阵心痛，父亲曾斥巨资为保安团购置了枪械，可他们竟然拿着好枪不办人事，就那么把滨城卖给了日本人，如今，那些汉奸竟然拿着父亲和乡亲们购置的枪械为日本人卖命。再看看眼前的这些武工队队员，他们手里拿着这么破烂的装备，依然在和小鬼子拼命，相比之下，二杠子啊二杠子，你真是羞煞先人哪！

狗子来到武工队队员们的面前，很大方地递上了自己的枪，说道："来，用我的，你们也开两枪。"

几个队员羞涩地搓着手，直往后躲："不行不行，太糟蹋子弹了，不行不行。"

大伙正说着话，远处的海面上出现了一条大船。林逸飞觉得那船上的标志有些古怪：桅杆上挂着一面黑色的大帆，船头还竖着一面黑色的大旗。大黄也看到了，他向周围的人询问："哎，那是条什么船啊？"

几个渔民站起身朝海面上望了几眼，又重新坐下来，轻描淡写地应道："哦，没事，是'海蛎子'他们的船。"

几个人都点点头。林逸飞突然觉得好像哪里不对，顿时紧张了起来："海蛎子，哪个海蛎子？"

几个渔民都笑了，笑得很从容："还有哪个海蛎子，扁担岛的呗。"

海匪！林逸飞霍地拔出手枪，大黄几个也都掏出了各自的枪械，一个个紧张地望向海面，如临大敌。可那些渔民和武工队队员却依旧坐在那里闲谈，根本不像有事的样子。林逸飞不禁愕然："你们……你们不要躲一躲吗？"

渔民们有些莫名其妙："躲？躲谁啊？干吗要躲？"

狗子指了指海面，一脸的焦虑："那可是海蛎子啊！"

几个渔民互相看了两眼，齐声问道："海蛎子咋了？"

"他们是海匪啊！"狗子觉得自己有必要提醒他们一下。

几个渔民众口一声地反问道："海匪咋了？"

这是林逸飞遇到的最淡定的渔民了，面对悍匪竟然如此处乱不惊。他疑惑地问道："你们就不怕他们上岛？"

渔民们的回答让林逸飞一阵恍惚："上岛就上岛呗，怕啥？"

林逸飞很紧张地再次提醒："他们可是海匪！如果上了岛，他们……不会欺负你们？"

渔民们都笑了，而且笑得很得意。坐在一边的小灵儿开了口："就凭他们？他们也得敢哪。"

林逸飞彻底蒙了，那可都是杀人越货的海匪啊，他们还有什么不敢的？

渔民们告诉林逸飞等人，那些海匪也都是苦出身，被逼得没法子才干了这个营生。海匪只是打劫过往的商船，与当地渔民绝少发生龃龉。渔民与海匪彼此间井水不犯河水，倒也相安无事。但要说都在海上谋生，海匪与渔民完全没有冲突也是不可能的。很多年前，偶尔也有海匪祸害渔民的事情发生，但庙岛的渔民也不是好欺负的，小灵儿的爹荀叔就曾经组织渔民对抗过海匪。

那一年，一艘渔船在海上遭遇海匪抢劫，因为反抗，船上的三名渔民被全部杀害。

噩耗传回庙岛，荀叔不顾海面上风高浪急，当即率领岛上的所有渔船出海寻仇。那天傍晚，他们终于发现了一艘海匪船。众渔船分工明确、通力合作，将那艘准备返航的海匪船团团围住。最终他们愣是顶着枪林弹雨，成功顶翻了那艘海匪船，船上的海匪也尽数葬身鱼腹。

事发后，当时的海匪头子亲自驾着一艘小船，登岛赔罪，自此后海匪就再也没敢袭扰渔民。如今岛上又有了武工队，虽然不是常驻，但是毕竟有几条枪在，海匪们就更不敢招惹渔民们了。

偶尔也会有海匪船靠上庙岛的码头，那肯定是扁担岛上没吃的了。由于官府的遏制和打压，有时海匪们无法登陆采购补给，每逢这样的境况，他们就会带着货物或者钱财，来庙岛跟渔民交换粮食和蔬菜。海匪偶尔也有手头紧的时候，渔民们倒也大方，可以给他们记账先赊着，但是下一次交易前必须结清，绝不赊欠第二次，账目结清后方可循环再赊。

所以在渔民们眼里，那些海匪根本算不上什么悍匪，他们只不过是另一群可怜的人，为生活所迫在海面上"乞讨"而已。

林逸飞等人完全听傻了，这些事情是他们之前完全没想到的。渔民们一句"土匪也是人"让大黄和黑子心里很是熨帖——身为响马，他俩觉得这话很公道。

众人回去的时候路过小码头，小灵儿悄悄指了指几个正在往船上搬货物的汉子："喏，那些就是扁担岛的人。"

林逸飞忍不住想笑，海匪混到这种样子，也不容易啊！

第十三章　少爷送礼

午饭后，林逸飞向王瑞卿讨来纸笔，给老阿福写了一封信。在信里，他告诉老阿福：小风已经找到了，安然无恙。几天后他们就会返回，请大家安心。

本来说好下午继续去海边练枪，因为经历了上午的事，大伙都觉得这样确实浪费子弹，就没再去。五个人干脆睡了一觉。

林逸飞睡醒的时候，黑子和狗子还在蒙头大睡，大黄在炕头上把玩着自己的新枪，小风又不见了踪影。林逸飞给大黄递过去一个眼色，两个人蹑手蹑脚地下炕溜出了房间。

两人去了海边散步，林逸飞想起一件事，问道："大黄，你让小风去打探大喜子的消息？"

大黄笑了笑，算作是回答。

林逸飞试探着问道："啥意思？你想……"

"嗯，没错。"大黄点点头，说道，"我就是想宰了他！"

林逸飞有点意外，问道："为什么？"

大黄犹豫了一下，苦笑着搪塞道："不为什么，那是我的私事，反正我就是想宰了他。"见林逸飞想继续追问，大黄笑着止住了他，"兄弟，别问了，以后我会告诉你的，反正我要宰了他，他必须死，而且必须死在我手里。"

既然大黄不想说，那肯定是有理由的。林逸飞这么想，可还是止不住好奇："百岁大哥知道这事吗？"其实他的本意是想问，南山黄旗的势力要远远大于凤凰山，如果罗百岁出手，灭掉大喜子是件很轻松的事；而且南山到处都有"消息"，大黄为什么要让小风去探听大喜子的消息？

大黄听出了林逸飞话外的意思，长出了一口气，说道："国有国法，家有家规，山里自然也有山里的规矩。我说了，那是我的私事，让山里为了我的私事去对付大喜子，这就坏了山里的规矩，也有失道义。所以这事，我必须自己来解决。"

"嗯，"林逸飞点点头，说道，"是你的私事，也就是我的私事，这事得算我一个。"

大黄笑着拍了拍他的肩膀："兄弟，咱们是一条'杆子'上的，我肯定落不下你。"

林逸飞想告诉大黄，其实自己和大喜子也有私仇，大喜子杀了自己未过门儿的媳妇，还有他媳妇的全家。这口气他一直咽不下去，迟早有一天，要报了这仇。

时间平静地又过了一天。

这一天后半夜，宁静的渔村突然传来了一阵狗吠，院子里的大黄狗也不安分了起来。警觉的小风赶紧叫醒了身边的兄弟们。就在这时，院子里传来一阵急促的敲门声。

林逸飞的第一个反应是，肯定是海匪上岛作恶了！他迅速摸出枪，兄弟五人提枪就冲出了房间。来到院子时，王瑞卿已经打开了院门，他盯着门口的人吃惊地问："铁蛋，你们怎么这时候回来了？"

林逸飞也认出来了，没错，是铁蛋。

前天傍晚，铁蛋与其他三名武工队队员一起离岛，去了凤霞县。临行前，王瑞卿把林逸飞的书信委托铁蛋送到栖霞山。可铁蛋怎么在这个时候回来了，而且神色紧张，满头大汗。难道栖霞山出事了？林逸飞的心陡然一紧。

铁蛋走进了院门，兴奋地将肩上的两支步枪取下，直接塞到了王瑞卿的手里："队长，你看这是啥？"

王瑞卿端着那支崭新的毛瑟步枪惊呆了，不停地将枪栓拉得哗哗作响，嘴里惊叹道："好家伙，是快枪，还是新的呢！快说，从哪儿搞到的？"

又有两个武工队队员走进院子，其中一个也背着两支崭新的毛瑟步枪。另一个队员直接把一个棉被包成的大包推到了王瑞卿的怀里："队长，你再瞧瞧这个！"

一看到这床熟悉的棉被，林逸飞就明白了。他扭头瞅了瞅狗子，狗子和小风正龇着牙得意地笑着，朝他伸出了大拇指。

王瑞卿狐疑地看了看那名小队员，抱着棉被转身来到了厢房的门前，进了房门后，他将那条被子小心翼翼地放到了地上。借着屋里油灯的光亮，王瑞卿解开棉被，一挺崭新的"捷克式"轻机枪出现在他的面前。

王瑞卿惊呆了，伸手轻抚着机枪的枪身，好像在抚摸着一匹绝世的锦缎，过了好一会儿才抬起头问道："你们……你们从哪儿搞到的？"

三个武工队队员都看向了林逸飞，满眼尽是羞涩和感激。林逸飞笑了笑，他刚想说几句客套话，王瑞卿却猛地站起身，上前一把抓住林逸飞的手："是……是给我们的？"

林逸飞点点头。一旁的小风也说道："当然是给你们的，这是我小哥送给你们武工队的礼物。"

王瑞卿用力握着林逸飞的手，激动得说不出话来。

这时，有人在门外低声喊道："哎，怎么没人管我了？快来人帮我抬进去啊。"

众人来到院门外，王瑞卿惊愕地盯着地上的四只大箱子，眼珠子都快瞪出来了。

原来，林逸飞在信里告诉福叔，来送信的人就是救了小风的恩人，他们是凤霞县抗日武工队的战士，是打小日本子的队伍，但他们太缺军火了。他让福叔将密道里的一挺机枪和四支毛瑟步枪交给他们，再给他们四箱子弹。

林逸飞既惊诧又心疼：一挺机枪、四支步枪、满满四箱子弹，这是多大的重量！凤霞海岸距离别院山高路远，他以为铁蛋等人会将这些军火开箱后逐次转运，没想到他们竟一次全搬了回来。他们只有四个人，是怎么做到的？

箱子被众人搬进了厢房，王瑞卿和铁蛋将其中一口箱子抬到土炕上。打开箱子，王瑞卿揭去上面覆盖的一层稻草，撕开那层浸着油的牛皮纸，一层闪着金光的子弹在油灯下晃得人们睁不开眼。

这不是做梦吧？王瑞卿默默地抓起一把子弹，放到了炕上，又抓起一把，再放到炕上，再后来，他大吼一声，抓住箱底奋力一掀，将整整一箱子弹倾倒在了炕上。看着那满炕滚落的"金豆子"，他的眼前瞬间变得恍惚起来。

回过神来，王瑞卿用颤抖的手指向门外："去，快去！把他们都给我叫过来！"

"哎！"铁蛋答应一声，一溜烟儿跑了出去。

片刻工夫，屋外响起一阵杂乱的脚步声，一群刚被从睡梦里唤醒的武工队队员陆续进了厢房，不大的厢房里，挤挤挨挨地很快就站满了人。

房间里很静，每一双眼睛都盯着土炕上的子弹，每个人好像都失去了呼吸。一段静默之后，有人怯怯地问："这是……咱……咱的？"

王瑞卿咬着牙，使劲地点点头。

又是一段令人窒息的沉默，渐渐的，房间里有了哭泣声。

林逸飞有些诧异，大伙的激动在他的预料之中，可在他看来不过是举手之劳的赠予，竟然让这群铁汉子掉了眼泪。

有个武工队队员上前抚摸着那挺机枪，哽咽着说道："真是个好家伙，咱们武工队也有自己的机枪了。"

队伍里有人喊道："这下好了，咱们也有机枪了，咱都和滨城的区小队一样啦！"

有人反驳道："区小队算个啥？他们那挺机枪是小鬼子的'歪把子'，那枪原来是坏的，就算修好了，还是经常卡壳当'哑巴'。咱们这是什么？瞧见没，枪管上的大黄油还在呢，全新的。"语气里满是狂喜。

队员们早已按捺不住激动的情绪，七嘴八舌地嚷嚷道："队长，咱还等什么呀，快发子弹吧！"

"是啊队长，俺们这眼都快瞪出血了！"

"对呀对呀，赶紧发吧！"

王瑞卿抹了一把眼角，红着眼圈儿说道："行，不过在发子弹之前，我必须告诉大家这些宝贵的军火是怎么来的，这是栖霞山的几位同志无私赠送给我们的。"说着，他转过身来紧紧握住林逸飞的手，"谢谢林先生大力相助，你这是为抗日打鬼子做了一件大好事，我代表武工队全体队员向您表示感谢！"

队伍里有人提议："队长，咱……咱'呱唧呱唧'吧。"

大家七嘴八舌地响应："这么大的喜事儿，是该'呱唧呱唧'。"

王瑞卿带头鼓起了掌。掌声很热烈，林逸飞有些不好意思，他看了看大黄他们几个，每个人的脸上都挂着笑容。说实话，林逸飞这辈子还是头一次经历这样荣耀的场面。

荀叔、荀婶、小灵儿听到动静，也来到了厢房门口。荀婶说道："这下可好了，你们可要对得起人家林家的小哥，好好打小鬼子。"

王瑞卿吩咐铁蛋："把三箱没开封的子弹封存，把开箱的子弹按每人十颗给大家发下去。"大伙欢呼雀跃，一片欢腾。

铁蛋却红着脸对王瑞卿说道："队长，你以前答应俺的事，这回总该兑现了吧？"

王瑞卿佯装不解地问道："以前？我以前答应过你什么事？"

铁蛋急了："队长，不带你这样的，你上回亲口说的，你说再缴获了好枪就给俺一支，你总不至于不认账吧？"

王瑞卿故作深沉地思忖了一下，疑惑道："还有那回事？我怎么不记得了？再说了，这枪算是缴获的？"

"啊？你……你……"铁蛋的脸憋成了酱紫色。

看他那副样子，王瑞卿忍俊不禁："好好，这回的新枪就奖给你一支。"

铁蛋也不道谢，爬上炕就抓起了一支毛瑟步枪，得意地大叫："哈哈，俺有新家伙啦！"

一个小队员突然从人群里冲了出来，一把抓住铁蛋的胳膊，指着铁蛋肩上的那支老套筒叫道："铁蛋，你可不能说了不认账，上回咱可都说好了，队长也同意了，你要是有了新枪就把你原来的这支给我。你现在拿到新枪了，那……"

铁蛋从肩上取下那支老套筒，直接塞到了小队员的手里："啰唆什么，拿去拿去，这支枪现在是你的了，给俺好好干！"说完，他霸气地一挥手，高声喊道，"集合，都到院子里排队，马上发子弹！"

小灵儿一直守在门外朝屋子里偷窥，她朝铁蛋招了招手，低声召唤道："铁蛋，你过来。"

铁蛋背着新枪，雄赳赳地走到了小灵儿面前："咋了灵儿，啥事儿？"

小灵儿抿嘴笑着，她朝铁蛋身后的新枪瞥了一眼，商量道："把你的枪给俺看看，行不？"

"行，"铁蛋豪爽地答应着，将枪递到了小灵儿的面前，嘴里也不闲着，"瞧见没？还是新枪呢，一枪没放过，一会儿就发新子弹，枪膛里还有油呢，别沾到衣裳上啊。"

小灵儿艳羡地摸着枪，嘴里赞叹道："真棒，这一定是把好枪。"

看着小灵儿摸着枪那爱不释手的样子，林逸飞犹豫了一下，慢慢蹲下了身子。卷起裤角，从小腿处摸出一支短枪。那是藤井的手枪，是日本军官用的小撸子，比他们用的驳壳枪要小巧得多。自从宰了藤井之后，林逸飞就一直将这支手枪绑在小腿上，以备不时之需。如今，他觉得有必要给这支枪找个新主人了。

林逸飞碰了碰小风，不动声色地将那支小撸子递了过去。小风接过枪，一脸茫然地看向林逸飞。林逸飞朝小风眨了眨眼，又朝站在门外的小灵儿努了努嘴。小风顿时明白过来，惊喜地问道："现在？"

林逸飞笑着点点头。

小风冲到门外就攥住了小灵儿的手："灵儿，你来。"

院墙外的一个角落里，小风递上了那支小手枪。小灵儿的眸子一亮，一把将枪抢到了手里。她爱不释手地摩挲着，可过了一会儿，又把枪递还给了小风。小风没有去接，把枪又推了回去："是……是送给你的。"

小灵儿羞红着脸问道："干啥要送给俺这个？"

小风的脸也红了："因为……因为你对我好呗。"

小灵儿又问道："就为这？"

小风吞吞吐吐地回答道："还有……我觉得你能稀罕。"

小灵儿偷偷瞄了他一眼："俺稀罕啥你咋知道？那你知道俺还稀罕啥？"

"我……"小风一咬牙，豁出去了，"我觉得你还稀罕我。"

"哎呀，你，你……"小灵儿的拳头小雨点一样地打了过去，嘴里还不饶人，"你胡说什么呀，谁稀罕你了，谁稀罕你了……"

小风嬉笑躲避着，突然哎哟一声捂着肩膀矮下了身子。小灵儿大惊失色："你怎么了？没事吧？俺不是故意的，俺忘了，俺……"说着话，眼泪都掉出来了。小风这时候却直起身子，坏笑着看着她。

小灵儿一抹眼泪，气得一跺脚："你唬俺，没你这么欺负人的，俺再也不理你了。"

小风大喊冤枉："你打我，还说我欺负人，这还有天理吗？"

小灵儿跺着脚说道："就是你欺负人，你假装人家打在你伤口上，让人家心疼，你……"小灵儿突然意识到，自己好像说错了话。

小风坏笑着凑过去，小声问道："你刚才说啥？你心疼我了？"

一滴眼泪从小灵儿的俏脸上滑落了下来，她嘟着嘴，委屈地点点头："嗯，心疼了，真心疼了。"

笑容僵在了小风的脸上，他没想到小灵儿会回答得这么诚实，他心里酸一阵儿甜一阵儿，不知是什么滋味儿。两个人就这么站了一段时间，小风小声说道："灵儿，明天……明天我教你打枪吧。"

小灵儿破涕为笑，使劲地点头："嗯，说话算数。"

第二天下午，王瑞卿请的大夫上了庙岛。大夫仔细查看了小风的伤势，非常满意。小风的伤口恢复得很好，创口内有新肉长了出来，已经基本愈合了，往后只要稍加调养，又是活蹦乱跳的一条好汉。

众人刚把大夫送到门口，小灵儿就焦急地迎了上来："大夫，他……他的伤怎么样了？"

小风抢着回答道："好了，大夫说了，全好了！"

惊喜的表情只从小灵儿脸上一闪而过，可她只是淡淡地应道："哦，那就好。"在场的人都能看出来，这丫头既希望小风快点痊愈，可又不希望他好得这么快。

天下没有不散的筵席，终究还是要分别的。林逸飞又在岛子上住了两天，一个深夜，来接林逸飞等人出岛的船来了。

跟荀叔、荀婶和武工队队员们道别后，众人随王瑞卿陆续上了船，小码头上留下了一对难舍难分的小恋人。

小灵儿的眼里噙满了泪水："你回去了，还回来不？"

小风点着头："回来，一定回来。"

小灵儿问道："你说，你能惦记着俺爹俺娘不？"

小风又点点头。

小灵儿又问道："那你还惦记着谁？"

小风回答道："王大哥。"

"还有呢？"

小风看了看小灵儿，小声应道："你。"

小灵儿咬着嘴唇问："为啥把俺排在俺姐夫后面？"

"你是第一，俺没好意思说。"小风的声音更小了。

时间不多了，小灵儿问了她最关心的问题："俺娘说，道士不能娶媳妇，是吗？"

"不，不，"小风紧张地解释道，"我就是住在道观里。我爷爷是道士，我不是，我能娶媳妇，真的！"

小灵儿扭头看了一眼那条正在解开缆绳的船，神色无限惆怅："你该走了，别让他们等急了。"

"哎。"小风答应着，却不舍得转身，他眼瞅着小灵儿，一步一挪地朝码头退去。

小灵儿突然喊了一声："等等。"

小风好像一直在等着这声呼唤，他快步跑到小灵儿面前："咋了灵儿？"

小灵儿从怀里掏出一个拴着红线的荷包，踮着脚尖给小风系到了脖子上："这是俺从妈祖娘娘那里给你求的平安符，戴着它，不得病不招灾，妈祖娘娘会保佑你。"话没说完，大颗的眼泪扑簌簌地往下掉。

小风心疼了，他伸手给小灵儿擦着眼泪，声音也哽咽了起来："灵儿不哭，灵儿听话。"

……

晚上是北风，小船顺风顺水地离开了庙岛的小码头。小风站在船尾，不停地朝岸边挥着手。船已经驶出了很远，他好像还能看到小码头上那个娇俏的身影。

王瑞卿站在小风身边劝道："走吧，看不见了，外面风大，咱们去舱里。"

小风叹了一口气，从怀里掏出了平安符，拿到鼻子前闻了闻。真香，他好像闻到了小灵儿身上的味道。

王瑞卿也掏出了自己的平安符，笑着问道："小长风，你知道姑娘家会把平安符送给什么人吗？"

小风笑了笑，他当然知道，庙岛上成了亲的男人都有这样一枚平安符，那可都是新媳妇送给自己男人的。

第十四章　再探雷公山

一路顺风航行，回程很顺利。

借着夜幕靠岸之后，也到了跟王瑞卿道别的时候了。林逸飞掏出自己的驳壳枪，塞到了王瑞卿的手里："我就不叫你王队长了，太生分。既然是兄弟，那我就叫你王哥吧，这个就算我送王哥的临别礼物。"

王瑞卿接过枪，面带愧色地说道："按说，我们已经收了你们那么多贵重的礼物，真不该再拿这支枪了，可是没办法，我们太缺少这样的装备了。"说完，又叹息一声，"真羡慕你们啊，武器这么好，真希望你们能加入我们的队伍。"

林逸飞笑了："我还是那句话，既然都在打鬼子，咱们以后肯定会有合作的机会。"

王瑞卿点点头，俯在林逸飞的耳边叮嘱道："如果以后有事需要联络，可以去……"

归心似箭，一路攀山越岭。赶在天亮前，林逸飞等人顺利回到了栖霞山别院。

见众人安全返回，老阿福赶忙招呼厨子起来做饭，他自己则跑去后堂，跪在老爷、太太们的牌位前："老爷、太太，小少爷平安回来了，道祖保佑啊！"

第二天半晌，大伙陆续起来。一向活泼的小风今天却显得心事重重，他明白，有些事迟早要面对。自己已经好多天没回道观了，听守卫别院的家丁说，最近几天爷爷已经好几次来别院找他，尽管福叔每次都找理由帮他搪塞了过去，但是，死罪可免，活罪难逃啊。没有别的办法，只能求小哥帮忙了。

小风不停地哀求林逸飞："小哥，你可一定要陪我回去。我爷爷那里，可全指望你了，一定要多帮我说好话。"

林逸飞胸有成竹："没问题，到时候你就看我的吧。"

四兄弟陪着小风回了上清观，路上小风似乎还不放心，一路鞠躬作揖："各位哥哥，千万千万替小弟多多美言啊。"

来到上清观的山门前，小风停下了脚步，他闭着眼做了几次深呼吸，然后决然地走了进去。那神情，颇有些慷慨赴死的意思。林逸飞望着小风的样子，想起了《易水歌》里那句"风萧萧兮易水寒，壮士一去兮不复还"，忍不住想笑。

进了道观，众人径直去了大殿，小风规规矩矩地跪在了老道长的面前。

老道爷的愤怒完全在大伙的预料之中："目无尊长的孽障，出外游走数日，竟然音讯全无，成何体统！我若再不管教，只恐来日你变本加厉。来人，把他给我关进后房，先面壁三日。"

后房其实就是上清观后院尽头一间封闭的石室，相传是前辈老道长闭关悟道的所在。道观内谁犯了错就关进去面壁思过，以示惩戒。面壁需要静心，过程与"辟谷"相似，所以是没有饭吃的。那石室里只有一汪清泉，水倒是随便喝。本来身上就有伤，若再饿上三天三夜，那不是要了小风的命嘛。

小风跪在那里，咧着嘴偷偷看了一眼林逸飞。只这一眼，小风就傻了，林逸飞和大黄等人像是商量好了一样，杵在那里看都不看他一眼，眼睛全都盯着道观的房梁。这是见死不救啊！大家还是不是好兄弟了？说好的有难同当呢？商量好的美言几句呢？先别管有没有用，好歹帮忙说几句好话啊。

两个道士已经来到小风身旁，将小风押送出了大殿。

见小风已经走远，林逸飞凑到老道长的跟前，试探着问道："长风老伯，我觉得您今天对小风的惩罚……是不是有些重了？"

其实，老道长心里也在埋怨林逸飞，可他又不好说什么，于是冷着脸说道："我自己的孙子，我是最知道的，要再不狠下心来管教他，以后就更不成体统了。"

林逸飞若有所悟地点点头，又问道："可是……您知道最近几天小风去哪儿了吗？"

老道长没好气地应道："反正他做不出什么好事，不闯下弥天大祸，那就是道祖保佑了。"

"这次恐怕您是真错怪小风了。"说着，林逸飞一抱拳，"老伯，逸飞这里给您老人家道喜了。"

老道长一愣："道喜？我这里会有什么喜？"

林逸飞舒一口气，说道："这次我们兄弟几个下山，是去凤霞拜访我的一位老朋友，他邀请我们去了他老岳丈家里做客。可没想到，我这朋友待字闺中的小姨子对小风是一见钟情，本来小住几日就该回来的，可人家非要留小风在那里多住几天，没办法，我们也只好陪着了。"

"还有这事？"老道长的眼睛一亮，有些坐不住了，催促道，"快快快，你快说说，那姑娘多大了？身世如何？快给我说说。"

林逸飞啧啧夸赞："那姑娘真是漂亮啊，人品也极好，我们几个都觉得没得挑。可人家偏偏就相中了小风，您说稀奇不稀奇？"

"这有什么稀奇的，"老道长一脸的得意，"我家小风虽然混了一点儿，可长得也算一表人才。要我说，那姑娘还真是好眼力。"自家孩子自家夸，老道长按捺不住兴奋，追问道，"再跟我说说，那姑娘家里都有些什么人？"

众人上前，七嘴八舌地说着小灵儿家的情况，又把庙岛的情况一块说了，自然是把好话说尽。

"好好好！"老道爷越听越高兴，脸色也越发红润，一会儿，竟然问道，"哎呀，你们说，这……我是不是也该到人家的府上去一趟啊？"

大黄摆手道："不用不用，道爷，人家了解咱家的情况，您是小风的爷爷，两家人里您年龄最长、辈分最高，又是道门中人，哪儿能让您屈尊呢。我们和她家都说好了，等选个好日子，先让我们的那个朋友来拜访您，要是都觉得合适，就让姑娘的父母也到县城，咱们聚在一起商量一下婚事，这事就结了，不劳您跑一趟。"

狗子也说话了："长风爷，那姑娘您是没见着，啧啧……那真是漂亮着呢。我保证，您见了肯定一百个称心，您老人家就等着抱重孙子吧。"

此时的老道长已是心花怒放，脸上的每一道褶子里都闪耀着喜悦之色："你说那个臭小子，平时那张嘴就没个闲着的时候，有了这么大的喜事，他倒是变哑巴了。"

林逸飞说道："老伯，这倒怨不得小风，遇到这种事，他也害羞啊。再说了，自打他进了这门直到您把他送出去，您也没给他说话的机会啊。"

"嗯，这倒也是。"老道长仔细一寻思，问道，"难道这回……还真是我错怪他了？"

众人附和着点着头，异口同声地回答："道爷，您真是错怪他了。"

狗子靠上去，朝殿门的方向一努嘴："长风爷，您看小风他现在……"

老道长如梦方醒："哦，对对，你们快去把他叫回来，快去快去。"

"得嘞。"众人应声冲出了正殿。

小风被众人从后房的石室中成功解救了出来，一出门他就开始抱怨："你们干吗呀？我以为你们不管我了呢。"

回正殿的路上，林逸飞一边走一边对小风面授机宜。

小风听后愣了："你们怎么把小灵儿的事都说了？那事八字还没一撇儿呢。"

林逸飞拍了小风一巴掌，说道："什么有撇儿没撇儿，咱们先把眼前的难关过了再说，你还想回小石室继续面壁啊。"

小风回头瞥了石室一眼，脑袋摇得像拨浪鼓："不想不想，我可不想。"

"那不就得了。"林逸飞板着脸说道，"那后面的事就听我的，一会儿见了你爷爷，你就这么说……"

一场风波虽然就这样过去了，但却在林逸飞的心里掀起一阵小小的波澜。他很羡慕小风，甚至可以说是嫉妒。小风有爷爷管教和庇佑，林逸飞多希望自己能再听听父亲的教诲，即使是斥责或怒骂他也甘之如饴，可他知道，他永远不可能再拥有那样的幸福。

接下来的几天，兄弟们没有丝毫松懈，每天都到山坳里的小树林去练习枪法。固定目标的射击，他们已经足够精准，黑子开始对他们进行新的训练，着重训练反应速度和应变能力。几个人练得乐此不疲。几天下来，虽不能说弹无虚发，但是双枪齐发，必中目标。

黑子根据驳壳枪的特点，让大家尝试了连发射击。他让大家放弃原有的瞄准和握枪姿势，将枪身改为放倒横握，由此，驳壳枪因后坐力而产生的向上弹跳，就变成了向侧向弹起。如此一来，连发射击后就会形成一串同一水平线的横向弹着点，驳壳枪连发扫射的威力得到了趋于极致的发挥。

一连数日习练，枪法的提升让林逸飞增添了更多信心，他又开始蠢蠢欲动了。

那天夜里，林逸飞试探着问大黄："大黄，你觉得……我们现在的枪法咋样了？"

大黄给了他一个很肯定的答复："嗯，还不错，我估摸着也算是高手了吧。"

大黄的赞誉让林逸飞有些沾沾自喜，他咧嘴一笑："狗子的枪法也可以吧？小风就更不用说了。"这是句实话，小风有灵性，胆大心细，反应又快，双枪在手，在疾跑中速射突然出现的目标，连"枪神"黑子都自叹不如。

见大黄默不作声，林逸飞继续商量道："大黄，咱们是不是该干点什么了？"

林逸飞的心思大黄怎会不明白，他笑道："咋啦，又憋不住了？"

林逸飞难为情地笑了笑："这哪能光练啊，也该拉出去溜溜了。"

大黄思忖了一下，点头应道："行，明天上午，咱们再好好合计合计。"

第二天上午，五兄弟又来到了小树林，练了一会儿，便聚到了一棵树下稍作休息。林逸飞抱起葫芦喝了一口水，用腿碰了碰大黄，提醒道："哎，你说？"

"说啥？啥事？"大伙都看向大黄。

大黄笑了笑，说道："昨晚咱们逸飞少爷找我商量，说咱练了这么久，是不是该出去找几个活靶子露两手了。当时我没答应，可也没反对，既然咱们五个如今是'一条绺子'，我想听听你们的意见。"

"我同意！"小风举起手，第一个蹦了起来，"我觉得咱们早就该……"

"得得得，"大黄打断了小风的亢奋，挥手示意他蹲回去，"瞧你那嘚瑟样儿，咱们是举手表决，别说些没用的，同意下山的举手。"

狗子一口吐掉了嘴里的草梗，急火火地举起了手。林逸飞、小风也举起了手。几个人都朝黑子看过去，黑子笑了笑，也将手举了起来。

小风嬉笑着问道："大黄哥，就差你了，你咋不举手呢？"

大黄笑着应道："咱们一共五个人，四个人都同意下山，也不差我这一票了。那咱们就定了，下山。不过，什么时候动手，在哪里动手，咱们还得再合计合计。这次咱们一定要计划好，不能再出现上次的闪失。"

林逸飞信心满满地说道："这个我想好了，还是雷公山，还打小鬼子的那支巡逻队。"

黑子提出了反对意见："我不同意，上次你们已经搞过一次，小鬼子肯定加强了戒备，咱们很难在那里得手。"

"不对，不对，我觉得小哥的这个想法靠谱。"小风认真地给大伙作了分析，"我知道小哥是咋想的，你们看，上次我们在雷公山袭击了小鬼子，小鬼子绝对想不到咱们还敢在同一个地方再打他一次伏击，这就叫出其不意。上回小鬼子在雷公山追我，结果吃了大亏，这就是'一朝被蛇咬，十年怕井绳'啊。所以，即使咱们这次还不能得手，撤退的时候小鬼子也不敢冒险追击，咱们完全可以全身而退。"说完后朝林逸飞得意地一眨眼,"是吧,小哥。"

林逸飞竖着大拇指朝小风咧嘴一笑。

几个人沉默了半晌,大黄一拍大腿:"行,就这么干,咱们再商量一下,啥时候动手。"

狗子在一旁早就坐不住了:"还等啥,黄花菜都凉了,找日子不如撞日子,咱今晚就干。"

几个人又商量了一会儿,有了上次的经验教训,这次必须重新选择伏击位置,做好一切准备工作,务必做到一击即中。

林逸飞苦笑着说道:"我算是知道了,一个好的伏击位置是多么重要,上次咱们竟然只找了几根枯草挡子弹,那简直就是找死,到现在想想我都后怕。"

兵贵神速,他们决定吃过午饭就出发,前往雷公山。

午饭的时候,福叔吃完饭先离开了饭堂。见福叔走远,小风小声问道:"晚上打小鬼子,咱们是不是带上那挺机枪啊?"

狗子眼里的贼光一闪,附和道:"对对,我觉得应该带上,那家伙打起来更痛快。"

林逸飞和大黄对视了一眼,不约而同地看向了黑子——在枪械方面,他可是专家。黑子摇了摇头:"不行,要说伏击的话,机枪的杀伤力、持续火力、射程和精准度肯定比手枪要好得多,但是咱们的伏击距离是在百米之内,用的又是二十响连发的盒子炮,它的实用效果不会比机枪差。况且,咱们得考虑各种意想不到的突发状况,机枪太重,撤退的时候就成了累赘。万一遇到麻烦,咱们极有可能要在树林里与鬼子缠斗,那机枪就很不方便了。"

黑子这么一说,众人纷纷点头称是。

午饭后,大伙都聚到了林逸飞的房里,检查各自的枪械,十支乌黑锃亮的驳壳枪放在一起,真是威风极了。大伙收拾妥当,狗子去后院马厩牵来了马。小风提着一个小包袱跑了出来,大黄瞄着那个包袱,问道:"你抱着啥呢?"

小风嘿嘿一笑:"我寻思着晚上不能回来吃饭了,怕你们饿,刚好后厨锅里煮着地瓜和山芋,我就带了一些。"

大黄上前拍了一下小风的后脑勺:"你小子,走哪儿都忘不了吃。"

小风还在傻笑着,黑子却冷着脸说道:"不行,这个不能带,快送回去。"

"咋了,为啥不能带?"小风问道。

大黄也帮小风说话了："让他带着吧，晚上如果饿了，大伙也都能吃点儿。"

"真的不能带，"黑子解释道，"咱们是去打伏击，要尽量减少携带的装备。再说了，咱们干活得利索点，不能给鬼子留下络嗦儿。"（络嗦儿是响马黑话，意为把柄或者麻烦，这里指证物、线索）

大黄点点头，转头对小风说道："黑子说得有道理，听他的，这些东西就别带了。"

小风很不情愿地将包袱又送了回去。

万事俱备，上马启程，五匹骏马卷起一阵尘土，五条好汉直奔雷公山而去。

轻车熟路，林逸飞等人很快就赶到了雷公山下，远远地已经可以看到山顶的那座破庙了。小风在前面引路，又来到了上回拴马的那个山坳。大伙下了马，准备徒步进入雷公山。小风在侧身下马的时候，一块地瓜从他的怀里掉了出来。

大黄取笑道："你小子，不让你带，你怎么还是带来了？"

小风挠着头，难为情地笑了笑："我就带了两个。"

林逸飞觉得这不是一件开玩笑的事情，冷着脸斥责道："小风，你是怎么回事？黑子不是已经警告过你了吗？"

小风挨了训，红着脸低下了头。大黄上前劝道："算了算了，小孩子任性，下回他不会了。"

"这根本就不是任性的事，"林逸飞不依不饶地说道，"咱们是干什么来的？咱们干的是掉脑袋的大事，这关系到每个人的安危，怎么能如此儿戏。"

见林逸飞动了真气，大黄也收起了脸上的笑容，为难地瞅了瞅小风。小风苦着脸求饶道："小哥，你别生气了，我知道错了，真知道错了，下回绝对不敢了。"

林逸飞认真说道："没有下回，如果再有这样自作主张的事情，我们就开除你。"

黑子上前劝说道："好了好了，小风知道错了，这次就算了。"

林逸飞瞅了瞅小风手里的地瓜，质问道："你还抱着它干什么？"

小风一愣："哦哦哦，我……我现在就吃了。"说着，就把地瓜往嘴里塞，一边狼吞虎咽，一边朝远处扔地瓜皮。那滑稽的样子把林逸飞逗笑了，大伙也都松了一口气。

待小风吃完地瓜，大黄从腰里抽出了枪，低声命令道："不要走得太快，注意观察身边的情况，搜索前进。"

大伙都紧张起来，纷纷掏出枪，迅速进入临战状态。

小风在前面引路，大黄跟在他身后，林逸飞居中，然后是黑子，狗子给队伍断后，一行人猫着腰向雷公山进发了。刚走了几步，林逸飞只觉得脚下一滑，一屁股摔在了地上。这一跤猝不及防，摔得够狠。林逸飞刚想骂，只听"扑棱"一声，他身边那棵大树的树干上飞溅起一片碎渣。

林逸飞还坐在地上发蒙，却听黑子低吼一声："趴下！"话音未落，黑子已经抓起了林逸飞的衣领子，奋力一拽，两人重重地仆倒在一棵树后。

惊魂未定，林逸飞紧张地问道："咋了黑子？"

不远处的大黄也问道："黑子，出什么事了？"

黑子淡定地说了一句让大伙都无法淡定的话："都给我趴好了，有人打黑枪。"

原来，就在林逸飞滑倒的瞬间，有人朝他开了枪。林逸飞是被小风随手扔出去的一块地瓜皮滑倒的，跟在林逸飞身后的黑子看了个真切。子弹击中了林逸飞身边的树干，从弹着点判断，如果不是林逸飞脚下的那一滑，那颗子弹必定正中他的脑袋。

大黄就躲在距离林逸飞和黑子不远的一棵树后，他朝这边问道："从哪儿打的黑枪？能看到吗？"

黑子从树后望向了对面的山坡："听枪声距离很远，我正瞄……"

又一声枪响打断了黑子的话。好家伙，这一枪就打在黑子身前的树干上，几乎是擦着黑子的鼻子飞了过去，飞溅的树皮碎屑迷住了黑子的眼睛。

黑子被惊出了一身冷汗，他躲在树后抹着眼睛骂道："他大爷的，今天咱们遇到的不是小鬼子，咱是遇见鬼了！"

林逸飞趴在黑子的身边，刚才那一枪他真真切切地感受到了：枪法精准！虽然对方身份不明，但绝对是个超级精准的射手。大黄那边还不明就里，他扯着嗓子问道："咋了黑子，没事吧？"

黑子斜眼向外瞅了瞅，这回他连脸都不敢露出来了："大家都藏好了，从枪声判断，打黑枪的孙子离咱们至少几百米，这么远的距离能打这么准，这孙子根本不是人。"

黑子本身就是神枪手，如果他说不可能，那就真的不可能了。大黄也在那边骂开了："敢打老子的黑枪，他妈的！就算他是牛头马面，老子今天也要把他从阴曹地府里揪出来！"

就在这时，黑子一声惊呼："看见了，我看见了！"

大黄急急地问道："在哪儿？"

黑子回话："对面山坡上，刚才我看见日头的亮儿，有人在那里用望远筒子瞭咱们呢。"说完，黑子再次警告大伙，"千万别露头，贴着树看，就在咱们对面，瞧见没有？对面山腰，那里有三棵并排的大树，就在树下。"

大黄吼了一嗓子："黑子，能弄死他不？"

黑子叹一声："太他妈远了，连人都看不见，弄个屁啊。"

大伙一时都没了主意，总不能光趴在这里给人家当靶子吧？小风这时低声喊了一句："你们在这儿等着，我从后山绕过去。"说着，将枪掖在了腰里，然后趴在地上一点一点地向后方挪去。

"先别动！"黑子喊了一声，小风僵在地上看了过来。

只见黑子用一根树枝缠上了自己的布腰带，慢慢从树后伸了出去。"砰"，又是一声枪响，布腰带被子弹一击而中，与此同时，黑子一声低吼："跑！"小风迅速转身，连滚带爬向树林深处蹿去。

"等等，我和你一起去。"大黄说着就要起身跟过去。

"砰"！又是一声枪响，大黄身前的树干溅起了一片碎木屑。大黄蜷缩在树后，抚着一头的碎木屑高声叫骂："奶奶的，让老子抓着，非捏碎了这杂种！"

这到底是个什么人，枪法好得太离谱了！

这样过了十多分钟，就在大伙一筹莫展的时候，对面山坡上竟然响起了一声呼哨。林逸飞等人全都愣了，这怎么可能？又一声呼哨响起来，大伙按捺不住地狂喜，是小风，那小子得手了。

林逸飞有点纳闷，自己没再听见枪响啊，小风是怎么得手的？他觉得很蹊跷。

话说小风连滚带爬地蹿进了树林，起身后就是一阵狂奔。他的脚力出奇的好，又有轻功在身，掠着地皮施展"草上飞"，只消半袋烟的工夫就绕到了后山。他先爬上一棵大树，观察了一下周围环境。此时，他距黑子指示的那三棵并排的大树，已经不远了。

从树上下来后，小风朝着那三棵大树的方向就蹿了过去，可是刚蹿出几步，他就猛地收住了脚，一个怪物突然出现在他的面前，小风瞠目结舌地僵在了原地。如此近距离的遭遇，那怪物显然也被吓了一跳，也愣在当场。

在距离小风三米左右的地方，有个长着一堆"树叶儿"的怪物。那怪物除了眼珠子和手里的步枪，全身都长满了树叶子。那怪物此刻的表情犹如小风的翻版，同样的瞠目结舌。近在咫尺的狭路相逢，两个人都愣住了。

胜利的天平无疑倾向于那堆"树叶儿"——人家有枪！小风虽也有枪，可刚才为了更快、更自如地奔跑，他关闭了手枪的保险，而且还掖在了腰后。

"树叶儿"在惊恐的一愣之后，猛地抬起了手里的步枪。

电光石火之间，只见小风一矮身子，左臂奋力一抖，噌！那堆"树叶儿"端着枪，身形瞬间被定格，几秒钟后，悄无声息地软倒在地。一柄柳叶飞刀深深地扎进了他的喉咙，血顺着刀柄汩汩地流出来。

一刀封喉！连小风自己都不敢相信眼前的一切竟然是真的。刚才的出刀，完全是他出于本能的反应，常年藏在袖子里的柳叶飞刀，在关键时刻救了他一命。

小风拔出枪，仰倒在地上，在他确定身边没有危险之后，才吹响了呼哨，给林逸飞他们发出了信号。

五个人围着那堆"树叶儿"大叹惊奇，凑上前仔细查看才看明白，那竟是一个日本士兵。他的军衣外面披着一层渔网，渔网上挂着一些浅黄的、浅绿的碎布条，为了与周围的环境更好地融为一体，这家伙还就地取材，将一些枯黄的树叶也挂在了渔网上。有了这样一身伪装，即使人在面前，只要卧倒不动，就很难被发现。

黑子拿起鬼子兵压在身下的步枪，更是惊叹不已："他大爷的，难怪他打得那么准，这孙子把望远筒子装在枪上了。"

大伙聚过去一看，乖乖，可不咋的，这支枪也太神奇了，比鬼子拿的那种普通步枪要长一些，模样也有些怪异，最让人吃惊的就要数装在枪上的那支单筒望远镜了。林逸飞拿起来瞄了一下，好家伙，在镜子里竟然还能看到一个"十"字形的准星。

收拾战利品，那支怪模怪样的枪自然归了黑子。他枪法好，如此一来更是如虎添翼。小风觉得那身渔网有点意思，扯下来抖落了树叶，卷了卷装进了怀里。林逸飞认真地检查着那具尸体，腰带上的子弹盒里还有两匣子弹，每匣五发,他取出来交给了黑子。鬼子腰上有一支手枪,标准的日本"小撸子",和藤井小鬼子的那支一模一样。还有一把精致的匕首,口袋里还有两块点心,应该是压缩饼干。林逸飞将这些物品都交给了狗子,那把精致的匕首则给了小风。

林逸飞又从鬼子内衣口袋里摸出了一本证件,打开后他一声惊呼:"小风,你小子可以啊,是个中尉。"

众人皆一怔,问道:"什么尉?咋了?"

林逸飞兴奋地解释道:"这鬼子叫松本冈正,是个中尉,是鬼子的大官呢。"

大伙惊喜地围着小风,七嘴八舌地夸赞:"啧啧,没看出来啊,小风,有种。"

小风一脸的得意:"这才哪儿到哪儿,下回我宰个鬼子的大帅给你们瞧瞧。官大有屁用,遇上小爷我,也就是一刀的事儿!"

大伙兴奋地谈论着,唯独黑子异常冷静,他背上长枪,然后顺着那个小鬼子的足迹,好像在查找着什么。大伙注意到黑子的举动,纷纷噤声,跟了过去。

黑子在那三棵大树下停住了脚步。大伙伸头看了看,发现树下地面的杂草被压倒了一片,应该就是刚才那小鬼子潜伏的位置。黑子皱着眉头还在寻找着什么,大黄上前问道:"黑子,咋了?"

黑子说道:"这家伙刚才就是在这里朝咱们开的枪,他可能是想变换伏击的位置,结果在转移的路上遇到了小风。"

众人都点头。黑子若有所思地说道:"这家伙是个鬼子大官,可身上就带着十几发子弹,他跑到山里干什么?而且只有他一个人,这……能对吗?"

黑子的话有道理,大伙都警觉了起来。黑子在地上继续搜索,他来到一棵树下,用脚拂去了那里的一片浮土,然后蹲下身子。大伙围过去一看,很明显,这个地方刚被人挖开过,那里已经露出了一层新鲜的泥土。黑子用手刨挖了几下,小坑里露出几张纸和几个烟头。纸是那种包饼干的纸,没什么可疑的,肯定是那鬼子在转移的时候把这些杂物做了掩埋。

黑子起身快步跑向那具鬼子尸体,拨开那人的嘴唇看了看,又抓起那人的两只手仔细地看着,还拿到鼻子底下闻了闻。他猛地站起身,低吼一声:"注意周围,这里还有人!"

大伙一惊,纷纷将枪口对向了周围。可是山里除了风声,什么动静也没有。狗子带着颤音问道:"黑子,咱别一惊一乍的行吗?到底咋了?"

黑子机警地环视着周围,低声说道:"先别问,大家都不要说话,注意警戒,赶快撤退。"

五个人默不作声,迅速撤离了雷公山。上马之前,黑子和大黄割了一些干枯的艾草,上马后黑子点燃了一把,丢到了他们拴马的树下。

一路往回走,大黄和黑子一路丢着点燃的艾草,在准备过河的时候,俩人将手里剩下的艾草全部点燃,扔在了河边。

顺利回到别院,大家都松了一口气。

一进院门,林逸飞就对下人吩咐道:"晚上多炒几道菜,今晚喝酒。"

大壮等几个家丁听到这话,凑过来好奇地问道:"东家,咋了这是,今天要过年啊?"

林逸飞笑道:"哪来那么多屁话,跟着喝酒就是了。"

回到林逸飞的房间,小风问大黄:"大黄哥,你们在路上烧的是什么啊?"

大黄笑着看了看黑子,黑子解释道:"就是些普通的艾草,点着之后味道很大。鬼子这次死了个大官,绝不会善罢甘休,肯定会搜遍雷公山。我担心他们的狼狗寻着咱们的气味,所以就点了艾草。"

狗子恍然大悟:"哦,明白了,狗鼻子就不灵了,是吧?"

大黄笑着说道:"也不是完全不灵,我们点了一路,狼狗讨厌那种味道,闻着那味它们就烦。狗也是有脾气的,闻得久了它们自己就烦了,烦了就不爱干活了呗。"

大伙都笑,黑子作了补充:"山上在'干活儿'的时候,都是这么干的。"

林逸飞想起一件事,问道:"黑子,刚才在雷公山,你干吗那么急催着我们走,是不是发现有什么不对劲的地方?"

黑子摇了摇头:"我觉得那个鬼子绝对不是一个人。我敢肯定,就在那附近,他至少还有一个同伙。"

这个问题林逸飞也想过,毕竟,那么大的官,怎么会孤身一人跑到深山老林子里。

黑子接着说道:"你们都看见了,他埋的东西里有烟头,可是我看了那鬼子的牙,还看了他的手,根本没有烟熏的痕迹,也没有烟味。这就说明,那些烟不是他抽的。在那附近肯定还有和他一起的小鬼子,而且,其中的一个烟瘾很大。"

狗子好奇地问道："那你干吗还让我们走啊，咱们好好找找，肯定能把他找出来。"

黑子苦笑着摇摇头："你以为我不想啊，可是太危险了。你没瞧见那鬼子身上的渔网？只要他不动，他就是趴在咱眼皮子底下咱都看不见。在山上咱们刚找到小风的时候，我根本没发现他脚底下还躺着一个小鬼子。"

大伙纷纷点头称是。

大黄朗声说道："行了，反正咱们已经回来了，那些事就不要再去想了。对了，雷公山咱们暂时也别去了，鬼子死了大官，肯定被气炸了，咱们就不过去凑这个热闹了。"

狗子美滋滋地站起来："今天晚上庆祝庆祝，旗开得胜，首战告捷啊！"

林逸飞盯着狗子，苦笑着问道："得胜是得胜，可……应该不是首战吧？"

狗子红着脸辩解道："上回……上回那不算，上回咱们那是练兵，这次才是'首战'。你们说，是吧？"

"哈哈……"众人笑作一团。

第十五章　烈血飙旗

为了方便庆祝又不让福叔担心，林逸飞让狗子去厨房取来一些饭菜，端到他的房间。他还告诉家丁和下人，晚上除了留守值夜的，其他人都可以喝点酒。

房间里，小风捧起酒坛子，要给众人往碗里添酒，大黄却一把抢过酒坛子："今天晚上怎么敢劳动你呀，你可是咱们的大功臣，来来来，坐下坐下，今天让几个哥哥伺候伺候你。"

小风也不推辞，大大咧咧地坐下来，得意地应道："那咱就不客气啦。"

大家都满了酒，大黄乐呵呵地端起酒碗："来，今天是个喜日子，咱们的逸飞少爷是有大学问的人，就让他先说几句。"

狗子提议道："咱们是不是也学着王队长他们那样，'呱唧呱唧'？"

黑子和小风都表示赞成："对对，我看行。"

几个人掩饰不住喜悦，可又不敢大声，只是象征性地鼓了几下掌。林逸飞端起酒碗，说道："就像刚才大黄说的，今天是咱们的喜日子。这一碗酒就是咱们的庆功酒，咱们给自己庆功，以后杀更多的小鬼子。"

狗子随声附和道："对，杀更多官儿更大的小鬼子。"

大伙都笑，小风在桌子底下踢了狗子一脚："别抢话，小哥还没说完呢。"

林逸飞叹了口气，说道："咱们身边有那么多被鬼子害死的亲人、朋友，今天，就是替他们报仇的开始，不把鬼子杀干净，誓不罢休！"

小风显得格外激动，又鼓起了掌。

林逸飞笑了笑，接着说道："来，小风今天立了大功，咱们对小风表示祝贺，来日方长，也预祝咱们以后立下更大的功劳。"

五个人一碰碗，干掉了碗里的烈酒，大呼过瘾。狗子给大家把酒重新满上。林逸飞敲了敲桌子，严肃地说道："尽管今天小风立了大功，但我还是要说一说他在雷公山犯的错误。大家不要以为我是在小题大做，这绝不是两个地瓜的事，这是战场纪律，关系到每个人的生死存亡。如果以后大家都像他那样，想干啥就干啥，那咱和一盘散沙有什么区别？还不如趁早散伙，都忙活自己的算了。"

大黄也郑重地发表了自己的意见："对，这件事一定要严肃地批评小风，大家也要引以为戒。今后只要是大伙商量好的事，要绝对服从，有意见可以提出来，但绝不允许自作主张。"

小风瞅了瞅其他几个人，哭丧着脸说道："我知道错了，给个机会行不？我保证以后再不敢了。"

黑子端起酒碗打圆场："来，这碗酒咱们祝小风洗心革面，痛改前非。"说着，他在桌子下碰了碰林逸飞的腿，低声劝道，"再说了，今天要不是人家小风丢的那半拉地瓜皮，你的小命恐怕早就……"

听黑子这么一说，林逸飞下意识地摸了摸脑袋，还真有点后怕。

狗子提议道："小风，你快给大伙儿说说，你是怎么收拾了那个小鬼子。"

小风一下子来了精神，眉飞色舞地讲起了他和那个小鬼子遭遇的过程，大伙听得津津有味，到了精彩处齐声叫好。

黑子从身后拿起那支步枪，放到桌子上："你们都瞅瞅，这枪上有啥。"

大伙聚过去一看，发现那支步枪的木制枪托上，密密麻麻地刻着很多竖线，排列相当整齐。大伙看得一头雾水："黑子，那是啥？是什么意思？"

黑子的脸色阴沉了下来："刚才我数了一下，一共四十七条线。这小鬼子是在炫耀他的战功呢，这是四十七条人命！他用这支枪杀了四十七个中国人。"

几个人都沉默了。小风咬牙切齿地骂道："这些畜生，走着瞧，小爷我跟他们死磕到底了，以牙还牙，以眼还眼，要他们血债血偿！"

林逸飞说道："小风说得对，今天小风也算是为这四十七个冤魂报了仇，小鬼子欠咱的血债，咱们要让他们加倍偿还。"

"还剩四十六个，"黑子冷冷地说道："今天，我抹去了一条。以后咱们每杀一个小鬼子，我就抹去一条，等都抹完了，我就在上面刻上咱们自己的战功。"

大黄激动地站了起来："黑子，说得太好了，咱就这么干。来，今天高兴，咱们再来一碗！"

放下了酒碗，小风若有所思地提议道："我说几位哥哥，咱们这回也算是拉起'杆子'来了，我觉得，咱是不是也该有个自己的名号啊？"

小风的建议得到了大家的响应："对对，必须有名号，来个响亮点的。"

黑子说道："咱们一共五个人，那就叫'五魁首'，怎么样？"

众人否决："不好不好，再来一个就叫'六六顺'？这也算个'杆子'名啊？不行不行。"

大黄提议道："要不就叫'决死队'，就是……就是咱们要和鬼子决死到底的意思，咋样？"

又有人反对："不行不行，动不动就死啊活啊的，不吉利。"

狗子来了个干脆的："那就直接叫'杀鬼队'，反正咱们只杀小鬼子。"

小风听了直咧嘴："你这名字也忒不像个样了，怎么跟闹着玩似的，我怎么听都觉得像是我爷爷他们的活儿！"

这个也不行，那个也不好，大伙的眼神又聚到了林逸飞身上。大黄说道："哎，逸飞，你咋没个动静呢？咱五个人里面就数你有学问，你给咱们整个名号呗。"

林逸飞看了看眼前这几个人，伸手蘸着酒，在桌子上写下一个字：飙。四颗脑袋全都聚到了桌子上方，可谁也没看出个所以然来。

大黄问道："这是个啥？"

林逸飞指着那个字念道："你们都看好了，这个字念'biāo'。"

"好！"大黄叫了一声好，咂着嘴说道，"嗯，这名字不错，听着就有那么点意思。"

小风不屑地白了大黄一眼，说道："快拉倒吧，啥就有点意思？我小哥就是写个'屁'你肯定也喊好，你知道这字是啥意思？"

大黄憨笑着挠挠头："我是不知道啥意思，反正我就觉得不错。"说完，他问林逸飞，"哎，给说说，这是啥意思？"

林逸飞故弄玄虚地一笑："你们看看这个字，觉得是啥意思？"

狗子盯着那个字看了一会儿，嘴里念叨着："犬……风……飙？还真瞧不出来。"

小风倒是有学问，嘴里念叨的是："风……狗……"

"啥？"大黄的眼珠子都快瞪出来了，嚷道，"疯狗？咋起这么个名啊，这……这能叫得出口啊！"

"哈哈……"林逸飞笑得不行，指着那个字解释道，"这个字的左边是三个'犬'。大黄，我说句不好听的，你和黑子，还有狗子，当初爹娘为了好养活，都给起了个带狗的名，是吧？右边是一个风，就是咱的小风。这三条'犬'加上一个'风'，就是'飙'。"

大黄点点头，又问道："可这个字到底是个啥意思？"

林逸飞激动了起来："飙，是远古时期一种永远在奔跑的神兽，强壮、彪悍，有掌管风的能力。咱们就要做'飙'，咱们要刮起一阵很大很狂的风，咱们要让这阵风刮得鬼子鸡飞狗跳，永无宁日！"

"太棒了！"几个人齐声叫好，"小鬼子，等着吧，你们的飙爷爷来啦！"

几个人都为新名号亢奋不已。黑子问道："逸飞少爷，这光有我们的，你的名字咋不在里面？"

林逸飞笑了："有你们在前面一路狂飙刮着大风，我就跟在你们后面'飞'啊。"

狗子咂着嘴："少爷，这一个字儿是不是少了点啥？叫起来好像不太对味啊。"

黑子在一旁说道："一个字咋了？只要这个字的意思够味儿，一个字就一个字。"

林逸飞觉得狗子的话有道理，单纯一个"飙"字好像是缺了点什么，他沉思半晌，有了主意："来，狗子说得没错。要不这样，咱南山的'杆子'不是叫'黄旗'吗？那咱就叫'飙旗'，咋样？"

大伙纷纷叫好，都觉得这个名字够味儿，听着也够响亮。大黄一拍桌子，端起酒碗："就这么定了。逸飞，你念书多，学问大，以后你就是咱们'飙旗'的大当家！来，为咱们的新名号，敬大当家的一碗。"

林逸飞也端着碗站起来："我可不是什么大当家，以后咱们五个人要拧成一股绳，有什么事大家商量着来。来，为了咱们的'飙旗'，干了！"

又喝了几碗酒，大伙意犹未尽地回了各自房间休息。

终于有了属于自己的名号，林逸飞对这个名号很满意。躺在大炕上，他翻来覆去地睡不着，满脑子都是今天在雷公山上的事。大黄说得对，鬼子上次在雷公山吃了大亏，这次又在那里死了大官，他们绝对不会善罢甘休，看来雷公山暂时不能去了。可下一仗该在哪里打呢？林逸飞琢磨着。说实话，他心里最想收拾的是姚村炮楼里的鬼子，小春喜的死一直揪着他的心。可是，就凭他们这五个人，袭击炮楼太危险了，可以说没有半点胜算。

林逸飞在炕上正想着心事，突然听到院里有拉动枪栓的声音，有人在高处低吼一声："谁？站住！"

喊话的是正在碉楼上值夜的家丁，看来门口有情况。深更半夜的，什么人会到山里来？难道是……鬼子？林逸飞来不及多想，抓起手枪下了炕。

林逸飞来到院子里时，大黄的房门也开了，大黄和黑子提着枪跑了出来。家丁隔着院门，朝门外喊道："谁？再不说话我就开枪了！"

"兄弟，别开枪，自己人。俺是山下牛肉馆的，到这里找俺们家的黄少爷，俺前几天还来过呢。"

哦，是牛肉馆的店小二，可这么晚了，他跑到山上来干什么？林逸飞朝家丁一摆手，两个家丁搬开了那条粗重的门闩。

院门打开，大黄看着门外的几个人，瞠目结舌地问道："你……你咋来了？"

一个女孩的声音从门外传来："咋了？俺咋就不能来？你说，你还算不算个男人？给不给俺报仇你给句明白话，一句话没留就躲到这里来了，你算什么英雄好汉？"

这话说得可够冲，竟然还是个女的！林逸飞也吃了一惊。

门口站着四个人，最前面的是山下牛肉馆的店小二，后面的两个人比较眼生。这三个人中间的那位，穿着一身男人衣裳，头上戴着一顶棉帽子，可那小脸也太娇嫩了，一看就是个秀气的女孩子。

大黄愣在那里，与那个女孩僵持着。林逸飞偷偷问身边的黑子："哎，这谁啊？"

黑子一脸的幸灾乐祸，捂着嘴窃笑道："大黄的媳妇呗。"

林逸飞又吃了一惊，大黄的媳妇？他啥时候有媳妇了？他竟连自己也不告诉。

大黄杵在门口对那女孩子辩解："我啥时候躲你了！再说，我用得着躲你吗？我也没说不给你报仇啊！让你老老实实在山上等我，你跑出来嘚瑟个啥？"

女孩气呼呼地一指大黄，刚要开口，林逸飞笑着迎了上去："哟，这就是嫂子吧？这大半夜的，外面多冷啊，快快快，咱们进屋里说话。"

嫂子？大黄又蒙了。他扭头愣愣地看了看林逸飞，然后凑到他的耳边，从牙缝里挤出几句话："我的大少爷，你就别跟着添乱了，行不？赶紧的，快帮我把她打发走。"

林逸飞却根本没理大黄那茬儿，殷勤地将女孩迎进了院里。女孩怔怔地看着林逸飞，迟疑着问道："您……您是？"

大黄气呼呼地介绍道："哦，这是我弟弟。哎我说，你是不是……"

林逸飞也不理大黄，走到正堂门口，转身亲热地招呼道："来，嫂子，快请进。你别听我哥的，他就是那么个人，嘴上硬得能啃石头。其实他这几天可想你了，还总跟我们念叨你呢。来来来，咱们屋里说话。"

女孩将信将疑，看了林逸飞一眼，然后低头进了正堂。

林逸飞朝大黄坏坏地一笑，招呼道："大黄哥，你还愣着干啥？快陪嫂子进屋啊。"说完，扭头吩咐几个家丁，"别傻站着了，咋那么没眼力见儿呢，快沏茶，再拿些点心上来。"

大黄并没有跟进正堂，他转头看向还杵在院门口的那两个人，斥责道："你俩脖子上顶的是尿壶啊，怎么把她领这儿来了！"

一个人叫苦道："二当家的，您是不知道啊！自打您下山后，这个姑奶奶找不着您，天天在山上要死要活的。大当家的也是被她闹得实在没办法，这才让我们带着她找您来了。"

另一个也苦着脸补充道："是啊，大当家的说您在凤霞县，我们就带她到了山下的'消息'那儿。本想劝她在山下先住一宿，我们也好偷偷上来给您报个信。可那姑奶奶死活不答应，我们也是被逼得没法子啊。"

大黄不耐烦地挥挥手："行了行了，连个女人都哄不住，还能指望着你们干啥！"

见大黄一直没进屋，林逸飞又跑了回来，劝说道："行了大黄，这人都已经来了，你还说这些有啥用，赶紧进去吧。"说着，他安排家丁给两个南山的兄弟准备住处。

牛肉馆的店小二非要马上下山，林逸飞和大黄也没过多挽留。

送走了店小二，二人朝正堂走去。大黄对林逸飞埋怨道："哎，我说，你哪来那么多瞎话，我啥时候在你眼前念叨她了？"

林逸飞白了大黄一眼："你咋听不出好赖话呢，我那不是跟她客气嘛，你还不领情？这么晚了，你还真让她再回去啊。她能从南山追到这里来，肯定就没打算自己回去。"说话间，两人已经到了正堂门口，林逸飞低声提醒道，"哎，姑娘不错啊，别总板着个脸，热情一点嘛。"

大黄刚想说点什么，林逸飞已经满面春风地进了正堂："嫂子，喝茶。"

这会儿，狗子和老阿福也赶过来，看来狗子已经将来人的情况告诉了老阿福。老阿福一进正堂就眉开眼笑地寒暄道："听说大黄的新媳妇来了，哎呀，喜事喜事，快让我好好瞧瞧。"

可是，当老阿福看清那女孩的样貌时，却一下子愣住了。女孩似乎也认出了老阿福，她放下茶碗赶紧站起身："福叔？是您吗？您……您怎么会在这里？"

福叔竟然和这姑娘认识，屋里其他人都略感吃惊。

福叔激动得嘴唇直哆嗦："这……这不是紫依小姐吗？道祖保佑，你……你没死啊？"

紫依？林逸飞觉得这名字有些耳熟。

紫依猛地扑到了老阿福怀里，叫了一声福叔，便哇哇大哭起来。周围所有人都惊呆了。林逸飞偷偷问身边的大黄："怎么个情况？"

大黄看他一眼，一脸的莫名其妙："我……我哪儿知道。"

福叔抹着眼泪，安慰着怀里的女孩："大小姐，别哭，有话慢慢说。"说着，他牵起姑娘的手来到林逸飞身前，介绍道，"大小姐，这就是我们府上的逸飞少爷。"

林逸飞惊愕地问道："福叔，您……您认识她？"

福叔拍着大腿说道："少爷，这就是宋家的紫依小姐，是你那没过门的媳妇啊！"

"啊？"在场的人彻底傻了。

难道这个漂亮得像仙女的姑娘，就是宋村宋恩万的千金大小姐宋紫依？可林逸飞没过门的媳妇怎么会成了大黄的媳妇？难道宋恩万把自己的宝贝闺女许给了两个婆家？不可能，宋家不可能干这样的事啊。

紫依姑娘抹着眼泪给林逸飞作了个揖："逸飞少爷，俺……俺见过你的照片。"难怪她初次见到林逸飞时，眼神那么怪异。

福叔扶着宋紫依在椅子上坐下来，宋紫依抽泣着，说起了宋府发生的灾变。

出事那天，正是宋府大喜的日子，那天是宋紫依的弟弟六岁的生日。

宋恩万的大太太没有生养，二太太产下宋紫依后，肚子也多年不见动静。

于是，宋恩万便名正言顺地娶了第三房太太。这个三姨太还真争气，进了宋家的第二年就给宋恩万诞下了一个宝贝儿子。宋恩万中年得子，那种喜悦可想而知。老来得子的宋恩万对这个儿子的疼爱，到了无以复加的地步。他给儿子取名"小豆子"，寓意上天所能恩赐的富贵与祥和，会随着小儿子的降生再度降临宋府。可是事与愿违，半年前，小豆子的生母突然得了一场莫名的大病，一夜之间撒手人寰，于是这个没了娘的独苗，更成了宋恩万的心头肉。

宋府唯一的小少爷过生日，那自然马虎不得。大宅内外张灯结彩，全府上下喜气洋洋，从中午就开始大宴宾客，流水宴席一直持续到当天深夜。

宋紫依不喜欢这种太过喧嚣的场合，再说，在胶东农村有个不成文的规矩，待字闺中的大姑娘，不能在这样的场合抛头露面。中午时分，宋紫依陪母亲接待了两桌女客，晚上天刚擦黑，她就去了丫鬟兰子的房中，跟着兰子学做女红。

夜深了，兰子去宋紫依的房间收拾床铺，宋紫依也开始收拾针线，准备回房休息。就在她刚准备离开兰子房间的时候，门外突然枪声大作，叫嚣声四起。宋紫依哪儿见过这阵势，顿时吓得花容失色，软了腿脚。

这时兰子惊慌失措地跑回来，惊声尖叫："小姐，不好了，宅子里进土匪了，快躲起来呀！"说着，拉起宋紫依的手，就把她拽到了土炕下。

原来，兰子的这间房虽然距离大小姐的房间不远，却是宋府的一间老屋，屋里土炕下有一个地窖。老辈的农户用这种地窖储存过冬的食物，比如地瓜、洋芋什么的，新盖的房子，尤其是大户人家的新房，早就不再有这种地窖了。宋府几年前翻新了府宅，唯独这处厢房没有拆了重盖，冥冥之中，留下了这个让宋紫依和丫鬟兰子活命的地窖。

整整一夜，宋紫依和兰子躲在地窖里大气都不敢出。院子里隐约传来男人的叫骂声、女人的惨叫声和孩子的啼哭声，中间还有好几拨土匪来到她们藏匿的这间老屋，翻箱倒柜地搜寻财物。万幸的是，他们都没有发现这个地窖。不知道过了多久，直到外面彻底安静下来，两个人才战战兢兢地爬出地窖。在确定安全之后，她俩牵着手走出了屋子，可院子里的惨状，把她们彻底吓坏了。这里昨天还是一片喜庆，一夜之间，竟变成了人间地狱。

宋紫依掩着脸跑去了母亲的房间，房间里的惨状让宋紫依尖叫一声就昏厥了过去。大炕上，是母亲赤裸的尸身，母亲圆睁着一双绝望的眼睛，早已没了气息；在母亲周围还有几具女人尸身，也都是身无寸缕。

当宋紫依醒来时，身边除了兰子还多了几个好心的邻居。恍惚之间，宋紫依觉得身边的一切都不是真的，一定是自己做了噩梦。可如果不是真的，为什么自己鼻子里满满的都是血腥味？为什么这些人都在抹眼泪？她勉强支撑起羸弱的身体，失神地问道："俺爹呢？"她迫切地想要找到父亲。

父亲是这个家的支柱，是这里的主宰，也是她所有的依靠。

兰子搀扶着宋紫依又回到院子里，此时的院子已经被人整理过，没有起初她看到的那么杂乱了。院子那棵老树下，宋紫依看到一个沾满灰烬的包袱。兰子瞥了那包袱一眼，痛哭失声："那……那里面就是老爷。"

怎么会？父亲的身材虽然算不上魁梧，但那个包袱怎么会装得下父亲？

宋紫依后来才知道，闯进家里来的这伙土匪，是被称为"活阎王"的大喜子。父亲被"活阎王"装进了麻袋，架上木柴浇了煤油，被"烧了猪"……

悲痛欲绝的宋紫依又想起弟弟小豆子。她和弟弟虽是同父异母，但宋紫依太喜欢这个弟弟了。小豆子白白胖胖的，乖巧得很。平日里，只要宋紫依在家，他都会跟在宋紫依的身后，不停地叫着姐姐，每当宋紫依听到弟弟这样叫她，觉得自己的心都要化了。三妈（小豆子的母亲）病逝以后，小豆子就一直跟着二太太（宋紫依的母亲）生活。宋紫依比弟弟大了整整十二岁，她简直把这个弟弟当成是自己的孩子来疼爱。

她惊慌地问周围的人："弟弟，俺弟弟呢？"

兰子躲闪着一双泪眼："大小姐，别找了，咱们还是……"

"不！"宋紫依撕心裂肺地发出一声哭喊："他在哪儿？小豆子在哪儿？"

人们把宋紫依搀扶到了府宅的正院，有人指了指院子中央那口还冒着热气的大锅，便匆忙别过头去。宋紫依来到那口大锅前，只瞅了一眼，就再度昏厥过去……

平日里热热闹闹的宋府大宅，如今除了大小姐宋紫依和丫鬟兰子，全府上下几十口人，全被杀害了！

人事不省的宋紫依被众人抬到邻居家里，她昏迷了很久，虽然有气息，但一直没有醒来。一天夜里，当兰子端着一碗热汤走进小姐的房间打算侍奉她吃点东西的时候，她惊愕地发现小姐不见了。

宋紫依去哪儿了？

这个倔强的丫头要报仇，她要为爹娘、小豆子，还有宋家几十口惨死的人报仇！她要千刀万剐了"活阎王"大喜子！可是，连官府都对大喜子束手无策，她一个手无缚鸡之力的姑娘家怎么报仇啊？

自己不能，那就找帮手，宋紫依想去滨城找公爹林敬轩帮忙。宋紫依知道，公爹林敬轩是个有大本事的人，宋家和林家世代交好，自己又是林敬轩没过门的儿媳妇，他一定会帮自己的。可是她隐约记起，几天前爹无意中说过，她公爹被日本人抓去了。这回小豆子过生日，公爹都没能过来，看来，公爹那边也是自身难保。怎么办？她又想到了另一伙能为她报仇的人——南山黄旗。

宋紫依听人说过，"活阎王"大喜子天不怕地不怕，就怕黄旗的人。南山黄旗个个都是英雄好汉，可是宋紫依不认识黄旗的人，怎么办？宋紫依想了一天，心里暗暗下了决心。

在路上跌跌撞撞地走了一天，第二天夜里，宋紫依终于赶到了南山。她提着一个在路边捡到的破脸盆进山了。她一路走一路敲着破脸盆喊："好汉，我来找南山的好汉，有人吗？你们在哪儿啊？"

在路边树丛中暗伏的几个黄旗岗哨有些纳闷，这黑灯瞎火的，一个疯丫头敲着个破脸盆进山干啥？眼见着那姑娘就要通过暗哨，他们只好现身。就这样，宋紫依被人蒙上眼睛，带进了山里。

被揭去蒙眼布的时候，宋紫依发现自己站在一个乌烟瘴气的大厅里。到处都是酒味和烟味，四周全是凶神恶煞的壮汉。宋紫依不怕，为了报仇，她早就豁出去了。

有人说话了："你个丫头片子，大半夜的闯山寨，活腻歪了！"

那人的问话勾起了宋紫依的伤心事，她哭喊道："俺要报仇，俺要给俺们全家人报仇！"

黄旗大当家罗百岁此时正端坐在聚义堂大殿之上，听了这话大吃一惊。虽然那姑娘只说了一句话，还是哭着喊出来的，但罗百岁听得仔细，这姑娘是本地口音。罗百岁不动声色地瞥了一眼身边的随从，低声问："咋回事？咱们有人下山了？"

那随从也在犯蒙，他转头对宋紫依高声问话："把话说清楚了，你到底是什么人？谁杀了你全家？你能认出来吗？有大当家的给你做主，一会儿你去把人找出来！"

宋紫依狠狠地一抹眼泪，高声回话："俺叫宋紫依，凤霞县宋村的宋恩万是俺爹。俺不知道那些杀俺家人的畜生长啥样，可是俺知道他的名字，他叫大喜子，是凤凰山的活阎王！"

原来这丫头是凤霞县财主宋恩万的闺女。宋恩万这人罗百岁倒是听说过，听这丫头话里的意思，宋恩万已经死于凤凰山大喜子之手。这时，罗百岁安心了许多，还好，不是自己手下弟兄惹的祸。

宋紫依自报家门，也说清了缘由，罗百岁却是一头雾水，他问道："我说姑娘，都说冤有头债有主，那大喜子杀了你全家，他在凤凰山，你咋跑到我们南山上寻仇来了？"

宋紫依盯着罗百岁看了一会儿，怯生生地问道："您……您坐得那么高，那这里您说了算？"

随从不耐烦地说道："你废什么话呀！这是我们大当家的。"

宋紫依扑通一声跪在地上，哭喊道："大当家的，乡亲们都说南山的黄旗最仁义，俺想让大当家的给俺做主，帮俺主持公道，杀了大喜子给俺爹娘和弟弟，给全家的老小报仇！"

罗百岁略一思忖，苦笑着一抱拳："多谢乡亲们抬爱！可是大小姐，咱家虽然是绿林中人，可山里人有山里人的规矩，我们和凤凰山并无恩怨，向来井水不犯河水，所以……对不起了姑娘，这个忙我们恐怕是帮不上啊。"

宋紫依跪在地上，不依不饶地喊道："都说你们黄旗的人是好汉，咋的？连你们也怕了大喜子？俺们没招他没惹他，全家几十口人都死在他手里了，难道这天底下就没个说理的地方吗？"说罢，她"咚咚"地给罗百岁磕了几个响头，哀求道，"大当家的，您就当可怜俺，帮俺出了这口恶气吧！"

罗百岁叹了一口气："姑娘，不是咱黄旗不帮你，那大喜子确实不是个东西，可那毕竟是你的私仇。绿林有绿林的规矩，我们黄旗不便插手，我劝你还是赶快下山，另请高明吧。"

大殿里有人窃窃私语，觉得大当家说得没错。虽然大喜子带着凤凰山的匪众为害乡里，黄旗里很多人早就看他们不顺眼了，但是碍于规矩，确实无法名正言顺地惩治他们。

宋紫依霍地站起了身，到了这种地步，也顾不得什么羞耻了，她把心一横，高声喊道："大当家的，俺要给你做媳妇！"

这一声，惊得所有人都傻了。罗百岁更是差点儿从太师椅上摔下来，他结结巴巴地问道："你……你说啥？"

宋紫依涨红着脸喊道："俺要给你当媳妇。只要你娶了俺，那俺爹就是你老丈人，大喜子他杀了你老丈人，你还敢说他跟你没有冤仇？"

嗯，好像还真是这么个理儿。有人开始掩着嘴笑，罗百岁拍着太师椅的扶手，说道："姑娘，你这……咱老罗几十岁的人了，给你当爹都行，你……你胡说些什么呀。"

宋紫依豁出去了："俺不管，只要你能给俺报了仇，那你就是俺男人。见过俺的人都说俺长得漂亮，俺读过书，识文断字，俺还会绣花，俺……俺还是个黄花闺女，俺配得上你！俺上山的时候就想好了，谁能给俺老宋家报了仇，俺就是他的人，俺给他生娃做饭。他要是有了老婆，那俺就给他做小，当牛做马伺候他一辈子！"

姑娘的一番话说得大伙一时沉默起来，片刻之后，有人开始起哄："大当家的，这丫头够水灵，我看这笔买卖咱赔不了。"

还有人喊："大当家的，大喜子那货就是个杂碎，趁早，把您的喜事和他的丧事一起办了吧，这也算是双喜临门啊。"

更有心急暴躁的，早就按捺不住了："大当家的，快别寻思了，你在山上办你的喜事，兄弟我带几个人下山，提了大喜子的脑袋回来见你，就算兄弟们给你随的份子啦！"

……

罗百岁哭笑不得，就在他左右为难之际，大殿里响起了一个洪亮的声音："这笔买卖我接了！"

竟然有人敢在这时候接话茬儿！宋紫依循声望去，说话的是一个身材魁梧的小伙子。此时，小伙子正面无表情地坐着，用冷漠的眼神上下打量着自己。

大殿里一下子炸了锅，爆起一片喝彩："好，咱二当家的接了'盘子'，要出马啦！"

"二当家的有种，兄弟们可全看你的啦！"

二当家的？宋紫依的心里有了底。这么年轻的后生，能在黄旗坐上第二把交椅，一定是个了不起的人物。她感激地看着那个小伙子，给他作了个揖。

满大殿里最高兴的要数罗百岁了，本来大伙起哄让他有些骑虎难下，如今终于有人给他解了围。罗百岁起身朝二当家的抱了抱拳，如释重负地说道："大黄兄弟，大哥我谢谢你了！人我可就交给你了，你赶紧给我领走。"

大黄也不客气，起身朝着众人一抱拳，上前就牵住了宋紫依柔嫩的小手，在众人的起哄声中昂首出了聚义堂。

大黄把宋紫依带回自己的住处，回身关严了房门。

房间里只剩下一个血气方刚的壮汉和一个正值妙龄的如花女子，宋紫依骤然紧张了起来。说实话，她根本没有做好"入洞房"的准备，可眼下的情形，似乎已经由不得她了。可说来奇怪，大黄似乎并不急于对眼前的美女下手，他给宋紫依倒了一碗茶，自己则泰然地坐到了一张桌子旁。

宋紫依真的渴了，端起那碗茶一饮而尽，然后怯怯地问道："你……你真的能给俺报仇？"见大黄只是笑了笑，宋紫依接着说道，"你放心，俺说话算话，只要你给俺报了仇，那俺就是你的人了。"

大黄笑道："你说话算话，我说话也算话。我们黄旗的人言而有信，答应了别人的事情就一定会做到。我肯定会去给你报仇，不过……"大黄的语调一转，"你应该知道，这是件风险很大的事。大喜子可不是一般的畜生，如果我给你报仇不成，自己反倒搭上了性命，那我这买卖可就赔大了。"

人家的意思已经再明白不过了，这是不见兔子不撒鹰啊！宋紫依知道自己没有讨价还价的余地，她红着脸一咬牙，起身开始解起了衣裳扣子："俺信你，只要你说话算话，只要你是真心想给俺报仇，俺现在就把身子给了你。"

"哈哈……"大黄大笑起来，"傻丫头，行，从现在开始你就是我的人了。穿好衣裳，安心住在这里，等我的消息。"说完，他头也不回地出了房间。

宋紫依独自在屋里坐了一会儿，有人推门进了房间，但不是大黄。来人将端来的饭菜放到桌子上，然后恭敬地招呼道："少奶奶，吃点儿吧，这是二当家的让送来的。"

已经一天多没吃东西了，宋紫依真有些饿了。有人肯替她报仇，她心里也松快了一点。宋紫依吃着饭菜，又想起了那个叫大黄的二当家。这个大黄一点也不像她想象中的土匪，没有一脸横肉、满口黄牙、浑身脏兮兮的臭味……他长得还真是英武好看。说来也怪，宋紫依觉得自己一点也不怕大黄，甚至觉得他很亲切。

难道这就是人家说的缘分？想到这里，宋紫依竟羞红了脸。

可第二天，大黄一整天也没回来。第三天下午，宋紫依听到屋外有人议论，好像说二当家带着人下山了，去了滨城。

宋紫依觉得大黄肯定是给自己报仇去了，于是便安心地留在了南山，只要他能给自己报仇，那自己就跟他好好过日子。她让屋外的守卫帮她找来针线和布料，在屋里做起了女红。如今的宋紫依身无分文，连点嫁妆都没有，她想绣几幅鸳鸯、喜鹊的枕套，就算是自己的嫁妆吧。

又过了三四天，听外面的人说二当家的平安回山了。宋紫依高兴坏了，虽然她只见过大黄一次，但她觉得，大黄已经是自己在这个世上最亲的人了。为了迎接大黄，宋紫依想好好打扮一下自己，可房间里连简单的胭脂水粉都没有。不过这也没什么关系，宋紫依知道自己漂亮，只要洗净了脸，梳梳头，谁家的姑娘也没有自己俊。

二当家的终于回来了。

大黄刚进门，宋紫依就欣喜地迎了上去："你可回来了，大喜子死了吗？"

大黄抱歉地笑了笑，说道："我这几天出去办了些别的事，恐怕你还要在这里再等上几天。"大黄没有说谎，这些天他真的去办了件很重要的事，滨城他的世伯林敬轩被小鬼子害死了，他去滨城处理了一下世伯的后事，又去栖霞山找到了他的兄弟林逸飞。当然，这些事他没有告诉任何人。

宋紫依信得过大黄，既然大黄让她等，那她就等着好了。她坚信，大黄是个有大本事的人，大喜子根本不是他的对手；更何况，大黄还是二当家的。

那天晚上，大黄在房间里坐了很久，他仔细地听宋紫依讲了父母和弟弟以及宋家其他人的惨死。大黄听完红了眼眶，起身时留下了一句话："早点休息吧，你以后……还有我呢。"便离开了房间。

"你以后……还有我呢"，宋紫依觉得这句话真暖心呀。

接下来的几天，大黄一直在山上忙着什么。不过宋紫依有些纳闷，大黄好像总是在躲着自己，到了睡觉的时候也不回来，总是在隔壁那个叫"黑子"的房里。

过了几天，大黄又从山上消失了，宋紫依觉得这回他肯定是去杀大喜子了。她很兴奋，同时也开始为大黄担心，她每天都在心里为大黄祈祷：回来，一定要平安回来。

有一天，宋紫依正在屋里绣花，听到门口有人说："二当家的今晚查岗哨，都把招子放亮点儿。"听到这句话，宋紫依竟然激动得羞红了脸，她在想，一定是大黄回来了。

宋紫依等了一整晚都没有见到人影子，第二天她出门的时候才知道，大黄现在已经不是黄旗二当家的了，现在黄旗二当家的，是一个叫长生的人。

宋紫依慌了，大黄怎么了？他不是二当家了，还能给自己报仇吗？她直接去了南山的聚义堂，要找大当家的罗百岁当面问个究竟。

罗百岁一再解释说，就算大黄不当这个二当家的，他也是黄旗的人，他答应宋紫依的事情就一定会做到。可宋紫依根本听不进去，她质问道："那他人在哪儿，俺要见他。肯定是你们不想让他帮俺报仇，所以才不让他当官了，如果你们不让俺见他，那俺就在这里跟你们没完。"

面对一个动不得、碰不得、骂不得的小丫头，罗百岁实在没辙，万般无奈之下，只好让两个亲信带着宋紫依，一路送她到了凤霞县……

宋紫依流着眼泪说完这些事，起身给林逸飞作了个揖，说道："逸飞少爷，俺知道，俺爹和您家里给咱俩定了亲。按俺们乡下规矩，俺也应该算是你们林家的人了。可如今俺爹不在了，那个婚约也就不作数了。俺答应过大黄，只要他能给俺报仇，那俺就是他的人，所以……俺对不住您了，俺不知道您和大黄认识，真的对不起。"

林逸飞红着眼圈起身回礼："紫依小姐，你别这么说，我完全能理解。没关系，咱们还是一家人，从今往后，你就是我的嫂子了。"

宋紫依的眼泪又流了下来，她深深地一鞠躬："谢谢您！也请您转告一下世伯，俺不能给他做儿媳妇了，希望他能够体谅俺的难处。"

林逸飞想笑一笑，可挤出笑容的同时，也挤出了眼泪："我……我的父母也过世了。"

宋紫依目瞪口呆地望着林逸飞，老阿福叹着气结束了这个令人伤心的话题："好了，大小姐这回也算是到家了。时候不早了，大家都早些歇着，以后的日子还长着呢，有什么话以后再说。"

因为太晚，当夜就没有再收拾房间。黑子去了狗子的房间，大黄和林逸飞挤到了一处，腾出他们原来住的屋子给了宋紫依。

第十六章　血泪往事

躺在土炕上，林逸飞扭头看着大黄，坏笑着质问道："你这个家伙，娶了媳妇也不告诉我，还拿不拿我当兄弟了？"

大黄转过头来反问道："你小子定了亲，不是也没告诉我吗？"

俩人对视了一会儿，都忍不住笑了。真没想到，兄弟二人的媳妇竟会是同一个姑娘，天底下竟有这么巧的事。

林逸飞又问道："你准备杀大喜子，就是为了给宋紫依报仇？"

大黄点点头，又摇了摇头。

林逸飞很不解地问道："啥意思？是还是不是？"

大黄沉思良久，看了看林逸飞，脸上露出苦涩的笑。一番犹豫之后，大黄给林逸飞讲起一个发生在很久以前的故事。

很多年以前，凤霞县一个财主娶亲，新娘子是凤霞县另一个大户人家的千金小姐，与财主家也算是门当户对。媳妇娶进了门，可转眼几年过去，调养的药也吃了，送子的观音也拜了，可始终不见有怀胎的迹象。财主心想，既然这样，那正好再娶一房姨太太。

其实，财主早就盯上了太太的陪嫁丫鬟。财主的太太虽说是个大家闺秀，可相貌却很一般，偏偏她身边的陪嫁丫鬟又标致又水灵。每次财主见了那个丫鬟，心里便痒得如同千百条小虫爬过，若不是太太平时盯得紧，他恐怕早就一亲芳泽了。

那一日，太太又上山进香求子去了，可巧府中有些琐事，便将那丫鬟留在了府中。财主终于逮住这个千载难逢的机会，摸进了丫鬟的房里。那个丫鬟平日里就觉察到财主那色眯眯的眼神，所以尽量躲着，寸步不离地守着太太，不想那日却被财主堵在了屋里。丫鬟拼死反抗，可她哪里是如狼似虎的财主的对手，任她苦苦挣扎哀求，最终还是惨遭霸凌，被财主破了身子。

满足了兽欲的财主威胁丫鬟，如果胆敢声张，让太太知道了这件事，那他就告诉太太是丫鬟主动勾引了他。色诱主家那可是大罪，按律重则沉塘，轻则逐出家门卖入青楼。

生米已成熟饭，一个姑娘家遇到了这种丑事，岂敢声张？丫鬟忍辱偷生，却不想就此被财主抓住了痛处。那财主千方百计地寻找机会，得了机会便胁迫丫鬟一逞淫威，几次下来，丫鬟竟然有了身孕。腹中怀胎，肚子一天天隆起，眼看着纸是包不住火了，丫鬟只好跑到太太那里，哭诉了自己的委屈和受辱的经过。太太也无奈，只好百般劝慰她：这事是家丑，不可外扬，万万不可到处声张，既然已经这样，不如干脆尽早让老爷纳丫鬟为妾。事已至此，丫鬟也只好认命了，想到终究算是有了个名分，心下也稍感安慰。

太太刚进府的时候，风光体面得很，府里上下对她唯命是从，可几年下来，她也没能给夫家生养一儿半女，夫家诸人便开始对她冷言冷语，偶尔还指桑骂槐地说上几句难听的话。如今，太太在府中的地位已今非昔比，本来肚子里就窝着火，没想到丈夫偷人都偷到自己身边来了，还把这个丫鬟弄得有了身孕，这让她颜面何存！

论姿色，太太自然有自知之明。这个小丫鬟生得水灵，又正值妙龄，若真收了这个丫鬟做侧室，在丈夫面前争宠自己定然落了下风。如若再让这个丫鬟将孩子生下来，日后恐怕自己在府中只能沦为一个怨妇。

表面上，太太对丫鬟姐妹相称，亲热有加。安抚住了丫鬟后，背地里她却下了黑手。她用一笔钱买通了家里的一个长工。一天夜里，她将丫鬟骗到了偏僻的后院，让那个早已潜伏在后院的长工暗下杀手，生生勒死了这个丫鬟。太太让长工将丫鬟的尸首背出府外掩埋，然后带上她给的那笔钱远走高飞。

可谁都没有想到，天无绝人之路！就在长工挖好深坑准备埋尸的时候，丫鬟却咳嗽着醒了过来。长工见状大惊失色，一时竟不知所措。丫鬟一看眼前情形，什么都明白过来了，她扑通一声长跪在地，泪水哗哗地流下来。她向长工苦苦哀求，请长工看在她腹中已有胎儿的分儿上，大发慈悲，饶过她，也饶过那个还未出世的孩子。

长工看着眼前这个可怜的丫鬟，动了恻隐之心。想来也是，一个本已咽气的人，如今又还魂醒来，这也是命不该绝，是天意。天命不可违，长工放过了那个苦命的丫鬟，让她赶快逃命，从此不要在凤霞地界露面，否则将会祸及自己。嘱咐完之后，那个长工便逃走了。

丫鬟自幼就被卖入大户人家为奴，连自己的生身父母是谁都不知道，如今举目无亲，也不知道该如何活命。但她听了长工的劝告，连夜奔走离开了凤霞县，两日后，又累又饿的丫鬟昏倒在路旁。说来也是凑巧，当时，一群绿林好汉路经此地，救起了这个命硬的丫鬟。

绿林好汉都是豪爽之人，待丫鬟醒来后就要送她下山，但丫鬟决心已定，一定要留在山上报答好汉们的救命之恩。于是，众人撮合，丫鬟嫁给了山上的响马头子。六个月后，丫鬟诞下了一个白白胖胖的男婴……

林逸飞静静地听完，很快就猜到，那个财主，便是凤霞县的首富宋恩万；那个苦命的丫鬟，便是大黄的母亲；那个响马头子，自然就是黄旗大当家的黄长庚；而那个婴儿，除了大黄，还会是谁呢？

林逸飞惊问道："那长庚大伯他……他知道你不是他的亲生儿子？"

大黄苦笑一声："我爹当然知道，南山上还有几个老兄弟也知道，但是他们只知道我不是我爹亲生的，至于我的亲生父亲是谁，他们却并不知情。"

林逸飞若有所悟地点点头。

大黄接着说道："我爹对我和我娘恩重如山，在我心里，他就是我的亲爹，我也只有他这一个爹。"

其实，黄长庚在遇到大黄的母亲之前，曾经娶过两房夫人，但是不知道什么原因，都没有生养。后来黄长庚下山去拜访一个名医，名医诊治后告诉他，问题出在他自己身上。他没想到，自己英明神武、身怀绝技，竟然患有先天不育症，并且无可救药。黄长庚心灰意冷，回到山上后便休掉了两房夫人，赠予重金，将她们送下了山。

不久后，黄长庚在回山途中邂逅了大黄的母亲。大黄的母亲对黄长庚细说自己的不幸遭遇，乞求他收留自己，黄长庚欣然接受。此后，夫妻二人恩恩爱爱，相敬如宾。

大黄出生后，黄长庚觉得大黄是上天对他的垂怜和恩赐，对大黄疼爱有加，视如己出，将一身武功都传授给了他。大黄十岁那年，染上了一场莫名其妙的大病，险些丧命。大黄病愈后，黄长庚感恩道祖降福，依诺金盆洗手，带着大黄的母亲离开南山，从此过起了隐居的生活。

临行前，大黄的母亲对大黄细说了他的身世，并叮嘱他，凤霞县的宋家没有一个好东西，全是十恶不赦的坏人。她让大黄练好武艺，长大后杀了宋恩万，替自己报当年的受辱之仇。

大黄一直谨记母亲的嘱托，盼望着自己早日长大，为母报仇。但是随着年龄的增长，他开始慢慢有了疑惑，难道真的要杀了宋恩万吗？毕竟，自己的身上流着宋家的血液。

那天宋紫依上了南山，当大黄听说宋恩万和他那个阴狠的大太太已经死于大喜子之手，他的心里宽慰了许多：宋恩万已经死于非命，自己再也不用在杀还是不杀这事上纠结了。

但是很快，大黄的那些宽慰就被一种浓郁的悲伤所代替，连他自己都说不清楚是为了什么。当宋紫依在大殿里苦苦地哀求罗百岁为自己报仇时，大黄看在眼里，痛在心里，他的心都要碎了。眼前这个求告无门的姑娘，正是自己同父异母的妹妹啊！

直到这时，大黄才突然明白过来，宋恩万固然罪不可赦，可他毕竟是自己的亲生父亲，就算要死，宋恩万也应该死在自己的手里，大喜子凭什么杀了自己的父亲！大喜子既然下了这个毒手，无疑，他就是自己的杀父仇人。想到这里，大黄当即决定，收留这个妹妹，除掉大喜子，为宋家人报仇！

收留下宋紫依的第二天，罗百岁差人来请大黄。

见面后，罗百岁开门见山："真的要动大喜子？"

大黄只是笑了笑，没有回答，却也算作了回答。

罗百岁心里有数，叹息道："大喜了就是个杂碎，这孙子做事太绝了！都是乡里乡亲的，他咋下得了那么狠的毒手！"思忖片刻，罗百又说道，"兄弟，这事我跟弟兄们已经商量过了，既然你揽下了这差事，那我们都听你的，只要你一句话，大喜子就算是活到头了。"

大黄却摇了摇头，婉拒道："大当家的，你和大伙的一片情义，我大黄心领了。我既然留下了那丫头，那她就是我的人，她的仇就是我的仇，那就是我和大喜子之间的私仇。咱们黄旗的山规里说得清楚，我不能因为私仇连累了大伙。"

罗百岁板着脸说道："啥山规？山规也是你们家老祖宗定下的。再说了，你爹下山了，这黄旗本来就是你的。你的事就是咱黄旗的事，你的仇就是咱黄旗的仇，你从哪儿来的私仇？"

大黄笑着站起身，抱拳说道："大当家的，你就别和我争了，这事我自己解决，咱不能因为这事让江湖上的朋友戳咱黄旗的脊梁骨。"说完，就朝门外走去。

望着大黄的背影，罗百岁喊道："大黄，你动手前一定跟我说一声，咱们再合计合计。"

门外传来大黄的声音："大当家的，知道了。"

就这样，大黄找了黑子，俩人商量着如何对付大喜子。

这当口，山下探子送来消息，滨城大掌柜林敬轩被日本人害死了。这个噩耗犹如一记闷雷击中了大黄，他来不及多想，带着黑子和几个弟兄就下山去了滨城。再往后的事情，林逸飞就都知道了。

林逸飞从被窝里伸出手，在大黄厚实的肩膀上捶了一下："哎，咱可说好了，得算我一个，整死大喜子那个王八蛋！"

大黄没好气地说道："废什么话呀，给你老丈人报仇，你不去，光让我们去拼命，你想什么好事儿呢。"

林逸飞的脸微微一红。大黄得意地说道："大少爷，你自己说，我妹子长得俊不？为她豁出去一回，你不吃亏。"

"俊，真是俊，比画儿上的人还俊！"林逸飞应道。

是啊，"比画儿上的人还俊，"这是大妈和母亲当时说的原话，她们没有说错，宋紫依真的比画儿上的人还俊。言犹在耳，可他的三位母亲却已经不在了。

大黄枕着自己的胳膊，望着房梁得意地说道："你说，我妹子咋就那么俊呢？我一见她就觉得亲，想到她将来要给别人当媳妇，我还真有些舍不得。"

林逸飞白了大黄一眼："那容易啊，你就自己留着呗。"

大黄隔着被子踢了林逸飞一脚，假装严肃地说道："你怎么跟大舅哥说话呢！"

一听这话，林逸飞的心头一暖，他一脸讨好地笑着，问道："哎，你真打算把妹子嫁给我？"

大黄故作深沉地应道："这个……我再寻思寻思，你等我信儿吧。"

"德行，"林逸飞说道，"你给我，我还不一定要呢。"

"呀嗬！"大黄从被窝里坐了起来，"这可是你说的，你可别后悔。"

两人说说闹闹地扯了一会儿，林逸飞正色问道："大黄，这些事你打算什么时候告诉紫依？"

大黄长叹一声："唉，我还没想好呢，走一步看一步吧，等咱先灭了大喜子再说。"

"对，"林逸飞兴奋地说道，"明天咱们几个再好好合计合计，这就算咱飙旗的第二桩大买卖了。"说完，又问道，"对了，你和紫依的这些事，用不用跟他们说一下？"

大黄摇头说道："算了，先别说吧，也不是什么光彩的事。咱们只说是为了给紫依报仇，行吗？"

林逸飞爽快地应道："行，咱就说是给老丈人报仇，先别管这老丈人是谁的。"

大黄叹了一口气："要说起来，你那个老丈人啊，还真算不上什么好东西。"

大清早，林逸飞到后堂给父母的灵位磕了头，正准备离开，福叔带着宋紫依进来了。清晨的阳光下，宋紫依款款走来，美如天仙。

山上没有女人的服饰，此时，宋紫依的身上穿着一件林逸飞的绸缎褂子，虽然肥大，却依然掩不住婀娜的身段。一张俏脸羞起霞红，肌肤光洁水嫩，杏眼顾盼生情，嘴角微微扬起，若嗔若诉。一头秀发刚好垂到肩上，大家闺秀的神采中隐着小家碧玉的乖巧。也许是因为之前有婚约的缘故，宋紫依每次见到林逸飞总是羞红着脸，看他的眼神也是躲躲闪闪。这些神情在林逸飞看来，倒越发显得她楚楚动人。

宋紫依袅袅地来到林逸飞的身前，微微一欠身，轻柔地唤了一声："逸飞少爷。"

林逸飞嗅到宋紫依身上那种少女所独有的清香，恍惚之间，好像又见到了小春喜，他愣怔地杵在那里。在老阿福的提醒下，林逸飞慌忙回礼："哦，哦，紫依小姐。"

当宋紫依看清供桌上那五个灵位时，愣住了："福叔，怎么……怎么会这样？"

福叔低着头，喃喃地说道："不在了，都不在了。"

三个人来到饭堂的时候，下人们已经准备好了饭菜。福叔让人将大黄和黑子还有南山的两位客人也请了过来，几个人围坐在餐桌旁开始用餐。因为多了宋紫依，大伙这顿饭吃得有些拘谨。这所宅院已经很久没有女人来过了，更何况，如今在众人面前的又是一个如此标致的姑娘。

众人正吃着饭，院子里响起了一声："上清观，小风爷到。"

大伙都忍不住笑了，小风这家伙也太不要脸了，哪有这么给自己喊名号的。

随着话音，小风已经飞进了饭堂，他大模大样地一挥手："坐坐坐，免礼，都别起身了，吃你们的。"

狗子笑他："瞧你那副德行，就跟真有人起身似的。"

小风叹息一声："唉，现在的后生啊，真是一点规矩都不懂。"说罢，他大度地摆了摆手，"算了算了，我也懒得计较这些，这……嗯？"

小风突然看到吃饭的人中多了几张陌生面孔："家里来客人了？不知几位好汉是……"说话的时候，他的手自然地搭到了身前一个人的肩膀上。

众人都看向了小风。小风也觉得大家的眼神似乎有些不对，低头一看，触电般地收回了自己的手臂："怎么了这是？这里还有一个，一个……"

大伙都被小风那滑稽的动作和表情逗得哈哈大笑。老阿福替宋紫依作了介绍："这位是凤霞县宋府的紫依小姐，她……"后面，他不知道该怎么介绍了。

还是大黄豪爽，呵呵一笑："小风，这是宋紫依，以后你就管她叫嫂子吧，至于她是谁的媳妇，你就先别管了。"

黑子在一旁没忍住，扑哧一声笑了出来。

宋紫依更是羞得满脸通红。

饭后，大家来到院子里，大黄将南山的两位兄弟喊到身前，说道："人你们已经送到，我就不留你们了，你们收拾一下就先回去，回去后代我谢过大当家的。"

南山那两位兄弟对视一眼，说道："二当家的，临走的时候大当家的吩咐过，让我俩就留在您身边，他说您这边现在肯定缺人手。"

大黄装出不耐烦的样子："这里这么多人，我啥时候缺人手了？"

那两位兄弟犹豫一下，低声说道："大当家的说你要去凤凰山……"

"行了行了，"大黄抬手打断了他们的话，说道，"你们先回去吧，告诉大当家的，我要是真缺人手，自然会和他打招呼。"

见大黄坚持，两位兄弟一抱拳："那……二当家的，我们就先回去了。"

其中一个又上前一步，凑到大黄的耳边："二当家的，有事让'消息'给个信。"

大黄笑着点点头。两位兄弟跟大伙道别之后，就准备上路。这时，宋紫依拿着一个小包袱跑了出来，老阿福跟在她的身后。

宋紫依来到众人面前，将手里的包袱递给南山的两位兄弟，然后害羞地作了个揖："这几天辛苦二位大哥了，因为俺劳烦你们走了这么远的路，紫依在这里谢过两位大哥。包袱里是一些吃的，您二位带着路上吃吧。"

送走了两位好汉，大黄让大伙带上各自的枪械，准备去山坳的小树林练练枪法。大伙刚走到院门口，就听大黄回头问道："哎，你跟着来干吗？赶紧回去。"

大伙回头一看，是宋紫依跟在他们后面。宋紫依红着脸朝众人看了看，然后倔强地说道："俺不，你去哪儿俺就去哪儿，俺就要跟着你，你要是再跑了咋办？"

几个人都捂着嘴偷笑。

大黄红了脸，压着嗓子说道："都到这儿了，我还能往哪儿跑？你一个丫头片子，跟着一群大老爷们儿出去嘚瑟啥？你不嫌丢人，我还嫌丢人哪。"

宋紫依的脸羞红一片，眼泪都在眼眶里打转了："反正俺就要跟着你，你骂俺俺也要跟着。"

大黄还真拿宋紫依没辙，气恼地说道："你咋那么不听话呢！你再这样，我……我马上把你送回南山，你信不信？"说完，指着小风吩咐道，"小风，骑着马下山，那俩兄弟还没走远，让他们回来带她走。"

大家知道大黄是在吓唬人，但几个人还是上前假意哄劝："大黄哥，别生气别生气，紫依咋不听话了？人家这不是没再跟着，是吧紫依？"

宋紫依已经抹起了眼泪。

大黄怒气冲冲地指着院子，喊道："你给我回去，你去……你帮逸飞少爷收拾屋子去。"

宋紫依抬起头，抹着眼泪，含冤带屈地哽咽道："俺……俺凭啥给他收拾屋子？"

林逸飞也附和道："对，我那屋子也没什么可收拾的，不用不用。"

大黄没理会林逸飞，板着脸继续对宋紫依说道："在这里，逸飞就是少爷，这可是他的家。你吃着人家的饭，穿着人家的衣，住着人家的屋，咋，你还想白吃饭咋的？"

宋紫依愤愤地一跺脚，抹着眼泪跑回了院子。

看着宋紫依那受了委屈梨花带雨的样子，林逸飞心疼坏了，他赶忙跟进了院子，好言劝道："紫依，别哭了，我们不走远，真的，中午的时候就回来了。你在家乖乖等我们，听到没？"

宋紫依抹着眼泪点点头，小声哀求道："那……逸飞少爷，您帮俺盯着他，可别让他再跑了。"

"得嘞。"林逸飞做了保证，"你就放心吧，我帮你拴着他，咱俩一人搂住他一条腿，看他还能往哪儿跑。"

"嗯。"宋紫依点点头，破涕为笑。

林逸飞出门追上几位兄弟。黑子嬉笑着问道："哟，这么快就哄好了？"

林逸飞腼腆地笑着。大黄戏谑道："咋？这就开始心疼媳妇了？"

林逸飞自嘲道："咱有啥办法，谁让人家长得俊呢，偏偏咱又天生是个怜香惜玉的人。"

大黄哈哈一笑："总惯着可不行，这媳妇啊，就得管得严点。现在就让她嘚瑟，以后过了门还不得上房揭瓦呀。"说完，大黄似乎又有些不放心，警告道，"哎，这管归管，你可不准动手啊。"

黑子好像听出了点门道，上前问道："哎，大黄，咋了，你还真把媳妇让给逸飞少爷了？"

大黄看了看林逸飞，叹了一口气："唉，那媳妇本来就是人家的，咱只不过是帮人家保管了几天罢了。"

众人说笑着翻过了小山梁，远远地看到山坳里的那片树林。黑子停下脚步，望着那片树林，端起自己那把从鬼子手里缴获的长枪，唰地拉开了枪栓。小风登时明白了什么，他一声惊呼："我的天，这么远，黑子哥，能行吗？"

黑子咧嘴一笑，应道："我也不知道，试试呗。"

林逸飞和狗子也傻眼了，这里距离他们那片练枪的小树林，少说也有四五百米，黑子竟然要在这里试枪？

四个人一路小跑来到小树林。小风站在一棵大树下，抬头指着树梢上的枝杈，高声喊道："瞧见没有？这里，这里……"

远处的黑子已经举起了枪，小风担心距离太远没听清，从地上捡起一根树枝，指着头顶上的树杈喊道："就这里，瞧仔细啦。"

小风的话音刚落，只听山梁上响起一声清脆的枪声，小风高举着胳膊愣在原地，成了一座雕塑。他手里的那根小树枝，如今只剩下了半截。

其他三个人也被惊呆了，不愧是神枪黑子，这枪法也太神了！

众人还想让黑子再来一枪，可这家伙已经朝这边跑过来了。几个人兴奋地迎了上去："行啊黑子，你这枪法绝对神了。"

小风晃着手里的半截树枝，叫道："你跑过来干啥？我还想跑远点让你再来一枪呢。"

黑子摇着头，憨笑道："算了算了，就别浪费子弹了。"

林逸飞笑道："嗬，黑子，去了一趟庙岛，你小子也学会过日子了？别的东西不敢说，这子弹咱还是富裕的。"

黑子从兜里摸出一个弹匣，把子弹压进了枪膛，说道："我的大少爷，你就别站着说话不腰疼了，这枪里就剩了一发子弹，刚才被我打出去了，现在咱手里，可就剩这两匣子弹了，一共才十发。"

"狗子那里有啊，"林逸飞转头喊道，"狗子，回头给你黑子哥多取一些步枪子弹。"

黑子叹了口气，从兜里摸出剩下的那匣子弹，叹道："逸飞少爷，我已经试过了，咱家的子弹跟这个不一样，没法用，长度和口径都不一样。"

林逸飞看了看黑子手里的子弹，果然，这些子弹比毛瑟枪子弹要细长得多。难道这枪用的是特制的子弹？如果真是这样，那这子弹也太珍贵了。

这时显出小风的聪明了，他眼珠子一转，说道："黑子哥，你看能不能把这瞄准筒子装在狗子的步枪上？"

林逸飞很佩服小风的这个想法，如果可以，那就不缺子弹了。黑子却苦笑着摇摇头："我试过了，这望远筒子下面有个往枪上安装的卡槽，咱们的枪上没有。我拿这支枪跟咱们的步枪比较了一下，这支枪能在这么远的距离做到精准射击，最主要的就是它的子弹和枪管。弹头细，出膛的速度就快，风的阻力也小，枪管也比咱们的步枪长出了很多。所以，就算把望远筒子装在了咱的步枪上，也很难做到同样的射程和精准度。"

狗子瞅了瞅那支枪，低声骂道："该死的小鬼子。"

几个人在黑子的指导下练了一会儿枪，就聚到了一棵大树的树荫下。狗子拿出了装水的葫芦，大伙依次灌了几口。

大黄说道："今天有个事要和大伙合计合计，我……"他犹豫了一下，好像这事还没有考虑周全。

林逸飞一挥手，说道："算了，还是我来说吧！我和大黄准备收拾凤凰山的大喜子，大伙都表个态，想一起干的举个手。"

小风瞪着眼珠子叫道："这还商量个啥，算我一个。"说着，他将手臂高高地举了起来。

狗子一口吐掉嘴里的半截草梗，也举起了手："他娘的，早就想收拾他了。"

黑子什么也没有说，只是举起了手。五个人，五只手，全票通过。五只手紧紧地握到了一起。

林逸飞想到一个问题："大黄，咱们是只对付大喜子还是连凤凰山的土匪一起收拾？"

大黄应道："这事我还真想过，要我说，最好是连凤凰山一起端了，可咱们就五个人，难啊。"

小风在一旁说道："凤凰山上就他妈没一个好东西，就算咱们宰了大喜子又有啥用？他们换一个大当家的，说不定比大喜子还不是东西呢。对付那群畜生，最好来个斩草除根，一个也别给他们剩下。"

黑子点头附和道："小风说得对，可眼下，咱们的人手不够啊。"

人手不够？小风的眼珠子一转，试探着商量道："我倒是有个主意，要不咱跟王队长他们……"

一句话没说完，小风在四双鄙夷的目光注视下举手求饶："得得得，就当我啥也没说，就当我放了个屁，行吧？"

狗子揶揄道："还不如放个屁呢。"

黑子笑了笑，说道："看来大黄是打定了主意，这一票咱必须自己干了。如果真需要帮手，咱放着自家的黄旗不用，让王瑞卿他们来掺和个啥？"

狗子疑惑道："对呀，黄旗那么多弟兄，咱干吗非要自己干呀？"

大黄应道："山里有山里的规矩，这是我的私仇。"

小风也疑惑道："就因为这？"

大黄笑而不语。黑子叹了口气，说道："虽然大黄没跟我说过，可我最了解他的心思。他名为南山'二当家'，可是这么多年了，大伙敬着他，护着他，他空有一身本事，却没有给山寨立功的机会。这次我俩借着这个由头下山，你们说，他是干吗来了？"

林逸飞兴奋地接口道："证明自己，成就一番霸业。"

"哈哈……"大黄大笑着说道，"没你说得那么伟大，不过，我是真想做点事给别人看看，就算没有了祖上传下的'黄旗'招牌，咱照样是条好汉。"

"好！"几个人一起喝彩。

林逸飞说道："既然大伙都同意收拾大喜子，那咱们就开始着手准备。常言道，知己知彼方能百战不殆，咱得先做做功课。这样，下午辛苦一下小风，你下山一趟，尽可能多打探一些关于大喜子的消息，最好能了解清楚大喜子啥时候下山，在山下他还有哪些藏身之处，咱们也好提前做准备。"

小风是个急性子，接了活儿就坐不住，他起身拍了拍屁股上的浮土，说道："那还等啥，我现在就走呗。"说完，转身就要跑。

狗子喊住了小风："回来！把枪留下，凤霞县城最近风声紧，盘查那么严，你带着枪下山干啥？"

狗子说得有道理。小风不舍地将两支驳壳枪交给了狗子，还叮嘱道："不许用我的枪，别给我用坏了。"说完，他脚底生风，奔了山下。

望着小风那草上飞般的身影，几个人都忍不住笑起来。

第十七章　家贼难防

临近晌午，林逸飞等人回到了别院。

几人正在饭堂吃着饭，林逸飞想起小风，未免有些担心，懊悔道："现在凤霞县城全是小鬼子，真不该让小风一个人下山，那小子毛毛躁躁的，应该让狗子陪他一起去，到时候互相还有个照应。"

狗子劝说道："少爷，你就安心吃你的饭吧，那小子比狐狸和猴儿还机灵，我要是和他一起下山，他肯定嫌我碍手碍脚。"

想想小风的机灵劲儿，林逸飞也觉得自己的担心有些多余，转念一想，又惦记起一件事："哎呀，那小子就这么下了山，这都到吃饭的时候了，也不知道他身上带钱没有。"

黑子安慰道："逸飞少爷，你就别操这个心了，那小子一进城，那满城的人都帮他装着钱袋呢。"

"哈哈……"狗子和大黄笑出了声。宋紫依莫名其妙地看着几个人，也不知道他们在说什么，更不知道有什么可笑的。

吃过午饭，林逸飞和大黄离开饭堂准备回房休息，回头却见宋紫依嘟着嘴跟在身后。林逸飞笑着问道："紫依，你是不是有什么事啊？"

宋紫依红着脸嗫嚅道："逸飞少爷，俺……俺那里的红线没有了，你能不能……"

经过解释，林逸飞终于明白了。宋紫依在别院里没什么事情可做，就躲在房里绣花打发时间，今天她的红线用完了，希望林逸飞能再给她一些。

林逸飞让宋紫依去房间里等着，他赶紧去找了老阿福，可是找遍了全家，也没有找到红颜色的线。想来也是，平时住在这里的都是些大老爷们儿，缝缝补补只用黑、白、灰三种颜色的丝线，谁还用红线啊。

林逸飞又去了狗子的房间，让狗子下山去买一些红色的丝线。想想宋紫依来到这里，连件合身的衣裳都没有，林逸飞觉得不该让女孩受这样的委屈，于是又吩咐狗子再买些女人用的物品，而且一定要买好的。

狗子有些为难:"少爷,我哪会买那些东西啊?再说了,啥样的是好的?"

林逸飞也不懂,可他明白一件事,说道:"你傻呀,这有什么会不会买的,你就去买贵的,贵的就比便宜的好。"黑子就在狗子的房间里,听说狗子要出门,反正他闲着也没什么事,就陪狗子一起下了山。

傍晚的时候,有家丁急三火四地往门外跑。林逸飞跟着跑到门口往山下一看,是狗子和黑子回来了,两人大包小包地背了一身,正在半山腰累得喘粗气呢。

还是黑子心细,那些东西竟然全是给宋紫依买的,各种丝线、顶针、胭脂水粉,甚至脸盆、毛巾、香胰子、牛角梳子、小镜子、发卡子应有尽有。这可把宋紫依高兴坏了,她像个孩子一样蹦跳着,不住地向狗子和黑子道谢。

黑子腼腆,在一旁只是笑着没有答话。狗子懒洋洋地朝林逸飞一指,有气无力地说道:"小嫂子,要谢你就谢我们家少爷吧,是他让买的,我们也就是去跑跑腿。"说完,拖着快要累散架的身子回了自己的卧房。

宋紫依感激地瞥了林逸飞一眼,小声说道:"谢谢你呀。"说完,羞红着脸跑了。宋紫依那个带着轻浅尾音的"呀",在林逸飞的心里轻轻地挠了一下,又酥又麻,他赶紧吩咐下人将那些东西搬进了宋紫依的房间。

看看天色,已经快到吃晚饭的时间了。林逸飞有些纳闷,狗子和黑子是吃过午饭才下山的,如今买了那么多东西都已经回来了,小风咋还没个动静呢?他又开始后悔了,真不该让那小子一个人下山。

吃过晚饭还不见小风回来,林逸飞坐不住了,他让大壮去了趟上清观,看看小风是不是直接回了观里。其实林逸飞很了解小风,如果他外出回来,肯定会先到别院,但他还是让大壮去碰碰运气。果然,大壮回来禀报,小风没回上清观,观里的小道士说他早上出门后就再没有回去过。

除了继续等,也没有别的办法,几个人都聚到林逸飞和大黄的房间里。

刚坐一会儿,宋紫依端着茶水进来了。很显然,宋紫依刻意打扮过了,头上还戴了一个蓝蝴蝶结的发卡。林逸飞有心夸赞几句,可又不知该说什么好,张了半天嘴,还是把想说的那些话给咽了回去。

大黄瞅了瞅宋紫依:"这荒山野岭的,还捯饬个啥?捯饬了给谁看?"

宋紫依委屈地咬着嘴唇,眼泪盈满了眼眶。

"大黄，你咋说话呢？你不稀罕有人稀罕。"林逸飞急了，转头对宋紫依劝慰道，"紫依，别听他的，我就爱看，以后你就这样。一个女孩子家，就该把自己打扮得漂漂亮亮，是吧？"

宋紫依含泪给了林逸飞一个微笑，然后转身跑出了房间。林逸飞瞅着那个远去的倩影，又是一阵心疼，转头对大黄斥责道："你呀，不会说话以后就少说几句，瞧你把人家惹得。"

大黄嬉皮笑脸地反驳道："嗬，林逸飞，你这是占了便宜还卖乖呀，没有我的冷言冷语，哪能显出你的嘘寒问暖？给你个机会表现表现还不领情，还不快谢谢我！"

林逸飞难为情地笑了笑。

大黄又低声问道："看傻了吧，咱妹子俊不？"

林逸飞笑着点点头，敷衍着回答道："俊，你们家的人都俊，行了吧？"说完，扭头问狗子，"哎，今天去县城怎么没给紫依做几身衣裳啊？"

狗子叫苦道："少爷，你可真行，你想活活累死我俩呀！就为了买这些东西，我和黑子在县城转了整整一下午呢。"

黑子在一旁解释道："狗子也不是没想过衣裳的事，我俩倒是也去裁缝铺看了，可是人家要尺寸，你说我俩哪知道这些啊，就没敢让人做。"

林逸飞抱拳赔礼道："两位，辛苦辛苦，多谢多谢。"

几个人喝着茶水闲聊着，时间越来越晚，可小风还是没有动静。大黄有些坐不住了："我说，这事不对呀，就让他去探听个消息，总不至于在外面过夜吧？"

黑子也是满面愁容："是啊，马上就半夜了，这小子办事一贯利索，今天这是怎么了？"

林逸飞又开始后悔："我就说了嘛，今天就不该让他一个人下山。"

大黄起身道："总这么等着也不是事，要不咱去山下瞧瞧。"

狗子苦着脸抱怨道："还是在屋里等吧，下山的小路好几条呢，谁知道那小子从哪条路回来，回头别再走岔了。"

下山确实有几条小路，可是能通马车的大路却只有一条，那还是当初林敬轩建这个别院的时候修的。林逸飞提议道："狗子，要不咱就顺着大路往下走走。"

狗子苦笑着反问道："少爷，你见过小风走大路吗？"

这确实是个问题，小风的身子骨轻快，拴上根线那就是个风筝。在他眼里，只有直线距离，那些沟沟坎坎对他来说就像是走平地，还真没人见他走过大路。

几个人正在屋里干着急，院子里有动静了。一个在碉楼上值夜的家丁喊了一句："等着，我下去给你开门。"

院墙外传来小风的声音："不用了，你爬下来也怪麻烦的。"

众人一阵欢喜，等他们跑出屋子的时候，小风已经站在院子里了——大门还紧闭着。狗子笑骂道："你小子，又翻墙，让我爹看见了，非骂你不可。"

小风咧嘴一笑，在众人的簇拥下进了林逸飞的房间。大黄嗔怪道："你小子，咋这时候才回来？"虽是责怪，可语气里透着心疼。

小风却没理会大黄，只朝狗子说道："还不赶紧把枪还我。"

狗子将两支驳壳枪递还给了小风。小风摸着枪身直咂嘴："一天没瞧见，想死我了！"看着他那一脸满意的陶醉，几个人都没忍住笑。

林逸飞使劲抽了两下鼻子，问道："小风，你喝酒了？"

小风将枪掖到怀里，说道："不喝酒能搞到消息吗？"

看小风这大模大样的劲头，想来他已经摸清了大喜子的情况。大伙一喜，大黄催促道："快，快给我们说说。"

小风大咧咧地一指眼前的那几个空茶碗，抱怨道："我辛苦到这时候，顶着冰凉的风连夜跑回来，冻得浑身哆嗦，咋就连口热茶都没有啊！"

林逸飞赶忙吩咐狗子："快快快，赶紧给咱的大功臣沏壶好茶。"

狗子白了小风一眼："德行。"他刚要起身，外面的房门吱呀一声开了。大伙探头一看，宋紫依端着一个暖壶走了进来。

"谢谢嫂子，我刚想去取热水呢，你这就送来了。"狗子满口道着谢，伸手接过宋紫依手里的暖壶，开始沏茶。

小风打量了一眼宋紫依，惊叹道："呀，小嫂子，你今天可真俊啊。"

宋紫依害羞地笑着，垂着头站在门边。大黄瞅了她一眼："满屋子的大老爷们儿，别杵在那儿了，赶紧回你屋去。"

宋紫依气恼地白了大黄一眼，满眼的委屈，转身就要走。

林逸飞起身喊道："紫依，别走。"又扭头对大黄嗔怪道，"你呀，能不能态度好一点？你以为人家愿意在这里听一群老爷们儿瞎掰扯啊。紫依在山上连个说话的人都没有，平时就闷在屋子里绣花，总这样，早晚会闷出毛病来的。"

宋紫依一听有人帮自己说话，就更委屈了。

林逸飞一拍自己刚才坐过的椅子："来，紫依，你坐这儿。"

宋紫依羞红了脸，朝林逸飞微微一颔首，感激地笑了笑。她走过去坐到林逸飞让出的那把椅子上，转头时还嘟着嘴瞅了瞅大黄，那神情像是在赌气，又像是在示威。

小风附和道："对对对，让小嫂子在这儿吧，正好我还想向她打听几个人呢。"

大伙品着茶，催促小风快说说了解到的情况。小风抿了口茶水，问道："你们知道大喜子是怎么摸进宋家大院的吗？"

大伙都摇了摇头。

狗子质疑道："你问这个干吗？这跟咱收拾大喜子有关系吗？"

大黄朝狗子一摆手："别打岔，听小风说完。"

小风朝狗子不屑地一瞥，又问道："除了小嫂子，你们谁还去过宋家大院？"大伙都摇着头，一齐看向林逸飞。

林逸飞说道："别看我呀，我真没去过。"

小风放下茶碗，把事情的经过细细说来……

宋家大院位于凤霞县城南侧的宋村，那可是宋村最宏伟的一处宅子。为防匪患，宋府的当家人宋恩万在两年前重新加固了院落，本来就牢固的院墙再度加高加厚，在院墙的四个转角处修筑了四座瞭望哨，在大院里又盖起一座高高的碉楼。家里的护院家丁有二十多人，人手一条快枪。就坚固程度和火力配备而言，宋家大院可以说是固若金汤。

要论名望、势力和家财，滨城大掌柜林敬轩自然要胜过宋恩万许多，可就连林府也没有如此高规格的防护。原因无他，林府在滨城，有高大的城墙做防护，城里又有几百人的保安团，土匪根本就进不去。可宋村就不同了，一个镇几乎没有遮拦地暴露在土匪们面前，所以，宋府才准备了那么多的家丁和枪炮。

凤凰山匪首大喜子，一直垂涎宋家的财富和那二十几条快枪，他不止一次地打过宋府的主意，但每一次都无功而返。现如今，他就更不敢接近了，除了那加高加厚的院墙、碉楼和瞭望哨，还有个关键原因，宋恩万在府宅重建之后大宴宾客，滨城大掌柜林敬轩亲自登门道贺，他给宋恩万送上的贺礼是一挺崭新的机关枪。那挺机关枪就在碉楼的最高处，居高临下地俯视着大院，成了宋府的镇宅之宝。

可为什么大喜子那天就得手了呢？他是怎么悄无声息地摸进了宋府？这就得从一年前发生在宋府的一件大事说起了。

众所周知，宋恩万中年得子，喜不自胜。宋恩万对这个儿子寄予了厚望，刚满五岁时就给他请来了个教书先生。先生姓孙，二十多岁的年纪，生得白白净净。孙先生教小豆子很用心，小豆子也很聪明，才一个多月时间，就会背《三字经》。宋恩万对孙先生很满意，酬劳之外还给了他不少的赏钱。

可谁也没有料到，这个看起来斯斯文文的教书先生竟是个色胆包天的情种，到宋府没有多久，就和三姨太勾搭成奸。至于两人谁先勾引了谁，那就不得而知了。

要想人不知，除非己莫为。后来，这事被宋恩万发现了一些端倪。有一天，宋恩万告诉府里的三位太太，自己有事要外出几日，让她们在家守好本分。当天，宋恩万就带着几个家丁和随从离开了宋府。可谁也没想到，那天深夜，宋恩万突然回到府中，将那个教书先生和三姨太堵在了房中，一对奸夫淫妇赤条条地被捉奸在床。

三姨太和教书先生苦苦哀求宋恩万放他们一条活路，三姨太信誓旦旦地保证，日后严守妇道，绝不会再与教书先生有来往，求老爷放过她。

宋恩万怒火难消，但如何处置这对狗男女，他却犯了难。按照族里的规矩，府中出了这样的丑事，自然是送到祠堂去，奸夫会被千刀万剐，淫妇要"浸猪笼"沉塘。可宋家是当地首富，宋恩万又是个受人尊崇极好脸面的人物，俗话说家丑不可外扬，这着实让宋恩万为难。可这口恶气宋恩万又实在咽不下去，于是决定私下处死教书先生，至于三姨太要怎么处置，他要想想再说。

可就在那天夜里，教书先生竟然从那个关押他的柴房里逃走了。宋家大院戒备森严，如果没有"内鬼"帮忙，被五花大绑的孙先生怎么可能逃脱？盛怒之下的宋恩万将宋府上下严厉地盘查了一遍，可是没有一个人承认，整件事毫无头绪……

听到这里，宋紫依实在坐不住了，气恼地说道："你胡说，俺家里出了这么大的事，俺咋会不知道？"

面对宋紫依的质疑，小风笑了笑，解释道："小嫂子，如果我没说错的话，那时候你还在滨城上学吧？再说了，你一个姑娘家，家里出了这样的丑事，谁会告诉你呢。"

宋紫依红着脸，羞恼地说道："反正没有这样的事，肯定是别人在造谣，在乱嚼舌头！"

小风又问道："小嫂子，那我问问你，咱府上的那个三姨太，到底是怎么死的？"

宋紫依一怔，反问道："三妈她……她不是病死的吗？"

小风一笑，接着往下说……

教书先生跑了，宋恩万暴跳如雷。本来对如何处置三姨太他还有些犹豫，如今，盛怒之下，他命人去三姨太的房间直接勒死了她，对外，则宣称她是身染重疾暴毙。

说起来，这个三姨太落得如此下场也是罪有应得，宋府的知情人都对此事守口如瓶。可天底下没有不透风的墙，更何况这种让人们津津乐道的香艳之事，所以，最后还是传出了一些风声。

说到这里，小风问宋紫依："小嫂子，府上有个叫杨兴的人，是吧？"

宋紫依回忆了一下，应道："好像有这么个人，他是我们家的护院，好像还管着几个人呢。"

小风得意地一笑："对了，这就不会有错了。"

杨兴是宋府护院的一个小头目，手下确实管着几个护院家丁。他和教书的孙先生相识于宋府，算是一见如故。闲暇时二人经常一起喝酒，最早发现孙先生和三姨太奸情的，也正是杨兴。作为宋府护院的家丁，杨兴在发现奸情后不但没有声张，还在那对奸夫淫妇寻欢的时候为他们望风放哨。

杨兴这样做的原因很简单，他有求于三姨太和孙先生。原来，杨兴一直垂涎三姨太身边的一个小丫鬟，希望有朝一日三姨太能把那个丫鬟赏给自己，所以他尽可能地讨好孙先生和三姨太，盼望着正在府上受宠的三姨太能在老爷宋恩万的面前多替自己美言几句，让他早日得偿所愿。

可杨兴没料到，孙先生和三姨太的奸情竟然败露。孙先生被关押在后院的柴房里,杨兴心急如焚,他担心孙先生受不了严刑拷打,再把自己给供出来,那可就得不偿失了。宋恩万的手段杨兴是知道的,真若如此,他将大祸临头。思前想后,杨兴决定铤而走险,利用自己当晚值夜的机会,偷偷放走了孙先生。

教书先生逃出宋府后,根本没敢回家,而是连夜去了凤凰山,投奔了他的远房表亲大喜子。两日后,宋府传出了三姨太的死讯。他自然心知肚明,由此对宋恩万怀恨在心,发誓要报仇。

一段看似平静的日子过去了。

这一天,有人给杨兴带了口信,说有故人在城外的酒馆等他。杨兴如约前往,在那个小酒馆里见到了孙先生。

多日未见,两个人感慨不已,几杯酒下肚,杨兴开始了抱怨。孙先生逃走的当晚是他值夜,宋恩万重重地惩罚了他,不仅罚了饷银,还将他贬为了普通家丁,最后还赏了他几十板子,打得他到现在屁股都不敢沾板凳。三姨太一死,杨兴一直垂涎的那个丫鬟抱着小豆子去了二太太的房里,如今杨兴再想娶那丫鬟是没有指望了。

孙先生借着酒意鼓动杨兴,只要杨兴里应外合,大喜子就能轻而易举地灭掉宋府。孙先生向杨兴保证,事成之后,大喜子会给杨兴一笔丰厚的酬劳,让他带着俊俏的小丫鬟远走高飞,去过他们想要的好日子。

杨兴被孙先生的一席话吓出了一身冷汗,勾结土匪,谋害主家,这可是他连做梦都不敢想的事情啊。

孙先生怂恿道:"杨兄,想想古时候那些有血性的好汉,哪个不是冲冠一怒为红颜。你要是个爷们儿,就拿出点血性干一票!事成之后,美人、金钱,你可全都有了。杨兄可是一身的好武艺,难道你就甘心在宋府憋屈一辈子?你就忍心眼看着自己心爱的女人嫁为他人妇?"

杨兴只觉得心中波涛起伏,端起眼前的那碗烈酒猛灌了下去,摔下酒碗的时候,他赤红着眼珠子问道:"什么时候动手?"

……

小豆子过生日的那天深夜,宾客们陆续散去。当天宋府大喜,宋恩万破例准许忙碌了一天的下人们喝酒,除了几个值夜的家丁,其他人都到厨间喝酒去了。那一天,是宋家大院防守最松懈的一天。

宋府的后院有道厚重的铁门,那是宋府的后门,平时大门紧锁,并有专人看守。杨兴以前当小头目的时候有那里的钥匙，当初孙先生也正是从这里被他放走的。后来杨兴虽然被贬去了职务，但仍有一把钥匙在他手里保管。

杨兴来到后院，对把守后门的家丁假意体恤，说自己身体不舒服，不想喝酒又睡不着，他愿意和这个家丁换岗，让他喝酒去。那个家丁喜出望外，不疑有他，对杨兴千恩万谢之后就跑去喝酒了。待到后院安静下来，杨兴掏出钥匙开启了后门。夜色中，大队早已潜伏在墙外的土匪，通过那道后门抢进了院里……

"不对吧？"宋紫依满脸狐疑，"那个杨兴他死了呀，怎么会是他？乡亲们明明跟俺说，府上的家丁全都死了。"

小风一笑，说道："对，小嫂子说得没错，杨兴确实死了。可他为什么会死？他是啥时候死的？他又是怎么死的，你知道吗？"

见宋紫依摇头，小风接着说下去……

话说大喜子带着土匪顺利地控制了宋府大院，将府中所有人都绑到了院子里，这时候，孙先生带着杨兴过来了。介绍之后，大喜子朝杨兴一抱拳："多谢好汉相助，咱家绝不会亏待了你，去吧，把你要的人领来。"

杨兴将那个被吓得瑟瑟发抖的丫鬟带到大喜子的面前，扑通一声，两人双双跪在地上。杨兴感激道："多谢大当家的成全，杨某来世就是当牛做马，也要报答您的恩情。"

大喜子捏住丫鬟的小下巴微微一抬，一张花容失色的俏脸出现在了他的面前，果然是个小美人。大喜子龇着一口黄牙嘿嘿一笑，感叹道："杨兄艳福不浅啊！丫头，多大了？"

那丫鬟早就被吓得魂灵出窍，如今听到有人问话，哆哆嗦嗦地答道："十……十六了。"

说实话，从大喜子见到丫鬟的第一眼起，他就动了邪念。当他得知丫鬟还是个黄花大闺女，几乎没有多想，一抬手，砰的就是一枪，直接把杨兴的脑壳打得粉碎。跪在一旁的小丫鬟哪儿见过这场面，尖叫一声，当场就被吓晕了。

大喜子没有读过书，字是一个都不认识，可他却在开枪后说了一句耐人寻味的话："一个吃里爬外的东西，留下来也是祸害。"说罢，他一把将那个吓晕的丫鬟扛在肩上，一脚踢开旁边一间屋子的门。

屋子响起了一阵厮打声和女孩撕心裂肺的哭喊声，但这些声音很快就被大喜子的狂笑淹没了。过了好长一段时间，光着膀子满身大汗的大喜子出现在了门口，几个土匪谄笑着凑过去："恭喜大当家的，滋味咋样？"

大喜子没有说话，他点上了一支烟，狞笑着朝屋里摆了摆手。几个土匪惊喜地一抱拳："大当家的洪福齐天！"说完，他们手忙脚乱地解着裤带，呼号着冲进了那间屋子。

此时，知道不会有好下场的孙先生早就趁着没人注意，脚底抹油，溜了。

大伙听得仔细，也听得入迷，林逸飞却听出了其中的端倪："小风，不对呀，宋家的人既然全死了，那你是从哪里打听到这些的？"

小风歪头看一眼宋紫依，问道："小嫂子，咱府上是不是还有个叫孙寿义的人？"

宋紫依低头想了片刻，摇了摇头。

小风提醒道："你再好好想想，他是咱府上的厨子。"

"哦，对对，"宋紫依想起来了，"厨子里好像有个人叫这名字，大伙好像都叫他……叫他老孙头儿。"

大黄问道："怎么，这个人还活着？"

"嗯，"小风说道，"当晚宋家大院被抓起来的人，全部被杀，却唯独活了他一个。"

大黄颇为不解，问道："为啥？大喜子心狠手辣，全府的人都杀了，却偏偏留下了一个厨子？"

狗子也纳闷道："难道大喜子遇到亲戚了？"

"正是。"小风一拍桌子，说道，"别说狗脑子不灵，这回还真让狗子给说对了。这个孙寿义和大喜子是一个村的，都是凤霞县城外孙家铺子的人。虽说这个孙寿义是个快五十岁的人了，但他和大喜子同辈，是大喜子的远房堂兄。"

黑子警觉地问道："小风，难道这个孙寿义……该不会也是大喜子的眼线吧？"

小风笑着摆了摆手："不会不会，如果他是大喜子的眼线，就不会对我说出这些了。孙寿义好多年不住在孙家铺子了，一直在宋家大院当厨子呢。"

林逸飞若有所思地点点头，问道："你……你找到这个孙寿义了？"

小风得意地一扬下巴，摇头晃脑地应道："然也。"

狗子一脸的敬佩，朝小风伸出大拇指，催促道："快说说，你是怎么找到他的。"

小风轻啜了一口茶水，继续说起来……

凤霞县城里有家小茶馆，说是茶馆，可里面喝酒的人比喝茶的人还要多。每天上午，城里那些闲人就会聚在这里，天南海北地聊。想探听个小道消息、风流趣闻什么的，到那里准没错。

小风在临近中午的时候进了那家小茶馆，他要了一壶酒，就直接钻到人堆里，然后吆喝一声："呀，大伙都在啊！"

其实，别看这些人每天都聚在这里，只是互相脸儿熟，彼此间并不了解。见有人打招呼，大伙纷纷热情地起身寒暄："嗯嗯，来了，坐坐。"

小风也不客气，把酒壶往桌子上一放，瞅了瞅周围诸人，朗声说道："今天各位都是熟脸儿，得嘞，有日子没见了，今天我做东。"说罢，喊来小二，让往这边多来几道下酒的肉菜。

小茶馆里都是闲人，也都是穷人，平日里二两散酒能品到天黑，一听说有人请客喝酒，还有荤菜，立马有几个人厚着脸皮凑了过来。小风来者不拒，让店小二将两张桌子拼在一起，身边一下子坐了十好几位。

在小茶馆喝酒有个不成文的规矩，得有个话题，要不然喝酒不热闹。今天是小风做东，话题自然要由他开头。小风有心打探一下大喜子的事，可又不好直接明说，于是就拿宋家大院的事做了过渡。

小风把头往前伸，压低声音，故作神秘地说道："哎，列位都听说了吧，咱宋村大富户宋恩万的府上出大事啦！"

酒桌上的人都笑了："这算哪门子新鲜事，有把日子了。"

小风佯装一愣："呦，你们全知道啦！那……你们知道是谁干的吗？"

有了话题，大伙便七嘴八舌地说开了。凤凰山"活阎王"大喜子屠了宋府是酒馆里人人皆知的事情，再往后，大喜子当晚带了多少人、一共多少条枪、开了几枪、在宋家大院杀了多少人、抢了多少财物都说得有鼻子有眼的。中间还因为几个具体数字的偏差引起过争论，一桌人聊得不亦乐乎。

小风用心听着，最后，看众人聊得差不多了，才探着头故作惊讶地说道：

"各位的消息真是灵通啊，你们是咋知道这些的？"

一听这话，方才还口若悬河的众人顿时鸦雀无声，不约而同地看向了一个人。这是小茶馆里一个有趣的现象，那些讲得热闹的，大多都是些道听途说的主儿。真正明白事儿的人往往不愿往人堆里凑合，就像眼前这位，坐在不起眼的位子上，不动声色，该吃吃该喝喝，但脸上始终挂着一种神秘的微笑。这位见大伙一齐看过来，便轻咳两声，放下筷子，然后微笑着环视四周，回过头再给小风点头打个招呼。小风心说，来了，这才是明白事的真主儿。

小风起身，恭敬地给那人满上酒，那人客气地道着谢。小风这才开口问道："这位大叔，您是怎么知道这些的？"

那人神秘兮兮地凑到小风耳边："小哥，借一步说话。"说着，便拉小风到了一个角落。此人的这一举动引起了同桌人的鄙夷，因为在小茶馆里，"消息"是需要共享的，而那人竟给小风开了小灶。

那人告诉小风，他的邻居，就是宋家大院的掌勺大厨孙寿义，在宋府出事的当晚，因为大喜子念及亲情，被放了一条生路。孙寿义跑回家后吓得四五天没敢出门，整天在炕上蒙着大被，连上茅房都不敢出房门。后来，他带着酒去了孙寿义家，几杯酒下肚，孙寿义借着酒醉号啕大哭，把宋家大院遭难的经过都给他说了。

二人回到酒桌，小风惊叹道："大喜子，果然是心狠手黑啊！"

众人附和道："可不，要不能叫'活阎王'嘛。"

小风又说道："他做了这么多的恶事，就不怕家里的人跟着遭报应？"小风这样问，是想在大喜子家人的身上找点线索。

大喜子在凤霞县也是名人，大伙说起他的事，如数家珍。

大喜子的爷爷就是土匪，大喜子却是出生在老家，自幼跟母亲在孙家铺子生活。五岁那年，大喜子他爹在山上为匪，遭到官府追缉无法回家，不巧，他母亲又染病过世，是孙家铺子的乡亲们把年幼的大喜子一直养活到十岁。那年，他爹在凤凰山站稳了脚跟，这才将大喜子接到了山上。可谁也没想到，大喜子后来竟然成了这么个丧心病狂的恶疴。如今，孙家铺子的人出门在外，都羞于说自己是孙家铺子的人。大伙恨大喜子恨得牙根儿痒痒，都说要是早知道他是现在这个样子，小时候就该饿死这个小畜生。

不过，大喜子虽然恶毒，却从不染指孙家铺子，这也是他放了孙寿义的原因。

小风又问道："难道官府就拿这个家伙没辙？"

有人叹息道："国民政府的时候，凤霞县倒是想收拾大喜子，但是有心无力。大喜子知道自己作恶太多，所以轻易也不敢下凤凰山，就算是下山，也是带着大队的随从护身。现如今日本人来了，就更没人管老百姓的死活了，大喜子比从前嚣张多了，做起恶来也更加肆无忌惮了。"

第十八章　神枪狙杀

听小风说完他的茶馆见闻，大伙都沉默了。

林逸飞叹着气自言自语道："大喜子不下山，咱还真拿他没辙。哎，小风，你说咱能不能想法子把他调出来，来个调虎离山啊？"

小风喝了口茶水，又给大伙讲起了另外一个故事。

凤霞县城里有个苦命的姑娘，小小年纪就被家人卖进青楼，给人家做了使唤丫头。都说女大十八变，越变越好看，十几岁的时候，原本黑瘦干瘪的小丫头竟然出落得光彩照人。青楼的老鸨给小姑娘起了个花名"如意"，并贴出了招嫖的"梳拢告示"（旧社会青楼对妓女初夜的竞标仪式），引得县城里的好色之徒趋之若鹜。最后，一个外地来凤霞县经商的财主花费巨款，如愿一亲芳泽，破了如意的身子。

如意姑娘在凤霞县可谓一炮而红，引得滨城的公子哥没事都总往凤霞县城跑，如意也成了青楼当之无愧的头牌。两年前，一个曾在外地做官的老员外回到了凤霞县，慕名光顾了如意姑娘。这一睡不要紧，如意把老员外的魂儿都给勾走了。没出几日，老员外便用重金给如意赎了身，抱回家去金屋藏娇，占为己有。

老员外得了如意，那是如获至宝，捧在手里怕摔了，含在嘴里怕化了，天天腻在如意的屋里，以前娶进门的几房太太都被他尽数冷落。对如意提出的任何要求，老员外都是极力满足。可好景不长，如意受宠的好日子没过上几天，一天深夜，老员外竟在交欢的时候死在了如意的身上。

老员外这一死，那户人家可乱了套，几个子女和几房太太为了争夺家产打得不可开交。尽管这样，但这些人在一件事上倒是众志成城，那就是齐心协力地将如意赶出家门。驱赶如意的理由很充分，如意虽说有姨太太的名分，可她是被老爷买回来的，不是明媒正娶，所以她没有权利分家产。并且，老爷是累死在她身上的，不把她送官法办就已经是给足她面子了。

举目无亲的如意姑娘就这样不明不白地被人赶出了家门，因为没有别的去处，她只好又回到青楼，重操旧业。不过，这时的如意已经是自由身，卖身的钱除了给老鸨上缴一部分，大部分属于自己。

花魁毕竟是花魁，在青楼短短的几个月，如意姑娘就赚了一大笔钱。此后她离开了青楼，用这笔钱在凤霞县城买了一套小宅子，自己接客度日。平日里的花销用度，依旧指望着那些恩客的打赏。

可渐渐的，如意姑娘的生意越来越清淡，门前冷清了起来，以至于最后只剩下了两个恩客。是因为如意姑娘美貌不再？不是。如今的如意风华正茂，比起早些时候越发水灵了，她生意冷清的原因就出在那两个恩客的身上。

这两位可不是一般人能惹得起的人物，一个是凤凰山的小头目，有人传言他是大喜子手下的二当家；另一个则是海匪海蛎子的得力干将。

这就有意思了。

要知道在多年以前，凤凰山和扁担岛那可是水火不相容的活冤家死对头，虽说后来经黄旗出面调停，两家停止了厮杀，可毕竟从前的龃龉尚在。这位如意姑娘也不知道对这二人施了什么妖法，两个杀人不眨眼的魔头竟然在如意的面前俯首帖耳。他们像是商量好了一样，这个在如意家里住上几天，抬脚刚走，另一个就赶紧上门。两个汉子共享着一个女人，竟然相安无事，也是世间的奇事……

大伙津津有味地听小风说着花边新闻，却唯独苦了宋紫依，她大红着脸，坐也不是，站也不是。

大黄对那些艳事提出了疑问："哎，你说的这些破事能是真的吗？连茶馆里的人都知道，那小鬼子能不知情？再说了，那两块料也太色胆包天了吧，凤霞县如今可是小鬼子的地盘，他们敢这么明目张胆地进县城？还敢在那个如意的家里过夜？"

小风笑着解释道："听他们说，也有人报过官，可小鬼子根本不理这茬闲事，他们也不想跟土匪起冲突，只要井水不犯河水，他们就睁一只眼闭一只眼，假装没看见。我听茶馆里的人说，小鬼子好像还派人去凤凰山找过大喜子，想把他的队伍给招安了，但是大喜子好像没答应。"

众人恍然大悟。狗子挠着头问道："小风，你说了这老半天，好像这些事……跟大喜子没啥关系呀。"

小风一笑，抬头看了看身边的几个人，眼神最后落在了林逸飞的脸上。

林逸飞也笑了，他用手虚点着小风："你小子这脑子啊，哈哈……"后面的话，他没有说出来。

黑子蹙着眉头想了一会儿，也笑了出来。狗子却依旧一头雾水："你们笑啥？咋了？说给我听听啊。"

林逸飞起身说道："时间不早了，都赶紧回去睡觉，明天咱们再合计合计。"

宋紫依嘟着小嘴问道："逸飞少爷，你们……你们还能给我报仇吗？"

林逸飞笑道："你就放心吧，既然答应了你，我们就肯定会做到。"

睡得晚也不是没一点好处，最起码早饭是省了。林逸飞和大黄起床的时候，院子里已经飘起了午饭的饭菜香味。

到了饭堂，宋紫依正帮着下人往上端菜。林逸飞心里过意不去，刚想喊她过来坐下，却被大黄扯了一下衣袖："别管她，让她学着干点活吧。"

饭菜上桌，所有人都在，却唯独缺了小风。

林逸飞问道："狗子，小风去哪儿了？"

狗子回答道："上午就走了，说是回去给他爷爷请个安。"

这还不错，小风最近规矩了很多，最起码夜不归宿的时候知道跟他爷爷请个假了。

狗子吃吃地笑着："这小子让我陪他一起回去，我可不敢去。"

"不敢？怎么了？"林逸飞问道。

见其他几个人都在笑，林逸飞恍然大悟。自从上次对老道长放出了小灵儿的烟幕弹，老道长一看见这哥几个就追着问，搞得他们都不敢去上清观了。别说去上清观，就连路过上清观都躲得远远的，绕着走。

大家刚端起饭碗，小风竟然回来了，他一进门就嚷嚷："快快快，给咱也来一碗，真饿死我了。"

狗子伸手挡住桌子上的饭菜："干吗，你们家没饭吃啊？又来我们家蹭饭。"

小风搬过个凳子挤进来，说道："道观里的饭实在太难吃了。真的，以前我还没觉出来，最近在这里吃了几顿，这差距马上就体现出来了。我可不是为了蹭饭夸你们家厨子啊，是真好吃。"

"小风，给。"宋紫依已经到了小风的身边，还给他端来了一碗饭。

小风接过饭碗，抹着眼角感慨道："还是小嫂子对我好，都说老嫂比母，这话是一点也不假。"说完，他用筷子指点着周围的人，"都跟小嫂子学着点，有你们这么做兄弟的吗？尤其是狗子，见我来了还捂着饭碗，要你们这样的兄弟有什么用！"

大伙都被小风逗笑了。大黄说道："快吃吧，有饭吃也堵不住你的嘴。不要兄弟，不要兄弟你哪儿来的嫂子？"

小风咂着嘴一寻思："嗯，是这么个理。"

看着小风狼吞虎咽，林逸飞哭笑不得："哎，没人跟你抢，你能不能慢点吃？怎么跟几年没吃过饭似的。"

小风吞下嘴里的那口饭，叹息道："我是真饿了，一天没吃东西了。"

"啥？"狗子问道，"昨晚一顿酒喝到半夜，好日子都让你给过了，至于饿成这样吗？"

"喝到半夜，"小风叫苦道，"想美事吧！我倒是想喝到半夜，小鬼子在县城宵禁，到了天黑所有的买卖都要关门，老百姓连门都不敢出，我上哪儿喝酒去？"

林逸飞纳闷了，问道："那你昨晚在哪儿喝的酒？咋那么晚才回来？"

小风反问道："小哥，你还不了解我吗？你让我去打探消息，我能马马虎虎地把茶馆里听到的消息带回来？"见众人都眼巴巴地望着自己，小风神气地一撇嘴，说道，"我让茶馆的那人，带我去了一趟孙寿义家。"

原来，小风为了确定那些消息的可靠性，专门去了宋府厨子孙寿义的家。从孙寿义家出来的时候已经是半夜了，他要躲着小鬼子的巡逻队，所以才在后半夜回了山。

黑子称赞道："行啊小风，一顿酒还真见交情，那人竟然敢带你去孙寿义家，这关系可是够铁啊。"

小风咧着嘴鄙夷道："啥朋友，遇着个财迷罢了。为了让他带我去见孙寿义，我还给了他一块大洋呢。去孙寿义家里也不能空手去啊，我又买了两瓶酒和两包点心。"

狗子笑着说道："哟，咱小风爷这回可真是破费了，你该不会又在县城里劫富济贫了吧？"

小风皱着眉头，装模作样地叹一声："唉，我也是没法子，顺手搂了俩钱袋，就算是咱飙旗借用的吧。"

看着小风那副装出来的无奈样子，大伙忍不住又是一顿笑。老阿福一直在旁边紧锁着眉头默默地听着，看得出来，他很担心，有好几次想开口说些什么，但最终什么也没说。

饭后，几个人又心照不宣地聚到了林逸飞和大黄的房间。大家聊了一下昨天小风带回来的消息，林逸飞总结了一下当前的局势：日本人占领了滨城，脚跟还没站稳，目前还没有足够的精力去对付匪患。大喜子趁着这个时机猖獗作恶，在凤霞县周边更加臭名昭著。世道荒乱，很多穷凶极恶之徒加入了大喜子的队伍，此时的大喜子势力大增，比之前更难对付了。大喜子生性多疑，轻易不肯下山，偶尔下山也是带着众多的亲信爪牙随护随行。虽然有黑子的那支神枪，可以远距离结果大喜子的性命，但是大喜子行踪诡秘，很难掌握时机。

众人一时没了主意，呆呆坐着发愣。过了一会儿，大黄挠了挠头，忍不住问道："那你说，咋办？"

"咋办？"林逸飞说道，"根据小风带回来的消息，我看倒是可以利用一下凤霞县城的那位如意姑娘，利用她的两个恩客，激化大喜子与海蛎子之间的矛盾，也许可以借海蛎子的手除掉大喜子。退一步说，只要搅浑了这潭水，就势必会增加大喜子下山的概率，咱们就可以找合适的时机守株待兔，狙杀大喜子。"

林逸飞的话音刚落，小风朝他伸了伸大拇指。其实林逸飞心里很清楚，这本来就是小风的想法，若不然，他也不会多此一举带回关于如意姑娘的消息。

黑子也表示赞成："目前来看，咱还真没有太多办法对付大喜子，这个想法不错。慢慢来，咱们可以走一步看一步。"

大黄却提出了异议："少爷，你这法子也忒阴了吧？背后打人黑枪，这也不够光明磊落啊。"

林逸飞冷冷一笑，反问道："光明磊落，行啊，那咱五个人就拎着枪直接上凤凰山。不过我倒想问一句，咱是去报仇，还是去寻死？"

大黄迟疑了一会儿，唏嘘道："怎么说也是江湖上的事，背后打黑枪不道义，日后传出去，恐怕会遭江湖同道耻笑。"

"哎哎哎，"狗子轻叩着桌子，懒洋洋地说道，"我说大黄，我没听错吧？你要跟大喜子讲道义？那畜生杀人放火的时候讲道义了吗？他祸害老百姓的时候讲道义了吗？我不知道啥是道义，也不懂啥是江湖，反正我就觉得，你要是跟大喜子在一个江湖里，我都替你觉得砢碜。"

"你……"大黄被噎得说不出话来。

狗子的这通反驳很有力，若不是为了顾及大黄的颜面，林逸飞真想给狗子"呱唧呱唧"。

大黄不再言语。林逸飞说道："我有几句话要说，既然是报仇，咱们要的就是最后的结果。至于方式和过程，我的主张是无所不用其极！也就是说，只要能达到目的，可以不择手段。"

大家纷纷表示赞成。

大黄也妥协了："行，那就听大当家的，我绝对服从。"

接下来的两天，狗子和小风去凤霞县城的小茶馆继续探听如意姑娘的情况。

小茶馆里的那些闲人对如意姑娘的事了如指掌，讲起她的那些风流韵事如数家珍，看他们讲述时那眉飞色舞的样子，就好像他们都上过人家的炕。

五天后的凌晨，海边公路旁的半山腰上，四个黑影静静地趴在草窝子里。风很大，隔着一座山都能隐约听到海浪声。狗子选的这个位置不错，避风。为了长时间潜伏，临行前大家都加了衣裳，可后半夜的春寒还是把他们冻得蜷缩起了身体。太安静了，除了隐约的风声和海浪声，再没有其他任何声响，稍微移动一下身子，身下被折断的枯草发出的噼啪声都清晰可闻。在这里已经趴了一个多小时了，可公路上一个人也没有，小风那边也不见动静，这样的等待实在乏味。

一阵细碎的脚步声传来，小风回来了。他挤到大黄和林逸飞的中间，朝两个人狡黠地一笑，然后用手一指远处的公路，说道："来了。"

黑子转头递过来一个询问的眼神，小风坚定地点点头。

那只倒霉的猎物要出场了。

这几天，狗子和小风已经把情况摸得很清楚了，如意姑娘的家也侦察了几次。海蛎子那个得力的手下去如意那里很有规律，傍晚上岸，绕道海边摸进凤霞县城，在如意家里住一天两夜，平时根本不出门。每次离开时都在凌晨，按原路出城返回，海边有船接应他回扁担岛。

林逸飞觉得这个海贼有点意思。听庙岛的渔民说，扁担岛上的匪帮经常会出现没饭吃的情况，可这小子倒挺富裕，居然还有闲钱照顾如意的生意。看来着实需要给这个海贼腐化分子一点教训，让他也知道知道，色字头上有把刀。

天色渐渐亮了起来，周遭一片灰蒙蒙的白，远处公路上果然来了一个行色匆匆的身影。那人很警惕，一边赶路一边观察着周围的动静，还时不时地回头张望两眼。埋伏在半山腰的兄弟五个都屏住了呼吸，现在就看黑子的了。

可是，那人已经从他们眼前的公路上过去了，黑子却一直没有开枪。黑子正嚼着一根狗子给他的草梗，显得气定神闲。大伙有些纳闷，有心想问，可又不敢打扰他。眼看着那人的身影越来越模糊，就要从众人的视线里消失，黑子这时才支起了枪，趴在了瞄准镜上。随着一声清脆的枪响，远处那个模糊的身影猛地向前一顿，仆倒在地，看那样子，就好像被人在后脑勺上拍了一砖头。

大伙朝黑子竖起了大拇指，但黑子的双眼却一直紧盯着远方的目标。过了好一会儿，那个身影依旧趴在地上纹丝不动，小风咧着嘴问道："黑子哥，不会是打死了吧？"

黑子也有些傻眼，含糊地应道："按理说应该不会啊，今天的风有些大，可我已经修正了呀。"

狗子叫苦道："哎哟黑子，你还修正个屁呀！这风就是再大，它还能刮跑了子弹？"

大黄教训狗子："你不懂就闭嘴，你比黑子还懂枪啊！"说完，拍了拍黑子的肩膀，安慰道，"没事黑子，这么远的距离，出现点偏差属于正常。再说了，打死了就打死了呗，别往心里去。"

按照原来的计划，挨枪的这人应该活着回扁担岛，可现在竟然死了。林逸飞想过去安慰黑子几句，就在这时，小风指着远处低声说道："快看快看，动了，起来了，起来了。"

小风说得没错，那个家伙艰难地从地上爬起来，仓皇地朝身后看了两眼，然后吊着一条胳膊踉跄着朝远处逃去。几个人都松了一口气，黑子的脸上也露出了笑模样儿。

三天后的凌晨，飙旗五兄弟又趴在草窝子里，不过这次他们换了一个位置，是在凤霞县城外，那条通往凤凰山的公路旁。小风刚从前方侦察回来，说目标马上出现，两个人。今天他们要对付的是如意姑娘的另一个恩客，这人是凤凰山大喜子的人，可没想到，这家伙竟然还带着一个保镖来了。

说话间，两个身影已经出现在了公路上。看样子二人今天的心情不错，一路上有说有笑，丝毫没有觉察到即将大祸临头。

大黄朝公路上瞅了瞅，皱眉低声问道："小风，是哪个？"

小风摇摇头，看向狗子。狗子不耐烦地说道："管那些干吗，只要是大喜子的人，全都该死，算他倒霉，俩一块弄死得了。"

有道理！林逸飞碰了碰身边的黑子，问道："两个，有把握吗？"

"没问题。"黑子龇着牙一笑，胸有成竹地说道，"除了咱家小风，我还没遇见过跑得比子弹快的人。"

路上的两个人正说笑着赶路，一声枪响，其中的一个应声倒下，巨大的冲击力将那人重重地向后击出两米多远。另一个山匪明显被枪声吓得魂飞魄散，他摸出枪伏下身子，伸手试图去晃动只剩下半个脑袋的同伴。

黑子利索地拉开枪栓，退壳、上膛、瞄准、射击，一气呵成。"砰"！又一声枪响，两个山匪倒在了一起。

飙旗众好汉回别院休整了一天。

第二天早上，小风来喊狗子，两个人一起下了山。按计划，他俩该去县城的小茶馆散布谣言了。可刚到中午，两个人就回来了。早上临走时，小风明明说中午要在小茶馆给闲人们摆宴啊。

见二人进门，林逸飞诧异地迎了上去："咋了？怎么这么快就回来了。"

狗子笑着说道："白跑一趟，根本不用咱造谣，县城里早就传开了。茶馆里那帮人的消息实在太灵通，他们不去当奸细，真是可惜了。"

小风也笑，讲起他们在小茶馆的见闻……

上午小风和狗子刚进小茶馆，就见里面的闲人们都在交头接耳地议论着什么，他们今天的话题格外统一，也格外劲爆，凤凰山土匪的二当家让人给崩了。起初大家还众说纷纭，对这事的描述各有不同的说法，但是到后来，口径渐渐统一，形成如下版本，让整个事件变得生动完整了起来。

凤霞县城里如意姑娘的两个恩客中，如意姑娘对扁担岛的那个男人比较钟情，当初人家两个人是两情相悦，可是后来，大喜子手下的二当家却闯进来横插了一杠子。由于畏惧大喜子的恶名，如意姑娘不得不委曲求全，上演了一出一女侍二夫的戏码。现在，如意姑娘厌倦了红尘，想要跳出火坑从良嫁人，如意郎君自然是那个贴心的海匪。不料如此一来，竟惹恼了凤凰山的二当家，那家伙心狠手辣，表面上没说什么，背后却下了黑手。就在前几天的一个凌晨，凤凰山的土匪在那个海匪回去的路上，设伏打了黑枪。不过，那海匪福大命大，愣是在枪口下捡回了一条命。那海蛎子也不是吃素的，这家伙向来是有仇必报。就在前天早上，凤凰山二当家的带着他的保镖刚离开凤霞县城，就在路上被海蛎子的手下干掉了。

闲人们在传播这些消息的时候，俱是一副紧张严肃的表情，而在讲述之后，则会换上一副怡然自得的神情，那架势颇有几分身为高手坐山观虎斗的意思，好像他们随时可能亲自出马插手此事。最后，闲人们还会幸灾乐祸地来上一句："两边没一个善茬儿，走着瞧，这回可热闹了！"

林逸飞和大黄、黑子听完了小风的讲述，会心一笑。这事，还真需要小茶馆的闲人们添油加醋，有鼻子有眼地传得越远越好。

两天后的那个深夜，月黑风高，一艘小船悄悄靠上了凤霞县城北的海岸。这是海蛎子的船，今天是海匪们靠岸搬给养的日子。小船刚刚靠上礁石，几个海匪还没来得及下船，海岸上的黑暗处突然枪声大作，一挺机枪喷着火舌，将海匪们压制在船舱里根本无法抬头。

面对黑暗中的突然袭击，海匪们压根摸不清岸上的虚实，慌张地还击了几枪，便驾着小船向深海处逃去。

见小船走远，林逸飞朝身旁的兄弟们说道："行了，撤。"

黑子抱起机枪，五个人消失在夜幕之中。

第二天，凤霞县小茶馆里关于大喜子和海蛎子的恩怨，又增添了新的篇章，谁都不会怀疑，这两伙悍匪的火拼，已然拉开了序幕。

说来也怪，这水已经搅得够浑了，凤霞县城里早就传得满城风雨，可一个多星期过去了，大喜子和海蛎子却一点动静也没有。难道他们同时选择了息事宁人？按照大喜子一贯的阴狠作风，他能咽得下这口气？不应该啊。

山下的平静让林逸飞等人又纳闷又着急，可他们现在别无他法，只能默默等待，静观事态的发展。

第十九章　剑走偏锋

天气渐渐变暖，栖霞山上的野花都露出了骨朵儿，山风阵阵袭来，花香沁人心脾，这是滨城一年里最好的时节。在一个和风徐徐的下午，栖霞山别院迎来了几位让人意想不到的稀客。

护院的家丁打开院门，林逸飞和大黄认出了来人，是山下牛肉馆的店小二。店小二冲着二人笑吟吟地一抱拳："二位当家的，你们看看谁来了。"

林逸飞出门一看，店小二身后竟然还藏着三个人和三匹马。为首的那个人转过身来，林逸飞惊喜地叫了一声："二师哥！"

没错，门外来人正是南山黄旗现任二当家姚长生。

姚长生三十左右的年纪，相貌英俊，身材修长。他与大师哥二杠子、师弟二嘎子一起跟随林逸飞的父亲林敬轩习武多年，一身的好武艺。当初在滨城，他是二杠子的师弟，也是二杠子在保安团里的得力助手，后来小鬼子占了滨城，姚长生不甘投降，便带着手下的几十个弟兄上南山投奔了黄旗。前段时间，大黄下山前将二当家的交椅让给了他。

一行人进了院子，姚长生红了眼圈，捏着林逸飞的肩头，嘴里不住地称赞："好，好小子，好样儿的！"

见到姚长生，林逸飞的心里涌起太多的委屈，脑海中也浮现出当年自己跟父亲，还有师哥们在一起练武的画面。那时候父亲还活着，每天都是好日子。

老阿福也迎出来，寒暄之后，他带着姚长生去后堂拜祭了林敬轩的灵位。

姚长生在灵位前长跪不起，哭着指天盟誓："师叔，您老人家安心走吧，不报此血海深仇，长生我枉披了这张人皮！"

林逸飞和大黄抹着眼泪将姚长生扶起来，众人又是一阵唏嘘。

大伙回到正堂说话，谈及大师哥二杠子，姚长生黯然神伤，一声长叹："逸飞，你可千万不要怪罪大师哥，他也是没有法子呀！手下那么多弟兄，他不得不从长计议。得知日本人占了滨城，他哭了整整一宿，他也想活得堂堂正正，也想死得轰轰烈烈，可是没法子，滨城的父老乡亲都成了日本人要挟大师哥的肉票，谁能体谅他的苦衷？"

二师哥的话有道理，其实在林逸飞的心里，他倒没怎么恨二杠子，想来二杠子也有着太多的难言之隐。有时候，忍辱负重地活着，也需要相当大的勇气。

几个人正说着话，林逸飞突然想到一个问题："二师哥，你咋这个时候下山了？你这次来……不会单单就为了看我吧？"

姚长生一笑，反问道："你们两个小子，我为什么下山，你们会不知道？"

林逸飞被姚长生问得一头雾水，他扭头和大黄对视了一眼，大黄也摇了摇头。姚长生戏谑道："你俩揣着明白装糊涂呢！说说吧，大喜子和海蛎子那边是不是你们捣的鬼？"

大黄和林逸飞难为情地笑了笑，看来，他们的这点伎俩并没有逃过罗百岁和姚长生的法眼。

"既然你们已经把戏做足了，那我们也不能闲着呀。实话告诉你们吧，我们这次下山，就是来收拾大喜子的。"姚长生说道。

在场的几个人都愣了一下，大黄惊讶地问道："收拾大喜子？啥时候？"

姚长生平静地说道："今晚。"

林逸飞一下子蹦起来："今晚？咋回事？"

这也太突然了吧！

其实，很多事的隐情并不是小茶馆的闲人们所能了解的。最近，大家的话题集中在大喜子和海蛎子二人身上，但他们却忽略了栖霞岭的匪首蔡斧头的存在。

栖霞山坐落在凤霞县城的西部，天气好时，每到傍晚，夕阳西沉彩霞满天，从凤霞县城远远地望去，犹如一片晚霞匍匐在山峦之上，栖霞山由此而得名。凤霞县城取名"凤霞"，也是因附近的凤凰山、栖霞山而得名。蔡斧头就盘踞在栖霞山的主峰栖霞岭。因为蔡斧头势力太弱，平时那些打家劫舍、拦路掠财的油水事，他根本沾不上；如今出了祸事，有人却想起他来了。

最近这几起冲突，全都发生在凤霞县城的周围，而这里恰恰是栖霞岭蔡斧头的地盘。

海蛎子的手下在凤霞县城外受了伤，怎么能咽下这口气？海蛎子差人上了栖霞岭，气势汹汹地给蔡斧头带去了口信，让他们交出凶手，否则刀兵相见。蔡斧头一下子慌了神，他一再解释，自从来了日本人，自己和手下的弟兄就没敢下山；再说了，他哪有胆子得罪海蛎子。但来人根本不听，只说在你的地盘上出了事不找你找谁，扔下几句狠话便扬长而去。

正当蔡斧头焦头烂额地想着对策，岂料又出了更大的事。这回是他更惹不起的祖宗、凤凰山的活阎王大喜子。凤凰山的二当家和一个随从竟然在蔡斧头的地盘被人打了黑枪，给打死了。大喜子也差人上了栖霞岭，给蔡斧头下了最后通牒，让他马上交出凶手，否则血洗栖霞岭。不过，来人临走时留下了句活话，说要是实在交不出凶手，那就破财免灾。凤凰山大当家的通情达理，也没多要，一条人命五百块现大洋，死了两个人，大洋一千块。

山下的县城闹小鬼子，平时为了自保，蔡斧头连山都不敢下，现在的栖霞岭穷得都快揭不开锅了，他上哪儿去摸一千块现大洋？那边海蛎子还频频来人催要凶手，蔡斧头为了这些事，想死的心都有了。过了几天，一些风言风语传到了蔡斧头的耳朵里，他总算琢磨明白了，敢情是你们两家闹矛盾，拿老子撒气来了，这真是岂有此理。

不过明白归明白，自家的势力不行，又能怎么办？大喜子和海蛎子，哪一家他蔡斧头都惹不起。这两家都不是讲理的主儿，现在摆明了就是要欺负你。蔡斧头陷入了深深的惶恐中。

福无双至，祸不单行。就在蔡斧头苦思无门的时候，山下又出事了，海蛎子上岸拉给养的船被人伏击了，伏击的人竟然动用了机关枪。海蛎子的人又上了栖霞岭，这次来人什么话也没说，丢下颗脏兮兮、血淋淋的猪心就扬长而去。对于土匪来说，这就是直接下战书了。蔡斧头心知这件事敷衍不过去，干脆直接去了扁担岛，面见海蛎子请罪去了。

蔡斧头之所以选择去扁担岛，是因为他心里有数，相比大喜子的暴戾乖张、喜怒无常，海蛎子还算个讲理的。假若蔡斧头去了凤凰山，他还真不知道自己有没有命下山。

在扁担岛上一见到海蛎子，蔡斧头就声泪俱下，大诉委屈。

眼泪是真眼泪，委屈是真委屈。蔡斧头夹在海蛎子和大喜子中间，每天过得提心吊胆，如今又有了日本人，他的日子是一天不如一天。外人视他为悍匪，其实他混得跟要饭的差不多，又怎么敢对海蛎子的人下手呢。

面对泪人一般的蔡斧头，海蛎子似乎动了恻隐之心，但是自己的手下被人暗算，运送给养的船又被伏击，蔡斧头总要给个交代吧。

怎么交代？蔡斧头干脆把自己的家底据实相告。按蔡斧头的说法，山上一共也就几条破枪，连子弹都没有几发，更别说机关枪了。蔡斧头之所以提到机关枪，是想给海蛎子一个暗示，让海蛎子心里好好想想，到底是谁有势力对他下黑手。别的不说，前段时间大喜子劫了凤霞县宋村首富宋恩万的宅子，宋府的一挺机关枪和二十几条快枪都被大喜子劫去了，这事大家都知道。

见火候差不多，蔡斧头对海蛎子掏了心窝子："大当家的，您是个明白人，可是没法子，人家兵强马壮，咱惹不起呀。可怜我老蔡有心帮您，可咱力不从心哪！"奸猾的蔡斧头用几句话就撇清了自己与那些事的干系，并声明了自己的立场，而且提醒了海蛎子：你不是不知道谁在与你作梗，只不过你惹不起人家，吃柿子捡软的捏，拿我出气罢了。

其实何须蔡斧头提醒，海蛎子本就心知肚明。那些事发生之后，他只不过是想借事敲诈一下蔡斧头，顺便给自己个台阶下。如今既然已经被蔡斧头当面点破，他好像也没有退路了。

真的要和大喜子明刀明枪地打一场？海蛎子不太敢。

从前他和大喜子的势力差不多，两家在长达数年的恶斗中谁也没有讨到什么便宜。可如今的大喜子已非当年，这家伙最近频繁作恶，大买卖不断，队伍也随之迅速壮大，现在大喜子兵强马壮，自己根本不是他的对手了。可就此忍气吞声，海蛎子又咽不下这口恶气，这事如果传扬出去，自己还如何在江湖上立足？况且，如果这次自己低了头，那下次呢？大喜子的脾性海蛎子了解，他绝不会就此善罢甘休。这次服了软，大喜子就会变本加厉地欺压自己，长此下去，海蛎子不仅地位不保，日后能不能活命恐怕都是问题——别的不说，眼前的蔡斧头就是活生生的例子。

从前的蔡斧头也算条绿林好汉，势力虽不能与黄旗相提并论，但足以同海蛎子、大喜子平起平坐。可后来大喜子逐渐得势，蔡斧头的势力范围被大喜子不断地蚕食，最后只能"蜗居"栖霞岭。

打，打不过；和，又咽不下这口气。海蛎子如坐针毡、左右为难。

海蛎子的为难完全在蔡斧头的预料之中，他给海蛎子出了个主意："大当家的，其实这事您用不着太犯难，当年您和大喜子不也是闹得水火不容吗？如今又是他冒犯在先，要不……要不咱找人给评评理？"

蔡斧头的一句话让海蛎子茅塞顿开。对呀，当年的"停火协定"就是黄旗做了中间人，如今大喜子挑衅生事，完全可以找黄旗出面主持公道啊。

蔡斧头和海蛎子两人一商量，直接就奔了南山。

南山上，二人面见黄旗大当家罗百岁，添油加醋地痛陈大喜子的恶行，将他骂了个狗血喷头。这次大喜子主动挑衅，单方面撕毁了黄旗制定的"停火协议"，这本身就是对黄旗的不敬。

南山大当家罗百岁，表面上看似和善，实则是个十分老辣果断的人物，否则，当年黄长庚也不会把黄旗放心地交到他手里。罗百岁心里明白，大喜子这样的人物不可能为了一个女人对海蛎子下黑手，在大喜子眼里，身边的这些所谓兄弟不过是他争地盘敛财富的工具而已，他的眼里只有三样东西：枪、钱和女人。他会帮兄弟去抢女人？那只有一种可能，他自己看上那姑娘了。

既然不是大喜子，那会是谁呢？在凤霞县周围，谁有能力做这些事？谁和大喜子有深仇大恨？罗百岁第一个想到的就是他的好兄弟大黄，因为大黄就在凤霞，而且是奔着大喜子去的。所以，面对海蛎子和蔡斧头的诉苦，罗百岁在表现得深信不疑和义愤填膺的同时，暗自打起了自己的小算盘：大黄兄弟不是要铲除大喜子吗？这倒是个天赐良机，可以让黄旗名正言顺地插手此事。

罗百岁和姚长生一商量，派了两名亲信给凤凰山的大喜子送去一封信。信的内容很简单，只说最近凤霞地面上闹了不少误会，请大喜子到南山上走一趟，大伙以和为贵，坐下来商量一下解决办法。

很快，送信的亲信就回了南山复命。

罗百岁问："咋样？见着大喜子了吗？他说啥时候过来？"

两个亲信对大喜子破口大骂："他大爷的，这孙子现在根本不把咱黄旗放在眼里！他说了，这事出在凤霞县的地盘上，黄旗无权插手，想要议事也可以，他让您带着栖霞山和扁担岛的两位当家的到凤凰山去。最可气的，他还撂下一句话，问咱们敢不敢去。"

堂堂黄旗何曾受过如此屈辱，南山聚义堂炸了锅，众好汉摩拳擦掌，怒骂声此起彼伏。

海蛎子和蔡斧头见状大喜，跳出来对大喜子又是一通指责："诸位好汉都瞧见了吧，我们说什么来着？大喜子现在翅膀硬了，我们以为他只是不把我们放在眼里，没想到，他竟敢把堂堂黄旗也不放在眼里，他现在可真是胆大包天啊。"说罢，二人对着罗百岁一抱拳，"大当家的，事情到了这种地步，您可要为我们做主啊。"

殊不知，大喜子的所作所为正中罗百岁的下怀，他面带微笑，幽幽地说道："孩子大了，毛病多了，是该管管了。"

南山黄旗竟然下山对付大喜子，这显然不在林逸飞和大黄的计划之内，他们只是想挑起大喜子和海蛎子之间的矛盾，然后趁乱浑水摸鱼。不过，既然大喜子冒犯黄旗在先，那黄旗下山收拾大喜子也是理所当然的事。

栖霞山别院里，听姚长生讲完来龙去脉，大黄急切地问道："二当家的，咱这次一共来了多少人？"

姚长生答道："五十几个弟兄，对付大喜子的凤凰山，绰绰有余。"

林逸飞曾经听小风介绍过凤凰山的情况，说道："二师哥，大喜子那边原来就有百十号人，听说最近又添了不少人马，他们在自家门口，地形对他们有利，咱们才五十几个人，有胜算吗？"

姚长生轻蔑地一挥手："凤凰山上的那些怂货，不过是一群乌合之众，他们也就欺负老百姓有本事，真刀真枪地干起来，烂泥一堆。"

大黄听后很振奋："二当家的，你可千万别拦着我，这次说什么我也要去。"

林逸飞白了大黄一眼，责怪道："你废什么话呀，咱们当然要去了，要不然，二师哥来咱这里干吗？"

姚长生笑着应道："对，下山的时候大当家的有交代，一定要带上大黄。你不是答应过宋家的大小姐，要给人家报仇嘛！这回荡平凤凰山，就算是大当家和南山的弟兄们送给你的新婚贺礼了。"

大黄笑着看了看林逸飞，没再说话。其实也没啥可说的，除了林逸飞和大黄，还没人知道大黄和宋紫依是亲兄妹的事，也很少有人知道林逸飞和宋紫依定过亲。

外面的天色渐渐黑了下来，姚长生起身说道："家里有夜行衣吗？赶紧找出来换上，咱们准备出发。"

遇到这种大事，一定要叫上小风，可偏偏他吃过午饭就回了道观。林逸飞让狗子赶快去通知小风，他和大黄、黑子各自换上了一身黑衣。不多时候，狗子和小风回来了。

姚长生和手下两个兄弟换好衣服来到院子里，不经意间，看到林逸飞等人的枪械，惊叹道："德国货，毛瑟快慢机！"

大黄拍着腰间的两支驳壳枪，炫耀道："怎么样二当家的，有那么点意思吧？"

姚长生一脸艳羡，不住地点头夸赞道："厉害，厉害！你们从哪儿搞到的这些家伙？"

大黄大咧咧地一挥手："黑子，别藏着了，快把你的长枪亮出来，给咱二当家的开开眼。"

黑子摘下肩上的步枪，递给姚长生，腼腆地说道："光有枪，子弹就剩七发了。"

姚长生眼冒精光："好家伙，狙击枪！你们……你们这都是从哪儿搞到的？"

姚长生这么一咋呼，大伙纷纷聚拢了过来。林逸飞好奇地问道："二师哥，你刚才说这是啥？你认识这家伙？"

姚长生端着枪仔仔细细地看，边摸着枪身，边给大伙介绍："这枪名叫狙击步枪，是步枪里当之无愧的'大当家'。狙击步枪是在步枪的基础上发展来的，但是它的射程更远，射击精度更高。"

滨城保安团曾与国军有过短暂的合作，姚长生在国军特勤营里见过这种枪。在特勤营能用上这种枪的士兵，个顶个都是神枪手，他们还有一个很霸气的称号"狙击手"。这些狙击手在军营里有着很高的地位，有些带战功的狙击手，饷银比军官还要高。

近敌潜伏和精准射击，是狙击手的两大撒手锏。它们绝对是战场上最狠的角色，甚至可以凭借一己之力挽狂澜于既倒，改变一场战斗的走势。在战场上，狙击手轻易不会开枪，只要他们开枪，猎杀的必定是敌方极有价值的目标，像炮手、掷弹手、机枪手，甚至高级指挥人员。

黑子的这支枪，应该是日本军队中狙击手使用的枪支，日本的三八式步枪本身射程和射击精度就已经很高。这支由三八式步枪演变而来的狙击步枪，其威力就可想而知了。正因如此，这支枪使用的枪弹应该与日军三八式步枪通用。姚长生那里有几杆三八式步枪，子弹当然也不会缺。让姚长生感到惊奇的是，这明明是一支由日军三八式步枪改装的狙击步枪，可枪上加装的却是与国军狙击步枪相同的瞄准器，那是一部德国产的高级光学瞄准镜。姚长生判断，这是一只"杂交"的狙击步枪，改装和使用这支枪的人，一定是位高手。

林逸飞凑到了姚长生身边，介绍道："二师哥，这支枪是我们缴获小鬼子的。我们在雷公山干掉了一个小鬼子，是个中尉，这就是他用的枪。"

姚长生惊叹道："好小子，干掉了一个鬼子狙击手，还是个中尉！行啊你们，光看这把枪就知道，那家伙绝对不是个简单的人物。不用说，这小鬼子肯定是黑子干掉的。"

"不是。"林逸飞见狗子和小风一前一后地过来，一招手说道，"小风，过来，让二师哥看看咱们的大英雄。"

小风精神抖擞地走过来，姚长生将他上上下下一番打量，赞叹道："小子，好枪法。你干掉他的时候，是在多远的射程？"

小风挠着脑袋回答道："得有个……三四米吧？"

"三十米？"姚长生觉得不可思议。

"不不，没那么远，是三四米。"小风给姚长生做了纠正。

这显然更出乎姚长生的预料，他惊愕地瞪圆了眼睛。小风又补充道："不用啥射程，我……我用的是刀。"

众人跟姚长生讲起那天猎杀小鬼子狙击手的经过，姚长生听了啧啧称奇。

时候不早，众人该上路了，狗子从后院把马牵了过来。老阿福将众人送到院门外，不住地叮嘱着安全第一，要保护好少爷，早些回家……众人满口答应着，随后策马扬鞭，绝尘而去。

天色已经黑透，八匹快马直奔凤凰山下的那条山路。快到凤凰山时，为了不发出太大的响声，他们放慢了速度。在一处小树林前，姚长生率先下了马，几个黑衣人闻声从树林暗影里跑了出来。

姚长生让手下人将马牵进小树林，问几个黑衣人："都准备好了？"

几个人一抱拳，齐声答道："回二当家的，都准备妥当了。"

这时，又有两个黑衣人带着三个人迎面走来。三个人中一个岁数较大，另两个是年轻的后生，看打扮应该是当地的猎户。姚长生一怔，急忙上前施礼道："大叔，你们怎么还在这里？"

老人抱拳说道："二当家的，当年老汉的这条命就是黄旗救下的，如今黄旗出征为民除害，老汉自当竭力效命。我和两个儿子熟悉这山上的一草一木，今晚上山，我们给众好汉引路。"

姚长生犹豫了一下，感激地一抱拳："好吧，那就有劳老人家了。"

几个黑衣人认出了大黄，亲热地凑上前跟他打招呼。姚长生在那边一招手，林逸飞和大黄等人赶忙跑过去。来到近前，姚长生将几匣子弹递给黑子。林逸飞凑过去一看，果然和狙击枪的子弹一模一样。黑子美滋滋地将那些子弹揣进了怀里。

距离上山还有一段时间，姚长生将凤凰山的情况给他们介绍了一番。

那父子三人是凤凰山当地的猎户，当年黄旗大当家黄长庚曾经救过老汉的命。这次夜袭凤凰山之前，罗百岁让姚长生先找到了这位老人家，以便详细了解山里的地形地貌。

姚长生顺利地找到了老人，也清楚地了解了凤凰山的地形。

凤凰山主峰山顶有一座颇具规模的建筑，那里是大喜子的老巢。很多年以前，那里本是一座古庙，也许是因为太过偏远，进山的香客越来越少，庙里的和尚陆续迁到了别处，古庙也就因此被荒置了。不过在民间还有另一种说法，当年大喜子他爹看中了这处险要，在霸占了寺庙后，将庙里的和尚尽数杀害。这里可谓天险，通往山顶的道路崎岖复杂，小路旁就是悬崖峭壁，稍有不慎便会坠下山崖。山下的老百姓流传着这样一首歌谣：凤凰山，山叠山，九道曲，十八弯，登到山顶采仙草，得了仙草做神仙。

老猎户一家世代在山上打猎为生，熟悉这里的一草一木，土匪在什么地方设了卡，什么地方有暗哨，他们都了如指掌。老人说，想要去山顶的大庙，沿途不能出现任何差错，如果中途被土匪发现就前功尽弃了。从半山腰至庙门的路十分狭窄，也十分险恶。这一段山路毫无遮挡，一侧是山体的石壁，另一侧就是万丈深渊，而且小路完全暴露在庙门的火力之下，一夫当关，万夫莫开。别说大喜子有机枪，就算用两支步枪把守那个隘口也是绰绰有余。一旦过了这段险路，那偷袭就有了十足的胜算，因为寺庙只有一座庙门可供出入，寺庙的身后就是悬崖峭壁。只要占据了庙门和高墙，庙内的土匪就如瓮中之鳖，一个也跑不了。

姚长生本打算让老人家带着两个儿子在战斗前离开，没想到他非要留下来继续做向导。

万事俱备，只等行动。大黄已经坐不住了："二当家的，今晚需要我们干什么，你尽管吩咐。"

姚长生沉思了一会儿，说道："这样吧，既然已经来了，你们就别闲着。前面还有一道进山的路口，今晚你们五个人就负责守住那里。你们的枪械好火力猛，守住那个路口应该不是问题。"

大黄显然对这个安排并不满意，苦着脸问道："不让我们上山啊？"

姚长生笑着解释道："怎么，你以为这是个轻快活儿？你可别小看了那个路口，那条小路直通后山，我们从正面发起进攻，动手后肯定会有大喜子的喽啰从那里逃下山。你们只要把那个路口死死卡住，就能切断他们的退路，还可以避免他们从那里绕到我们身后搞偷袭。"

听姚长生说这个位置如此重要，大黄这才满意地点点头。

姚长生又叮嘱道："千万注意安全，千万注意隐蔽，千万……"

未等姚长生"千万"完，小风一摆手："行了长生哥，我们也是经历过大场面的人，你就放心吧。"

"就是就是，"狗子亢奋地一拍胸脯，"你就瞧好吧，管保出不了岔子！"

姚长生苦笑着说道："我下山的时候，大当家的对我嘱咐了半宿，一定不能让你们有闪失。我这才说了三句半，你们就不耐烦了？我可是听他叨唠了好几个时辰呢。"众人都笑了起来。

姚长生将几个小头目喊到身边，叮嘱道："再跟你们重复一次，到达山顶之前，解决那些暗哨只能用刀，任何人不得开枪，明白了吗？"

几个人点头应诺："放心吧二当家的，都传令下去了。"

有一个人上前问道："二当家的，这趟买卖传什么令啊？"

姚长生果断地答道："今晚事关重大，传黄令。"

黄令？这个林逸飞倒是听说过。黄旗的人下山行事，都要在当家人那里接令牌，令牌分三种，依次是紫令、赤令和黄令。紫令，又称放生帖，能不伤人，绝不杀人；赤令，又称生死牌，如遇反抗，就地正法；黄令，又称招魂幡，不留活口，格杀勿论。

姚长生正对几个头目面授机宜，突然，从山上不同的方向传来了几声枪响。众人一惊，这还没进山呢，难道已经暴露了？姚长生警觉地问道："怎么回事，有人提前进山了？"

老猎户摆摆手对姚长生说道："二当家的，不打紧，这是山里的暗哨到了时辰给庙里报平安呢。"

一场虚惊。

姚长生掏出怀表看了看。林逸飞也看了看自己的怀表，刚好是夜里十点整。

姚长生问老猎户："老人家，这些暗哨多长时间给庙里发一次信号？"

"应该是半个时辰。"老猎户说完，又有些难为情地解释道，"俺们山里人也没个表，从来也不看时间，估摸着应该是半个时辰。"

旁边一个黄旗的小头目很肯定地说道："回二当家的，是一个钟头，八点和九点的时候，山里都响过枪。"

姚长生略一思忖，脸色变得冷峻，下令道："都听好了，给我传令下去，马上进山，他们夜里十一点放的'报丧枪'，就是咱们动手的口令。"

月黑杀人夜，风高放火天，今晚的月色格外朦胧。

一个小头目一挥手，隐藏在小树林里的黄旗好汉纷纷现身，全都身着黑衣戴着蒙面巾，脚下踩的是软底布鞋。几个小头目并不言语，做了几个简练的手势，那些黑衣人便分列成几个小队，在夜幕的掩护下向山中进发。整个队伍看上去训练有素。

林逸飞等人跟在姚长生和老猎户的身后，摸黑走了十几分钟，来到山下的一个路口。姚长生指着路口，对林逸飞几个人说道："就是这里，一定要守住，不要放跑任何一个下山的。"接着又格外叮嘱，"千万不要上山，以免造成误伤。"

见林逸飞等人隐蔽好，姚长生便和老猎户走上了另外一条上山的路。

接下来是漫长的等待。小风和狗子有点不爽，林逸飞和大黄也觉得窝在这里有些憋屈，只有黑子趴在那里，眼睛紧盯着枪上的瞄准镜。林逸飞掏出怀表看了看，已经快十一点了，可山上一点动静也没有，看来姚长生的行动很顺利。

十一点整，山上再次传来几声枪响，又是凤凰山的暗哨给大喜子报平安。

几分钟后，山顶上的枪声突然像爆豆子一样密集地响了起来，远远望去，山顶隐约升起了几簇火光，紧接着就是巨大的爆炸声。小风一下子蹦起来，嘴里嚷道："快看！快看山顶，干上了，干上了！真他妈的过瘾呐。"

山顶枪声大作，大伙都很兴奋。林逸飞对小风说道："小风，你嘚瑟啥，快趴下，注意隐蔽。"

小风重新趴进草窝子，嘴里还在嘟囔："还隐蔽个屁啊，今晚上压根就没咱们的戏。"

"你胡说什么！"林逸飞训斥道，"这才刚刚开始，一会儿肯定有土匪从咱们这里往山下逃。"嘴上虽然这么说，可林逸飞也觉得土匪从这里下山的可能性不大，他也担心自己就这么趴在这里，直到战斗结束。

小风愤愤地说道："小哥，姚长生说的话你也信？我敢跟你们打赌，咱们今天晚上窝在这里，连个土匪的影子都看不到。"

大黄问道："小风，你咋那么肯定呢？"

小风冷哼一声，反问道："姚长生说话的时候，你们没听清楚吗？"见大伙都摇头，小风抱怨道，"你们都听了些什么啊，他说咱们眼前的这条路是通哪儿的？"

林逸飞眉头一蹙，回答道："后山啊，他说这条路是通后山的，他们正面攻上去的时候顾及不到，所以才让咱们……"

小风打断林逸飞的话，又问道："他前面说过啥？后山在哪儿？"

林逸飞被小风问得有些摸不着头脑。小风低声叫道："还后山个屁啊，他之前不是说了吗？山顶那座庙的后面就是悬崖，哪来的什么后山啊。再说，既然是偷袭，既然这里有路能通到后山，他们咋不从这上山呢？"

几个人恍然大悟，难道真的被忽悠了？

狗子觉得有些难以置信，问道："不会吧，长生哥他……他为什么要骗咱们？"

"你说为什么，这还用问，你猪脑子啊！"小风气呼呼地说道，"大黄哥是谁啊？他可是黄旗的宝贝，长庚老伯可就他这么一个儿子，山上那么危险，他万一有个闪失，姚长生咋向罗百岁交代？罗百岁咋向长庚老伯交代？还有咱小哥，谁舍得让他掉根毛。这么简单的事儿，你们咋都想不明白呢？"

好像还真是这么回事！大黄气恼地骂道："奶奶的，那他还叫咱们来干什么！忽悠呢。"

"哎哟我的亲哥哥，"小风苦笑着戏谑道，"这不明摆着的事儿嘛，是谁非要杀大喜子？是谁答应要给宋大小姐报仇？这不都是为了顾及你的面子嘛。虽然你没能亲手宰了大喜子，可不管怎么说，咱来了，也听见枪响了，好歹也算掺和过不是？"

小风的一番话有理有据，所有人都很泄气。

大黄闷闷地说道："奶奶的，咱们让二当家给耍了。"

山上的枪声更密集了，中间还夹杂着机关枪的嘶吼。狗子可怜兮兮地问道:"那……那咱现在咋办?还在这里窝着?"

几个人都沉默着。

小风用眼角偷偷瞄了大黄一眼,说道:"行了,别不知足了,能在这里听听枪声就不错了。咱就当今天是过年,听放鞭来了。"

小风这句话听着像在抱怨,林逸飞却品出了别的味道,这小子分明是在给大黄火上浇油。大黄果然中了招,他呼地站了起来:"走,都跟我上。让他们也知道咱们飙旗不是吃素的。"说着,他就要往山上冲。

"等等,"黑子一嗓子喊住了大黄,"二当家的不是让咱们守在这里吗?咱们的任务可是守住路口啊。"

大黄虎着脸说道:"还等啥?人家都快打完了,咱这里连个人影都没有,还守个屁啊。"

小风两眼放着光,他将众人瞄了一遍,然后慢条斯理地说道:"其实吧,咱们就是上山,也不算没完成任务。长生哥不是让咱们守着这里嘛,守在这里不就是为了防止土匪下山吗?咱们就顺着这条小路上去,真要是有土匪想从这里下山,咱们就在路上灭了他们,反正咱又没放跑土匪,这样总可以吧?"

林逸飞早就按捺不住了,挥着枪说道:"对,小风说得没错,走。"

大伙准备动身,却发现黑子还抱着步枪窝在原地,一副忧心忡忡的样子。狗子说道:"黑子,走啊,你还等啥呢?"

黑子犹豫再三,道出了自己的顾虑:"咱就这么上去了,长生哥他们还不知道,万一误伤了咋办?"

小风上前,一把拽起了黑子:"还有个屁误伤啊,咱都眼瞎呀!都穿着黑衣裳呢,瞧见穿黑衣裳的就先吹声口哨,不是黑衣裳就直接干他。我的亲哥哥,你就快走吧,再等一会儿,黄花菜都凉啦!"

听小风这么说,黑子把心一横,将步枪背到身后,然后从腰间拔出两支驳壳枪在手:"妈的,不管了,走!"

第二十章　血洗凤凰山

几个人顺着小路上了山。小风一如既往地脚底生风，嗖嗖地冲到了最前面，林逸飞等人在后面紧着往前赶。小风在前面突然停了下来，林逸飞紧追几步，撵上了小风，喘着粗气问道："咋不走了？"

小风挠着头，指了指眼前的两条岔路，问道："走哪条？"

大伙也都追上来，一看也有些傻眼。这是一个岔路口，一条路一直向前，从方位判断应该是通往山顶的；另一条路却向一侧延伸着，不知道通往什么地方。黑子弯下腰仔细查看了一下，抬起头指着那条直路说道："如果想上山，应该是走这条路。"

林逸飞也发现了，延伸向一侧的那条小路，路面已经长出了一层嫩草，看来已经很久没人走了，应该是一条被荒废的山路。

他们沿着山路继续向前。为了避免大伙走散，林逸飞叮嘱小风："别走那么快，大伙要在一起。"

五个人正急匆匆地朝山顶赶路，不料，冲在前面的小风却慌慌地折了回来，还面目狰狞地朝众人不断地挥手。有情况？大伙停下脚步，一下子紧张起来。屏息静听，果然，前方山路上传来一阵杂乱的脚步声。大黄一挥手，五个人闪身躲进路旁的几棵大树后。

来了！一群衣衫不整的汉子，提着枪气喘吁吁地奔了过来。就着朦胧的月光，兄弟几个都看了个仔细：没穿黑衣，确实是土匪，没错儿。

林逸飞兴奋得双手直抖，悄悄地将驳壳枪的保险推到了连发的位置上。转眼间土匪们已经近在眼前，大黄手持双枪一跃而起，大吼一声："干！"

五人手里的十支驳壳枪一齐开了火，这是大伙第一次将驳壳枪的连发射击用于实战，手枪因连发而增强的持续后坐力，让林逸飞双手的虎口产生了一阵阵快意的酥麻。十条炽烈的火舌形成一片强大的交叉火力网，光影之中，猝不及防的土匪们发出一阵阵鬼哭狼嚎般的惨叫，像割韭菜一样成片地倒了下去。

巨大的成就感让林逸飞兴奋得心都要蹦出来了，情难自禁，一声尖利的呼号脱口而出："呀吼！"小风和狗子也号叫着呼应。仿佛只是一瞬间，整个世界安静了下来。空气中弥漫着浓重的硝磺和血腥味，林逸飞觉得浑身的毛孔都怒张着，他意犹未尽，可这场战斗却已经结束了。

太过瘾了！五个人全都打空了各自的弹匣，匆忙更换。狗子和黑子负责警戒，其他三个人开始清点尸体，竟然有二十二具之多。五个人掩饰不住喜悦，相视一笑，继续向山顶奔去。经过刚才这场遭遇战，兄弟五人信心倍增，脚下也轻快了许多。

一路都很顺利，中途又遇到了两个落单的土匪，被他们轻而易举地解决掉。其中一个土匪还光着膀子，看样子是刚从被窝里逃出来的。又穿过一片密林，眼前豁然开朗，这时候他们才发现，原来他们所处的位置不是凤凰山的主峰，大喜子的老巢在他们对面的山顶上。那座庙宇高高的院墙，赫然出现在他们头顶的斜上方，不过，要想到达那里要经过一道狭长的吊桥。看来，刚才被他们击毙的那些土匪，就是通过这座吊桥下山的。

这是一座用绳索和木板搭建的吊桥，一共四条绳索，下方的两条绳索上架设木板，悬空的两条绳索充当了左右两道扶手。这里应该是连接两座山峰的唯一通道。飙旗的好汉们毫不犹豫地走了上去。

刚开始的几步还算平稳，再向前走几步，吊桥便开始不规则地晃动起来，晃得每个人的心都悬在半空，就感觉自己的生命完全不由自己掌握。每个人都把自己交给了那些陌生的木板和绳索。当他们接近吊桥中部的时候，那种晃荡陡然剧烈了起来，耳畔是贯穿峡谷的风声，就像巨兽的低吼，其间还隐约夹杂着一种阴森怪异的笑声。风把吊桥吹得吱呀作响，响声如泣如诉，像是吊桥在哭诉着自己的脆弱。

林逸飞低头，透过吊桥木板的空隙，可见脚下那片无底的深渊。此时，身后传来大黄的声音："一直走，别低头。"听得出来，大黄的声音也带着颤音。林逸飞赶忙抬头朝两边瞅，一股寒气从尾椎骨直冲后脑勺，脚下是颤悠悠的木板，两旁空无一物，好像一松手就能找到翱翔的感觉……不要看脚下，不要看两边，林逸飞默默地告诫着自己。

寸寸煎熬，步步惊心，终于到了索桥的中央。桥身的晃动更加剧烈。林逸飞突然有了怯懦的想法：算了，回去吧。可是他迅速打消了那个念头，因为以他们目前所处的位置，退回去和走过去已经没什么区别了。

一步一挪地前行，林逸飞突然看到了在前面引路的小风，他的肺都要气炸了！小风是个急性子，脚下生风，只顾自己奔跑前行——难怪索桥晃得如此厉害。

林逸飞抓稳两侧的绳索，一声怒喝："小风，你找死！"

小风回头嘿嘿一笑。

林逸飞的身后传来了大黄的怒骂："小风你给我站住，再敢动，老子崩了你！"

就在这时，吊桥尽头有人喊道："站住，什么人？举起手来，再往前走就开枪了！"话音刚落，果真传来拉枪栓的哗啦声。

林逸飞生怕对方开枪，身处这座倒霉的吊桥，他们连个闪躲藏身的地方都没有，而且他真的不敢撒开绳索把手举起来。

"别开枪，别开枪，是我们！"狗子的喊声里几乎带着哭音。

呼的一声，一个火把凌空飞了过来，紧贴着林逸飞的身边掉进了万丈深渊。桥头又有人喊道："都别开枪，自己人！"

万幸，是黄旗的人，万幸，他们认出了大黄。林逸飞几乎是闭着眼凭感觉走完了到桥头最后那几步路，在双脚触地的一刹那，林逸飞发现自己的两条腿已经软得像面条了。一阵山风吹来，浑身冰凉，身上的衣衫早已被冷汗浸透。

难怪黄旗没有选择这条路，五十多人上了索桥，若是被桥头的暗哨发现，只需一把砍刀斩断绳索，就足以让桥上的队伍全军覆没。

顺着狭窄的石阶向上走，沿途林逸飞看到多具尸体。来到古庙院墙外，有一道更为狭窄的小门。走进那道小门，一座宽敞的院落呈现在众人面前。院中央的篝火和围墙上的火把，将整座院落照得灯火通明。黄旗的好汉们穿梭其间，正忙着将院内各处尸体拖往围墙的一个角落，清扫着战场。

这里就是大喜子的老巢了，林逸飞如释重负地长出一口气。

一个在桥头接应过他们的汉子将姚长生和那个老猎户领了过来。姚长生一见林逸飞等人，惊讶地问道："你们怎么上来了？不是让你们守在山下吗？"

几个人面面相觑，窘迫地杵在那里。

小风兴奋地喊道："长生哥，您就放心吧，我们就是顺着那条路摸上来的，绝对没放跑一个人，在路上，我们还宰了二十多个呢。"小风说得没错，沿途他们一直仔细地搜索前进，那条小路很窄，绝对不可能有土匪从那里漏网。

姚长生张了张嘴，好像要说什么，可最终只是苦笑着摇了摇头："你们都没事就好。"

林逸飞快走两步凑过去，低声问道："长生哥，这里咋样了？大喜子呢？"

姚长生说："战斗已经结束，总体来说……还算不错。"

与林逸飞他们分手后，黄旗的一支精锐小队跟随猎户和他的两个儿子先行摸上了山，悄无声息地干掉了登山途中的几个暗哨。正如猎户大叔说的那样，控制住了庙门和高墙，对付里面的山匪就犹如瓮中捉鳖。

姚长生之前就做了部署，带上山的两挺机枪，一挺架上高墙控制院落，另一挺守在门口，封锁庙门。但是，百密一疏，姚长生未能及时控制住通往索桥的那道侧门，使一部分土匪从那里逃下了山。这股由侧门溃逃的残匪与原来镇守索桥的土匪会合后，向山下仓皇逃窜，不料，却在途中遭遇了飙旗的几位好汉。

正如姚长生所说，大喜子的手下确实就是一群乌合之众，黄旗几乎没有遇到什么像样的抵抗。一个炸药包炸开了庙门，几颗手榴弹扔进院子，从睡梦中被惊醒的土匪全都成了无头苍蝇，蜂拥着扑向了庙门，却尽数成了机关枪的活靶子。黄旗的弟兄们，除了有一人失足从高墙上摔下崴了脚，其他人连个受伤的都没有。今夜的偷袭可谓完美。

可对林逸飞来说，他最想知道大喜子的下落。大黄也追问："二当家的，大喜子呢？"

姚长生遗憾地摇了摇头："死人堆里已经扒拉了好几遍，没有，弟兄们正在四处搜。"

这时，几个黄旗小头目朝这边聚拢了过来，姚长生急切地看过去，几个人都摇了摇头。姚长生皱着眉头自言自语："难道大喜子今晚不在山上？"

一个小头目凑到了姚长生面前，压低声音说道："回二当家的，那边有几个活口，刚才我问过了。他们说，今晚大喜子和他们一起吃的饭，咱们打到山门的时候，还有人见过他，可以肯定，大喜子还在山上。"

姚长生咬牙吩咐道："我就不信他能插上翅膀飞了，给我接着搜。"

那个小头目点点头，又问道："二当家的，那些活口咋办？"

姚长生冷冷地一笑："你说呢？"

小头目点点头，但没有马上离开，看样子还有什么话要问。姚长生显然覺察到了："怎么，你还有事？"

小头目为难地说道："回二当家的，那边还有七八个女的，好像是被这帮孙子劫上山的'肉票'，咋办？"

姚长生犹豫了一下，轻叹一口气："给她们留个全尸吧。"

杀掉无辜的女人？林逸飞对姚长生做出的这个决定颇感意外。

"二当家的，可使不得呀！"一旁的老猎户一把抓住姚长生的衣袖，哀求道，"那可都是这山下人家的闺女啊！二当家的，我求求你，给闺女们留条活路吧。"

姚长生蹙着眉头："大叔，我也很为难，可是没有办法，我必须这么做，我没办法保证那些女人都是好人。你和两个大兄弟帮了黄旗的忙，我们就要为你们做打算。如今大喜子还没找到，那些姑娘又见过你们，万一她们走漏了风声，大喜子找你们寻仇咋办？临行前，大当家的许我传下'黄令'，宁可错杀，不能不杀。我不能让你们冒这个险。"

老猎户苦苦哀求道："二当家的，人心都是肉长的，咱们救了她们的命，她们咋会出卖咱们呢？老汉我求求你了，二当家的，你把那些闺女交给我吧，我送她们回家，保证不会有事啊。"

姚长生略一思忖，点点头，随后转身下了命令："继续给我搜，挖地三尺也要把大喜子给我抠出来！那孙子手黑，让大家多加小心。"

没找到大喜子，那就说明他有可能还活着。林逸飞的心里一阵窃喜，真是"来得早不如来得巧"啊，如此一来，他就有了亲手宰掉大喜子的机会。假如真的有机会亲手宰掉这个活阎王，在宋紫依的面前，无疑是大功一件，他与宋紫依的婚事，也就更加名正言顺了。

林逸飞和大黄等人也加入了搜寻大喜子的行列，几个人围着大庙转了一圈，几乎每个房间都搜过了，没有。当他们垂头丧气回到前院的时候，院子中央的篝火旁已经堆了各式枪支，看来黄旗的人已经开始整理战利品了。

见几个人回来，姚长生苦笑着安慰道："找不到就算了，就算他跑了又能咋样？他手下的喽啰已经死了个干净，他孤家寡人一个，只要他敢露头，早晚要了他的命。"

林逸飞虽然有些不甘心，可也只能这样了。扭头看了看院子里堆着的那些军火，他的心里多少平衡了一些。大喜子这几年可真没少折腾，积攒的家当也确实够丰厚，地上除了那挺从宋家大院劫来的"捷克式"机关枪，还有一挺崭新的小鬼子的"歪把子"。步枪更多，在院里堆了不少，老套筒、汉阳造都有，里面竟然还有两支新式的"中正式"步枪和几支崭新的"三八式"。子弹就更充裕了，成箱的子弹已经摞了一摞，还有人不断地往院子里抬……

姚长生颇感意外："乖乖，大喜子的家底够厚的。这孙子可真能划拉。"

林逸飞觉得有些可笑，大喜子靠打家劫舍过了半辈子，好不容易攒下这些家当。他做梦也不会想到，身为土匪，到最后自己竟然被人打劫了。

小风凑到姚长生的身边："长生哥，这些军火咋办？"

姚长生笑着回道："机枪带回南山，大当家的就稀罕这物件。其他枪支拣好的带走，子弹看来是带不走这么多了，能带走的带走，不能带走的点上一把火，连同这里一起烧了。"

小风绽出一脸讨好的微笑："长生哥，烧了多可惜啊，既然你们不要，那就给我呗。"

林逸飞忍不住想笑，这小子肯定是假公济私，如果没猜错，他是想拿这些军火去给他"姐夫"送礼吧！

姚长生明显地怔了一下，他瞄了一眼小风腰间的两支"德国造"，疑惑道："你们收拾这些破烂干吗？再说了，山路太难走，怎么往山下搬啊？"

小风笑着应道："只要您答应给我就行。后院里有马，我这就去牵。"说完，他朝林逸飞一招手，便颠颠地朝后院跑去。

看来这小子早就算计好了。刚才到后院的时候，林逸飞也注意到了那个马厩。马厩里有十几匹马，但都是那种出苦力的糙马，成色好的快马一匹也没有，不过，这些糙马给小风驮军火倒是再合适不过。

几个人穿过庙堂到了后院的马厩，将马牵了出来。林逸飞牵着两匹马出来，却发现走在前面的小风愣在那里，挡住了他的去路。

林逸飞催促道："干吗呢？赶紧走啊。"

小风没有应话，他满脸狐疑地转过身，快步返回了马厩。

怎么回事？林逸飞来不及多想，也跟着小风进了马厩。此时小风正神色紧张地盯着那条饲马的槽子。林逸飞觉得纳闷，凑上前问道："小风，咋了？"

小风摇了摇头，含糊地反问道："小哥，你没觉得哪儿好像不对劲吗？"

林逸飞盯着马槽看了半天，也觉得好像有些不对劲，可到底哪儿不对劲，他却说不上来。说起来，似乎也没什么不对劲的地方，就是一个很普通的马槽，只是这个槽子里挺干净，干净得有点过分。马厩里到处都散落着喂马的草料，唯独这马槽里空空如也。

小风噌地跳起，直接蹦到了那个马槽里，抬腿就朝槽子的底部狠狠跺了几脚，"咚咚咚"，槽底的木板纹丝不动，可声音却很空洞。

有猫腻！小风登时红了眼，他站在马槽的边缘，拔出手枪，抬手就是一枪，槽底的木板被打出一个窟窿。林逸飞上前将手指伸进那个窟窿，向一侧用力一拉，哗啦一声，木板被拉开了，一个洞口赫然出现在他的面前。

"找到了！快拿火把来！"小风大喊。

刚才的枪声将附近几个黄旗弟兄吸引了过来，听小风这么一喊，有人将火把递了上去。小风的急性子又上来了，抓起火把就跳进那个黑洞。林逸飞没有丝毫迟疑，从身边一个人的手里抢过了火把，紧随着小风也跳了下去。

下面是条密道，很窄，林逸飞的体型刚好可以通过，大黄和黑子那样魁梧的身材，恐怕要侧着身子才能勉强过去。林逸飞紧跟在小风的身后，沿着密道就追了过去。突然，在前面疾行的小风跟跄了一下，好像绊到了什么东西。嗤的一声，一股白烟在密道的墙壁上升起。不好！林逸飞本能地大叫一声："趴下！"将身前的小风扑倒在地，死死地压在身下。

一片安静，并没什么事情发生。

怎么回事儿？林逸飞和小风都是一身冷汗。

"咋了？"身后传来狗子战战兢兢的声音。林逸飞回头一看，狗子也趴下了，就在他身后不远。

林逸飞慢慢起身，小风捡起刚才跌落在地的火把，朝墙上一照，墙壁上竟然拴着一颗已经拉开了引信的手榴弹！若不是遇到了一颗臭弹，他们几个人在这狭窄的密道里可就全报销了。

小风恶狠狠地骂道："狗日的大喜子，敢算计老子，看老子不剥了他的皮！"

经历了刚才一场虚惊，小风在前面举着火把走得仔细了许多。密道很短，走出不远就听到了风声，他们很快到了出口。

没有路了。姚长生说得没错，这寺庙的后身就是悬崖，此时他们就站在峭壁的半空，向上看是崖壁，向下看是黑黢黢一片，深不见底。

"在这儿。"小风指着身边的一条小路喊道。

那是紧贴着崖壁的一溜石阶，目测只有四十厘米左右的宽度，蜿蜒着不知道通向哪里。人在这一溜石阶上走，稍有不慎，便会跌落崖底摔个粉身碎骨。林逸飞正冒着一身冷汗犹豫着，小风已经丢掉了火把，将枪别在腰上，紧贴着石壁上路了。绝不能让小风一个人去冒险，林逸飞一咬牙，也跟了上去。他无法像小风那样快速地移动，只能紧贴着身后的崖壁，顺着石阶一点一点地挪着身子。

山风在山谷里呜呜作响，林逸飞身处绝境，他真害怕一阵侧风袭来将自己刮下悬崖。走了几步，林逸飞抬头朝前一看，小风已经没有了踪影。再扭头朝后一看，狗子和大黄跟在后面，虽然看不清，但林逸飞知道他们肯定也是龇牙咧嘴、满头冷汗。战战兢兢地行进着，林逸飞的心都提到了嗓子眼。

老天开恩，终于挪到头了。林逸飞来到崖边一条陡峭的小路上，此时身边虽然还是万丈深渊，但比起刚才的石阶，这里安全多了，最起码脚是落在地面上了。

林逸飞一边向前疾行，一边低声喊："小风，小风，你在哪儿？"

没有回答，但林逸飞隐约听到前方有人说话。他顺着那声音快步奔去，听到了小风的声音："不老实我打死你，快说！你们一共逃出来几个人？大喜子呢？"

寻着声音跑到近前，林逸飞看到小风正用枪指着一个人的头，那人跪在地上不停地磕头求饶："好汉饶命！好汉饶命！我全说，我全说，大当家的带着两个贴身护卫跑了。"

小风厉声问道："往哪儿跑了？快说！"

那个人朝身后指了指，哭喊道："就从这里下去的，有一阵子了，现在恐怕早就下山了。"

林逸飞顺着那人手指的方向望去，没有路，又是悬崖。他抬头一看，竟在空中看到了一座索桥。

林逸飞恍然大悟，此时，他们已经从后山的悬崖转到了山前，现在就身处曾经走过的那座索桥下方的半山腰。一条很粗的绳索从身边的一棵大树上垂下，向斜下方延伸着，穿过峡谷直达对面山坡的山腰。

小风又厉声问道："你在这里干什么？你为什么不跑？"

那人哭着求饶道："好汉，你就高抬贵手放了我吧。我就是个喂马的，我可没做过什么伤天害理的事儿啊。你们看我的手，也放不了枪啊！"

这个人的手确实有些残疾，一只手臂蜷缩得很厉害，像是癫痫、中风之类的偏瘫，一般情况下，这种病人的腿脚也会不利索。林逸飞倒是有些佩服他了，就这副身子骨，竟然也能从悬崖上走过来。看来，求生本能所激发出的潜质，还真是不容小觑。

后面的人也赶到了，除了狗子、大黄和黑子，姚长生带着几个黄旗的弟兄也跟了上来。小风对那人又是一声暴喝："那你在这里干什么！"

那人跪在地上叫苦道："好汉，我实说了吧，我也想跑啊，可就我这残胳膊断腿的，那绳子我抓不住，我过不去啊！我就想在这里躲躲，等你们走了我再回去。"

原来是这样！姚长生在一旁询问道："大喜子是从这里逃走的？"

小风点点头，应道："长生哥，这个人就交给你们了，我去追。"说着，身形一闪就蹿到了崖边，然后飞身一跃攀住了那条绳索，飞快地滑向了对面的山谷。

林逸飞心里那个恨啊，这一晚上都走了些什么路！他狠着心一咬牙，缩起了胳膊，用衣袖护住手掌，也攀住了那根绳索。眼一闭，双脚一蹬，身体便脱离了地面，耳畔只剩下了呼呼的风声……

林逸飞顺利地在半山腰降落了，刚一落地，就顺着小路朝小风追去。大概追了五六分钟，林逸飞隐约看到了小风的背影，此时小风怔怔地站在一个岔路口，就像一座矗立在暗影中的雕像。林逸飞来到小风身边的时候，小风依旧站在那里，呆若木鸡。

林逸飞惊讶地问道："小风，你怎么了？"

小风转过头呆呆地看了林逸飞一眼，然后突然抱着头，一屁股坐到了地上。

林逸飞有些纳闷，他向四周张望，突然觉得这个岔路口似曾相识。空气中弥漫着一股血腥味，林逸飞觉得自己被一道雷电击中了，这里不就是他们上山时路过的那个岔路口吗？黑子曾在这里辨别过方向，那么，不远处应该还有二十二具山匪的尸体。

"啪！啪！啪！"小风流着泪，狠狠地抽打着自己的脸，不停地骂自己："我该死！我他妈真该死啊！"

林逸飞上前一把拽住小风的手臂："别打了，小风，这不能怪你一个人，我们……我们……"

他们犯了一个该死的错误，因为这个错误，他们放走了一个该死的畜生。没必要再追了，下面就是出山的路，接下来的岔路更多。

后面的人陆续赶到，面对这样的情景，谁都没有再说话，也无话可说。

姚长生劝慰道："算了算了，这事也不能全怪你们，谁也料不到凤凰山上竟然还有这么一条密道。"

一行人来到拴马的树林，姚长生心存一丝侥幸，向留守在这里看守马匹的四个兄弟询问道："有没有人从这里经过？"

四个兄弟都摇了摇头："回二当家的，我们一直在这里警戒，一个人也没有下来过。"

林逸飞绝望地一闭眼，完了，大喜子真的跑了，而且就从本该自己把守的地方跑了，真是罪不可恕。兄弟五人聚在一起，沮丧地蹲在了地上，像五只被斗败的公鸡，无法原谅自己。

不知过了多长时间，山路上传来了马蹄声。举目望去，山顶的火光映红了半边天，几个黄旗小头目带着队伍下山了。老猎户带着他的两个儿子，还有七八个哭哭啼啼的姑娘夹杂在队伍的中间。

姚长生来到林逸飞等人面前，低声嘱咐道："你们就在这里等我，别出去，我可不想让那些女人看见你们的脸。"

其实姚长生就是不叮嘱，林逸飞等人也不会出去，他们觉得根本没脸见人了。这么多人苦战一夜，就因为他们五个人擅离职守，功亏一篑，哪还有脸见人啊！

姚长生送走了老猎户一行人，黄旗的队伍也要开拔了。飙旗的五条好汉这才起身，上马默默地跟在了队伍的后面。

姚长生刻意放慢了马速，与林逸飞等人并肩骑行。他拍着林逸飞的肩膀，安慰道："行了，别一个个灰头土脸的，怎么说咱也是大获全胜。昨晚这一仗打得不漂亮吗？"

小凤沮丧地叹了一口气："可是……可是我们放跑了大喜子。"

姚长生豪爽地笑了起来："放跑了又怎样？我就不信了，一条没有了牙的土狗还能再掀起什么风浪！大喜子如果是个明白人，就从此离开滨城，隐姓埋名，他要是还敢露头，早晚要了他的狗命！"

听了姚长生一番话，几个人的心里好受了一些。

林逸飞问道："二师哥，你们这就要回去了？"

姚长生点点头："趁着天没亮赶回南山，省得大当家的惦记。"

林逸飞犹豫了片刻，央求道："二师哥，以后山下有什么事，你只管找我们，你放心，下回我们绝不会再掉链子。"

小风抹了一把脸，附和道："长生哥，我们五个也拉起杆子了，我们还有了新名号呢，我小哥就是我们大当家的。"

姚长生朝林逸飞一抱拳，表情夸张地说道："大当家的，恕姚某人有眼不识泰山，见谅见谅。"

几个人都笑了，林逸飞却有些尴尬：飙旗的第一次大仗竟然就放跑了匪首大喜子，说起来真是无地自容啊。

笑过之后，姚长生开口说道："逸飞，咱哥俩我也不瞒你，刚才你提到山下，我还真有个心思，如果你们谁有机会回滨城，就代我去看看你嫂子。"

"秀儿嫂子？"林逸飞吃惊地问道，"怎么，她还在滨城？"秀儿是姚长生的媳妇，去年秋天他们刚成亲，还是林逸飞的父亲林敬轩给做的证婚人。

姚长生点点头。

林逸飞又问道："二师哥，你一直没回滨城啊？"

姚长生苦笑着点头："城里到处都是日本人，戒备森严，人多眼杂。我一个已经落草为寇的人，咋回去啊？前阵子她到南山去过，在那里住了几天，就再没见过面。"

林逸飞抱怨道："那你怎么不把她留在山上呢？这兵荒马乱的，你怎么舍得让她再回滨城啊！"

姚长生叹了一口气："我也想啊，可她不肯。你嫂子是个孝顺媳妇，我爹娘岁数都大了，需要有人照顾，她说她一个新媳妇，哪有不伺候老人的理儿。她想伺候老人几年，尽尽孝心，然后再上山。"

林逸飞笑着称赞道："二师哥，你可真有福气，找了秀儿嫂子那么好的媳妇，又漂亮又贤惠。"

姚长生长叹一声，又低声说道："对了，还有你三师哥那边，你们也……"三师哥，就是已经被小鬼子杀害了的二嘎子。

林逸飞默默地点点头。不知不觉到了一个岔路口，该分手了。姚长生将五匹马交给林逸飞等人。这五匹马，一匹马驮着两大捆枪支，还有四匹马驮着八箱子弹。姚长生告诉他们："损坏的枪械和一批破烂，我们都在山上烧了，这些步枪我都让人验过了，还不错，就留给你们吧，短枪和机枪我们就带走了。"

姚长生又从一个随从手里接过一个藤条箱子，箱子不算大，但是看样子很沉。姚长生将箱子放到了大黄的马背上，笑着说道："收着吧，我们用不上，也许你马上就用上了。"

大黄愣愣地问道："啥东西？你们用不上我能用上？"

姚长生神秘地一笑："回去再看，一看你就知道了。"

和姚长生道别之后，林逸飞等人也带着马匹，沿着山路向栖霞山的方向进发，天亮前回到了别院。

大壮给众人开了院门，林逸飞走进院里时看到了宋紫依。她红着眼睛站在卧房门前，略显紧张，见大伙都进了院门，才抚着胸口长出一口气。看来，这丫头为他们担心了一整夜。

林逸飞吩咐大壮带着家丁去后院给马匹卸下货物，五个人便回到了他的房间。大家坐在屋里，每个人都有说不出的沮丧，房间里的气氛很压抑。昨晚他们经历了太多，走了从未走过的天险，亲手杀了那么多土匪，当然，也经历了之前不曾经历的胜利和他们难以承受的失败。

宋紫依端着茶水进来，给他们一一添上，然后便垂首站在一边。见谁都不说话，宋紫依怯怯地问道："是……是出什么事了吗？"

大黄扭头看了看宋紫依，抓着自己的头发低下了头："妹子，是大哥没用，大哥没能给你报成仇。"

宋紫依怔了一下："你们去杀大喜子了？"

面对宋紫依，林逸飞心里也有说不出的惭愧和懊悔。众人都没了声音，小风断断续续地讲述了昨晚事情的经过，讲到最后他哽咽着说道："都怪我，自作聪明……"正说着话，语气突然一变，惊道，"小嫂子，你……你这是干什么呀！"

林逸飞抬头一看，宋紫依竟然跪在地上，抽泣着给大伙磕头："谢谢，谢谢你们……"

林逸飞赶忙上前将宋紫依扶起来："紫依，别这样，虽然我们没能杀了大喜子，不过你放心，只要那畜生还敢露面，早晚要死在我们手里。"

"嗯嗯，俺知道，俺一直都知道……"宋紫依抓着林逸飞的胳膊，失声痛哭。

第二十一章　战后总结

虽然刚回来，但林逸飞觉得有必要开个会，一起总结一下这次行动的得失。

大家一致同意。

总结会上，林逸飞说道："大伙都忙活了一夜，没有功劳也有苦劳，虽然没能宰了大喜子，可咱们和黄旗的弟兄们都没有受伤，还成功剿灭了凤凰山的山匪，为凤霞的老百姓除了一害，这也算是一个胜利。但是，胜利背后也有不少问题，咱们一起说道说道，以后吸取经验教训，争取更大的胜利。对这次行动，我先说一下战场纪律，没能消灭大喜子，出了这样大的纰漏，小风一直在批评自己，大黄也自责了很久，其实，这件事的主要责任在我。"

见大伙有些不解，林逸飞解释道："既然你们叫我大当家的，那这次错误的主要责任就应该由我来担。小风动摇大家的时候，我没有制止，大黄要进山的时候，我也没有反对，我把二师哥在战前的叮嘱忘得一干二净。咱们今后要吸取这次教训，只要是定好的章程，就要坚决贯彻执行到底。"

说到这，林逸飞又对小风作了表扬，夸他机警果断、胆大心细，战场应变能力强，行动迅速勇猛，紧要关头显出英雄本色。对此，大伙纷纷表示认同。

受到众人的夸赞，小风露出了难为情的笑容，说道："可别提心细了，下密道的时候我太莽撞，差点让大喜子留下的'钉子'把大伙都害死。"说着，朝林逸飞感激地笑了笑，又对众人说道，"要说机警、果断，那还是小哥，当时的情况那么危急，小哥竟然扑到了我身上，当时我心里，真是……"

几个人都朝林逸飞伸出了大拇指。

"莽撞？"林逸飞脸色一变，"你还敢跟我提莽撞，胆大急性子不是坏事，可你也照顾一下别人的感受好不好！在索桥上，我他妈差点让你给吓尿了！"

大家哄地一下笑了起来。黑子伸出老虎钳子一样的大手，一把掐住小风的脖子："逸飞少爷不说，我都给忘了，你在索桥上干吗呢？荡秋千还是耍猴呢？"

小风被掐得一个劲儿求饶："大黄哥，快救我。"这小子倒不傻，能对付黑子的，恐怕也只有大黄了。

大黄分明是见死不救，没好气地说道："我还救你？老老实实挨着吧。在吊桥上，我宰了你的心都有了。"

说笑着打闹了一会儿，林逸飞示意大家坐好，他又提出了一个很严肃的问题：配合。通过昨晚的实战，他发现飙旗在战斗中存在着很严重的配合作战问题。

大黄质疑道："少爷，你要是说战场纪律，这我承认，咱是稀松了点。可是配合应该没问题吧？咱兄弟几个彼此之间，虽然不敢说一扭屁股就知道是啥屁，但我觉得在配合上没什么问题。"其他几个人也纷纷附和。

林逸飞说起自己的见解："首先是在行进途中出现的问题，小风的行进速度太快，与队伍严重脱节。黑子的警惕性强，这一点值得表扬，但行进速度受到了影响，跟不上队伍。咱们只有五个人，在行进的过程中竟然衔接不上，小风在前面没了影，黑子和狗子跟不上，我和大黄夹在当中，追小风不是，等黑子和狗子也不是，前后为难。这样的行军队形，一旦出现突发情况，很难形成战斗力，咱们可是要吃大亏的。"

他这么一说，几个人也觉得有道理。大黄说："少爷说得没错，以后都注意一下自己的速度，大伙尽量保持住队形。"

大伙都点头称是。

林逸飞摆摆手："大黄说得对，但还不是关键。以后咱们会经常有这样的行动，我想给大家说一下我的想法，固定一下咱们的行进顺序。"

林逸飞将桌子上的五个茶杯排在一起，每个茶杯代表一个人："小风，腿脚利索耳聪目明，这一点没人比得了，他继续走在队列的前面，负责搜索前进，但要注意控制行进速度。黑子警惕性强，枪法好，他跟在小风的身后，负责警戒和对小风的策应。大黄居中，协调前后队伍的衔接。我和狗子断后，负责后方的警戒，消除来自身后的危险。如此一来，既发挥了各人所长，又保持了战斗队形。"

大伙对这个部署拍手称赞。这时，林逸飞又提出一个问题："在上山途中，我们消灭了二十二个土匪，你们没发现有什么问题吗？"

小风说道："那有什么问题？全部干掉，干净利索。"

林逸飞摇头说道："是干净利索，可是在战斗过程中，咱们却存在一个极大的安全隐患。"

大伙疑惑地看着他。林逸飞严肃地说道:"大伙想想,咱们每个人手里有两支枪,每支枪二十发子弹,也就是说每个人一次备弹四十发。可咱们怎么样?几乎在同一时间打光了全部子弹。假如当时土匪没有乱作一团,哪怕还有一个人有战斗力,手里有一支和咱们一样的驳壳枪,会出现什么情况?咱们会怎么样?"

黑子摸了一把头上的冷汗,说道:"肯定要吃亏,甚至……全军覆没。"

林逸飞点头赞道:"黑子说得对!这可不是吓大家,咱们真有可能全军覆没。"

大黄问道:"那咋办?打慢点?"

小风说道:"怎么慢?遇到那样的情况,打慢了怎么行,那不是留给对手反击的机会吗?更危险。"

狗子附和道:"就是,再说了,就算是打得慢了,也总有没子弹的时候。"

林逸飞笑了笑,说道:"在回来的路上,我一直在琢磨这个问题,我觉得这个关键就在协调。你们看,"林逸飞又摆起了那五个茶杯,"还是按照刚才的行军队形,小风和黑子是一个攻击组,小风在前,肯定是他先发现目标,并率先展开攻击,是吧?"

众人点头称是。

林逸飞继续说道:"这时候,黑子就是关键了。黑子的枪法好,但现在的主要任务是对小风进行策应,掩护小风,并与他形成交叉火力,弥补小风的攻击空隙。黑子要特别注意,一定要保证一支枪里有子弹,以备不时之需,在小风换子弹的间歇,继续提供不间断的持续火力。"

小风和黑子兴奋地一击掌,黑子朝林逸飞伸出了大拇指:"没问题。"

林逸飞接着说道:"我和狗子是一个攻击组。狗子在我前面,他会比我早一步进入战斗,那就是狗子主攻,我来负责对他的策应和掩护。"

一旁的大黄急了,问道:"那我呢?"

林逸飞对大黄说道:"你的任务最艰巨,你要负责我们两个攻击组的攻击衔接,两组攻击间的空白,完全由你来弥补。"

小风兴奋地说道:"嗯,太棒了!"

狗子说道:"我看行,这样咱就可以避免同时换弹匣了。"

大黄和黑子也表示赞同。小风问道:"小哥,你刚才说的那些,都是咱在路上打遭遇战的情况。我觉得以后咱打小鬼子，最经常打的是伏击战，打伏击的时候咋办？"

林逸飞信心满满地一拍桌子："这根本不是问题，还是刚才的攻击方式。但是，这回第一个开枪的人是大黄，大黄的战斗经验最丰富，他更了解应该在什么时候开第一枪，咱们就以他的枪声为号令，随后展开攻击。你们觉得怎么样？"

大伙纷纷表示赞同。这个会，大伙检讨了各自的过失，又总结出了一些有用的经验，昨晚的沮丧一扫而光。

大黄突然想起了一件事，斜着眼瞅了瞅小风，问道："小风，你要来那些枪和子弹，干吗用？"

狗子怪笑着做了抢答："大黄，瞧你这话问的，还能干啥，给他姐夫送大礼呗。"

大伙都笑。小风红着脸辩解道："啥姐夫，我是想给武工队，他们打小鬼子，又缺枪又缺子弹，那些枪和子弹长生哥也不要了，给他们不正好嘛。"

黑子嬉笑道："我们也没说你不应该送呀，可你不该不认姐夫呀！武工队就是你姐夫的，你姐夫就是武工队的，有啥不一样？"

众人都掩着嘴笑。

小风说道："黑子你啥意思？武工队那么多人，都是我姐夫啊。"说完，自己也觉得这话不对劲，赶忙又补充，"王队长也不是我姐夫啊。"

"好了好了，你们就别逗他了。"见小风窘迫，林逸飞打着圆场，替他解了围，"反正现在枪和子弹已经搬回来了，你打算什么时候通知你姐夫？"

小风笑了笑，突然觉得不对劲，瞪圆双眼抱怨道："小哥，你咋也跟着埋汰我呢？"

林逸飞说道："无心的无心的，我重新问，那你打算怎么去找武工队？"

小风挠着脑袋，一时也没了主意。

林逸飞朝小风招招手，嘱咐道："来，记住了，凤霞县城里有个凤祥绸缎庄，明天你先去那里，对店里的伙计说，你是滨城的林记，就会有人带着你去见你姐夫了。"

小风憨笑着一点头："嗯，记着了，记着了。"

众人又说笑了一会儿，外面的天色已经大亮。林逸飞让众人各自回房休息，宋紫依却在这时进了屋。林逸飞赶忙起身问道："紫依，你有啥事儿？"

宋紫依羞红着脸说道："俺……俺和厨间的师傅在后院给你们烧好了水，你们先去洗一下吧，洗完了吃点东西再休息。"

还真是，跑了一整夜，在山上又被吓出了几身冷汗，林逸飞自己都能闻得到一身的汗酸味，还是女孩子心细。大伙纷纷向宋紫依道了谢，便嬉闹着去了后院。

众人洗过澡，填饱了肚子。回卧房的路上，林逸飞看到宋紫依正和几个下人围在井台边洗涮他们换下来的衣裳。看着宋紫依忙碌的身影，林逸飞心底涌起了温暖和感动，人家毕竟也是个大小姐，从前何曾干过这等粗活？如果不是大黄在身边，林逸飞真想过去陪宋紫依一会儿，他已经喜欢上了这个俊俏的姑娘，他甚至在宋紫依的身上嗅到小春喜的味道，那是一种很温暖的味道。

其实不只是味道，林逸飞还在宋紫依身上看到了小春喜的影子。林逸飞倍感惊讶，一个是娇生惯养的大小姐，另一个是从小吃苦受累的小丫鬟，她们从出身到成长经历，可谓是天壤之别。可她们身上竟有着相同的味道，难道是因为自己对小春喜的思念吗？或许是吧。

林逸飞和大黄并排倒在了炕上，通体舒泰。就在林逸飞昏昏欲睡的时候，大黄却一翻身下了炕，在地上倒腾着什么。

林逸飞揉了揉睡眼，问道："不赶紧睡觉，干吗呢？"

大黄嘿嘿一笑，将姚长生给的那个藤条箱子提了起来。好奇心让林逸飞一下子清醒了很多，他差点把那个箱子给忘了。

箱子被放到炕上时，发出一阵悦耳的响声。大黄和林逸飞相视一笑，他们对这种金属碰撞的声音太熟悉了，如果没有猜错，他们要发财了。箱子开启的一刹那，大黄和林逸飞尽管早有思想准备，但他们的眼睛还是禁不住亮了起来。箱子里一半的空间被黄澄澄的金条占着，那些红纸卷成的、沉甸甸的小卷就不用说了，肯定是银圆，还有一些金的玉的首饰。

难怪姚长生说他们用不到，大黄马上就能用上了，他们这是用打劫大喜子的财物给大黄做新婚贺礼啊！

"乖乖，大喜子的家底挺殷实啊。"大黄发出一声感慨。

林逸飞直接扑到了箱子上，嘴里叫道："见面分一半，见者有份啊。"

大黄鄙夷道："啧啧，虽然落魄了，可你好歹也是大户人家出身，瞧你那个财迷样，都给你行了吧？"

林逸飞也不客气："恭敬不如从命，那我就谢了啊！"

大黄在那堆首饰里翻了几下，拿出一对碧绿的翡翠手镯，在手里掂了掂，然后塞到了林逸飞的手里："哎，这对镯子不错，回头你给紫依送过去。"

林逸飞的脸微微一红："干吗我去送啊？人家可是一直把自己当你媳妇呢。我送去算怎么回事，勾搭嫂子啊？"

大黄自言自语道："也是，看来得找个时间和那丫头聊聊了。"

林逸飞心头一喜，凑过去问道："怎么，你打算认下这个妹妹了？"

大黄笑了笑，敷衍道："睡觉睡觉，困死我了。"说完，他一指那个箱子，"拿一边去，还睡不睡了？你还打算抱着睡觉是怎么着？"

林逸飞白了他一眼，没好气地说道："你不是都给我了吗？管得着嘛！"

这一觉睡得酣畅淋漓，林逸飞醒来，但还是不想起身，他微闭着眼睛，懒洋洋地问大黄："哎，几点了？"

大黄同样懒懒地回答："上回睁开眼的时候是两点，现在就不知道了。"

林逸飞被尿憋得实在受不了，干脆起床方便去了。从茅厕出来的时候，小风牵着马刚好进了院子。林逸飞打着哈欠问道："大清早的，干吗去？"

小风咧嘴一笑，应道："去县城绸缎庄了。"

林逸飞想起来了："哦，见到王队长了吗？他们啥时候过来？"

小风美滋滋地说道："见着了，王队长听说咱们又要给他们送枪支弹药，高兴坏了，说今天晚上就来。"说着，他又举着一个包袱朝林逸飞挤眉弄眼。

林逸飞问道："那是啥？"

小风解开包袱，林逸飞凑过去一看，包袱里竟然是一摞花花绿绿的衣裳。林逸飞问小风："哪儿弄的？"

"绸缎庄啊！"小风兴奋地说道，"我在那里见着小灵儿的大姐了，海凤大姐人可好了，可漂亮了。她的绸缎庄里有好几个裁缝，她听说我小嫂子住咱们这里，就让我把这些衣裳带回来送给她。"

一听是送给宋紫依的礼物，林逸飞困意全无，笑着道："呀，全是新的，能合身吗？"

小风得意地拍着包袱："没看我带了这么多吗？这都是县城里那些大小姐们在海凤大姐那里定做的。海凤大姐说了，这里面胖的瘦的都有，肯定有合身的。她让小嫂子把合身的留下自己穿，她回头再给人家补做，不合身的晚上就让王队长再带回去。"

林逸飞喜笑颜开地催促道："快快，赶紧给紫依送过去，让她试试。"

"好嘞。"小风答应着，拿着包袱直奔宋紫依的房间。

林逸飞也跟了过去，可又觉得自己好像不应该跟来，想离开又有些不舍——他想亲眼看看宋紫依惊喜的样子。

小风叫开了门，宋紫依拿着绣花针来到门前。小风乐呵呵地递上包袱："小嫂子，我小哥让我下山，给你做了几身衣裳。你试试，看有合身的不？"

林逸飞心想，小风这家伙真能信口胡说，那些衣裳明明是人家海风大姐送的。不过，当他看到宋紫依羞红着脸，朝他投来感激的目光时，他觉得小风做得对，说得也很好。

宋紫依接过包袱，向小风道了声谢，便顺手掩上了房门。过了一会儿，房门又打开了，换了新衣的宋紫依抿嘴笑着，羞答答地站在门前。她抬头朝林逸飞瞄了一眼，又赶忙将眼神躲开，那娇滴滴的样子分明是在询问：好看吗？

林逸飞看呆了，那是一件及膝的高立领对襟旗式上衣，穿在身上，恰好勾勒出宋紫依曼妙的身段。明亮的绸缎面料，浅蓝色的底子上印染着浅紫色的花卉，正应了她的名字"紫依"。见林逸飞傻傻地看着自己，宋紫依满面霞红，娇嗔地瞪了林逸飞一眼。就这一眼，林逸飞醉了，本想开口称赞几句，却一个字也说不出来。

小风夸赞道："啧啧，小嫂子，你可真漂亮。"

宋紫依娇羞地一笑，回身关上了房门。林逸飞未饮已醉，脚踩着棉花般迷迷糊糊地回了自己的房间倒头继续大睡。

林逸飞和大黄一直睡到傍晚，当他俩走出房间的时候，黑子正在院子里伸着懒腰，看来这家伙也是刚下炕。

"睡得咋样？"林逸飞笑着问。

"别提了，"黑子苦恼地摇着头，"睡得倒是不少，睡得也挺沉，可就是没睡好。"

大黄问道："咋了，狗子打呼噜了？"

"不是，"黑子说道，"尽做梦了，还全是噩梦，一闭眼就在索桥上晃悠，吓醒了好几回，两条腿到现在还是软的呢。"

这时，狗子搓着惺忪的睡眼走了出来，见院子里三个人都在笑，他也跟着笑，问道："咋了，笑啥呢？"

大伙说了黑子做噩梦的事，狗子感慨道："黑子，你做梦好歹还在索桥上，就知足吧。我从闭上眼就站在悬崖边的那条小道上，耳边呼呼的全是风，眼前黑乎乎的啥也看不见，我就站在那里，连动都不敢动，一直站到刚才睡醒。"

几个人又是一顿大笑。笑过之后，林逸飞感慨道："哎，昨晚悬崖上的那条路够绝的，我以为只有我吓得不轻，原来你们也不咋地啊。"

几个人都叫苦："谁不怕？掉下去就完蛋，想想就是一身汗。"

林逸飞似乎明白了什么，问道："那你们还跟着去冒汗？"

黑子叹口气说道："大黄都已经上去了，我能扔下他不管？"

大黄指着狗子埋怨道："狗子在我前面呢，他都上去了，我能不跟着？"

狗子可怜巴巴地指了指林逸飞："我……是跟着少爷上去的。"

林逸飞一笑："是，我是跟着小风上去的，总不能让那小子一个人去抓大喜子吧。"

大伙互相瞅了几眼，都笑了起来。林逸飞的心里泛起一股浓浓的暖意。是啊，这就是兄弟，不能不管，生死与共，还需要别的理由吗？

当天深夜，王瑞卿来到了别院，同行的除了铁蛋还有两个武工队队员。林逸飞觉得那两个队员有些面熟，应该是在庙岛上见过。

简单寒暄之后，林逸飞便将几个人带去后院的马厩。验看过那些枪支弹药，王瑞卿惊喜不已，铁蛋和那两个队员则杵在一边，激动得手足无措。林逸飞吩咐大壮带着家丁将军火重新装上马，便带着王瑞卿等人来到了自己的房间。

宋紫依见有客人来，给他们送上茶水后，乖巧地离开了。

王瑞卿感慨道："逸飞少爷，我对你们真是又佩服，又感激，你们真是太有办法了，这是从哪里又搞到了这么多的军火？"

林逸飞看了看小风，小风笑着摇了摇头，看来小风没有告诉王瑞卿这批武器的来源。于是，林逸飞便将那天晚上配合黄旗剿灭凤凰山的事情说了。王瑞卿听完后思忖片刻，问道："逸飞少爷，你们为什么要去剿灭凤凰山？"

林逸飞答道："凤凰山的匪首大喜子，人称活阎王，作恶多端。前不久他冒犯了我们的朋友，我们想收拾他已经不是一天两天了。"

听了这话，王瑞卿叹息着摇摇头："太遗憾了。"

林逸飞和小伙伴们一愣，遗憾？这有什么可遗憾的？

王瑞卿说道："逸飞少爷，大敌当前，我们应该放下一些私人恩怨，停止自相残杀，团结一切可以团结的力量，一起对付侵略者。"

"什么？"狗子瞠目结舌地问道，"哎哎，你先等等，我们和大喜子怎么……怎么就成自相残杀了？"

大黄的眼珠子都快瞪出来了："你说团结谁？团结大喜子？"

"对！"王瑞卿郑重地点点头，"不仅是大喜子，我们要尽可能地团结所有能争取到的武装力量，壮大我们的抗日队伍。"

王瑞卿的话让林逸飞也犯蒙。

黑子冷笑着问道："王队长，你确定大喜子那样的货色，会跟着你们一起打小鬼子？"

王瑞卿反问道："为什么不能？他也是我们的同胞，是中国人就应该团结起来，共同抵抗外来侵略。当然了，这需要我们更耐心地去做工作。"

狗子轻蔑地笑了，戏谑道："王队长，我得说句你不爱听的话了，像大喜子那样的畜生，如果他加入你们的队伍，老子宁可去当汉奸！"

"狗子！"林逸飞喊了一声。

林逸飞能理解狗子的心情，但这句话确实有些过头。林逸飞暗自庆幸宋紫依这会儿不在屋里，要不然，就凭王瑞卿刚才那番言论，宋紫依非啐他一脸不可。

王瑞卿大度地笑了笑："我明白，狗子同志说的是气话。但是，咱们必须得明白，国难当头，要以民族大义为重。大喜子有可恨的地方，但那毕竟是咱们自己的事情，当务之急是团结起来，将侵略者赶出国门。"

大黄问道："然后呢？等赶跑了小鬼子，咱再回过头来收拾大喜子？那不成卸磨杀驴了吗？"

"为什么还要收拾大喜子？"王瑞卿激动起来，"咱们并肩战斗打跑了小鬼子，那咱们就是亲密的战友啊，那大喜子就是抗日志士，是民族英雄。"

黑子坐不住了："王队长，你的意思是，大喜子杀了那么多中国人，然后再杀几个小鬼子，他就成英雄了？以前他做的那些缺德事，就一笔勾销了？那我可得好好问问你，那些惨死在他手里的无辜百姓就白死了？那些被他祸害过的百姓、被他糟蹋过的女人还要把他当英雄供起来？这他妈还有天理吗？"

王瑞卿朝黑子摆摆手，说道："黑子同志，你不要激动。纵然大喜子以前犯过些错误，只要他能下决心痛改前非，加入抗日队伍，咱们就应该给他一个改过自新的机会，让他将功补过。"

黑子盯着王瑞卿，质问道："犯过些错误？王队长，你跟我说说啥叫错误？杀人、放火、抢劫、强奸、吃孩子这些事，大喜子欠下那么多血债，只是犯了些错误？"

王瑞卿一时语塞，大黄又接口说道："王队长，你刚才说咱们是中国人，那没错，咱是中国人，可咱首先得是个人，然后才是中国人！像大喜子那种没有人性的东西，他连人都算不上，还谈什么中国人日本人！"

林逸飞觉得大黄这几句话说得太好了，真想为大黄拍手叫好。但他也知道，目前的气氛很尴尬，该结束这场争论了。他站起身说道："大伙说得都有道理，有些事也不是一句话两句话能说清楚的，今天咱们就先说到这里吧。王队长他们晚上还要赶路，改天再说，怎么样？"

众人将王瑞卿等人送到院门外，王瑞卿再次表示了感谢："太感谢你们了，武工队得到了你们这么多帮助，我真不知道该怎么表达我的谢意。"

林逸飞笑着说道："都是打小鬼子，咱们不分彼此，谈什么感谢啊。"

王瑞卿与众人一一握手道别，说道："诸位请回，我们这就上路，明天或者后天，我会安排人把马送回来。"

大黄笑着挥了挥手："算了，别送了，来回跑也怪麻烦的。那几匹马就送给你们，就让它们加入你们的队伍吧，大喜子我看就算了。"众人都笑了起来。

送走王瑞卿，众人关好院门回到院里。

狗子还在骂骂咧咧的："让大喜子加入抗日队伍，老王今晚是不是吃了什么不干净的东西？"

黑子也愤愤地说道："老王今天是咋了？看着挺精明的一个人，怎么想跟大喜子攀亲戚？他……他脑袋没问题吧？"

大黄瞄了小风一眼，问道："小风，你平时嘴皮子挺利索，怎么今天晚上成哑巴了？"

小风窘迫地挠着头，支支吾吾地说道："我……我觉得你们说得都挺好，就没必要再插嘴了。"

"得了吧你，"狗子嘲讽道，"我早看出来了，你是怕得罪你姐夫吧？"

小风涨红着脸。林逸飞及时帮他解了围："好了好了，你们就别为难小风了，我觉得他今天晚上表现得挺好，怎么着王队长也是客人，咱们总得给人家留点情面吧？"

时间平静地过去了两天，平静得让林逸飞觉得有些乏味。

第三天下午，小风和狗子回来了。上午他们去了小茶馆，去探听大喜子的消息。

大喜子真的销声匿迹了，没人知道他去了哪里。对这个恶贯满盈的刽子手，林逸飞盼着尽快找到他的踪迹，尽早干掉他，为宋紫依报仇。虽然没有大喜子的音讯，但凤凰山匪帮被剿灭的消息却在凤霞县城里传得沸沸扬扬。

在滨城老百姓眼里，南山的黄旗和凤凰山的大喜子是有着本质区别的。黄旗是什么？是响马；而凤凰山的大喜子，却是不折不扣的土匪。响马做的是拦路抢劫的生意，打劫的是过往的商队，遭殃的都是些富人；土匪却不同，他们打家劫舍，受害的大部分是普通老百姓。所以，在老百姓看来，响马的行径是磊落的，而土匪却是卑鄙、遭人唾弃的。如今，土匪被响马所灭，是大快人心。

黄旗为什么要灭掉大喜子？小茶馆的闲人们自有他们的说法：

这之前，大喜子与海蛎子起了冲突，海蛎子跑到南山找黄旗主持公道，这是众所周知的事情。那黄旗就因为大喜子惹了海蛎子就出手剿灭了凤凰山？不全是！如果真这么简单，那黄旗这事做得就有失公允，多少有些以大欺小的嫌疑，这可不是黄旗一贯的行事风格。

闲汉们据此以为，黄旗剿灭大喜子其实是因为大喜子要投靠日本人。

日本人占了滨城后，四处笼络这些有实力的帮派，他们最想招降的自然是最有势力的黄旗。可黄旗是一帮铁骨铮铮的汉子，断然不会给日本人卖命。去南山招降的两个鬼子信使，被黄旗好汉当场大卸八块。都说两国交战不斩来使，在黄旗好汉们眼里，小鬼子根本就不算人。可这时候，却发生了一件令人意想不到的事，大喜子竟然接受了日本人的招降，要下山做日本人的走狗。

本来黄旗和大喜子是井水不犯河水，往日里你走你的阳关道，我过我的独木桥。现如今，大喜子要归顺日本人，黄旗可就不干了。在黄旗看来，同为胶东匪帮，大喜子此举败坏了胶东帮派的名声，丧失了帮派应有的血性和气节，所以他们果断出手，在大喜子准备投靠日本人的时候，黄旗好汉神兵天降，一举剿灭了凤凰山……

林逸飞听狗子和小风绘声绘色地说完，哭笑不得——小茶馆里这些闲人，想象力实在太丰富了。不过，林逸飞倒是很喜欢这个版本，黄旗是因为大喜子要投靠日本人才出手剿灭的，这有点意思。

看来，黄旗在老百姓心里还是有分量的。

第二十二章　稀客临门

那几天夜里，林逸飞失眠了，有件事让他很苦恼。

自从上次在雷公山杀了那个鬼子中尉，雷公山一带已经被鬼子列入了活动禁地。除了那里，他们真没有适合打伏击的地方，飙旗好汉们迫切需要开辟一个新的战场。

其实就在不久前，林逸飞确实有过和王瑞卿合作的想法。王瑞卿说得对，人多力量大，武工队的人多，而且还有友邻队伍，跟他们一起干或许可以干几票大的。但是，自从那天晚上听到王瑞卿试图拉大喜子参加抗日队伍的言论，林逸飞认为，道不同不相为谋，最好还是别跟王瑞卿掺和了。

作为飙旗的当家人，林逸飞的当务之急是找到一条杀鬼子的途径。这个问题一直困扰着他，每天闲下来时，他就擦着自己的两支枪，他甚至能感觉到弹匣中那些子弹的迫不及待。

上次在凤凰山和姚长生分别时，二师哥说过，谁有机会回滨城就代他回去看看，这话提醒了林逸飞。是啊，哪儿的鬼子最多？当然是滨城。

回滨城！这个想法一下子在林逸飞的脑子里扎了根。

最近一段日子，林逸飞无数次梦到自己回到滨城，回了家。对他来说，滨城是生他养他之地，也是让他伤心的地方。那里有太多的记忆，有他已经故去的父母，也有无尽的屈辱。或许，当初他就不该像个懦夫一样离开滨城。

一天晚上，林逸飞对大黄说起回滨城的想法。

"不行，你疯了？"大黄干脆地否决了林逸飞的提议，"滨城的小鬼子正到处抓你呢，现在回去，这不是自投罗网嘛！"

林逸飞解释道："大黄，你听我说，小鬼子那是在找我，但不是在抓我。你带回来的那张告示我看过了，他们是在寻人，不是在缉捕。"

"有什么区别吗？"大黄固执地反问道，"小鬼子的那些把戏你还不知道？他们找你干吗？这明摆着是要斩草除根、赶尽杀绝。"

林逸飞也反问道："那你说，小鬼子为什么要杀我，他们杀了我有意义吗？"

"你问谁呢？"大黄瞪着一双牛眼，"他们为什么杀了你爹？为什么杀了二嘎子和几十个弟兄？为什么杀了上清观那么多道士？林逸飞，你醒醒脑子吧，小鬼子杀了那么多人，他们杀人还需要给你理由，还要跟你商量？"

面对大黄的一连串反问，林逸飞摆了摆手："你别急，咱们这不是在商量嘛。你看，小鬼子杀了我爹，是因为我爹拒绝了小鬼子委任的官职，是因为他不配合……"

林逸飞的话还没说完，大黄就打断了他："咋的，你爹不配合，你还想回去配合配合？你要是不配合，小鬼子照样杀你！"

林逸飞一拍大腿，笑道："对啊，问题就在这儿，咱们为什么不配合呢？"

"啊？"大黄的一双牛眼睛瞪得更圆了，"你……你他妈想当汉奸？"

"哼！"林逸飞冷笑一声，咬着牙说道，"只要能多宰几个小鬼子，别说是当汉奸，就是当王八犊子，老子也干了！"

大黄脑子有点儿犯懵。沉默了一会儿，他瓮声瓮气地说道："反正我觉得没必要去冒险。我说不过你，可到底回不回去，你说了不算，我说了也不算，还是老规矩，明天大伙聚一块，投票表决。"

第二天早上，大伙刚吃过早饭。宋紫依正收拾着餐桌，大黄招呼了一声："紫依，你别忙活了，跟我来一趟。"说完，就出了饭堂。

宋紫依一怔，紧张地朝林逸飞看过来，林逸飞笑着摆了摆手。眼看着大黄带宋紫依回了房间，黑子和狗子凑到林逸飞的身边，低声问道："咋了这是？什么情况？"

林逸飞敷衍道："你们问我，我问谁去。"

最近几天的天气不错，恰逢天气转暖，温度适宜。林逸飞吩咐下人在前院凉亭里沏上了茶，和黑子、狗子一起喝着。

这时小风也来了。小风向来不走寻常路，隔着栏杆直接跳进了凉亭。他拿起茶壶给自己添上茶，然后乐呵呵地问道："今天人不齐呀，少一个，人呢？"

几个人朝林逸飞的房间指了指，小风恍然大悟："哦，还没起来？"

狗子应道："聊天呢。"

小风一怔："人都在这里，他跟谁聊呢？"

狗子答道："你小嫂子。"

小风捂着嘴扮了个鬼脸，贼兮兮地问："聊啥呢？"

林逸飞忍着笑训斥道："小孩子，不该问的别问。"

小风白了林逸飞一眼，抿了一口茶水，然后歪头瞅着房檐，蹙着眉头，抠着下巴，一本正经地开始瞎琢磨。就在这时，屋子里传来大黄的声音："逸飞，你来一下。"

该自己登场了，林逸飞突然紧张了起来。进门之前，他下意识地整了整自己的衣裳和发型，做了两次深呼吸，稳定自己的心情。

推开门，小心翼翼地进了房间，看到泪水涟涟的宋紫依正偎在大黄的怀里。大黄也红着眼圈，用眼神示意林逸飞到自己身边来，然后拉着宋紫依的小手，放到了林逸飞的手里："逸飞，我知道你稀罕紫依，从今天开始，我就把这个妹子交给你了。"

林逸飞感觉到宋紫依的小手冰凉，她似乎试图将手抽走。林逸飞微微用力，将她的手握紧，宋紫依便羞红着脸放弃了抵抗，任由他将手牢牢地牵住。幸福来得太突然，虽在意料之中，林逸飞还是激动得都能听到自己的心跳，他朝垂着头的紫依努了努嘴，用口型向大黄询问：说了？大黄没有回答，看着眼前的两个人，他脸上满是笑意——妹妹情有所归，他也了却了一桩心事。

谁都没有说话，房间里的气氛虽温馨，却又带着点尴尬。大黄装腔作势地干咳两声，问道："逸飞，你没什么话想说吗？"

林逸飞傻笑着，不知该说些什么。

大黄瞪了他一眼，朝炕上的枕头一瞄，提醒道："你……你不是有礼物要送给紫依吗？"

林逸飞想起来，枕头下有一对翡翠镯子，是那天晚上准备好的要送给紫依的礼物。他放开紫依的手，过去取出那对碧绿的翡翠玉镯，嗫嚅着对宋紫依说道："紫依，这个……这个送给你。"

宋紫依绯红着一张俏脸，羞怯地将手伸了过来，当她的目光看到那对玉镯的时候，猛地抬起头，一双惊恐的大眼睛紧盯着林逸飞："你……你是从哪里找到它的？"

宋紫依突如其来的惊慌让林逸飞不知所措，就在他发愣时，宋紫依一把将那对镯子抢到了手里，把两只玉镯紧贴在自己的脸上，声泪俱下："这是俺娘的镯子啊！"

这叫什么事啊？拿着人家的东西当礼物再送给人家！林逸飞涨红着脸狠

狠地瞪了大黄一眼，恨不得找个地缝钻进去。大黄也蒙了，他从一旁的桌子下拖出那个藤条小箱子，宋紫依又是一声惊叫——不用问，那箱子肯定也是宋家的旧物。

这该死的大喜子！

安慰好宋紫依，林逸飞将她送了回去。这是林逸飞第一次进她的房间，屋子里满溢着少女特有的馨香，林逸飞被迷得头晕目眩。离开宋紫依房间的时候，他的四个兄弟已经在院门口等着他了。

看着林逸飞离开了，宋紫依坐在炕边想着心事。

宋紫依觉得自己可真幸福，而且幸福来得那样突然。她本以为自己已经成了无依无靠的孤女，却没想到竟然还有一个哥哥，而且是在她最无助、最绝望的时候，哥哥出现了。哥哥是个有大本事的人，她觉得自己的心一下子踏实了许多，她觉得自己又有依靠了。相比哥哥，宋紫依觉得自己对林逸飞有一种说不出来的感觉，每次见到他，自己都会格外慌张，心跳也会陡然加速。她想刻意躲着他，可又无可救药地想靠近他。

其实，宋紫依曾经有过一张林逸飞的照片，那是世伯林敬轩到府上提亲时带去的。照片里的林逸飞西装革履，帅气逼人，宋紫依对未来夫君的长相极为满意。可照片里的林逸飞嘴角挂着一抹坏笑，让宋紫依不由得有些担心，他不会是一个放浪不羁风流成性的公子哥吧？

如今，宋紫依的那些顾虑早就统统打消了，她觉得逸飞少爷是个心善的人，知冷知热会疼人；最难得的是，他还是哥哥的好兄弟，和哥哥一样有本事。她能感觉到，逸飞少爷是喜欢自己的。

在别院住下的这段日子，宋紫依的心里可难受了。她一直认为自己将来会是大黄的媳妇，可这里却是林逸飞的家，最难堪的是自己还当面毁掉了她和林逸飞的婚约。那种寄人篱下的感觉把她住在这里的每一天都变成了煎熬。

这种煎熬在后来的日子里与日俱增，因为她发现自己喜欢上了林逸飞。从那时候起，宋紫依就陷入了深深的自责，自己以后是大黄的女人啊，怎么可以再喜欢逸飞少爷呢。可有些事情是由不得人的，她越是想躲开逸飞少爷，心里的喜欢就越多一些。如今，自己再也不用为喜欢别的男人而苦恼了，那种寄人篱下的感觉也一扫而光，她突然感觉，这里就是自己的家。

想到这儿，宋紫依用手捂住了自己热得发烫的俏脸。

飘旗好汉们又来到了他们平时练枪的那片小树林，但今天他们不是来练枪的。大黄将他们喊到一棵大树下坐下来，告诉大伙林逸飞想回滨城的事，让大家发表一下各自的意见。

大家的吃惊表现完全在林逸飞的预料之中。几个人道出各自的想法，他们的担心与大黄如出一辙。

林逸飞把跟大黄说过的话又对大伙说了一遍，还做了补充："既然鬼子能厚葬我的家人，那就说明，即使是为了做出某种姿态，他们也不会对我怎么样。"

黑子摇摇头，不无担心地说道："反正我觉得这样做太冒险，咱们现在就挺好，没必要冒这样的风险回滨城。"

其他几个人也都随声附和。

林逸飞叹息道："咱们现在挺好吗？维持现状唯一的好处就是安全。可你们说说，这种安全能维持多久？再说，如果只是为了安全，那咱们还练枪干什么？去雷公山干什么？还去凤凰山干什么？"

几个人都没有说话。

林逸飞继续说道："留在这里，咱们对鬼子下手的机会太少了。现在，雷公山的小鬼子加强了戒备，咱们连个搞偷袭打伏击的地方都没有了，今后怎么办？滨城就不一样了，城里到处都是小鬼子，小鬼子多了，咱们下手的机会就多，并且在滨城杀小鬼子，影响力更大。"这番话对眼前这几个人是个巨大的诱惑。

五个人沉默着对视了几眼，林逸飞指着滨城的方向，又说道："咱们比小鬼子更熟悉滨城，在那里，每一条巷道、每一个角落，都能变成咱们杀小鬼子的战场，并且，会有更多的人帮咱们。小鬼子根本不是咱们的对手。"

小风和狗子有些坐不住了，小风已经摸出了枪。

狗子凑过来问道："少爷，滨城还有鬼子中尉吗？"

林逸飞笑道："当然有了，咱这附近比中尉大的鬼子可都在滨城呢。"

狗子乐了："那还有中尉不？"在狗子眼里，"中尉"已经是了不起的大官了。

林逸飞答道："别说中尉了，比中尉大的官也多得是。"

"太棒了！"狗子摩拳擦掌地说道，"那咱还等什么？回滨城啊，到时候，我也宰个小鬼子中尉给你们看看。"说着，不服气地朝小风瞥了一眼。

小风自然不惧怕这种挑战："回滨城就回滨城，谁怕谁？把小鬼子搅他个鸡飞狗跳，让滨城的小鬼子也尝尝咱们飙旗的厉害。"

很明显，经过刚才一番鼓动，在投票开始前，林逸飞已经成功地取得了狗子和小风的支持。尽管黑子和大黄还没有发表最后的意见，但回滨城似乎已经有了最终的结果。

黑子说道："我觉得咱们应该考虑的东西还很多，暂时还……"

"没什么可考虑的，"小风举着手说道，"已经三票同意回滨城了，咱不是都说好了吗，少数服从多数，是吧小哥？"

黑子一如既往地沉稳："这不是举手投票的事。回滨城杀小鬼子的机会多一些，这个我承认，但咱们得明白，多杀小鬼子的前提是要保证咱们自己活着，连命都没有了，还拿什么去杀小鬼子。"

黑子看了小风一眼，接着问道："你说要回滨城，那我问问你，现在滨城是什么阵势？回去后小鬼子会怎么对待逸飞少爷？你能保证小鬼子不会对逸飞少爷下毒手？这些你都清楚吗？"

小风被问得哑口无言。

黑子继续说道："这是性命攸关的大事，不是撞大运。你知不知道自己在干什么？你轻轻松松地一举手，决定的是你小哥的命，你知道吗？"

小风红着脸耷拉着脑袋。

狗子沮丧地问道："黑子，那……那你是啥意思？咱就不回滨城了？"

黑子思忖了一下，说道："也不是说不回去，但是在回去之前，咱们得先摸清楚滨城的情况，必须确保逸飞少爷的安全。"

"黑子说得对，说得再热闹也得先保住咱们自己的命！"大黄拍了拍手上的浮土，说道，"我赞成黑子的意见，先摸情况，如果可以的话那就回滨城。"

小风和狗子相视一笑，两人同时站了起来："行，我俩明天就下山探听消息。"

大黄笑着吩咐道："不仅要去那个小茶馆，你们下山的时候再去一趟牛肉馆，让他们也帮着搜罗一下滨城的消息。记住，别管有用没用，越多越好。"

第二天一大早，小风就来到别院，叫上狗子准备下山。大黄让他们骑马下山，这样可以节省些时间，到了山下，可以把马寄放在镇上的牛肉馆里。

狗子和小风刚离开别院，宋紫依就来到林逸飞的房间。冬天过去了，宋紫依来收几个人过冬的棉衣，准备拆洗一下。一会儿，她端着一盆拆好的衣服出来，直接去了后院的水井旁。林逸飞在屋里看了一会儿闲书，见宋紫依端着盆去了后院，索性也跟了过去。

井水比林逸飞想象的要暖和，两人默默地对面坐下，在木盆里搓洗衣物。虽然那个木盆足够大，但林逸飞总会不小心碰到宋紫依的小手，害得宋紫依的小脸一阵阵地泛红。每一次碰到宋紫依的手，林逸飞心里都会一阵翻腾，见四下无人，林逸飞干脆一把握住了她的手。

宋紫依满脸通红，柔声嗔怪道："你干啥呀。"

林逸飞结结巴巴地答道："水……水凉，我……我给你暖暖。"

宋紫依娇羞地说道："俺没觉得凉，俺不用你暖。"

林逸飞看着眼前的美人，心花怒放，他这会儿嘴皮子也利索了："你可以不领情，可我不能不心疼呀。"

宋紫依紧咬着嘴唇，脸红得快要滴出血了。

"嘿嘿……"有人在笑，林逸飞循着声音抬头一看，是大壮。这个憨货抱着枪蹲在碉楼上，正望着脚下井台边的两个人傻笑。

光顾着观察周围，竟忘了头顶碉楼上还有个大壮。见被人瞧见，宋紫依掩着羞红的脸逃去了前院。林逸飞也是羞恼万分，他恨不得爬上碉楼揍那小子一顿。这个大壮也是够气人的，偷看也就偷看了，他还笑，而且笑得还那么猥琐。

林逸飞悻悻地甩了甩手上的水，他正准备去前院瞧瞧宋紫依，大壮却突然直起身子朝远处眺望了两眼，朝他喊话："东家，外面来了两个人，好像是来咱家的。哎哟，里面还有个女的。"

女的？林逸飞擦干手，快步朝前院跑去。出了院门，果然见两个人朝别院走来，走在前面的那个人他认识，是庙岛武工队的铁蛋，他身后那个人竟然是小灵儿。林逸飞惊喜地迎了上去："小灵儿，你咋到山上来了？"

听林逸飞这样一问，小灵儿不禁红了脸，羞赧地应道："小哥，俺……俺娘让俺送些鲜鱼过来，给你们尝尝鲜。"

林逸飞觉得有些奇怪，才几日不见，小灵儿竟然腼腆了许多。他上前接过了小灵儿手里的篮子，热情地招呼道："快快，赶紧到家里坐。"

三个人刚进院门，大壮过来接过了铁蛋肩上的大背篓，大黄和黑子也兴冲冲地迎了出来。宋紫依也听到了声音，却没敢出门，她躲在房门后，好奇地朝外面张望。当看到一个和自己年龄相仿的女孩出现在院子里，才害羞地站到了门前。

小灵儿红着脸和几个人打过了招呼，林逸飞便带她将鱼送到了后院的厨间，顺带着领她参观了一下别院。

老阿福听说家里来了客人，也从房间里迎出来。

林逸飞介绍道："福叔，这位就是上次救了小风的小灵儿姑娘，这次她是专程从庙岛过来给咱们送鲜鱼的。"

老阿福夸道："好，这丫头长得可真水灵，跑那么远的路给我们送鱼，真是辛苦姑娘了。"

林逸飞对小灵儿说道："小灵儿，这是咱们的管家福叔，也是你狗子哥的爹。"

"福叔好。"小灵儿腼腆地和福叔打着招呼。

林逸飞一回头，发现宋紫依一直远远地跟在他们后面。见她想上前又有些不好意思，林逸飞笑着朝她招了招手。宋紫依笑吟吟地跟了过来。

林逸飞介绍道："紫依，这就是小灵儿，她是小风的……"话没说完，嘿嘿一笑，低声说道，"反正关系不一般。"

小灵儿本来就有些害羞，这一下子脸更红了。

林逸飞又给小灵儿介绍宋紫依："小灵儿，这位是紫依，她是……"

林逸飞的话还没说完，大黄在旁边说道："这是我妹子，也是你小哥没过门的媳妇。"

宋紫依的俏脸比小灵儿的还要红，她冲着大黄娇嗔地喊了一声："哥！"

大黄板着脸道："咋，你又想退婚啊？"

宋紫依羞红着脸一跺脚，娇嗔道："哥！"

小灵儿看着紫依，甜甜地喊了一声："嫂子，你可真漂亮。"

宋紫依似乎默认了这个称呼，上前亲热地牵住了小灵儿的手："你才漂亮呢，你一进门俺就觉得你漂亮。"

两个漂亮女孩一见如故，拉着手一路说笑着走向前院。林逸飞看在眼里，心里有说不出的欣慰，整个别院只有紫依一个女孩，这段时间连个说话的人都没有，如今终于有了个伴。

老阿福在井台边看着厨子洗鱼，不住地感叹："哎呀，多长时间没见着这么新鲜的鱼了，肯定是早上刚出水的。一会儿多焖上一些，给老爷太太也供上几条。"

　　见小灵儿跟着宋紫依去了她的房间，铁蛋向众人告辞。林逸飞本想留他在家里吃了午饭再走，可铁蛋却说山下还有急事，非要马上回去。

　　送走了铁蛋，林逸飞回到院子，发现宋紫依房间的门是虚掩的，凑过去一看，房里没人。这时候，后院传来了两个女孩嬉闹的笑声。

　　后院厨房里，小灵儿正在教宋紫依做鱼，两个厨子在一旁看着。林逸飞见状也凑了过去。厨子一见林逸飞，赶紧解释："东家，可不是俺们偷懒，是小灵儿姑娘非要自己做。"

　　在厨房逗留片刻，林逸飞又回房看起了闲书。没多久，就有下人过来通禀："东家，饭好了。"

　　林逸飞来到饭堂，只闻得鱼香满堂。两个厨子也来了饭堂，林逸飞示意他俩也坐，大家一起吃。小灵儿环视着众人，几次欲言又止的样子。林逸飞细一琢磨，恍然大悟，自己太疏忽了，小灵儿过来给大伙送鱼尝鲜不过是个借口，人家其实是来探望小风的。可自己一上午竟然绝口不提小风的去向，难怪小灵儿一直在那里左顾右盼的。

　　林逸飞赶忙解释："小灵儿，你小风哥上午去了凤霞县城，中午可能就不回来了，咱们先吃，就别等他了。"

　　小灵儿腼腆地笑了笑，明明有些失望，却还嘴硬："俺没等他。"

　　大伙说笑着拿起筷子，这时外面护院的家丁喊了一声："东家、福叔，狗子和小风回来了。"

　　真是说曹操曹操到，老阿福笑道："这俩小子，还真有口福。"

　　说话间，狗子和小风急匆匆地进了饭堂。小风猛然见到小灵儿，眼神中俱是惊喜，两人对视一眼，顿时都红了脸。大黄赶忙让小灵儿身边的人给小风让了座，叫小风紧挨着小灵儿坐下。

　　小风寒暄道："你……你咋来了？"

　　小灵儿满脸通红地应道："是俺娘让俺来的。"

　　小风的脸也红红的："荀婶她……她挺好的吧？"

　　"嗯。"小灵儿点点头。

　　小风又问："那……荀叔也挺好的吧？"

　　"哎哟，得了，你俩的悄悄话回头自己找地方说去。"林逸飞笑着岔开话题，"小风，你们不是到小茶馆去请客了吗？怎么现在就回来了？"

林逸飞这一问，狗子把他们下山的情况说了一遍。他们今天一大早就下山去了牛肉馆，进县城的时候先去了王瑞卿的绸缎庄，小灵儿的大姐海凤告诉他们，小灵儿来了栖霞山别院。小风担心小灵儿在路上的安全，所以就没去小茶馆，直接回来了。

大黄取笑小风："哎呀，还是小灵儿重要。以后小灵儿要是能留在栖霞山，那老道爷也省心了，再也不用满世界找孙子了。"

小风和小灵儿涨红着脸低下头，众人哈哈大笑。老阿福拿起筷子给一对小恋人解了围："快吃饭吧，这鱼都要凉了。"

小灵儿这鱼做得实在太香了，众人吃得赞不绝口。两个厨子也赞叹道："真奇怪了，我俩就在一旁看着呢，也没见放什么特殊的佐料啊！火候也都差不多，可这味道咋就这么好，是不是有什么诀窍啊？"

小灵儿红着脸解释道："其实哪儿有什么诀窍，就是放了些豆酱、花椒和大料，这是我们岛上最普通的做法，可能是因为鱼新鲜吧。"一句话道破了烹饪的天机，美食的关键在食材。

饭桌上多了个人见人爱的小客人，大伙谈笑风生，吃得欢天喜地。饭后，为了给小风和小灵儿一个单独相处的机会，林逸飞让狗子给他们牵来马，让小风带着小灵儿去山上转一转。

宋紫依对小灵儿是真喜欢，自从小风和小灵儿离开了别院，她就显得六神无主，有事没事就到院门口翘首远望。林逸飞见状，凑上前拉了拉宋紫依的衣袖，提醒道："哎，上午的衣服还没洗完呢，要不……"

宋紫依红着脸，羞答答地跟在林逸飞身后，去了后院。

晚饭后，大伙都聚到林逸飞的房间里，有说有笑地聊天。老阿福来找林逸飞，两人到了院子角落里，老阿福问道："少爷，小灵儿姑娘今晚咋办？"

林逸飞笑道："我看她跟紫依挺亲热，就让她和紫依住一起吧。"

老阿福又问："你是说，把她留在家里？"

林逸飞又笑："福叔，这山上也没别的地方可去，一个女孩子家，总不能让她去上清观吧？"

老阿福叹了口气："少爷，我不是那个意思。要是这个小灵儿是个普通的女客，住在哪里都行，可是我听你说，她和小风是……"

林逸飞有些不解："福叔，这有什么不一样吗？"

福叔解释道："少爷，你还年轻，可能不明白，这没过门的媳妇哪有在夫家留宿的？小灵儿岁数小可能不懂，你们也都年轻，可小风的家里人呢？咱们清楚老道长不知实情，可人家小灵儿的爹娘不知道啊，人家会挑理的，说小风家里的老人不懂规矩啊。"

林逸飞一想，还真是。铁蛋走时，林逸飞就觉得让小灵儿留宿好像有些不妥，当时他也没太在意，如今看来这还真是个问题。别的倒还好说，就怕小灵儿的父母对小风的家人有不好的印象。可眼下天已经快黑了，小灵儿根本没有要走的意思，林逸飞还真有些为难。

宋紫依和小灵儿都在林逸飞的房里，林逸飞进门时她们正在聊着什么有趣的事，林逸飞装作不经意地问道："时候不早了，小灵儿今晚住哪儿啊？"

宋紫依拉着小灵儿的手，说道："就让她和我住在一起吧，晚上还可以做个伴。"说着，问小灵儿，"行吗？"

"嗯。"小灵儿高兴地点点头。

林逸飞又问道："小灵儿，你住在这里你爹娘知道吗？"

小灵儿怔了一下，红着脸说道："俺跟俺姐说了，俺……"小灵儿是个聪明的女孩，她紧张地看了看周围的几个人，小声问道，"小哥，是不是不太方便啊。"

听小灵儿这样问，林逸飞想，算了，哪来那么多的规矩。他笑着挥挥手："这有什么不方便的？你就安心住下，我们巴不得你住下就不走了呢。"

"对对，多住些日子。"小风兴奋地说道，见大伙哈哈大笑，小风辩解道，"我又怎么了？我是想让小灵儿在这里多陪小嫂子几天。"这解释明显多余。

林逸飞说："今天小灵儿赶了不少路，肯定累了，大家都早点歇了吧，有什么话明天再说。"

众人闻言各自回房休息，唯有小灵儿和宋紫依好像有说不完的知心话，已经半夜了，她们房间的烛光还没有熄灭。

清晨，小风和狗子又要下山。

林逸飞上前拦下小风，说道："小灵儿难得到山上来，今天你就别下山了，在家好好陪陪她，让你黑子哥和狗子一起去吧。"

小风执意不肯："那怎么行？在小茶馆我可是最有人缘的。小哥放心，我们快去快回，打探到了消息就尽快回来。"

他们还真是快去快回，早上七点多钟下了山，才十点多两人就回来了。林逸飞一见两个人的表情就觉得有些不对劲，尤其是小风，一直铁青着脸，就连看到小灵儿也只是咧着嘴挤出一个笑容。看来，是有滨城的消息了，而且不会是什么好消息。林逸飞赶忙将两个人让进了自己的屋子，黑子和大黄闻声也都赶了过来。

掩上房门，林逸飞转身问道："怎么这么早回来了，有消息了？"

小风开口想说点什么，又叹着气看了看狗子，说道："还是你跟小哥说吧。"说完，沮丧地低下了头。

林逸飞感觉到事情有些不妙，追问道："到底怎么了？快说。"

狗子狠狠地抹了一把脸："少爷，凤凰山出事了。"

"凤凰山，"林逸飞疑惑道，"凤凰山能出什么事儿？"

狗子垂头丧气地讲起他们在小茶馆了解到的事。

凤凰山脚下有个小村子，是这个村子出了大事。三天前的深夜，曾经给黄旗带路上山的那个老猎户，全家六口不分老小惨被灭门。老猎户的大儿媳已经有了身孕，再有两个多月就临产了，她被人活活刺死，腹中胎儿也不知所踪；老猎户刚娶进家门的小儿媳，被人活活糟蹋死了。同样遭殃的还有老猎户的邻居，一家五口，一个不剩……

这事没别人，肯定是大喜子干的。

林逸飞听得青筋暴起，嘴里的牙都快咬碎了。姚长生最担心的事情还是发生了。当初老猎户大发善心，让凤凰山的那些女人活了下来，可如今，却害得自己和邻居两家惨遭屠戮。这真是血淋淋的教训，可那些女孩也真的不该死啊，这究竟是怎么回事？林逸飞想不明白，干脆也不想了，他只想亲手宰掉大喜子，越快越好，斩草除根。

大黄问道："有大喜子的消息吗？"

狗子和小风都摇摇头。

大黄瞪圆了一双虎目，追问道："杀了这么多人，就连一点消息也没有？"

狗子和小风又摇了摇头。狗子低声回答道："没有，那个大叔的家在山坳里，就一户邻居，两户人家没留一个活口，全死了。"

黑子将牙齿咬得咯咯作响："这个畜生，他早晚会死在我手里，早晚！"像是咒骂，像是发誓，也像是在安慰大伙。

小风抱着头呜呜地哭了起来："都怪我，那天如果不是因为我，大喜子那畜生就不会逃走，猎户大叔也不会……该死的是我啊！"

林逸飞默默地走过去，抚着小风的头说道："别哭，已经过去的事情，就不要再去想了。振作一点，你黑子哥刚才不是说了吗，那畜生早晚死在咱们手里。"林逸飞忍住眼泪，咬牙切齿地说道，"犯我飘旗者，虽远必诛！"

这个噩耗影响了所有人的心情，中午吃饭时谁都没有多说话，也绝口不提凤凰山的祸事。

午饭后，小灵儿突然向大家辞行。大伙都纳闷，本来说好了再住两天的，怎么突然要走？

林逸飞隐约觉察到问题的所在，一定是大伙都铁青着脸冷落了小灵儿。那丫头几次尝试着询问原因，可小风又不说，她应该是误会什么了。林逸飞对小灵儿再三解释，小丫头总算又留了下来。为了舒缓一下大伙的心情，下午几个人陪小灵儿和宋紫依到山里去转了转，看了看风景。

小灵儿上山后的第三天下午，小风和狗子带回了滨城的消息。

正如林逸飞预料的那样，小鬼子一直在找林逸飞，或者说，是小鬼子一直在等林逸飞。自从林逸飞逃离滨城后，日本人控制了林府，并没收了林记的所有产业。奇怪的是，日本人后来突然改变了态度，将滨城大掌柜林敬轩及其夫人风光大葬。随后的举动更加出人意料，除了被宪兵司令部征用的几家工厂外，日本人将所有产业又归还到了林记的名下，并且，征用的那几间工厂也按月支付租金和费用。现在的林府大院虽然仍处于封锁状态，但是下人们还住在里面，只是出入都要走后门。不仅如此，现在滨城商会的会长也只是个代理会长，小鬼子放出话来，只要少掌柜林逸飞回到滨城，会长的位子非他莫属。

表面上看，滨城如今在"大日本皇军"的治下也算是平安无事，似乎并没有众人想象的那么水深火热。

黑子质疑道："这会不会又是鬼子的一个圈套？如果他们真想让逸飞少爷回去给他们当那个商会会长，当初为什么要杀大掌柜？"

是啊，这确实是个值得推敲的问题，日本人不会不明白，这可是杀父之仇啊！思前想后，林逸飞做出了最后的决定：赌一把。

林逸飞坚信自己是有赌注的，小鬼子突然厚葬父母，并且主动向自己示好，肯定事出有因。现在日本人占据滨城时间不长，人心不稳，他们不会出尔反尔，就算是做做样子，他们也绝不会轻易杀掉自己。他认定，小鬼子看重的是林家这块金字招牌。

黑子看着林逸飞，问道："决定了？"

林逸飞点点头。

黑子又问："如果鬼子让你当那个汉奸会长，你怎么办？"

林逸飞笑着一摊双手："恭敬不如从命。"

大伙都转头看向了大黄。大黄思忖片刻，恶狠狠地说道："那就回滨城！"

第二天上午，小风送小灵儿去凤霞县城她姐姐那里。临走的时候，小灵儿与宋紫依恋恋不舍，才几天时间，二人已经情同姐妹了。

当天晚饭后，林逸飞和宋紫依一起走出别院。逃离了众人的视线，林逸飞牵住了宋紫依的手，两人都没有说话，漫无目的地散步。傍晚的天气很好，夕阳正缓缓落下，天空的晚霞映红了两个人本就绯红的面颊。

两个人在山梁的那棵大树旁停了下来，林逸飞望着娇羞的宋紫依，爱怜地说道："紫依，明天我们就要走了，你留在这里，一定要照顾好自己。"

宋紫依乖巧地点点头："俺听俺哥说了。逸飞，不回去行不行啊？滨城里到处都是日本人，多危险啊。"

林逸飞轻抚着宋紫依的手："越危险，我越要回去，那里有好多事情等着我去做。"

宋紫依嘟起了小嘴："那俺不管，你回去，俺也要跟你回去。"

"可以啊，"林逸飞笑道，"你哥同意吗？他要是让你去，那我就带你走。"

宋紫依委屈地说道："他天天冷着脸，俺可不敢跟他说，你帮俺跟他说说，行吗？"

林逸飞不过是在逗她，前路未卜，危险重重，他怎敢带着她回去冒险呢。林逸飞安慰道："滨城是我的家，我早晚都是要回去的，你放心，不会有危险的。"

宋紫依低下头，小声嘟囔着："你的家就是俺的家，俺也想回去。"

这话像一阵暖风吹进了林逸飞的心里，酥酥的，痒痒的，他情不自禁地将宋紫依轻轻揽进怀里。闻着紫依身上那似曾相识的馨香，林逸飞在她耳边柔声说道："紫依听话，在这里安心住几天，等我安顿好了，就来接你，好吗？"

话一出口，林逸飞只觉得胸口一痛。他怎能不痛？他曾经对小春喜说过同样的话，没想到，那竟成了他和小春喜的永别。

宋紫依偎在林逸飞胸前，乖巧地点点头，喃喃说道："那你得答应俺，一定要照顾好自己，早点回来接俺。"

林逸飞用力拥抱着紫依，一种难以言明的情愫让他想把紫依揉进自己的身体。或许因为他太过用力，紫依在他怀里嘤咛一声……这一刻，林逸飞发誓，自己一定要活着回来接他的紫依，他已经失去了几乎所有的亲人，不能再失去紫依了，他也绝不允许紫依失去自己。

第二十三章　少爷回城

清晨，飙旗好汉们就要上路了。

林逸飞让狗子从密道里抱出了那挺机枪交给大壮，又给了他们一整箱子弹，并叮嘱大壮："一定守好别院，子弹、机枪我都交给你们了，家里人少一根汗毛，你提着脑袋来见我。"

大壮挺胸保证："东家，放心吧，这里就交给我们了。"

林逸飞拍着大壮的肩头，欲言又止。其实，他很担心那个有仇必报的活阎王大喜子，尽管大喜子找到这里的可能性很小，但凤凰山下猎户大叔和邻居两家人的惨死，就是前车之鉴，不得不防。

家里人一直把他们送到院外的半山腰，老阿福一遍一遍地絮叨："注意安全，照顾好少爷，要是觉得不好就赶快回来。要是留在滨城了，就差人送个信回来……"

宋紫依泣不成声："你们一定好好的，俺等你们回来。"还对大黄嘱咐道，"哥，照顾好自己，帮俺照顾好逸飞。"话音刚落，已是泪如滂沱。

林逸飞心如刀割，那一瞬间他甚至想留下来，永远也不离开紫依。可他知道，自己还有更重要的事情要做。他来到宋紫依身边，从怀里掏出父亲送给他的那支勃朗宁小手枪，默默塞到她手里，然后跃上马背，绝尘而去。

一路快马加鞭，上午才十点多，林逸飞一行五人就赶到了滨城城郊。

面前是大片坟茔，高处一堵砖砌的围墙里，便是老林家的祖坟。如今这里又添了四座新坟，坟前有几片燃烧过的纸灰，还有几样看起来算得上新鲜的水果，看来不久前有人来祭拜过。

林逸飞在坟前磕头，长跪不起："爸，妈，大妈，小妈，不孝子逸飞回来了。"

小风和狗子在城外镇子上买来了祭品。该烧的烧了，该供的供上，几个人磕过头，便起身清除墓地的荒草。

两个守墓人闻声赶了过来："给少掌柜的请安。"

林逸飞搀起二人，并让狗子派了赏钱。守墓人得了赏钱，磕头作揖地道谢，很快就找来了铁锹和锄头，整理起了墓地。

远处有阵阵马蹄声响起，林逸飞回头望去，来的是一支马队，清一色的大檐帽、蓝灰军装。为首那人林逸飞再熟悉不过，是他的大师哥二杠子。

二杠子下马张开双臂大步朝林逸飞奔过来："逸飞！"

林逸飞并没有迎接那个拥抱，只是恭敬地一抱拳："师哥。"

二杠子张着双臂怔了一下，随后擦了擦眼角自嘲地笑了，他拍了拍林逸飞的肩膀："回来就好，回来就好。"说完，大步来到林敬轩的坟前，跪下磕起了响头，"师叔，逸飞师弟回来了，您放心，我一定会照顾好他！"

几个跟随二杠子同来的随从林逸飞都认识，他们凑到林逸飞面前，小声说道："少掌柜的，你别怪俺大哥，他也不容易。大哥隔三岔五地来这里给大掌柜的上香磕头，回回都哭得稀里哗啦，他也是没有法子啊。"

林逸飞当然知道二杠子不容易，可遇上这样的世道，谁容易？自己也一样，不久之后就要面临当"汉奸"的命运。可他一见二杠子那身军服就觉得刺眼，心里别扭得很。也许看久了就会习惯，他只能这样安慰自己了。

二杠子从地上起身时，看到了林逸飞身后的大黄，他愣了一下。二杠子认识大黄，他很吃惊，大黄怎么会出现在这里？

远处又传来了马蹄声。四匹马跑近，才看出骑马的是四个身着黄色军装的人，"太君"也来凑热闹了。四个日本军官下了马，来到林逸飞的面前，双腿合拢，马靴发出一声脆响："林逸飞先生，小仓少佐有请。"生涩蹩脚的中国话，感觉就像舌头被打了结，还是个死扣。

小鬼子的消息可够灵通的，自己刚到这里他们就来"有请"了。林逸飞笑笑，扭头看了看二杠子，那神情再明显不过了。

二杠子冷眼瞅了瞅在一旁整理墓地荒草的两个守墓人，低声对林逸飞提醒道："你们刚到，日本人就知道了。"

马队一路狂奔，没多久就来到了滨城的城门口，远远地就看见有小鬼子和伪军给他们挪开了城门口的路障。

这是小鬼子占了滨城后林逸飞头一次走城门，果然与以前大不一样。城门口设置了路障，多了许多沙包筑成的简易掩体；城门两侧各多了一座木制的岗亭；城墙上三步一岗、五步一哨，哨兵们端着枪，枪头上明晃晃的刺刀在阳光下寒光逼人；城门上方挂着两个小木头笼子，里面是两颗血淋淋的头颅……

进了城门，沿途景观都是林逸飞熟悉的，不过物是人非，如今这里是小鬼子的天下了。马队在"滨城宪兵司令部"大门前停了下来，这里林逸飞曾经来过一次，现在也算是旧地重游。他将马缰交给小风，一行人随四个日本军官走向大门，没想到，进门时却被守在门口的日本卫兵拦了下来。

一个带路的日本军官用中国话向林逸飞解释道："林逸飞先生，小仓少佐只请了您一个人。请您的随行人员在此等候，抱歉！"

林逸飞扭头示意几个人在门外等候。

二杠子来到他身边，小声说道："走吧，我陪你上去。"

来到小仓正雄的办公室，看得出小仓早有准备，茶几上放着各色茶点，茶水也已经沏好。彼此稍作寒暄，小仓正雄请林逸飞和二杠子落了座。

林逸飞刚落座，小仓正雄郑重地来到他面前："林先生，请相信我们，令尊的事情完全是一场误会。对于贵府所发生的不幸，我们深表遗憾和愧疚，在此，请接受我的道歉！"说罢，深深地鞠了一躬。

林逸飞站起身，摆了摆手："小仓太君，事情已经过去，就不必再提了。"

小仓正雄叹息道："林先生的胸怀让小仓深感敬佩，感谢您的大度和包容，请接受我的致敬！"说完，又是一个鞠躬。

林逸飞虚扶小仓："小仓太君多礼了，我们还是坐下来说话吧。"

谈话进行得很顺利，小仓正雄自顾自地鼓吹着滨城的繁荣昌盛，吹嘘了好大一会儿，才引入正题："林先生，大日本皇军敬慕贵府在滨城的声望，不知您是否愿意与皇军合作，为滨城的繁荣效力。"

林逸飞浅笑："听凭皇军安排。"

小仓正雄面露喜色："太好了！我们想……您是否可以代替令尊，出任滨城商会会长一职？如果可以，鄙人将不胜感激。"

二杠子有些担心地朝林逸飞看过来。林逸飞抱拳应道："承蒙太君看得起，若不嫌弃林某才疏学浅，那就恭敬不如从命。"

林逸飞的爽快让小仓正雄有些吃惊，这显然出乎他的预料。稍一愣神，小仓正雄拍手说道："太好了，林先生果然深明大义，能跟您合作，在下荣幸之至！"接着，小仓正雄冲门口的传令兵招了招手。没多久，有三个人进来了，林逸飞认识其中那个头发稀疏的中年人，他是滨城郝记的掌柜郝丰年，也是父亲生前的好友。另外两个人三十多岁，林逸飞觉得很面生。

小仓正雄指着郝丰年为林逸飞介绍道："这位是我们滨城商会的代理会长郝丰年先生，我想林先生应该是认识的。"

林逸飞恭敬地一抱拳："郝叔。"

郝丰年红着眼圈鞠躬施礼："见过少掌柜。"

小仓正雄继续说道："如今林先生回到滨城，以后他就是滨城商会的会长了。郝会长将担任副会长，并兼任滨城维持会会长。希望二位精诚合作，与皇军一道，共创滨城的长治久安。"

一番冠冕堂皇的说辞之后，小仓又问道："林先生，不知您是否可以兼任维持会的副会长，协助一下郝会长的工作？"

林逸飞来者不拒，既然已经当上了汉奸会长，他也不介意再来个什么"副会长"，但这个"维持会"是个什么东西，他确实没听说过。管他呢，先拿过来再说。林逸飞一抱拳："听凭小仓太君安排。"

林逸飞的表现令小仓正雄大喜过望，他指着下一位介绍道："来，林会长，我再给您介绍，这位是我们滨城侦缉大队的大队长姚桂田先生。"

姚桂田？侦缉大队大队长？林逸飞一下子想起来了，这家伙应该就是小姚村维持会长姚喜奎的儿子。这个姚大队长大概做梦也不会想到，他的亲爹就死在面前这位"林会长"的刀下。

林逸飞一抱拳："姚大队长。"

姚桂田瞄了林逸飞一眼，一挺腰板，来了个似是而非的军礼："见过林会长。"看似恭敬，语气里却透着十足的傲慢。

林逸飞将姚桂田打量了一番，发现姚桂田脚上穿一双鬼子军靴，腿上穿一条鬼子的马裤，头上戴着一顶鬼子的战斗帽，偏偏上衣是一件花格子西装，最可笑的是，领口处还装腔作势地打了一个红色的领结。他斜挎着一支盒子枪，活脱脱一个二流子。再看此人的相貌，脸型瘦削、面色饥黄、小鼻子、小嘴、一双三角眼泛着贼光，奸猾中透着小人得志的猥琐。

小仓正雄又给林逸飞介绍最后一位："这位是滨城特别行动大队的大队长，孙寿喜孙队长。"

林逸飞再看这位孙队长，不禁有些纳闷，小仓正雄都是从哪里找来的这些队长，一个个长得也太砢碜了。

这位孙队长身材矮粗，倒是很结实，两条粗腿杵地扎实，下盘很稳，林逸飞料定此人练过功夫。他一双圆口布鞋，一身黑绸子外套，内里是一件盘扣的中式衬衣，腰上扎一条巴掌宽的亮金扣皮腰带。和姚桂田一样，这家伙也斜挎着一支盒子枪。

孙寿喜的打扮还算正常，问题出在面相上。他的光头上满是疤癞子，一脸的麻坑，脸上活像蒙了张蛤蟆皮。茁壮的鼻毛探出鼻孔，一笑满口交错的黄牙。左脸上有一道明显的刀疤，活像一条大蜈蚣趴在脸上。左眼的下眼睑被那道疤扯得有些外翻，眼底的红肉都露出来了，显得阴森可怖。其实，他完全可以戴上帽子遮一遮头顶的疤癞子，可这会儿他又偏偏穷讲究，把一顶礼帽拿在手里，捂在胸口上正朝着林逸飞谄笑。和这位孙队长一比较，他身边那位猥琐的姚大队长倒显得仪表堂堂了。

别看这个孙寿喜一副卑躬屈膝的奴才相，林逸飞却觉得此人绝不简单。这家伙身上有一股浓浓的暴戾之气，必定是个心狠手辣的角色。

小仓正雄介绍完三个人后，说道："孙队长，姚队长，以后林会长在滨城，无论如何，请你们一定要保证他的安全。"

姚桂田一鞠躬："是。"

孙寿喜则一抱拳，依旧是一脸谄笑："小仓太君，您放心，错不了。"

二杠子这时站了起来，整理一下军服，不卑不亢地说道："小仓太君，时候不早了，你这里公务繁忙，我还是带我师弟先回府。他刚回滨城就到了这里，连家门还没进呢。"

小仓正雄点头应道："也好。林会长，贵府一直在皇军的庇护之下，府中的一草一木都维持着原貌，这一点请放心。"说完，又对其他几个人说道，"我还有公务，烦请几位代我送林会长回府，拜托了。"

将林逸飞送出门，小仓正雄来到窗前，看着林逸飞在几个人的簇拥下出了宪兵司令部。

林逸飞的回归，对小仓正雄来说是件天大的喜事。但是今天一见，小仓正雄感觉事情也许并不像想象中那么简单。

小仓正雄之前见过林逸飞一次，虽然林逸飞当时表现得不卑不亢，但小仓正雄一眼就看穿了他的胆怯和恐惧。小仓正雄知道，林逸飞的那些表现只不过是强装出来的镇定，用中国话说，那叫色厉内荏。在小仓眼里，林逸飞是胆怯的，也是稚嫩的。也正因为如此，他才坚信，只要林逸飞回到滨城，自己完全有把握将他玩弄于股掌之间。

可是今天再次见到林逸飞，小仓正雄的心里突然感觉没底了。今天的林逸飞完全是一个唯唯诺诺的"顺民"，但小仓正雄能够感觉到，短短几十天时间，眼前这个人的变化太大了。他变得难以捉摸，自己已经无法看清他笑容背后的东西：他太顺服了，几乎毫无棱角。难道林逸飞被父亲的惨死吓破了胆？或是他用顺服隐藏了别的东西？小仓正雄琢磨不透，他想起自己的导师曾经说过的一句话：天下没有攻不破的堡垒，只是方法和力度的问题。

想到这里，小仓正雄的脸上露出了一丝微笑。

是的，他要驯服林逸飞，要驯服眼前这座城市，要让滨城变成大日本皇军征战华夏中原的大后方。滨城，终将会成为大日本皇军的忠实附庸，心甘情愿地为皇军的"大东亚圣战"服务，就像大日本皇军在东四省做到的那样，在皇军的版图上，那片土地已经是"满洲国"了。

尽管信心满满，可小仓正雄对滨城的现状也有很多不满的地方，其中最令他恼火的是他的顶头上司佐藤伊川，他觉得佐藤简直就是个愚蠢至极的鲁莽武夫。

在处理滨城保安团的问题上，佐藤伊川没和小仓正雄商量，擅作主张，把几十个准备回家的保安团士兵枪杀了。这一粗暴血腥的举动险些酿成大祸，直到现在，治安军的那些官兵仍然对皇军有很大的抵触情绪。

早在驻扎滨城之前，军部就对佐藤伊川和小仓正雄有过特别交代：滨城是连接满洲与中原的重要港口和战略要地，胶东地区民风淳朴彪悍，一定要采取"怀柔"政策，对百姓要以"攻心"为主，不到万不得已，切忌动用武力。可佐藤伊川根本没把那些训导放在心上，在他看来，武力是解决一切争端最简捷、最有效的手段。

在处理滨城商会会长林敬轩的问题上，佐藤伊川再一次表现出了他的愚蠢。之前，他俩有过约定，林敬轩是滨城举足轻重的人物，攻克和说服他的任务由小仓正雄来完成。在小仓正雄看来，林敬轩虽然顽固不化，但他有信心攻克这个堡垒，可让他意想不到的是，佐藤伊川根本就没有给他攻克的时间和机会。

那是他们驻扎滨城不久的事。一天，陆军部的某师团长率领师团的高级将领到滨城来视察防务，当师团长得知滨城至今还没有市长和维持会长的时候，暴跳如雷，将佐藤伊川和小仓正雄怒斥了一番。第二天，视察团在小仓正雄的引导下，视察了滨城各州县的防务。在视察到凤霞县的时候，师团长听说那里有一处很著名的道观，是全真教祖师丘处机修建，于是来了兴致，非要过去观瞻一番。就这样，小仓正雄带着视察团参观了位于栖霞山的上清观。

三天后，小仓正雄送走视察团回到滨城，可他回城后得到的第一个消息就给了他当头一棒：林敬轩已经被佐藤伊川处死了！

原来，佐藤伊川挨了师团长一顿训斥，心里十分窝火。小仓正雄带着视察团刚离开滨城，他就召集滨城的豪绅训话，严令他们必须尽快定出市长、商会会长和维持会长的人选。不料，这些豪绅们相互推诿，没有一个人敢接下这几份差事。

佐藤伊川大为恼火，细问之下才知道，如果得不到林敬轩的首肯，那些人谁都不敢出面任职。佐藤伊川想得很简单，既然不可能得到林敬轩的首肯，那把他杀掉问题不就解决了吗？于是，他毫不犹豫地下令处死了林敬轩。

佐藤伊川本以为接下来的事情会变得简单，可没料到，林敬轩一死，那些豪绅们一个个胆战心惊，更不敢出来任职了。正当佐藤伊川为这事头疼的时候，小仓正雄回到了滨城，佐藤伊川干脆将这个烂摊子直接甩给了小仓正雄。

小仓正雄走访了几位豪绅才知道，这次佐藤伊川犯下了一个无可挽回的错误。

林敬轩绝不仅仅是一个商会会长那么简单。众所周知，滨城是尚武之乡，螳螂拳的师承关系在这里相当紧密，林敬轩就位于这条师承链的最顶端。虽然林敬轩本人并没有收徒，但是他在滨城武林中的辈分极高，徒子徒孙遍布滨城的各行各业。在武术界和商界，林敬轩是毫无争议的翘楚，有一呼百应的能力，连之前国民政府的市长都望尘莫及。市长如果想在滨城推行一项新的法规或者政策，也要亲自登门拜访林敬轩。林敬轩点头默许，万事通顺；他摇头否决，那就寸步难行。如今林敬轩刚死，谁若是抻头当了日本人操纵的市长和商会会长，必定会万民憎恶，成为众矢之的。

屋漏偏逢连夜雨。林敬轩被佐藤伊川处死后，林府这边又接二连三地出事。林敬轩的两房太太吞金自尽，三姨太与皇军军官同归于尽；驻防在林府的一个小队，全部被毒杀身亡；林府的少爷林逸飞不知所踪……

小仓正雄彼时更加深刻地意识到，杀掉林敬轩是多么愚蠢。

不仅如此，种种迹象表明，二杠子的治安军随时都有"暴动"的可能，因为，林敬轩是治安军司令姚二杠的师叔。小仓正雄正为此焦头烂额、一筹莫展之时，又发生了一件事，悬挂于城墙外的林敬轩的人头不翼而飞！

滨城的豪绅们吓破了胆，他们告诉小仓正雄，林敬轩与南山黄旗交情匪浅，这肯定是南山下来人了。南山黄旗的好汉，个个都是神出鬼没的煞星。以前若是有人给日本人当了市长，也只是被骂作汉奸而已，如今南山黄旗插手滨城，谁再敢当那个市长或者会长，就离死不远了，没人敢拿自己的性命开玩笑。

这下小仓正雄慌了手脚。此次师团长来滨城视察，特别提出过南山黄旗这支"地方武装力量"，强调皇军在滨城的驻防，务必要争取到黄旗的支持。

山东地区的响马著称于华夏，滨城的黄旗又是山东响马的翘楚，若能将黄旗招降至麾下，不仅会使滨城皇军的实力大增，还能对中国人的精神瓦解产生事半功倍的效果，也许将来还会有更多的响马队伍效仿黄旗，投靠大日本皇军。

现在佐藤伊川处死了林敬轩，这不仅惹怒了二杠子的治安军，还彻底得罪了黄旗。滨城豪绅们惧怕皇军，但他们更怕黄旗，如此一来，更没有人敢出任皇军委任的职务了。无奈之下，小仓正雄亲自导演了一出"厚葬林敬轩及其家人"的大戏。为了尽可能挽回损失，他和佐藤伊川甚至放下大日本皇军的尊严，亲自在葬礼上对滨城百姓致歉并发表声明：这一切只是误会。

后来，小仓正雄通过关东军总部，从"满洲国"给滨城调来了一个市长，又让司令部的翻译官郝玉文做通其父亲郝丰年的工作，出任滨城商会的代理会长和维持会长，总算应付着把这事收了场。

话说林逸飞被三个汉奸陪着走出宪兵司令部门口，二杠子回头不冷不热地说道："行了，三位就送到这里吧。我送我师弟回去，就不劳烦各位了。"

三个人收住了脚，姚桂田冷冷地说道："姚司令，是小仓太君让我们护送林会长回府的，你这话的意思……"

二杠子瞪了姚桂田一眼，语气同样冰冷："太君怪罪下来，我自会承担。怎么，姚队长这是非送不可了？"

二杠子的话音刚落，便有几个治安军的军官凑了过来。他们卷起衣服袖子，大摇大摆地来到了姚桂田的身前，一个个歪着脖子，轻蔑地盯着他。姚桂田被几个军官盯得有些发毛，不知如何是好。

一旁的孙寿喜倒是乖巧："姚司令，那就劳烦您和诸位军爷了，您慢走。"

二杠子冷哼一声，带着林逸飞离开了宪兵司令部。

刚出大门，小风和狗子就牵马迎了上来。林逸飞朝他俩身后看了一眼，低声问道："大黄和黑子呢？"

小风和狗子回头一瞧，惊讶道："刚才还在这里呢，马还在，人哪儿去了？"

四个人在门口等了一会儿，林逸飞觉得站在这里浑身不自在，并且姚桂田、孙寿喜和郝丰年还在院里朝这边探头探脑地张望。他翻身上马，吩咐道："走，反正他们也认识家，咱们回府等他们。"

回到林府，二杠子让几个手下撕去贴在大门上的封条，推开了厚重的大院正门。大门一开，院里的几个下人吃惊地凑了过来，当他们看清站在门口的人是自家的小少爷，下人们抹着眼泪就围了上来："东家，您可回来了！"

众人进了林府前院，林逸飞回身一抱拳："有劳师哥了。"

二杠子心里明白，自己在这里是不受欢迎的。他尴尬地笑了笑："回来了就好好歇着，我那边还有点事，就先回去了，你要是有事就找我。"说罢，朝众人抱了抱拳，便带着几个手下默然离开了林府。

林逸飞看着熟悉的家，禁不住鼻子一酸。这个院子的每个角落都有他无尽的回忆，站在院子中央，他仿佛还能听到往日的欢声笑语。

可如今，已是物是人非。

小少爷的回府让下人们兴奋不已，大伙拥着林逸飞进了正堂。林逸飞环顾着家中一切，日本人果然信守承诺，这个家还是原来的样子。他来到后堂，后堂的侧屋是大妈和母亲的佛堂，正屋是林府的祠堂，外人不准进入。祠堂里供奉着老林家列祖列宗的牌位，现在那些牌位又增加了四个。林逸飞叩拜了父母的灵位后，又返回了正堂。

时间已过正午，下人们已经给林逸飞准备好了简单的午餐。他将大伙叫到身边，一边吃饭，一边听下人们讲起他离开滨城后林府发生的事情。

那天夜里，林府出事之后，下人们便四散逃去。可是夜里城门已关，他们出不了城，只好分散到各自的亲朋好友处暂避。

第二天，日本人在城内各处贴出告示：林府所有人等必须马上到宪兵司令部自首。否则，一经捕获，就地正法！

下人们眼看出城无望，在城内迟早要被日本人抓到，并且会牵连到那些收容自己的亲友，权衡之下，大家只好硬着头皮去了宪兵司令部。

下人们无一例外地受到了审讯，但是对于少爷林逸飞的去向，他们都三缄其口，一问三不知。尽管他们中有几个人曾跟随老爷林敬轩去过凤凰山别院，但谁都没对日本人透露半点消息。他们被关押了几天后，日本人竟突然开恩，把他们又送回了林府，但警告他们，不得随意外出走动……

见大伙都安然无恙，林逸飞宽心了不少。但餐桌上的饭菜却让他心生疑虑，几道菜全是廉价的青菜，根本不见一丝荤腥，而且口味欠佳。询问后才知道，府中现在没有厨子。

林逸飞问："怎么，几个大厨没有回来？"

几个下人抹着眼泪如实禀报："四个大厨师傅都被日本人杀害了。"

林逸飞倒吸一口冷气。原来，驻守林府的日本兵莫名其妙地集体身亡，日本军医对这些士兵做了尸检，得出的结论是"中毒身亡"，而毒源就在他们吃过的鸡汤中。小鬼子恼羞成怒，将林府的四个大厨全部用刺刀挑死了。

又是一笔血债！那四个厨艺精湛的大厨侍奉林府多年，林逸飞曾一度吃腻过家里的饭菜，如今想来，那就是家的味道，可他却再也吃不到了。

下人们又对林逸飞讲起目前滨城的窘况。

就拿吃饭来说，现在滨城能买到的食材只有青菜了。日本人对滨城实行了"军管"，所有的肉类、粮食都被列入了军用物资。粮食现在实行的是"配给制"，按每家的人口定量供应，城里的粮店、米行大部分被关闭，只有日本人指定的几家可以买卖粮食；肉类成了稀罕物，滨城周边宰杀各种禽畜，必须到日本人指定的地点进行屠宰，然后再到他们指定的肉店进行买卖。买肉必须持有日本人发放的"特别供应证"，普通老百姓就是有钱也买不到肉。

"军管"还限制人们的活动自由。每天夜里八点半之后，任何人不得外出行走，有不服从者，如果被巡逻队或宪兵队发现，就地正法。当然，也有可以随意在街上走动的人物，那都是滨城的达官显贵，他们手里有日本人签发的"特别通行证"，有了这个证件，不仅夜里可以随意外出，而且进出城门还可以免受检查。现在，"特别通行证"和"特别供应证"已经成了滨城豪绅的身份象征。

听下人们说到"特别通行证"，林逸飞不禁为大黄和黑子担心起来，他俩之前虽然也进过滨城，但是对滨城的道路街巷并不熟悉。现在满城都是鬼子，他俩又没有证件，就这么悄无声息地不见了踪影，会不会出什么事？

林逸飞吩咐下人们去大门口、后门和侧门观望一下，看看大黄和黑子是否回来。此时小凤也吃饱了饭，跟着下人们跑了出去。

小凤刚离开不久，就带着大黄和黑子回来了。林逸飞心里的一块石头落了地，不免嗔怪道："你俩去哪儿了，到处瞎跑什么？"

大黄神色紧张地凑过来，低声问道："逸飞，大喜子怎么会在滨城？"

林逸飞大吃一惊："大喜子在滨城？你们在哪儿碰上他了？"

大黄和黑子对视了一眼，大黄皱眉问道："怎么，你不知道？"

林逸飞摇了摇头："我怎么会知道？"

"哎呀，你怎么会不知道呢？"黑子急了，"刚才在宪兵司令部，就是大喜子把你送出来的。"

"什么？"林逸飞的脑子飞速运转着，喃喃自语道，"大喜子，大喜子，难道就是那个孙寿喜？"

大黄问道："你不认识大喜子？"

林逸飞使劲摇了摇头。

黑子说道："大喜子是孙家铺子的人，他姓孙，可叫什么名字我不知道。刚才送你出来的，就是那个满脸麻子、脸上还有条刀疤的家伙，那就是大喜子。"

小凤思忖片刻，接口道："你们还记得宋家大院的那个厨子吗？他是大喜子的远亲堂兄，叫孙寿义，这么算起来，大喜子应该叫孙寿喜吧？"

难怪林逸飞觉得那个孙队长戾气十足，原来他就是自己一直在找的活阎王大喜子！林逸飞抬头问道："大黄，大喜子认识你俩？"

大黄点头应道："早前的时候见过几次，我不知道他能不能认出我来。刚才在宪兵司令部门口，我一见是他，就和黑子赶紧躲了起来。"

狗子在一旁问道："大喜子怎么会到了滨城？他在滨城干啥？"

林逸飞仔细回忆了一下，答道："好像是滨城的什么……特别行动队的队长。"说罢，气恼感慨道，"妈的，这畜生摇身一变，从土匪成了汉奸了。"他不由得佩服起凤霞县城小茶馆的那群闲人，他们真是神机妙算，早就算准了大喜子会投靠日本人。林逸飞又想起另一件事，他们在凤凰山上缴获的那挺崭新的"歪把子"机枪，还有那几支三八式步枪……如此看来，这小子必定早就投靠了小鬼子。

冤家路窄啊！不过，他如今成了小鬼子的人，这无疑给飘旗的猎杀又增加了难度。

几个人沉默了一会儿，林逸飞问道："在宪兵司令部，还有个穿西装的汉奸，就是和大喜子一起送我出来的那个人，你们注意到了吗？"

大黄点点头："嗯，一看就知道，也不是什么好东西！"

林逸飞扭头看了看小风和狗子，问道："小风，你猜那伙是谁？"

小风和狗子都摇摇头。林逸飞笑道："不是冤家不聚头，他就是咱们在小姚村宰的那个维持会长姚喜奎的儿子姚桂田，现在他是小鬼子的侦缉队大队长。"

大黄和黑子不知道小姚村发生的事情，二人询问究竟，狗子小声对他们说起来龙去脉。这时，有下人跑进来禀报："东家，来电话了。"

林逸飞一愣，笑了："电话好用了？"

下人答道："已经有些日子不好用了，刚才突然响了。来电话的是宪兵司令部的小仓太君，他说让您亲自接电话。"

林逸飞让大黄和黑子赶快吃饭，自己随下人去了正堂。电话果然是小仓正雄打来的，也没有什么要紧事，只是告诉林逸飞电话已经接通，以后有事可以直接和他电话联系。林逸飞说了几句感谢的话，就挂了电话回到了饭堂。

林逸飞刚落座，又有下人过来通禀说："门外来了几个人，要拜访林府的当家人，为首那人自称是侦缉队的大队长。"

是姚桂田？林逸飞有些纳闷，自己刚和他分开不久，此时又来登门拜访，他想干什么？林逸飞思忖片刻，挥手说道："知道了，带他们去正堂。"

因为不知道姚桂田还带了什么人来，林逸飞让大黄和黑子继续吃饭，暂时不要露面，他带着狗子和小风去了正堂。

下人们刚将沏好的茶端上来，姚桂田便带着几个人大摇大摆地进来了。一进门，姚桂田就阴阳怪气地说道："林会长，贵府好大的气派啊！"十足的嘲讽味道。

林逸飞恭敬地一抱拳："小门小户，让姚大队长见笑了。"

姚桂田落了座，用三角眼瞄着林逸飞，说道："贵府的几个厨子让皇军杀了，这事想必林会长已经知道了。"

林逸飞微微一颔首，谨慎地应道："这个我也是刚刚听说，既然是皇军处置的，想必他们也是罪有应得。"

姚桂田双手朝天一抱拳，说道："太君大人有大量，对林会长不计前嫌，赏了你这么好的差事。林会长，今后你可要感念皇军的恩情，尽心为皇军效力啊。"

林逸飞连连点头："那是自然，那是自然。"

"行了，别的我就不多说了，"姚桂田一指门口站着的三个人，"皇军体恤林会长，特意让我给你送来三个厨子，以示皇军对你的恩惠，你就笑纳了吧。"

林逸飞扭头朝三个人看去，三人都是一身粗布打扮，恭恭敬敬地站在那里，倒也颇有几分厨子的模样。林逸飞一抱拳，婉拒道："多谢皇军抬爱，林某愧不敢当啊。再说，府里也有几个粗通厨艺的下人，平日里粗茶淡饭倒也能凑合。劳烦姚大队长大驾，把这几位师傅带回去吧，顺便代我谢过皇军的美意。"

"什么？"姚桂田上上下下打量着林逸飞，"这可是皇军给你的赏赐，你敢不要？"

林逸飞笑了笑，没有答话。

"林会长，你刚回滨城，有些事情可能还不了解。如今的滨城已经是皇军的天下了，这里所有的事都由皇军说了算，包括你的脑袋。不给皇军面子，那就是破坏大东亚共荣，可是要挨枪子儿的。"说到这里，姚桂田冷哼一声，"这几个人嘛，你要，也得留着；不要，也得留着。"

林逸飞没吭声，他微笑着起身，走到电话机旁，拿起话筒："请给我接一下宪兵司令部……是，是，我要找一下小仓太君。"他心里清楚，对付这样的恶狗，最好的办法就是找到狗主人。

电话接通，林逸飞握着话筒恭敬地说道："小仓太君，真不好意思，打扰您了。是这样，侦缉队的姚大队长带了几个人过来，说是您给敝府安排的厨子，林某先谢过小仓太君的美意。不过，刚巧我的一位至交好友给我推荐了几个厨子，如今我刚回滨城，日后在商会的工作还要仰仗这些朋友的提携和扶持，在这个时候若是驳了朋友的面子，好像……好像不太好吧？"

小仓正雄倒也爽快："既然如此，那就不要勉强，林会长，请您让姚队长接电话。"

姚桂田正在林逸飞的身旁偷听，见林逸飞将话筒递过来，赶忙伸手接住。听过电话后，姚桂田捧着话筒站得笔直，拼命点头，满嘴的"哈伊哈伊"。

挂上电话，姚桂田冷着脸朝手下一挥手，准备带人离开。走到正堂门口时，他回头恶狠狠地瞪了林逸飞一眼，骂道："什么东西，不识抬举！"

本来林逸飞只想尽快将姚桂田打发走，可转念一想，不对呀，在自己家里，姚桂田这么个名不见经传的小混混，如今仗着小鬼子的势力竟敢在林府对自己出言不逊！林逸飞太了解这种混混了，如果今天就这么放姚桂田走了，日后他必定会蹬鼻子上脸，骑在自己的头上作威作福。对这种混混，必须给他点教训，让他长点记性。

"等等，"林逸飞装作没听清，侧着耳朵上前问道，"姚队长，你刚才说什么来着？"

姚桂田僵住身子，一转头，那张无赖嘴脸上绽出一个讥讽的笑容："怎么着？老子……"

姚桂田话还没说完，脸上就挨了两记势大力沉的耳光，打得他眼冒金星，站立不稳。林逸飞自幼习武，这两巴掌只是想先给姚桂田一点教训，根本没怎么用力。可即便这样，姚桂田那小身子骨也受不了啊！第一巴掌打得他鼻口蹿血，第二巴掌竟打得他捂着瘦脸原地转了一圈。

自从跟了日本人，姚桂田何曾吃过这样的亏！他晃了晃被打得昏沉恍惚的脑袋，霍地拔出了手枪，定定神才发现，林逸飞就在他背后站着呢。

姚桂天恼羞成怒地转过身，骂道："姓林的，老子他妈一枪崩了……"

啪！啪！又是两记响亮的耳光。这两巴掌把姚桂田彻底打蒙了，巨大的耳鸣让他产生了某种奇妙的幻觉，觉得自己面前站了一排林逸飞，他握着枪摇摇晃晃地蒙在那里，一时竟不知该瞄准哪一个。

姚桂田的几个手下可不含糊，眼见自己的主子吃了亏，立刻气势汹汹地掏出手枪，就连那三个"厨子"也都握枪在手。小风和狗子也不示弱，上前一步，拉开架势护在了林逸飞的身侧。

姚桂田的枪口依旧对着林逸飞，可那支枪在他手里抖得厉害，眼看就握不住了。

林逸飞淡定地一笑，上前抓着姚桂田的手腕，帮他扶稳了枪，将枪口顶在自己的胸口上，戏谑道："姚大队长，别抖，你干吗呢？开枪啊，还等啥呢！"

姚桂田完全被震慑住了，他哪敢开枪啊！就连他的太君主子都不敢对这位林家少爷下手，他怎敢造次？此时的姚桂田懊悔不已，自己这真是自取其辱，今天压根就不该到林府来。可眼下该如何收场？他一时没了主意。

姚桂田惊慌失措地傻站在那里，活像一条被打折了脊梁的癞皮狗。就在这时，"啪！啪！"又是两记金光闪耀的耳光。姚桂田真被打哭了，哇哇地哭，像个受了委屈的孩子。他一边抹着脸上的血，一边跪下哭着求饶："林会长，别打了，我求求您，别再打了！我错了，我该死，您就高抬贵手，饶了我这条狗命吧……"

林逸飞从兜里掏出手帕，悠闲地擦着手上沾染的血迹，冷笑一声，骂道："姚大队长，你说得没错，这滨城现在是日本人的天下，咱确实也惹不起日本人，可你他妈算什么东西？像你这种货色，我捏死你就像捏死一只臭虫！"说罢，朝姚桂田的脸上啐了一口，低喝一声，"滚！"

姚桂田如蒙大赦，带着喽啰们连滚带爬地逃出了林府。

见姚桂天他们跑远了，小风嬉笑道："小哥，这回好了，这家伙再见了你，管保他腿肚子都得转筋。"

听到动静，大黄和黑子也跑到了正堂。目睹了刚才这一幕，黑子若有所思地说道："少爷，咱可得把招子放亮点儿，小鬼子想在咱身边戳钉子呢。"

大黄戏谑道："世道变了，滨城连厨子都带枪了？逸飞，咱可是带着一片忠心回来的，小鬼子对你还是不放心啊。"

林逸飞苦笑着点点头。他心里有数，自己与姚桂田素不相识，姚桂田怎么会好心给他送几个厨子？这肯定是受了小仓正雄的指使。这一次，林逸飞婉拒了小仓正雄的"美意"，可接下来，小仓正雄还会使出什么花招？黑子说得没错，是该把眼睛放亮点了。

几个人说笑着，话题又回到了大喜子的身上。大喜子心狠手辣，现在与小鬼子勾结在一起，狼狈为奸，看来滨城日后是没什么安稳日子了。并且，大喜子认识大黄和黑子，这无疑成了飙旗在滨城最大的威胁，必须想办法尽快除掉他。

狗子最熟悉滨城了。林逸飞决定，让狗子带着小风出去探听大喜子的消息，掌握他出没的规律和路径，尽快摸清他在滨城的藏身之处，伺机下手。

大黄嘱咐狗子："明天你和小风出门的时候，去一趟悦来客栈，那是咱南山在城里的'消息'，让他们也帮着探听一下。"

几个人正说着话，下人进来通禀："滨城维持会会长郝丰年求见。"

第二十四章　再见故人

林逸飞觉得很无奈，自己刚回滨城，汉奸们就轮番登门，这个郝丰年又来干什么？不过人家既然来了，总要见见。林逸飞让大黄和黑子到正堂后暂避，他带着狗子和小风急匆匆走出正堂迎接。

和姚桂田一样，郝丰年也不是一个人来的，但他带来的人比姚桂田带来的受欢迎得多，几个仆人打扮的汉子推着两辆手推车，车上装着几个鼓鼓囊囊的口袋。林逸飞见状，迎了上去："郝叔，您年纪大又是长辈，有什么事打发下人来说一声，我应该去府上拜望您的。"

郝丰年摆摆手，叹口气说道："少掌柜的，这里也没外人，咱爷俩就不用那么客套了。今天来找你说点事，顺便让他们准备了些吃的，杂七杂八的，一并给你送了过来。"

狗子引着两辆手推车去了后院厨间，林逸飞则将郝丰年和几个随从迎进正堂。一进屋，郝丰年的眼圈就红了："少掌柜的，不是老朽来找你诉苦，我也是没有办法才接下了那些差事，我对不起大掌柜啊。"

林逸飞的眼睛也湿润了："郝叔，家父已经不在了，咱们都节哀吧。"

等给郝丰年奉上茶水，林逸飞接着说道："郝叔，小侄才疏学浅，日后在商会还要仰仗您老多多栽培。"

郝丰年苦着脸摆摆手，叹息道："别听那些日本人说得天花乱坠的。大掌柜的一走，这滨城哪里还有什么商会啊。如今兵荒马乱的，有几个正经人在做生意？哪还有正经生意可做？商会早就形同虚设了。日本人让我当会长，那我就当，可这个会长有什么意思啊。"

林逸飞吃惊地问道："郝叔，没有商会了？那日本人为什么还要咱们当会长？"

"摆设呗，"郝丰年愤愤地说道，"我也是当一天和尚撞一天钟，只给日本人当传话筒，他们让我说什么我就说什么，至于说了有没有人听，那我可就管不着了。"

林逸飞笑问道："这能行吗？"

"怎么不行？太行了。"郝丰年说道，"以后你就安心在家，别的什么都不用管，那些抛头露脸丢人的事，还是让我来吧。我都一把岁数了，老百姓就是骂我又能骂几天？可你不一样，林家可是咱滨城的一面旗啊。我心里清楚，你也是没法子才答应了日本人。你放心，万事有我们这些老家伙呢。"

林逸飞动情地说道："郝叔，小侄谢谢您的帮助。"

对于这份来自长者的关怀，林逸飞很感激，他有太多感谢的话想说，可他知道有些话是不能说的。毕竟，眼前这位看似和蔼可亲的长者，不仅是父亲的好友、自己的长辈，他还是驻滨城大日本皇军首席翻译官郝玉文的父亲。

"咱爷俩，关上门就是一家人，你跟我还客气什么。哦，对了……"郝丰年好像想起什么事，向旁边的一个随从招招手。

那人递上一个信封。郝丰年接过来，交到林逸飞的手里："这是一些日本人签发的证件，我给你带来了。既然回来了，日后肯定用得着。"

林逸飞双手接过信封，打开一看，是几张空白的"良民证"；还有两张证件，是"特别通行证"和"特别供应证"，这正是林逸飞目前最需要的东西。

郝丰年又喊过一个人来，这是个四十多岁戴着眼镜的瘦削男人，身着一件青色长袍。此人来到林逸飞身前，红着眼圈鞠躬施礼："少掌柜的，您可回来了。"

林逸飞仔细一看，竟是原来林记的账房曲先生。他赶忙起身寒暄："哎呀，曲先生，你别多礼，快坐下说话。"

曲先生落座后告诉林逸飞，自从大掌柜和林府出事后，日本人就没收了林记所有的产业，但不久之后又归还了。由于大掌柜的过世，以及林逸飞的出走，林记没有了当家人，所以生意一直是郝记掌柜郝丰年在帮忙打理。现在城里几乎所有的生意都被日本人实行了"军管"，其实也没什么生意可做了。林记在城中的几家织布厂、棉纺厂和印染作坊，如今都被日本人征用了，成了侵华日军的被服厂，主要是为军队加工棉被、军衣之类的军需物资。不过日本人按月支付林记厂房和设备的租赁费用，这在滨城可是不多见的。租金的结算日期，还延续了林记以往每个月阴历初七的结算习惯。滨城最大的药店"林记大药堂"，如今也被日本人征用了，改名为"东亚大药房"。"东亚大药房"和林记的厂房一样，日本人也是按月支付药房的租赁费，租金还算公道。其他几处商号，虽然每天照常开门营业，但是买卖已大不如前，盈利也仅够养活各自的柜员。

林逸飞认真听完曲先生的报告，再次对郝丰年和曲先生表达了谢意。此时外面天色已暗，林逸飞有心留几位客人在府上用饭，却被郝丰年婉言谢绝。想想家里连个拿手的厨子都没有，林逸飞也就没有坚持。

送走郝丰年等人，林逸飞兄弟几个饭后在院里的凉亭品茶。狗子长叹一声："滨城，咱们终于回来了。"

林逸飞将几张证件丢到石桌上："也不知道有啥用，每人拿一张吧。"

黑子随手拿起一张，正反面仔细地瞅了好几遍，问道："这是啥？"

林逸飞说道："良民证。"

大黄看着手里的证件，笑了："有了这个咱就是良民了？"

小风一本正经地应道："良民良民，大大地良民。"

众人哈哈大笑。

这是飘旗兄弟回滨城后开的第一个小会。小风提议府里赶紧找几个好厨子，因为饭菜口味实在太差了。黑子却坚决反对，他的理由是，眼下刚回滨城，所有情况都还没有摸清；此时林府看似平静，实则危机四伏、暗藏杀机；即便是府中原来那些下人，谁能保证他们中间没有被小鬼子收买的奸细？更何况周围还有那么多试图渗入林府的人。下午姚桂田要送的那几个"带枪的厨子"就是一个危险信号，找厨子这事短时间内最好不要考虑。

黑子的意见得到了林逸飞和大黄的支持，小风无奈地叹了口气。看着小风那一脸苦相，众人一阵大笑。

"笑什么，"小风抱怨道，"我还以为到了滨城能过上好日子呢，可谁知道连个信得过的厨子都没有，要是小灵儿在这里就好了。"

见几双眼睛不怀好意地瞅过来，小风红着脸辩解道："看啥？我又没有别的意思，我就是说小灵儿做饭好吃。"

这个解释越抹越黑，众人又是一通大笑。兄弟几个正说笑着，院子里突然灯光尽失，漆黑一片。原来，小鬼子八点半"灯光管制"，开始"断电宵禁"了。

奔波了一天，大伙也该休息了。

下人们已经收拾好了房间，林逸飞独自回到他原来居住的侧院。也许是心理作用，刚进院门，林逸飞就隐约闻到了小春喜身上的味道。这个院子里到处都有他和小春喜的记忆，可如今，二人已是阴阳两隔。

睹物思情，林逸飞心如刀割。

将熄灭的灯笼挂在院子里，林逸飞摸黑进了小春喜的房间。在这里，他不需要灯光，他对这里的一切都是那样熟悉，曾经无数次的深夜嬉闹，他蒙着眼睛都能捉到小春喜。一闭眼，他仿佛又听到了小春喜银铃般的笑声。还有气味，屋子里满是小春喜的味道。

林逸飞深吸一口气，从怀里掏出那缕秀发，一低头，眼泪溢了出来。泪眼蒙眬中，小春喜向他走来，还是那么俊俏，那么娇羞。林逸飞展开双臂，迎着小春喜走了过去，可怀里却空空如也，他的眼泪决堤而出……

清晨，林逸飞迎来重返滨城的第一个黎明，所有的习惯又回到了从前，他在院里练了几趟拳，身上出了一层汗。坐在石凳上稍作休息，林逸飞甩了一把脖子上的汗，又想起了小春喜。以往每到这时候，小春喜都会笑吟吟地给他递上一条带着香味的热毛巾。

林逸飞正坐在那里兀自惆怅，小风来侧院招呼他吃饭。早餐很简单，稀粥、馒头、咸菜，由于日本人实行粮食管制，现在早上连卖豆浆、油条的都没有了。

用过早饭，林逸飞叫上小风和狗子出了林府大院——该出门亮个相了，顺便也探听一下大喜子的消息。黑子和大黄留在家里，在收拾掉大喜子之前，他俩最好不要抛头露面。

林逸飞是滨城的名人，街巷里行人不多，可见到林逸飞都很吃惊，等确认自己没看错之后，赶忙抱拳作揖。林逸飞也一路抱拳回礼，不知不觉走出了街口。街口还是那个熟悉的街口，可走到这里，林逸飞却突然发现自己竟然无处可去。还好，这时他想起二师哥姚长生，当日他曾拜托林逸飞回滨城时去探望一下家里的老人和秀儿嫂子，现在闲着没事儿，正好去走一趟。

姚长生的家离林府不远，隔着两条街，是个独门独院的小宅子。林逸飞来到门前时，正赶上姚长生的父母出门，两个老人正在锁院门。

林逸飞上前打招呼："叔，婶，你们这是要出去啊？"

姚长生的父母闻声回头，大吃一惊。长生爹用衣袖使劲搓了搓眼："是……是林家的小少爷？"

林逸飞乐呵呵地应道："叔，是我。"

"你这是去哪里了？你说这……"因为激动，长生爹显得手足无措，嘴里絮叨着，"回来就好，回来就好，啥时候回来的？"

林逸飞答道:"昨天刚回滨城,今天来看看你们,二老最近还好吧?"

"好好,都好。"长生爹满口应承道。

长生娘在一旁提醒:"别在这儿杵着,还不快把门开开,让小少爷进屋说话。"

林逸飞摆摆手,说道:"不用不用,婶儿,我秀儿嫂子不在家呀?"

长生娘应道:"秀儿一大早就出了门,赶着刚开城门,还能买到点新鲜菜。她一会儿就回来。走,咱们回家等她。"

长生爹在一旁附和道:"还不知道能不能买到菜呢,现在的小菜市,也没几个卖菜的。"

林逸飞笑道:"算了,叔,婶,你们忙你们的,等秀儿嫂子回来了我再过来。"说完,他朝狗子使了个眼色。

狗子从怀里掏出几块大洋,上前塞到长生爹的手里:"叔,来的时候也没给您和婶子买点啥。这个您拿着,看好啥自己买。"

长生爹把钱往回推:"不要不要,家里不缺钱,快拿回去。"

林逸飞佯装生气,说道:"哎呀,你家有是你的,让你拿着你就拿着,不缺也拿着。"

老人家拿着钱有些为难。林逸飞凑到长生爹的耳边,小声说道:"叔,前几天我见着二师哥了,是他让我给你们送点钱过来。"

长生爹一怔,慌张地朝四周看了看,见四下没人,悄声问:"长生还好吧?"

林逸飞笑着回道:"叔,他好着呢,二老就放心吧。"

"嘘,"长生爹紧张地说道,"小声点,别让人听见……"

陪着姚长生的父母走到街口,老人告诉林逸飞,他们的一个表亲家里刚生了娃娃,老两口这是要赶过去"看喜"。目送两位老人离开,小风朝林逸飞使了个眼色,又朝旁边的一个店面努了努嘴。林逸飞扭头一看,路边是一家名叫品茗斋的茶楼,茶楼在路口,从二楼的窗户可将整条街尽收眼底。反正也是闲着,正好可以在这里喝茶等等秀儿嫂子。林逸飞一挥手,三个人进了茶楼。

见有客人进门,店小二热情地迎上来。等见到来客是林逸飞,那小二猛地一愣,软着一条腿就要下跪。林逸飞浅笑着摆了摆手,示意他不要声张,便朝楼梯走去。

上了二楼,狗子要了一壶上好的茗茶,三个人就在一个靠窗的位置坐了下来。从窗户望出去，对面是一家大药房，那里曾经是林逸飞家的林记药堂，不过现在换了招牌，成了东亚大药房。林逸飞昨天已经从曲先生那里获知，如今药房已经被日本人征用，他们按月支付房租。

想想挺有意思，他林逸飞现在竟然成了太君的房东。

林记药堂是林家在滨城最早的产业，已经有很多年历史了。

当年为了方便滨城人抓药，林家老祖宗立下了个规矩：可以赊账。这个规矩主要是为了照顾那些家境不宽裕、得了急症的老百姓，让他们先抓了药回去，别耽误了治病。药堂虽然可以赊账，但每个月阴历初七必须将欠账结清。如果家境确实困难，药堂也会酌情体谅。当初林逸飞的爷爷林兆松过世的时候，就下令一把火烧了所有欠账的账单，所以出殡时，滨城很多老百姓涌到林家的祖坟前长跪不起，恭送林大善人归天。

林记药堂也承载了林逸飞童年的快乐。

当年，每月初七那天，林逸飞的父亲都会到药堂来坐堂结账，上午是欠账的人来送钱，下午是药材商来收货款。每个月的这一天都是林逸飞最开心的日子，这天他可以放一整天的假，不用练功，不用读书，跟着父亲到药堂玩耍。起初哥哥林逸鹏也会来，哥哥长大后就不来了，林逸飞就带着狗子来做伴。

药堂里其实也没啥好玩的，父亲林敬轩带着伙计们忙着结账，也顾不上两个孩子，林逸飞就带着狗子四处撒野。药堂后院有一间熬药的小屋，药工们根据配方熬制各种草药。有高档的鹿茸膏、阿胶膏等补品，也有低档的治风湿、跌打损伤的膏药。药工们喜欢这两个孩子，经常偷偷给他俩熬一种芝麻糖吃。大伙在熬糖的时候都躲着东家掌柜。其实这事林敬轩是知道的，不过为了哄孩子开心，他睁一只眼闭一只眼罢了。

药堂里有一间密室，密室设计得十分隐秘。在后堂供东家休憩的房间墙角，有一块可以掀起的地砖，地砖下有一个机关，扭动机关，墙壁上会翻转出一道很窄的小门，里面就是密室。说是密室，其实也是一间小库房，里面存放的都是一些鹿茸、野山参和犀角之类极为珍贵的药材。在库房的货架下，还有一条更为隐秘的密道，这条密道与林府的那条密道是相通的，从这里可以去林府院墙外的那所柴院，也可以直接通到林敬轩的床榻下。

密室是林逸飞无意中发现的。那天，林敬轩要去密室取一枝急等入药的野山参，确定身边没人后，就打开了机关。林敬轩没想到，这个秘密被正和他藏猫猫的儿子发现了。

林敬轩深知儿子的秉性，威胁警告根本没用，于是好言哄劝："这是咱俩的秘密，对谁都不能说，能做到吗？来，咱拉钩！"

很难得，因为与父亲的盟约，年纪尚小的林逸飞还真保守住了这个秘密。不过后来，他还是把这个秘密告诉了他最信任的人——狗子。

喝着茶，林逸飞问狗子："哎，还记得药堂后面那间小库房吗？"

狗子憨憨地笑起来："哪能忘了，小时候每个月初七，咱都跟着老爷过来。那时候咱俩经常躲到小库房里吃糖，现在想想，就像是昨天的事儿。"

林逸飞感叹道："没想到，现在这里倒成了日本人的地方。"

狗子的眼珠子转了转，问道："少爷，你说小鬼子能发现那间库房吗？"

林逸飞摇摇头："应该不能吧。"说实话，他也不确定。

狗子两眼贼亮地凑了过来："少爷，你说这里面能有多少鬼子？"

林逸飞明白狗子想说什么，笑着拍了他一巴掌："你想什么呢？日本兵会站在柜台里卖药？"

狗子叹了口气，失望地摇了摇头。

三个人正喝着茶，大药房门口不知什么时候出现了一个男人。那人中等身材，三十左右年纪，戴着一副黑框眼镜，虽衣着讲究，行为却有些怪异。他怀里抱着一座钟，蹲在大药房门口，身前是个摊开的小口袋，远远看去，袋子里黄澄澄的，像是大黄米之类的粮食。有人从身前经过，那人便凑上前问几句，路人大多摆摆手继续前行，那人就再蹲回去，等下一个路人。

林逸飞猜测，那人可能是想卖掉手里的那座钟。不过林逸飞有些纳闷，卖东西为啥要选在药房门口？这激起了他的好奇心，他正想下楼去看个究竟，就在此时，药房门前出事了。

两个鬼子兵背着枪从药堂门前经过，看到路边那个男人，鬼子兵走了过去，指着那个男人叽里呱啦地说了些什么。因为距离太远，林逸飞也听不清。说话间，一个鬼子兵突然抢下那男人怀里的钟，男人起身想要夺回，却被另一个日本兵一枪托砸在额头上。那人头上顿时血流如注，捂着额头倒在了路边。鬼子兵似乎觉得还不够解气，朝那男人的身上又猛踢几脚，并顺手抓起身边的那个小口袋。

小鬼子的军靴是特制的，日语中称之为"编上靴"。靴面是全牛皮的，脚底的前掌钉着三十二颗防滑钢钉，有的是三十六颗，最多的有三十八颗。脚后跟处是一整副"铁马掌"，分量十足，走起路来咔咔作响。这靴子踢到人身上，轻则骨折筋断，重则能要人命。

这也太欺负人了！林逸飞实在看不下去，起身跑下楼，小风和狗子也跟了上去。等他们几人跑过去时，药房门口已经聚集了一些围观的路人，情形也发生了改变。一个戴着眼镜的日本男人加入到了争执的行列，这人四五十岁的年纪，穿着一身深灰色的和服。他用日语大声斥责两个鬼子："你们为什么要抢这个中国人的东西？"

鬼子兵嚣张地辩解："我们没有抢，是他违反了条令。"

和服男人反问道："什么条令？军部的哪一款条令允许你们光天化日下抢劫？"

一个鬼子兵晃着手里的口袋："小米，粮食，难道你没看到他正在卖粮食吗？这可都是军用物资。"

和服男人怔了一下，指着另一个鬼子兵怀里的那座钟，厉声质问道："那这是什么？难道这也是军用物资吗？"

两个鬼子兵情知理亏，对视了一眼，鬼子兵将座钟丢到了已经血流满面的中国男人面前，咣当一声，钟的玻璃镜面被摔碎了。随后两个日本兵抱着那袋小米扬长而去，留下围观的路人唏嘘不已。

和服男人在后面骂道："强盗！回来，你们打了人，必须向这个人道歉。"然后蹲下身子，从怀里掏出手帕递给那个受伤的男人，用流利的中国话问道，"您受伤了，需要救治一下吗？"

受伤的男人看了看手帕，没有伸手去接，只是摆了摆手，挣扎着站起来："谢谢，我还好。"说完，他抱起了被摔坏的钟，惋惜地摇了摇头。

和服男人心疼地说道："你怎么在这里卖东西呢？为什么不到集市去？"

那个男人抹了一把脸上的血，流着泪道明了原委。原来，他就住在附近，他的老婆生了病，可家里已经没钱买药了。这个座钟是家里祖传的古董，据说值几个钱，他打算卖掉给老婆买药。他又担心兵荒马乱的没人买钟，就把家里仅有的一口袋小米也背了出来。他选择在药店门口卖货，是想如果能卖掉，自己马上就能进店买药。另外，他听说最近实行"物资军管"，很多产妇需要小米粥调养身体却买不到，他觉得在药店门口或许能卖个好价钱，没想到，却在这里碰上了日本兵。

和服男人又问："你妻子得的什么病？需要什么药？"

那人犹豫着，从怀里掏出一张药方。和服男人接过药方，转身进了药房，当他回来的时候，手里多了两包药和一包纱布。和服男人将药品递给了那个男人，叮嘱道："这两包药是给你妻子的，希望她能早日康复。这包纱布是送给您的，回去后好好洗洗伤口再包扎。"

那个中国男人愣怔了一下，待反应过来，跪在地上就磕头："恩人，谢谢！谢谢！等我有了钱，一定来还药钱。"

和服男人将那人扶起来："快回去吧，你妻子还在家里等着药呢。"

林逸飞在旁边一直默默地看着，这个日本男人的举动让他很意外。林逸飞想起王瑞卿曾经说过的那段话，看来日本人里还真是有好人，他觉得眼前这个日本老头就不错。他将日本男人又仔细地打量了一番，发现这人的面容很慈祥，甚至觉得这人不像是日本人。

围观的人群已经散去，穿和服的日本男人也回了药房。林逸飞和小风在原地站了一会儿，狗子气喘吁吁地跑回来。

林逸飞问道："给他了吗？"

狗子点点头："早上把钱都给了姚叔，我兜里就剩三块大洋了，都给他了。刚开始的时候他还不要，硬塞到他手里了。"

林逸飞满意地笑了笑，一切都在他的预料之中。那个中国男人面色白净，头发梳理得一丝不苟，穿的衣服用料讲究价格不菲，说出的话彬彬有礼，绝不是一般的穷苦人家，应该是个家道中落的富家子弟。

林逸飞仰头看了看天，快中午了，估计秀儿嫂子也该回家了。

再去姚长生家的路上，林逸飞又想起"食品管制"的事，扭头对狗子吩咐道："狗子，回家的时候你去厨房拿些肉，下午给秀儿嫂子送来，估计他们家也有把日子没吃上肉了。"狗子满口答应着。

三个人很快来到姚长生家门前，院门上的锁不见了，院门虚掩的，看来秀儿嫂子已经回来了。可一进院子，林逸飞就愣住了，一只菜篮子歪倒在院子里，周围散落着一些青菜，而且正屋门口竟然还站着两个人，宽腰带，绸缎衫，肩上斜挎着盒子枪，一看打扮就不是什么正经人。

林逸飞纳闷，两个汉奸跑到二师哥家里干什么来了？

没想到，其中一个汉奸竟然认识林逸飞，他一脸堆笑地迎上来，点头哈腰地问道："林会长，您怎么到这儿来了？"

林逸飞上下一打量，世上还真有这么巧的事，那人竟是昨天姚桂田送到自己府上的一个厨子，如今一换打扮，他还真没认出来。

林逸飞笑着反问："我还想问你呢，你们在这里干什么？"

就在这时，屋里传出一声尖利的喊叫："救……"很明显，那是一个女人呼救的声音，只是后面的声音被人堵在了喉咙里。

不好，是秀儿嫂子！林逸飞拔腿就往屋里冲，没想到，两个汉奸竟挡在他的面前，嬉皮笑脸地劝阻道："林会长，我看您就别掺和这事了，太君们正在里面寻乐子……"

一股怒火直窜林逸飞的头顶，他挥手一拳将一个汉奸击倒在地，然后发疯般冲进了屋子。

林逸飞冲到卧房门前，屋里的情景让他头皮都炸了。秀儿嫂子被两个鬼子兵按在土炕上，身上仅剩的一件红兜肚已被推到了脖颈，裸露出上身雪白的肌肤，裤子也被褪到了脚踝。一个鬼子兵蹲坐在土炕上，一只大手抓着秀儿嫂子的手腕，将她的双手拉过头顶，紧紧地压在炕上，另一只手肆意地揉摸着秀儿嫂子奋力扭动的身体，一张臭嘴在她的脸上乱拱。另一个鬼子兵全身赤裸地站在地上，正满脸赤红地喘着粗气，撕扯着秀儿嫂子已经被褪到脚踝的裤子……